U0950272

莎士比亚悲剧集

（英）莎士比亚 著 朱生豪 译

煤炭工业出版社
·北 京·

图书在版编目（CIP）数据

莎士比亚悲剧集／（英）莎士比亚著；朱生豪译．--北京：煤炭工业出版社，2018

ISBN 978-7-5020-6342-9

Ⅰ.①莎… Ⅱ.①莎… ②朱… Ⅲ.①悲剧—剧本—作品集—英国—中世纪 Ⅳ.①I561.33

中国版本图书馆 CIP 数据核字(2017)第 315700 号

莎士比亚悲剧集

著　　者　（英）莎士比亚
译　　者　朱生豪
责任编辑　刘少辉
封面设计　刘明彬

出版发行　煤炭工业出版社（北京市朝阳区芍药居 35 号　100029）
电　　话　010-84657898（总编室）　010-84657880（读者服务部）
网　　址　www.cciph.com.cn
印　　刷　三河市天润建兴印务有限公司
经　　销　全国新华书店

开　　本　710mm×1000mm 1/16　**印张**　24　**字数**　25 千字
版　　次　2018 年 12 月第 1 版　2018 年 12 月第 1 次印刷
社内编号　20181375　　**定价**　39.80 元

版权所有　违者必究

本书如有缺页、倒页、脱页等质量问题，本社负责调换，电话：010-84657880

前言

威廉·莎士比亚（1564—1616），是英国文学史和戏剧史上最杰出的诗人和剧作家，也是文艺复兴时期最具代表性的作家之一，更是全世界卓越的剧作家之一。他被誉为“英国的民族诗人”和“艾芬河的吟游诗人”。他创作了大量脍炙人口的文学作品，在欧洲文学史上占有特殊的地位，被喻为“人类文学奥林匹斯山上的宙斯”。他亦跟古希腊三大悲剧家埃斯库罗斯、索福克里斯和欧里庇得斯，合称为戏剧史上的四大悲剧家。莎士比亚流传下来的作品包括剧本三十七部、长诗两首、十四行诗一百五十四首。他的剧本被翻译成多国语言并进行表演，且被表演次数远远超过其他剧作家的剧本。

威廉·莎士比亚，出生于英国中部瓦维克郡埃文河畔斯特拉特福一个富裕的市民家庭，1564 年 4 月 26 日受洗礼。其父约翰·莎士比亚是经营羊毛、皮革制造及谷物生意的杂货商，1565 年接任镇民政官，3 年后被选为镇长。莎士比亚 7 岁时被送到当地的一个文法学校念书，在那里读了六年的书，掌握了写作的基本技巧与较丰富的知识。除此之外，他还学过拉丁语和希腊语。因父亲破产，他未能毕业就走上独自谋生之路。1577 年，被父亲从学校接回，不得已帮父亲做了一段时间的生意。他当过肉店学徒，也曾在乡村学校教过书，还干过其它各种职业，这使他增长了许多社会阅历。1585 年，莎士比亚在伦敦开始了他璀璨的职业生涯，他不仅是演员、剧作家，还是宫内大臣剧团（后来改名为国王剧团）的合伙人之一。1613 年左右，莎士比亚退休回到艾芬河畔斯特拉特福，三年后逝世。

本书选取了莎士比亚悲剧中的四部——《罗密欧与朱丽叶》《哈姆莱特》《奥瑟罗》《李尔王》，其中《哈姆莱特》《奥瑟罗》《李尔王》的故事均源自于欧洲历史传说。莎士比亚的剧作人物性格鲜明，情节生动丰富，语言精练而不失表现力，不仅代表了莎士比亚杰出的艺术成就，也对欧洲文学和戏剧的发展产生了重大影响。

巴尔扎克、迪更斯莱、普希金、屠格涅夫等都以莎士比亚作品为榜样。普希金认为莎士比亚具有一种与人民接近的伟大品质。杜波罗留波夫把莎士比亚看作是“黑暗王国的一线光明”，说他“指出了人类发展的几个新阶段”，是“人类认知的最高阶段的最充分的代表”，他的作品“表现出道德的最充分的理想”。别林斯基对莎士比亚更是有着无限崇拜，他在《文学的幻想》中写道：“莎士比亚——这位神圣而崇高的莎士比亚——对地狱、人间和天堂全都了解。他是自然的主宰……通过了他的灵感的天眼，看到了宇宙脉搏的跃动。他的每一个剧本都是一个世界的缩影，包含着整个现在、过去及未来。”

目　录

罗密欧与朱丽叶

剧中人物

爱斯卡勒斯　维洛那亲王

帕里斯　少年贵族，亲王的亲戚

蒙太古 } 互相敌视的两家家长
凯普莱特 }

罗密欧　蒙太古之子

茂丘西奥　亲王的亲戚 } 罗密欧的朋友
班伏里奥　蒙太古之侄 }

提伯尔特　凯普莱特夫人之内侄

劳伦斯神父　法兰西斯派教士

约翰神父　与劳伦斯同门的教士

鲍尔萨泽　罗密欧的仆人

山普孙 } 凯普莱特的仆人
葛莱古里 }

彼得　朱丽叶乳媪的从仆

亚伯拉罕　蒙太古的仆人

卖药人

乐工三人

茂丘西奥的侍童

帕里斯的侍童

蒙太古夫人

凯普莱特夫人

朱丽叶　凯普莱特之女

朱丽叶的乳媪

维洛那市民；两家男女亲属；跳舞者、卫士、巡丁及侍从等致辞者

地　点

维洛那；第五幕第一场在曼多亚

开场诗

致辞者上。

故事发生在维洛那名城，
有两家门第相当的巨族，
累世的宿怨激起了新争，
鲜血把市民的白手污渎。
是命运注定这两家仇敌，
生下了一双不幸的恋人，
他们的悲惨凄凉的殒灭，
和解了他们交恶的尊亲。
这一段生生死死的恋爱，
还有那两家父母的嫌隙，
把一对多情的儿女杀害，
演成了今天这一本戏剧。
交代过这几句挈领提纲，
请诸位耐着心细听端详。（下。）

第一幕

第一场　维洛那。广场

山普孙及葛莱古里各持盾剑上。

山普孙　葛莱古里，咱们可真的不能让人家当做苦力一样欺侮。

葛莱古里　对了，咱们不是可以随便给人欺侮的。

山普孙　我说，咱们要是发起脾气来，就会拔剑动武。

葛莱古里　对了，你可不要把脖子缩到领口里去。

山普孙　我一动性子，我的剑是不认人的。

葛莱古里　可是你不大容易动性子。

山普孙　我见了蒙太古家的狗子就生气。

葛莱古里　有胆量的，生了气就应当站住不动；逃跑的不是好汉。

山普孙　我见了他们家里的狗子，就会站住不动；蒙太古家里任何男女碰到了我，就像是碰到墙壁一样。

葛莱古里　这正说明你是个软弱无能的奴才；只有最没出息的家伙，才去墙底下躲难。

山普孙　的确不错；所以生来软弱的女人，就老是被人逼得不能动：我见了蒙太古家里人来，是男人我就把他们从墙边推出去，是女人我就把她们望着墙壁摔过去。

葛莱古里　吵架是咱们两家主仆男人们的事，与她们女人有什么相干？

山普孙　那我不管，我要做一个杀人不眨眼的魔王；一面跟男人们打架，一面对娘儿们也不留情面，我要她们的命。

葛莱古里　要娘儿们的性命吗？

山普孙　对了，娘儿们的性命，或是她们视同性命的童贞，你爱怎么说就怎么说。

葛莱古里　那就要看对方怎样感觉了。

山普孙　只要我下手，她们就会尝到我的辣手：我是有名的一身横肉呢。

葛莱古里　幸而你还不是一身鱼肉；否则你便是一条可怜虫了。拔出你的家伙来；有两个蒙太古家的人来啦。

亚伯拉罕及鲍尔萨泽上。

山普孙　我的剑已经出鞘；你去跟他们吵起来，我就在你背后帮你的忙。

葛莱古里　怎么？你想转过背逃走吗？

山普孙　你放心吧，我不是那样的人。

葛莱古里　哼，我倒有点不放心！

山普孙　还是让他们先动手，打起官司来也是咱们的理直。

葛莱古里　我走过去向他们横个白眼，瞧他们怎么样。

山普孙　好，瞧他们有没有胆量。我要向他们咬我的大拇指；瞧他们能不能忍受这样的侮辱。

亚伯拉罕　你向我们咬你的大拇指吗？

山普孙　我是咬我的大拇指。

亚伯拉罕　你是向我们咬你的大拇指吗？

山普孙　（向葛莱古里旁白）要是我说是，那么打起官司来是谁的理直？

葛莱古里　（向山普孙旁白）是他们的理直。

山普孙　不，我不是向你们咬我的大拇指；可是我是咬我的大拇指。

葛莱古里　你是要向我们挑衅吗？

亚伯拉罕　挑衅！不，哪儿的话。

山普孙　你要是想跟我们吵架，那么我可以奉陪；你也是你家主子的奴才，我也是我家主子的奴才，难道我家的主子就比不上你家的主子？

亚伯拉罕　比不上。

山普孙　好。

葛莱古里　（向山普孙旁白）说“比得上”；我家老爷的一位亲戚来了。

山普孙　比得上。

亚伯拉罕　你胡说。

山普孙　是汉子就拔出剑来。葛莱古里，别忘了你的杀手剑。

（双方互斗。）

班伏里奥上。

班伏里奥　分开，蠢材！收起你们的剑；你们不知道你们在干些什么事。（击下众仆的剑。）

提伯尔特上。

提伯尔特　怎么！你跟这些不中用的奴才吵架吗？过来，班伏里奥，让我结果你的性命。

班伏里奥　我不过维持和平；收起你的剑，或者帮我分开这些人。

提伯尔特　什么！你拔出了剑，还说什么和平？我痛恨这两个字，就跟我痛恨地狱、痛恨所有蒙太古家的人和你一样。照剑，懦夫！（二人相斗。）

两家各有若干人上，加入争斗；一群市民持枪棍继上。

众市民　打！打！打！把他们打下来！打倒凯普莱特！打倒蒙太古！

凯普莱特穿长袍及凯普莱特夫人同上。

凯普莱特　什么事吵得这个样子？喂！把我的长剑拿来。

凯普莱特夫人　拐杖呢？拐杖呢？你要剑干什么？

凯普莱特　快拿剑来！蒙太古那老东西来啦；他还晃着他的剑，明明在跟我寻事。

蒙太古及蒙太古夫人上。

蒙太古　凯普莱特，你这奸贼！——别拉住我；让我走。

蒙太古夫人　你要去跟人家吵架，我连一步也不让你走。

亲王率侍从上。

亲　王　目无法纪的臣民，扰乱治安的罪人，你们的刀剑都被你们邻人的血玷污了；——他们不听我的话吗？喂，听着！你们这些人，你们这些畜生，你们为了扑灭你们怨毒的怒焰，不惜让殷红的流泉从你们的血管里喷涌出来；你们要是畏惧刑法，赶快从你们血腥的手里丢下你们的凶器，静听你们震怒的君王的判决。凯普莱特，蒙太古，你们已经三次为了一句口头上的空言，引起了市民的械斗，扰乱了我们街道上的安宁，害得维洛那的年老公民，也不能不脱下他们尊严的装束，在他们习于安乐的苍老衰弱的手里夺过古旧的长枪，分解你们溃烂的纷争。要是你们以后再在市街上闹事，就要把你们的生命作为扰乱治安的代价。现在别人都给我退下去；凯普莱特，你跟我来；蒙太古，你今天下午到自由村的审判厅里来，听候我对于今天这一案的宣判。大家散开去，倘有逗留不去的，格杀勿论！（除蒙太古夫妇及班伏里奥外皆下。）

蒙太古　这一场宿怨是谁又重新煽风点火？侄儿，对我说，他们动手的时候，你也在场吗？

班伏里奥　我还没有到这儿来，您的仇家的仆人跟你们家里的仆人已经打成一团了。我拔出剑来分开他们；就在这时候，那个性如烈火的提伯尔特提着剑来了，他对我出言不逊，把剑在他自己头上舞得嗖嗖直响，就像风在那儿讥笑他的装腔作势一样。当我们正在剑来剑去的时候，人越来越多，有的帮这一面，有的帮那一面，乱哄哄地互相争斗，直等亲王来了，方才把两边的人喝开。

蒙太古夫人　啊，罗密欧呢？你今天见过他吗？我很高兴他没有参加这场争斗。

班伏里奥　伯母，在尊严的太阳开始从东方的黄金窗里探出头来的一小时以前，我因为心中烦闷，到郊外去散步，在城西一丛枫树的下面，我看见罗密欧兄弟一早在那儿走来走去。我正要向他走过去，他已经看见了我，就躲到树林深处去了。我因为自己也是心灰意懒，觉得连自己这一身也是多余的，只想找一处没有人迹的地方，所以凭着自己的心境推测别人的心境，也就不去找他多事，彼此互相避开了。

蒙太古　好多天的早上曾经有人在那边看见过他，用眼泪洒为清晨的露水，用长叹嘘成天空的云雾，可是一等到鼓舞众生的太阳在东方的天边开始揭起黎明女神床上灰黑色的帐幕的时候，我那怀着一颗沉重的心的儿子，就逃避了光明，溜回到家里；一个人关起了门躲在房间里，闭紧了窗子，把大好的阳光锁在外面，为他自己造成了一个人工的黑夜。他这一种怪脾气恐怕不是好兆，除非良言劝告可以替他解除心头的烦恼。

班伏里奥　伯父，您知道他的烦恼的根源吗？

蒙太古　我不知道，也没有法子从他自己嘴里探听出来。

班伏里奥　您有没有设法探问过他？

蒙太古　我自己以及许多其他的朋友都曾经探问过他，可是他把心事一股脑儿闷在自己肚里，总是守口如瓶，不让人家试探出来，正像一朵初生的蓓蕾，还没有迎风舒展它的嫩瓣，向太阳献吐它的娇艳，就给妒忌的蛀虫咬啮了一样。只要能够知道他的悲哀究竟是从什么地方来的，我们一定会尽心竭力替他找寻治疗的方案。

班伏里奥　瞧，他来了；请您站在一旁，等我去问问他究竟有些什么心事，看他理不理我。

蒙太古　但愿你留在这儿，能够听到他的真情的吐露。来，夫人，我们去吧。（蒙太古夫妇同下。）

罗密欧上。

班伏里奥　早安，兄弟。

罗密欧　天还是这样早吗？

班伏里奥　刚敲过九点钟。

罗密欧　唉！在悲哀里度过的时间似乎是格外长的。急忙忙地走过去的那个人，不就是我的父亲吗？

班伏里奥　正是。什么悲哀使罗密欧的时间过得这样长？

罗密欧　因为我缺少了可以使时间变为短促的东西。

班伏里奥　你跌进恋爱的网里了吗？

罗密欧　我还在门外徘徊——

班伏里奥　在恋爱的门外？

罗密欧　我不能得到我的意中人的欢心。

班伏里奥　唉！想不到爱神的外表这样温柔，实际上却是如此残暴！

罗密欧　唉！想不到爱神蒙着眼睛，却会一直闯进人们的心灵！我们在什么地方吃饭？嗳哟！又是谁在这儿打过架了？可是不必告诉我，我早就知道了。这些都是怨恨造成的后果，可是爱情的力量比它要大过许多。啊，吵吵闹闹的相爱，亲亲热热的怨恨！啊，无中生有的一切！啊，沉重的轻浮，严肃的狂妄，整齐的混乱，铅铸的羽毛，光明的烟雾，寒冷的火焰，憔悴的健康，永远觉醒的睡眠，否定的存在！我感觉到的爱情正是这么一种东西，可是我并不喜爱这一种爱情。你不会笑我吗？

班伏里奥　不，兄弟，我倒是有点儿想哭。

罗密欧　好人，为什么呢？

班伏里奥　因为瞧着你善良的心受到这样的痛苦。

罗密欧　唉！这就是爱情的错误，我自己已经有太多的忧愁重压在我的心头，你对我表示的同情，徒然使我在太多的忧愁之上再加上一重忧愁。爱情是叹息吹起的一阵烟；恋人的眼中有它净化了的火星，恋人的眼泪是它激起的波涛。它又是最智慧的疯狂，哽喉的苦味，吃不到嘴的蜜糖。再见，兄弟。（欲去。）

班伏里奥　且慢，让我跟你一块儿去；要是你就这样丢下了我，未免太不给我面子啦。

罗密欧　嘿！我已经遗失了我自己；我不在这儿；这不是罗密欧，他是在别的地方。

班伏里奥　老实告诉我，你所爱的是谁？

罗密欧　什么！你要我在痛苦呻吟中说出她的名字来吗？

班伏里奥　痛苦呻吟！不，你只要告诉我她是谁就得了。

罗密欧　叫一个病人郑重其事地立起遗嘱来！啊，对于一个病重的人，还有什么比这更刺痛他的心？老实对你说，兄弟，我是爱上了一个女人。

班伏里奥　我说你一定在恋爱，果然猜得不错。

罗密欧　好一个每发必中的射手！我所爱的是一位美貌的姑娘。

班伏里奥　好兄弟，目标越好，射得越准。

罗密欧　你这一箭就射岔了。丘匹德的金箭不能射中她的心；她有狄安娜女神的圣洁，不让爱情软弱的弓矢损害她的坚不可破的贞操。她不愿听任深怜密爱的词句把她包围，也不愿让灼灼逼人的眼光向她进攻，更不愿接受可以使圣人动心的黄金的诱惑；啊！美貌便是她巨大的财富，只可惜她一死以后，她的美貌也要化为黄土！

班伏里奥　那么她已经立誓终身守贞不嫁了吗？

罗密欧　她已经立下了这样的誓言，为了珍惜她自己，造成了莫大的浪费；因为她让美貌在无情的岁月中日渐枯萎，不知道替后世传留下她的绝世容华。她是个太美丽、太聪明的人儿，不应该剥夺她自身的幸福，使我抱恨终天。她已经立誓割舍爱情，我现在活着也就等于死去一般。

班伏里奥　听我的劝告，别再想起她了。

罗密欧　啊！那么你教我怎样忘记吧。

班伏里奥　你可以放纵你的眼睛，让它们多看几个世间的美人。

罗密欧　那不过格外使我觉得她的美艳无双罢了。那些吻着美人娇额的幸运的面罩，因为它们是黑色的缘故，常常使我们想起被它们遮掩的面庞不知多么娇丽。突然盲目的人，永远不会忘记存留在他消失了的视觉中的宝贵的影像。给我看一个姿容绝代的美人，她的美貌除了使我记起世上有一个人比她更美以外，还有什么别的用处？再见，你不能教我怎样忘记。

班伏里奥　我一定要证明我的意见不错，否则死不瞑目。（同下。）

第二场　同前。街道

凯普莱特、帕里斯及仆人上。

凯普莱特　可是蒙太古也负着跟我同样的责任；我想象我们这样有了年纪的人，维持和平还不是难事。

帕里斯　你们两家都是很有名望的大族，结下了这样不解的冤仇，真是一件不幸的事。可是，老伯，您对于我的求婚有什么见教？

凯普莱特　我的意思早就对您表示过了。我的女儿今年还没有满十四岁，完全是一个不懂事的孩子；再过两个夏天，才可以谈到亲事。

帕里斯　比她年纪更小的人，都已经做了幸福的母亲了。

凯普莱特　早结果的树木一定早雕。我在这世上已经什么希望都没有了，只有她是我的惟一的安慰。可是向她求爱吧，善良的帕里斯，得到她的欢心；只要她愿意，我的同意是没有问题的。今天晚上，我要按照旧例，举行一次宴会，邀请许多亲友参加；您也是我所要邀请的一个，请您接受我的最诚意的欢迎。在我的寒舍里，今晚您可以见到灿烂的群星翩然下降，照亮黑暗的天空；在蓓蕾一样娇艳的女郎丛里，您可以充分享受青春的愉快，正像盛装的四月追随着残冬的足迹降临人世，在年轻人的心里充满着活跃的欢欣一样。您可以听一个够，看一个饱，从许多美貌的女郎中间，连我的女儿也在内，拣一个最好的做您的意中人。来，跟我去。（以一纸交仆）你到维洛那全城去走一转，挨着这单子上一个一个的名字去找人，请他们到我的家里来。（凯普莱特、帕里斯同下。）

仆　人　挨着这单子上的名字去找人！人家说，鞋匠的针线，裁缝的钉锤，渔夫的笔，画师的网，各人有各人的职司；可是我们的老爷却叫我挨着这单子上的名字去找人，我怎么知道写字的人在这上面写着些什么？我一定要找个识字的人。来得正好。

班伏里奥及罗密欧上。

班伏里奥　不，兄弟，新的火焰可以把旧的火焰扑灭，大的苦痛可以使小的苦痛减轻；头晕目眩的时候，只要转身向后；一桩绝望的忧伤，也可以用另一桩烦恼把它驱除。给你的眼睛找一个新的迷惑，你的原来的痼疾就可以霍然脱体。

罗密欧　你的药草只好医治——

班伏里奥　医治什么？

罗密欧　医治你的跌伤的胫骨。

班伏里奥　怎么，罗密欧，你疯了吗？

罗密欧　我没有疯，可是比疯人更不自由；关在牢狱里，不进饮食，挨受着鞭挞和酷刑——晚安，好朋友！

仆　人　晚安！请问先生，您念过书吗？

罗密欧　是的，这是我的不幸中的资产。

仆　人　也许您只会背诵；可是请问您会不会看着字一个一个地念？

罗密欧　我认得的字，我就会念。

仆　人　您说得很老实；愿您一生快乐！（欲去。）

罗密欧　等一等，朋友；我会念。“玛丁诺先生暨夫人及诸位令嫒；安赛尔美伯爵及诸位令妹；寡居之维特鲁维奥夫人；帕拉森西奥先生及诸位令侄女；茂丘西奥及其令弟凡伦丁；凯普莱特叔父暨婶母及诸位贤妹；罗瑟琳贤侄女；里维娅；伐伦西奥先生及其令表弟提伯尔特；路西奥及活泼之海丽娜。”好一群名士贤媛！请他们到什么地方去？

仆　人　到——

罗密欧　哪里？

仆　人　到我们家里吃饭去。

罗密欧　谁的家里？

仆　人　我的主人的家里。

罗密欧　对了，我该先问你的主人是谁才是。

仆　人　您也不用问了，我就告诉您吧。我的主人就是那个有财有势的凯普莱特；要是您不是蒙太古家里的人，请您也来跟我们喝一杯酒，愿您一生快乐！（下。）

班伏里奥　在这一个凯普莱特家里按照旧例举行的宴会中间，你所热恋的美人罗瑟琳也要跟着维洛那城里所有的绝色名媛一同去赴宴。你也到那儿去吧，用着不带成见的眼光，把她的容貌跟别人比较比较，你就可以知道你的天鹅不过是一只乌鸦罢了。

罗密欧　要是我的虔敬的眼睛会相信这种谬误的幻象，那么让眼泪变成火焰，把这一双罪状昭著的异教邪徒烧成灰烬吧！比我的爱人还美！烛照万物的太阳，自有天地以来也不曾看见过一个可以和她媲美的人。

班伏里奥　嘿！你看见她的时候，因为没有别人在旁边，你的两只眼睛里只有她一个人，所以你以为她是美丽的；可是在你那水晶的天秤里，要是把你的恋人跟另外一个我可以在这宴会里指点给你看的美貌的姑娘同时较量起来，那么她现在虽然仪态万方，那时候就要自惭形秽了。

罗密欧　我倒要去这一次；不是去看你所说的美人，只要看看我自己的爱人怎样大放光彩，我就心满意足了。（同下。）

第三场　同前。凯普莱特家中一室

凯普莱特夫人及乳媪上。

凯普莱特夫人　奶妈，我的女儿呢？叫她出来见我。

乳　媪　凭着我十二岁时候的童贞发誓，我早就叫过她了。喂，小绵羊！喂，小鸟儿！上帝保佑！这孩子到什么地方去啦？喂，朱丽叶！

朱丽叶上。

朱丽叶　什么事？谁叫我？

乳　媪　你的母亲。

朱丽叶　母亲，我来了。您有什么吩咐？

凯普莱特夫人　是这么一件事。奶妈，你出去一会儿。我们要谈些秘密的话。——奶妈，你回来吧；我想起来了，你也应当听听我们的谈话。你知道我的女儿年纪也不算怎么小啦。

乳　媪　对啊，我把她的生辰记得清清楚楚的。

凯普莱特夫人　她现在还不满十四岁。

乳　媪　我可以用我的十四颗牙齿打赌——唉，说来伤心，我的牙齿掉得只剩四颗啦！——她还没有满十四岁呢。现在离开收获节还有多久？

凯普莱特夫人　两个星期多一点。

乳　媪　不多不少，不先不后，到收获节的晚上她才满十四岁。苏珊跟她同年——上帝安息一切基督徒的灵魂！唉！苏珊是跟上帝在一起啦，我命里不该有这样一个孩子。可是我说过的，到收获节的晚上，她就要满十四岁啦；正是，一点不错，我记得清清楚楚的。自从地震那一年到现在，已经十一年啦；那时候她已经断了奶，我永远不会忘记，不先不后，刚巧在那一天；因为我在那时候用艾叶涂在奶头上，坐在鸽棚下面晒着太阳；老爷跟您那时候都在曼多亚。瞧，我的记性可不算坏。可是我说的，她一尝到我奶头上的艾叶的味道，觉得变苦啦，嗳哟，这可爱的小傻瓜！她就发起脾气来，把奶头摔开啦。那时候地震，鸽棚都在摇动呢：这个说来话长，算来也有十一年啦；后来她就慢慢地会一个人站得直挺挺的，还会摇呀摆的到处乱跑，就是在她跌破额角的那一天，我那去世的丈夫——上帝安息他的灵魂！他是个喜欢说说笑笑的人，把这孩子抱了起来，“啊！”他说，“你往前扑了吗？等你年纪一大，你就要往后仰了；是不是呀，朱丽？”谁知道这个可爱的坏东西忽然停住了哭声，说“嗯。”嗳哟，真把人都笑死了！要是我活到一千岁，我也再不会忘记这句话。“是不是呀，朱丽？”他说；这可爱的小傻瓜就停住了哭声，说“嗯。”

凯普莱特夫人　得了得了，请你别说下去了吧。

乳　媪　是，太太。可是我一想到她会停住了哭说“嗯”，就禁不住笑起来。不说假话，她额角上肿起了像小雄鸡的睾丸那么大的一个包哩；她痛得放声大哭；“啊！”我的丈夫说，“你往前扑了吗？等你年纪一大，你就要往后仰了；是不是呀，朱丽？”她就停住了哭声，说“嗯。”

朱丽叶　我说，奶妈，你也可以停住嘴了。

乳　媪　好，我不说啦，我不说啦。上帝保佑你！你是在我手里抚养长大的一个最可爱的小宝贝；要是我能够活到有一天瞧着你嫁了出去，也算了结我的一桩心愿啦。

凯普莱特夫人　是呀，我现在就是要谈起她的亲事。朱丽叶，我的孩子，告诉我，要是现在把你嫁了出去，你觉得怎么样？

朱丽叶　这是我做梦也没有想到过的一件荣誉。

乳　媪　一件荣誉！倘不是你只有我这一个奶妈，我一定要说你的聪明是从奶头上得来的。

凯普莱特夫人　好，现在你把婚姻问题考虑考虑吧。在这儿维洛那城里，比你再年轻点儿的千金小姐们，都已经做了母亲啦。就拿我来说吧，我在你现在这样的年纪，也已经生下了你。废话用不着多说，少年英俊的帕里斯已经来向你求过婚啦。

乳　媪　真是一位好官人，小姐！像这样的一个男人，小姐，真是天下少有。嗳哟！他真是一位十全十美的好郎君。

凯普莱特夫人　维洛那的夏天找不到这样一朵好花。

乳　媪　是啊，他是一朵花，真是一朵好花。

凯普莱特夫人　你怎么说？你能不能喜欢这个绅士？今晚上在我们家里的宴会中间，你就可以看见他。从年轻的帕里斯的脸上，你可以读到用秀美的笔写成的迷人诗句；一根根齐整的线条，交织成整个一幅谐和的图画，要是你想探索这一卷美好的书中的奥秘，在他的眼角上可以找到微妙的诠释。这本珍贵的恋爱的经典，只缺少一帧可以使它相得益彰的封面；正像游鱼需要活水，美妙的内容也少不了美妙的外表陪衬。记载着金科玉律的宝籍，锁合在漆金的封面里，它的辉煌富丽为众目所共见；要是你做了他的封面，那么他所有的一切都属于你所有了。

乳　媪　何止如此！我们女人有了男人就富足了。

凯普莱特夫人　简简单单地回答我，你能够接受帕里斯的爱吗？

朱丽叶　要是我看见了他以后，能够发生好感，那么我是准备喜欢他的。可是我的眼光的飞箭，倘然没有得到您的允许，是不敢大胆发射出去的呢。

一仆人上。

仆　人　太太，客人都来了，餐席已经摆好了，请您跟小姐快些出去。大家在厨房里埋怨着奶妈，什么都乱成一团。我要侍候客人去；请您马上就来。

凯普莱特夫人　我们就来了。朱丽叶，那伯爵在等着呢。

乳　媪　去，孩子，快去找天天欢乐，夜夜良宵。（同下。）

第四场　同前。街道

罗密欧、茂丘西奥、班伏里奥及五六人或戴假面或持火炬上。

罗密欧　怎么！我们就用这一番话作为我们的进身之阶呢，还是就这么昂然直入，不说一句道歉的话？

班伏里奥　这种虚文俗套，现在早就不流行了。我们用不着蒙着眼睛的丘匹德，背着一张花漆的木弓，像个稻草人似的去吓那些娘儿们；也用不着跟着提示的人一句一句念那从书上默诵出来的登场白；随他们把我们认做什么人，我们只要跳完一回舞，走了就完啦。

罗密欧　给我一个火炬，我不高兴跳舞。我的阴沉的心需要着光明。

茂丘西奥　不，好罗密欧，我们一定要你陪着我们跳舞。

罗密欧　我实在不能跳。你们都有轻快的舞鞋；我只有一个铅一样重的灵魂，把我的身体紧紧地钉在地上，使我的脚步不能移动。

茂丘西奥　你是一个恋人，你就借着丘匹德的翅膀，高高地飞起来吧。

罗密欧　他的羽镞已经穿透我的胸膛，我不能借着他的羽翼高翔；他束缚住了我整个的灵魂，爱的重担压得我向下坠沉，跳不出烦恼去。

茂丘西奥　爱是一件温柔的东西，要是你拖着它一起沉下去，那未免太难为它了。

罗密欧　爱是温柔的吗？它是太粗暴、太专横，太野蛮了；它像荆棘一样刺人。

茂丘西奥　要是爱情虐待了你，你也可以虐待爱情；它刺痛了你，你也可以刺痛它；这样你就可以战胜了爱情。给我一个面具，让我把我的尊容藏起来；（戴假面）嗳哟，好难看的鬼脸！再给我拿一个面具来把它罩住吧。也罢，就让人家笑我丑，也有这一张鬼脸替我遮羞。

班伏里奥　来，敲门进去；大家一进门，就跳起舞来。

罗密欧　拿一个火炬给我。让那些无忧无虑的公子哥儿们去卖弄他们的舞步吧；莫怪我说句老气横秋的话，我对于这种玩意儿实在敬谢不敏，还是做个壁上旁观的人吧。

茂丘西奥　胡说！要是你已经没头没脑深陷在恋爱的泥沼里——恕我说这样的话——那么我们一定要拉你出来。来来来，我们别白昼点灯浪费光阴啦！

罗密欧　我们并没有白昼点灯。

茂丘西奥　我的意思是说，我们耽误时光，好比白昼点灯一样。我们没有恶意，我们还有五个官能，可以有五倍的观察能力呢。

罗密欧　我们去参加他们的舞会也无恶意，只怕不是一件聪明的事。

茂丘西奥　为什么？请问。

罗密欧　昨天晚上我做了一个梦。

茂丘西奥　我也做了一个梦。

罗密欧　好，你做了什么梦？

茂丘西奥　我梦见做梦的人老是说谎。

罗密欧　一个人在睡梦里往往可以见到真实的事情。

茂丘西奥　啊！那么一定春梦婆来望过你了。

班伏里奥　春梦婆！她是谁？

茂丘西奥　她是精灵们的稳婆；她的身体只有郡吏手指上一颗玛瑙那么大；几匹蚂蚁大小的细马替她拖着车子，越过酣睡的人们的鼻梁，她的车辐是用蜘蛛的长脚做成的；车篷是蚱蜢的翅膀；挽索是小蜘蛛丝，颈带如水的月光；马鞭是蟋蟀的骨头；缰绳是天际的游丝。替她驾车的是一只小小的灰色的蚊虫，它的大小还不及从一个贪懒丫头的指尖上挑出来的懒虫的一半。她的车子是野蚕用一个榛子的空壳替她造成，它们从古以来，就是精灵们的车匠。她每夜驱着这样的车子，穿过情人们的脑中，他们就会在梦里谈情说爱；经过官员们的膝上，他们就会在梦里打躬作揖；经过律师们的手指，他们就会在梦里伸手讨讼费；经过娘儿们的嘴唇，她们就会在梦里跟人家接吻，可是因为春梦婆讨厌她们嘴里吐出来的糖果的气息，往往罚她们满嘴长着水泡。有时奔驰过廷臣的鼻子，他就会在梦里寻找好差事；有时她从捐献给教会的猪身上拔下它的尾巴来，撩拨着一个牧师的鼻孔，他就会梦见自己又领到一份俸禄；有时她绕过一个兵士的颈项，他就会梦见杀敌人的头，进攻、埋伏、锐利的剑锋、淋漓的痛饮——忽然被耳边的鼓声惊醒，咒骂了几句，又翻了个身睡去了。就是这一个春梦婆在夜里把马鬣打成了辫子，把懒女人的龌龊的乱发烘成一处处胶粘的硬块，倘然把它们梳通了，就要遭逢祸事；就是这个婆子在人家女孩子们仰面睡觉的时候，压在她们的身上，教会她们怎样养儿子；就是她——

罗密欧　得啦，得啦，茂丘西奥，别说啦！你全然在那儿痴人说梦。

茂丘西奥　对了，梦本来是痴人脑中的胡思乱想；它的本质像空气一样稀薄；它的变化莫测，就像一阵风，刚才还在向着冰雪的北方求爱，忽然发起恼来，一转身又到雨露的南方来了。

班伏里奥　你讲起的这一阵风，不知把我们自己吹到哪儿去了。人家晚饭都用过了，我们进去怕要太晚啦。

罗密欧　我怕也许是太早了；我仿佛觉得有一种不可知的命运，将要从我们今天晚上的狂欢开始它的恐怖的统治，我这可憎恨的生命，将要遭遇残酷的夭折而告以结束。可是让支配我的前途的上帝指导我的行动吧！前进，快活的朋友们！

班伏里奥　来，把鼓擂起来。（同下。）

第五场　同前。凯普莱特家中厅堂

乐工各持乐器等候；众仆上。

仆　甲　卜得潘呢？他怎么不来帮忙把这些盘子拿下去？他不愿意搬碟子！他不愿意揩砧板！

仆　乙　一切事情都交给一两个人管，叫他们连洗手的工夫都没有，这真糟糕！

仆　甲　把折凳拿进去，把食器架搬开，留心打碎盘子。好兄弟，留一块杏仁酥给我；谢谢你去叫那管门的让苏珊跟耐儿进来。安东尼！卜得潘！

仆　乙　嗽，兄弟，我在这儿。

仆　甲　里头在找着你，叫着你，问着你，到处寻着你。

仆　丙　我们可不能一身分两处呀。

仆　乙　来，孩子们，大家出力！（众仆退后。）

凯普莱特、朱丽叶及其家族等自一方上；众宾客及假面跳舞者等自另一方上，相遇。

凯普莱特　诸位朋友，欢迎欢迎！足趾上不生茧子的小姐太太们要跟你们跳一回舞呢。啊哈！我的小姐们，你们中间现在有什么人不愿意跳舞？我可以发誓，谁要是推三阻四的，一定脚上长着老大的茧子；果然给我猜中了吗？诸位朋友，欢迎欢迎！我从前也曾经戴过假面，在一个标致姑娘的耳朵旁边讲些使得她心花怒放的话儿；这种时代现在是过去了，过去了，过去了。诸位朋友，欢迎欢迎！来，乐工们，奏起音乐来吧。站开些！站开些！让出地方来。姑娘们，跳起来吧。（奏乐；众开始跳舞）混蛋，把灯点亮一点，把桌子一起搬掉，把火炉熄了，这屋子里太热啦。啊，好小子！这才玩得有兴。啊！请坐，请坐，好兄弟，我们两人现在是跳不起来的了；您还记得我们最后一次戴着假面跳舞是在什么时候？

凯普莱特族人　这话说来也有三十年啦。

凯普莱特　什么，兄弟！没有这么久，没有这么久；那是在路森修结婚的那年，大概离现在有二十五年模样，我们曾经跳过一次。

凯普莱特族人　不止了，不止了；大哥，他的儿子也有三十岁啦。

凯普莱特　我难道不知道吗？他的儿子两年以前还没有成年哩。

罗密欧　挽着那位骑士的手的那位小姐是谁？

仆　人　我不知道，先生。

罗密欧　啊！火炬远不及她的明亮；
她皎然悬在暮天的颊上，
像黑奴耳边璀璨的珠环；
她是天上明珠降落人间！
瞧她随着女伴进退周旋，
像鸦群中一头白鸽蹁跹。
我要等舞阑后追随左右，
握一握她那纤纤的素手。
我从前的恋爱是假非真，
今晚才遇见绝世的佳人！

提伯尔特　听这个人的声音，好像是一个蒙太古家里的人。孩子，拿我的剑来。哼！这不知死活的奴才，竟敢套着一个鬼脸，到这儿来嘲笑我们的盛会吗？为了保持凯普莱特家族的光荣，我把他杀死了也不算罪过。

凯普莱特　嗳哟，怎么，侄儿！你怎么动起怒来啦？

提伯尔特　姑父，这是我们的仇家蒙太古家里的人；这贼子今天晚上到这儿来，一定不怀好意，存心来捣乱我们的盛会。

凯普莱特　他是罗密欧那小子吗？

提伯尔特　正是他，正是罗密欧这小杂种。

凯普莱特　别生气，好侄儿，让他去吧。瞧他的举动倒也规规矩矩；说句老实话，在维洛那城里，他也算得一个品行很好的青年。我无论如何不愿意在我自己的家里跟他闹事。你还是耐着性子，别理他吧。我的意思就是这样，你要是听我的话，赶快收下了怒容，和和气气的，不要打断大家的兴致。

提伯尔特　这样一个贼子也来做我们的宾客，我怎么不生气？我不能容他在这儿放肆。

凯普莱特　不容也得容；哼，目无尊长的孩子！我偏要容他。嘿！谁是这里的主人？是你还是我？嘿！你容不得他！什么话！你要当着这些客人的面前吵闹吗？你不服气！你要充好汉！

提伯尔特　姑父，咱们不能忍受这样的耻辱。

凯普莱特　得啦，得啦，你真是一点规矩都不懂。——是真的吗？您也许不喜欢这个调调儿。——我知道你一定要跟我闹别扭！——说得很好，我的好人儿！——你是个放肆的孩子，去，别闹！不然的话——把灯再点亮些！把灯再点亮些！——不害臊的！我要叫你闭嘴。——啊！痛痛快快地玩一下，我的好人儿们！

提伯尔特　我这满腔怒火偏给他浇下一盆冷水，好叫我气得浑身哆嗦。我且退下去；可是今天由他闯进了咱们的屋子，看他不会有一天得意反成后悔。（下。）

罗密欧　（向朱丽叶。）

要是我这俗手上的尘污，
亵渎了你的神圣的庙宇，
这两片嘴唇，含羞的信徒，
愿意用一吻乞求你宽恕。

朱丽叶　信徒，莫把你的手儿侮辱，
这样才是最虔诚的礼敬；
神明的手本许信徒接触，

掌心的密合远胜如亲吻。

罗密欧　生下了嘴唇有什么用处？

朱丽叶　信徒的嘴唇要祷告神明。

罗密欧　那么我要祷求你的允许，

让手的工作交给了嘴唇。

朱丽叶　你的祷告已蒙神明允准。

罗密欧　神明，请容我把殊恩受领。（吻朱丽叶）

这一吻涤清了我的罪孽。

朱丽叶　你的罪却沾上我的唇间。

罗密欧　啊，我的唇间有罪？感谢你精心的指摘！让我收回吧。

朱丽叶　你可以亲一下《圣经》。

乳　媪　小姐，你妈要跟你说话。

罗密欧　谁是她的母亲？

乳　媪　小官人，她的母亲就是这儿府上的太太，她是个好太太，又聪明，又贤德；我替她抚养她的女儿，就是刚才跟您说话的那个；告诉您吧，谁要是娶了她去，才发财咧。

罗密欧　她是凯普莱特家里的人吗？嗳哟！我的生死现在操在我的仇人的手里了！

班伏里奥　去吧，跳舞快要完啦。

罗密欧　是的，我只怕盛筵易散，良会难逢。

凯普莱特　不，列位，请慢点儿去；我们还要请你们稍微用一点茶点。真要走吗？那么谢谢你们；各位朋友，谢谢，谢谢，再会！再会！再拿几个火把来！来，我们去睡吧。啊，好小子！天真是不早了；我要去休息一会儿。（除朱丽叶及乳媪外俱下。）

朱丽叶　过来，奶妈。那边的那位绅士是谁？

乳　媪　提伯里奥那老头儿的儿子。

朱丽叶　现在跑出去的那个人是谁？

乳　媪　呃，我想他就是那个年轻的彼特鲁乔。

朱丽叶　那个跟在人家后面不跳舞的人是谁？

乳　媪　我不认识。

朱丽叶　去问他叫什么名字。——要是他已经结过婚，那么坟墓便是我的婚床。

乳　媪　他的名字叫罗密欧，是蒙太古家里的人，咱们仇家的独子。

朱丽叶　恨灰中燃起了爱火融融，
要是不该相识，何必相逢！
昨天的仇敌，今日的情人，
这场恋爱怕要种下祸根。

乳　媪　你在说什么？你在说什么？

朱丽叶　那是刚才一个陪我跳舞的人教给我的几句诗。（内呼，“朱丽叶！”）

乳　媪　就来，就来！来，咱们去吧；客人们都已经散了。（同下。）

开场诗

致辞者上。

旧日的温情已尽付东流，
新生的爱恋正如日初上；
为了朱丽叶的绝世温柔，
忘却了曾为谁魂思梦想。
罗密欧爱着她媚人容貌，
把一片痴心呈献给仇雠，
朱丽叶恋着他风流才调，
甘愿被香饵钓上了金钩。
只恨解不开的世仇宿怨，
这段山海深情向谁申诉？
幽闺中锁住了桃花人面，
要相见除非是梦魂来去。
可是热情总会战胜辛艰，
苦味中间才有无限甘甜。（下。）

第二幕

第一场　维洛那。凯普莱特花园墙外的小巷

罗密欧上。

罗密欧　我的心还逗留在这里，我能够就这样掉头前去吗？转回去，你这无精打采的身子，去找寻你的灵魂吧。（攀登墙上，跳入墙内。）

班伏里奥及茂丘西奥上。

班伏里奥　罗密欧！罗密欧兄弟！

茂丘西奥　他是个乖巧的家伙；我说他一定溜回家去睡了。

班伏里奥　他往这条路上跑，一定跳进这花园的墙里去了。好茂丘西奥，你叫叫他吧。

茂丘西奥　不，我还要念咒喊他出来呢。罗密欧！痴人！疯子！恋人！情郎！快快化作一声叹息出来吧！我不要你多说什么，只要你念一行诗，叹一口气，把咱们那位维纳斯奶奶恭维两句，替她的瞎眼儿子丘匹德少爷取个绰号，这位小爱神真是个神弓手，竟让国王爱上了叫化子的女儿！他没有听见，他没有作声，他没有动静；这猴崽子难道死了吗？待我咒他的鬼魂出来。凭着罗瑟琳的光明的眼睛，凭着她的高额角，她的红嘴唇，她的玲珑的脚，挺直的小腿，弹性的大腿和大腿附近的那一部分，凭着这一切的名义，赶快给我现出真形来吧！

班伏里奥　他要是听见了，一定会生气的。

茂丘西奥　这不至于叫他生气；他要是生气，除非是气得他在他情人的圈儿里唤起一个异样的妖精，由它在那儿昂然直立，直等她降伏了它，

并使它低下头来；那样做的话，才是怀着恶意呢；我的咒语却很正当，我无非凭着他情人的名字唤他出来罢了。

班伏里奥　来，他已经躲到树丛里，跟那多露水的黑夜做伴去了；爱情本来是盲目的，让他在黑暗里摸索去吧。

茂丘西奥　爱情如果是盲目的，就射不中靶。此刻他该坐在枇杷树下了，希望他的情人就是他口中的枇杷。——啊，罗密欧，但愿，但愿她真的成了你到口的枇杷！罗密欧，晚安！我要上床睡觉去；这儿草地上太冷啦，我可受不了。来，咱们走吧。

班伏里奥　好，走吧；他要避着我们，找他也是白费辛勤。（同下。）

第二场　同前。凯普莱特家的花园

罗密欧上。

罗密欧　没有受过伤的才会讥笑别人身上的创痕。（朱丽叶自上方窗户中出现）轻声！那边窗子里亮起来的是什么光？那就是东方，朱丽叶就是太阳！起来吧，美丽的太阳！赶走那妒忌的月亮，她因为她的女弟子比她美得多，已经气得面色惨白了。既然她这样妒忌着你，你不要忠于她吧；脱下她给你的这一身惨绿色的贞女的道服，它是只配给愚人穿的。那是我的意中人；啊！那是我的爱；唉，但愿她知道我在爱着她！她欲言又止，可是她的眼睛已经道出了她的心事。待我去回答她吧；不，我不要太卤莽，她不是对我说话。天上两颗最灿烂的星，因为有事他去，请求她的眼睛替代它们在空中闪耀。要是她的眼睛变成了天上的星，天上的星变成了她的眼睛，那便怎样呢？她脸上的光辉会掩盖了星星的明亮，正像灯光在朝阳下黯然失色一样；在天上的她的眼睛，会在太空中大放光明，使鸟儿误认为黑夜已经过去而唱出它们的歌声。瞧！她用纤手托住了脸，那姿态是多么美妙！啊，但愿我是那一只手上的手套，好让我亲一亲她脸上的香泽！

朱丽叶　唉！

罗密欧　她说话了。啊！再说下去吧，光明的天使！因为我在这夜色之中仰视着你，就像一个尘世的凡人，张大了出神的眼睛，瞻望着一个生着翅膀的天使，驾着白云缓缓地驰过了天空一样。

朱丽叶　罗密欧啊，罗密欧！为什么你偏偏是罗密欧呢？否认你的父亲，抛弃你的姓名吧；也许你不愿意这样做，那么只要你宣誓做我的爱人，我也不愿再姓凯普莱特了。

罗密欧　（旁白）我还是继续听下去呢，还是现在就对她说话？

朱丽叶　只有你的名字才是我的仇敌；你即使不姓蒙太古，仍然是这样的一个你。姓不姓蒙太古又有什么关系呢？它又不是手，又不是脚，又不是手臂，又不是脸，又不是身体上任何其他的部分。啊！换一个姓名吧！姓名本来是没有意义的；我们叫作玫瑰的这一种花，要是换了个名字，它的香味还是同样的芬芳；罗密欧要是换了别的名字，他的可爱的完美也决不会有丝毫改变。罗密欧，抛弃了你的名字吧；我愿意把我整个的心灵，赔偿你这一个身外的空名。

罗密欧　那么我就听你的话，你只要叫我做爱人，我就重新受洗，重新命名；从今以后，永远不再叫罗密欧了。

朱丽叶　你是什么人，在黑夜里躲躲闪闪地偷听人家的话？

罗密欧　我没法告诉你我叫什么名字。敬爱的神明，我痛恨我自己的名字，因为它是你的仇敌；要是把它写在纸上，我一定把这几个字撕成粉碎。

朱丽叶　我的耳朵里还没有灌进从你嘴里吐出来的一百个字，可是我认识你的声音；你不是罗密欧，蒙太古家里的人吗？

罗密欧　不是，美人，要是你不喜欢这两个名字。

朱丽叶　告诉我，你怎么会到这儿来，为什么到这儿来？花园的墙这么高，是不容易爬上来的；要是我家里的人瞧见你在这儿，他们一定不让你活命。

罗密欧　我借着爱的轻翼飞过园墙，因为砖石的墙垣是不能把爱情阻隔的；爱情的力量所能够做到的事，它都会冒险尝试，所以我不怕你家里人的干涉。

朱丽叶　要是他们瞧见了你，一定会把你杀死的。

罗密欧　唉！你的眼睛比他们二十柄刀剑还厉害；只要你用温柔的眼光看

着我，他们就不能伤害我的身体。

朱丽叶　我怎么也不愿让他们瞧见你在这儿。

罗密欧　朦胧的夜色可以替我遮过他们的眼睛。只要你爱我，就让他们瞧见我吧；与其因为得不到你的爱情而在这世上捱命，还不如在仇人的刀剑下丧生。

朱丽叶　谁叫你找到这儿来的？

罗密欧　爱情怂恿我探听出这一个地方；他替我出主意，我借给他眼睛。我不会操舟驾舵，可是倘使你在辽远辽远的海滨，我也会冒着风波寻访你这颗珍宝。

朱丽叶　幸亏黑夜替我罩上了一重面幕，否则为了我刚才被你听去的话，你一定可以看见我脸上羞愧的红晕。我真想遵守礼法，否认已经说过的言语，可是这些虚文俗礼，现在只好一切置之不顾了！你爱我吗？我知道你一定会说"是的"；我也一定会相信你的话；可是也许你起的誓只是一个谎，人家说，对于恋人们的寒盟背信，天神是一笑置之的。温柔的罗密欧啊！你要是真的爱我，就请你诚意告诉我！你要是嫌我太容易降心相从，我也会堆起怒容，装出倔强的神气，拒绝你的好意，好让你向我婉转求情，否则我是无论如何不会拒绝你的。俊秀的蒙太古啊，我真的太痴心了，所以也许你会觉得我的举动有点轻浮；可是相信我，朋友，总有一天你会知道我的忠心远胜过那些善于矜持作态的人。我必须承认，倘不是你乘我不备的时候偷听去了我的真情的表白，我一定会更加矜持一点的；所以原谅我吧，是黑夜泄漏了我心底的秘密，不要把我的允诺看作无耻的轻狂。

罗密欧　姑娘，凭着这一轮皎洁的月亮，它的银光涂染着这些果树的梢端，我发誓——

朱丽叶　啊！不要指着月亮起誓，它是变化无常的，每个月都有盈亏圆缺；你要是指着它起誓，也许你的爱情也会像它一样无常。

罗密欧　那么我指着什么起誓呢？

朱丽叶　不用起誓吧；或者要是你愿意的话，就凭着你优美的自身起誓，那是我所崇拜的偶像，我一定会相信你的。

罗密欧　要是我的出自深心的爱情——

朱丽叶　好，别起誓啦。我虽然喜欢你，却不喜欢今天晚上的密约；它太仓促、太轻率、太出人意外了，正像一闪电光，等不及人家开一声口，已经消隐了下去。好人，再会吧！这一朵爱的蓓蕾，靠着夏天的暖风的吹拂，也许会在我们下次相见的时候，开出鲜艳的花来。晚安，晚安！但愿恬静的安息同样降临到你我两人的心头！

罗密欧　啊！你就这样离我而去，不给我一点满足吗？

朱丽叶　你今夜还要什么满足呢？

罗密欧　你还没有把你的爱情的忠实的盟誓跟我交换。

朱丽叶　在你没有要求以前，我已经把我的爱给了你了；可是我倒愿意重新给你。

罗密欧　你要把它收回去吗？为什么呢，爱人？

朱丽叶　为了表示我的慷慨，我要把它重新给你。可是我只愿意要我已有的东西：我的慷慨像海一样浩渺，我的爱情也像海一样深沉；我给你的越多，我自己也越是富有，因为这两者都是没有穷尽的。（乳媪在内呼唤）我听见里面有人在叫；亲爱的，再会吧！——就来了，好奶妈！——亲爱的蒙太古，愿你不要负心。再等一会儿，我就会来的。（自上方下。）

罗密欧　幸福的，幸福的夜啊！我怕我只是在晚上做了一个梦，这样美满的事不会是真实的。

朱丽叶自上方重上。

朱丽叶　亲爱的罗密欧，再说三句话，我们真的要再会了。要是你的爱情的确是光明正大，你的目的是在于婚姻，那么明天我会叫一个人到你的地方来，请你叫他带一个信给我，告诉我你愿意在什么地方、什么时候举行婚礼；我就会把我的整个命运交托给你，把你当作我的主人，跟随你到天涯海角。

乳　媪　（在内）小姐！

朱丽叶　就来。——可是你要是没有诚意，那么我请求你——

乳　媪　（在内）小姐！

朱丽叶　等一等，我来了。——停止你的求爱，让我一个人独自伤心吧。明天我就叫人来看你。

罗密欧　凭着我的灵魂——

朱丽叶　一千次的晚安！（自上方下。）

罗密欧　晚上没有你的光，我只有一千次的心伤！恋爱的人去赴他情人的约会，像一个放学归来的儿童；可是当他和情人分别的时候，却像上学去一般满脸懊丧。（退后。）

朱丽叶自上方重上。

朱丽叶　嘘！罗密欧！嘘！唉！我希望我会发出呼鹰的声音，招这只鹰儿回来。我不能高声说话，否则我要让我的喊声传进厄科[1]的洞穴，让她的无形的喉咙因为反复叫喊着我的罗密欧的名字而变成嘶哑。

罗密欧　那是我的灵魂在叫喊着我的名字。恋人的声音在晚间多么清婉，听上去就像最柔和的音乐！

朱丽叶　罗密欧！

罗密欧　我的爱！

朱丽叶　明天我应该在什么时候叫人来看你？

罗密欧　就在九点钟吧。

朱丽叶　我一定不失信；挨到那个时候，该有二十年那么长久！我记不起为什么要叫你回来了。

罗密欧　让我站在这儿，等你记起了告诉我。

朱丽叶　你这样站在我的面前，我一心想着多么爱跟你在一块儿，一定永远记不起来了。

罗密欧　那么我就永远等在这儿，让你永远记不起来，忘记除了这里以外还有什么家。

朱丽叶　天快要亮了；我希望你快去；可是我就好比一个淘气的女孩子，像放松一个囚犯似的让她心爱的鸟儿暂时跳出她的掌心，又用一根丝线把它拉了回来，爱的私心使她不愿意给它自由。

罗密欧　我但愿我是你的鸟儿。

朱丽叶　好人，我也但愿这样；可是我怕你会死在我的过分的爱抚里。晚

---

① 厄科（Echo）是希腊神话中的仙女，因恋爱美少年那耳喀索斯不遂而形消体灭，化为山谷中的回声。

安！晚安！离别是这样甜蜜的凄清，我真要向你道晚安直到天明！（下。）

罗密欧　但愿睡眠合上你的眼睛！
但愿平静安息我的心灵！
我如今要去向神父求教，
把今宵的艳遇诉他知晓。（下。）

第三场　同前。劳伦斯神父的寺院

劳伦斯神父携篮上。

劳伦斯　黎明笑向着含愠的残宵，
金鳞浮上了东方的天梢；
看赤轮驱走了片片乌云，
像一群醉汉向四处狼奔。
趁太阳还没有睁开火眼，
晒干深夜里的涔涔露点，
我待要采摘下满箧盈筐，
毒草灵葩充实我的青囊。
大地是生化万类的慈母，
她又是掩藏群生的坟墓，
试看她无所不载的胸怀，
哺乳着多少的姹女婴孩！
天生下的万物没有弃掷，
什么都有它各自的特色，
石块的冥顽，草木的无知，
都含着玄妙的造化生机。
莫看那蠢蠢的恶木莠蔓，
对世间都有它特殊贡献；
即使最纯良的美谷嘉禾，

用得失当也会害性戕躯。
美德的误用会变成罪过，
罪恶有时反会造成善果。
这一朵有毒的弱蕊纤苞，
也会把淹煎的痼疾医疗；
它的香味可以祛除百病，
吃下腹中却会昏迷不醒。
草木和人心并没有不同，
各自有善意和恶念争雄，
恶的势力倘然占了上风，
死便会蛀蚀进它的心中。

罗密欧上。

罗密欧　早安，神父。

劳伦斯　上帝祝福你！是谁的温柔的声音这么早就在叫我？孩子，你一早起身，一定有什么心事。老年人因为多忧多虑，往往容易失眠，可是身心壮健的青年，一上了床就应该酣然入睡；所以你的早起，倘不是因为有什么烦恼，一定是昨夜没有睡过觉。

罗密欧　你的第二个猜测是对的；我昨夜享受到比睡眠更甜蜜的安息。

劳伦斯　上帝饶恕我们的罪恶！你是跟罗瑟琳在一起吗？

罗密欧　跟罗瑟琳在一起，我的神父？不，我已经忘记了那一个名字，和那个名字所带来的烦恼。

劳伦斯　那才是我的好孩子；可是你究竟到什么地方去了？

罗密欧　我愿意在你没有问我第二遍以前告诉你。昨天晚上我跟我的仇敌在一起宴会，突然有一个人伤害了我，同时她也被我伤害了；只有你的帮助和你的圣药，才会医治我们两人的重伤。神父，我并不怨恨我的敌人，因为瞧，我来向你请求的事，不单为了我自己，也同样为了她。

劳伦斯　好孩子，说明白一点，把你的意思老老实实告诉我，别打着哑谜了。

罗密欧　那么老实告诉你吧，我心底的一往深情，已经完全倾注在凯普莱特的美丽的女儿身上了。她也同样爱着我；一切都完全定当了，只要你肯替我们主持神圣的婚礼。我们在什么时候遇见，在什么地方求爱，怎样彼此交换着盟誓，这一切我都可以慢慢告诉你；可是无论如何，请你一定答应就在今天替我们成婚。

劳伦斯　圣芳济啊！多么快的变化！难道你所深爱着的罗瑟琳，就这样一下子被你抛弃了吗？这样看来，年轻人的爱情，都是见异思迁，不是发于真心的。耶稣，马利亚！你为了罗瑟琳的缘故，曾经用多少的眼泪洗过你消瘦的面庞！为了替无味的爱情添加一点辛酸的味道，曾经浪费掉多少的咸水！太阳还没有扫清你吐向苍穹的怨气，我这龙钟的耳朵里还留着你往日的呻吟；瞧！就在你自己的颊上，还剩着一丝不曾揩去的旧时的泪痕。要是你不曾变了一个人，这些悲哀都是你真实的情感，那么你是罗瑟琳的，这些悲哀也是为罗瑟琳而发的；难道你现在已经变心了吗？男人既然这样没有恒心，那就莫怪女人家朝三暮四了。

罗密欧　你常常因为我爱罗瑟琳而责备我。

劳伦斯　我的学生，我不是说你不该恋爱，我只叫你不要因为恋爱而发痴。

罗密欧　你又叫我把爱情埋葬在坟墓里。

劳伦斯　我没有叫你把旧的爱情埋葬了，再去另找新欢。

罗密欧　请你不要责备我；我现在所爱的她，跟我心心相印，不像前回那个一样。

劳伦斯　啊，罗瑟琳知道你对她的爱情完全抄着人云亦云的老调，你还没有读过恋爱入门的一课哩。可是来吧，朝三暮四的青年，跟我来；为了一个理由，我愿意帮助你一臂之力：因为你们的结合也许会使你们两家释嫌修好，那就是天大的幸事了。

罗密欧　啊！我们就去吧，我巴不得越快越好。

劳伦斯　凡事三思而行；跑得太快是会滑倒的。（同下。）

第四场　同前。街道

班伏里奥及茂丘西奥上。

茂丘西奥　见鬼的，这罗密欧究竟到哪儿去了？他昨天晚上没有回家吗？

班伏里奥　没有，我问过他的仆人了。

茂丘西奥　嗳哟！那个白面孔狠心肠的女人，那个罗瑟琳，一定把他虐待得要发疯了。

班伏里奥　提伯尔特，凯普莱特那老头子的亲戚，有一封信送到他父亲那里。

茂丘西奥　一定是一封挑战书。

班伏里奥　罗密欧一定会给他一个答复。

茂丘西奥　只要会写几个字，谁都会写一封复信。

班伏里奥　不，我说他一定会接受他的挑战。

茂丘西奥　唉！可怜的罗密欧！他已经死了，一个白女人的黑眼睛戳破了他的心；一支恋歌穿过了他的耳朵；瞎眼的丘匹德的箭已把他当胸射中；他现在还能够抵得住提伯尔特吗？

班伏里奥　提伯尔特是个什么人？

茂丘西奥　我可以告诉你，他不是个平常的阿猫阿狗。啊！他是个胆大心细、剑法高明的人。他跟人打起架来，就像照着乐谱唱歌一样，一板一眼都不放松，一秒钟的停顿，然后一、二、三，刺进人家的胸膛；他全然是个穿礼服的屠夫，一个决斗的专家；一个名门贵胄，一个击剑能手。啊！那了不得的侧击！那反击！那直中要害的一剑！

班伏里奥　那什么？

茂丘西奥　那些怪模怪样、扭扭捏捏的装腔作势，说起话来怪声怪气的荒唐鬼的对头。他们只会说，"耶稣哪，好一柄锋利的刀子！"——好一个高大的汉子，好一个风流的婊子！嘿，我的老爷子，咱们中间有这么一群不知从哪儿飞来的苍蝇，这一群满嘴法国话的时髦人，他们因为趋新好异，坐在一张旧凳子上也会不舒服，这不是一件可以痛哭流涕的事吗？

罗密欧上。

班伏里奥　罗密欧来了，罗密欧来了。

茂丘西奥　瞧他孤零零的神气，倒像一条风干的咸鱼。啊，你这块肉呀，你是怎样变成了鱼的！现在他又要念起彼特拉克①的诗句来了：罗拉比起他的情人来不过是个灶下的丫头，虽然她有一个会作诗的爱人；狄多是个蓬头垢面的村妇；克莉奥佩屈拉是个吉卜赛姑娘；海伦、希罗都是下流的娼妓；提斯柏也许有一双美丽的灰色眼睛，可是也不配相提并论。罗密欧先生，给你个法国式的敬礼！昨天晚上你给我们开了多大的一个玩笑哪。

罗密欧　两位大哥早安！昨晚我开了什么玩笑？

茂丘西奥　你昨天晚上逃走得好；装什么假？

罗密欧　对不起，茂丘西奥，我当时有一件很重要的事情，在那情况下我只好失礼了。

茂丘西奥　这就是说，在那情况下，你不得不屈一屈膝了。

罗密欧　你的意思是说，赔个礼。

茂丘西奥　你回答得正对。

罗密欧　正是十分有礼的说法。

茂丘西奥　何止如此，我是讲礼讲到头了。

罗密欧　像是花儿鞋子的尖头。

茂丘西奥　说得对。

罗密欧　那么我的鞋子已经全是花花的洞儿了。

茂丘西奥　讲得妙；跟着我把这个笑话追到底吧，直追得你的鞋子都破了，只剩下了鞋底，而那笑话也就变得又秃又呆了。

罗密欧　啊，好一个又呆又秃的笑话，真配傻子来说。

茂丘西奥　快来帮忙，好班伏里奥；我的脑袋不行了。

罗密欧　要来就快马加鞭；不然我就宣告胜利了。

---

① 彼特拉克（Petrarch，1304—1374），意大利诗人，他的作品有很多是歌颂他终身的爱人罗拉的。

茂丘西奥　不，如果比聪明像赛马，我承认我输了；我的马儿哪有你的野？说到野，我的五官加在一起也比不上你的任何一官。可是你野的时候，我几时跟你在一起过？

罗密欧　哪一次撒野没有你这呆头鹅？

茂丘西奥　你这话真有意思，我巴不得咬你一口才好。

罗密欧　啊，好鹅儿，莫咬我。

茂丘西奥　你的笑话又甜又辣；简直是辣酱油。

罗密欧　美鹅加辣酱，岂不绝妙？

茂丘西奥　啊，妙语横生，越拉越横！

罗密欧　横得好；你这呆头鹅变成一只横胖鹅了。

茂丘西奥　呀，我们这样打着趣岂不比呻吟求爱好得多吗？此刻你多么和气，此刻你才真是罗密欧了；不论是先天还是后天，此刻是你的真面目了；为了爱，急得涕零满脸，就像一个天生的傻子，奔上奔下，找洞儿藏他的棍儿。

班伏里奥　打住吧，打住吧。

茂丘西奥　你不让我的话讲完，留着尾巴好不顺眼。

班伏里奥　不打住你，你的尾巴还要长大呢。

茂丘西奥　啊，你错了；我的尾巴本来就要缩小了；我的话已经讲到了底，不想老占着位置啦。

罗密欧　看哪，好把戏来啦！

乳媪及彼得上。

茂丘西奥　一条帆船，一条帆船！

班伏里奥　两条，两条！一公一母。

乳　媪　彼得！

彼　得　有！

乳　媪　彼得，我的扇子。

茂丘西奥　好彼得，替她把脸遮了；因为她的扇子比她的脸好看一点。

乳　媪　早安，列位先生。

茂丘西奥　晚安，好太太。

乳　媪　是道晚安时候了吗？

茂丘西奥　我告诉你，不会错；那日晷上的指针正顶着中午呢。

乳　媪　你说什么！你是什么人！

罗密欧　好太太，上帝造了他，他可不知好歹。

乳　媪　说得好：你说他不知好歹哪？列位先生，你们有谁能够告诉我年轻的罗密欧在什么地方？

罗密欧　我可以告诉你；可是等你找到他的时候，年轻的罗密欧已经比你寻访他的时候老了点儿了。我因为取不到一个好一点的名字，所以就叫作罗密欧；在取这一个名字的人们中间，我是最年轻的一个。

乳　媪　您说得真好。

茂丘西奥　呀，这样一个最坏的家伙你也说好？想得周到；有道理，有道理。

乳　媪　先生，要是您就是他，我要跟您单独讲句话儿。

班伏里奥　她要拉他吃晚饭去。

茂丘西奥　一个老虔婆，一个老虔婆！有了！有了！

罗密欧　有了什么？

茂丘西奥　不是什么野兔子；要说是兔子的话，也不过是斋节里做的兔肉饼，没有吃完就发了霉。（唱。）

老兔肉，发白霉，
老兔肉，发白霉，
原是斋节好点心：
可是霉了的兔肉饼，
二十个人也吃不尽，
吃不完的霉肉饼。

罗密欧，你到不到你父亲那儿去？我们要在那边吃饭。

罗密欧　我就来。

茂丘西奥　再见，老太太；（唱。）

再见，我的好姑娘！（茂丘西奥、班伏里奥下。）

乳　媪　好，再见！先生，这个满嘴胡说八道的放肆家伙是谁？

罗密欧　奶妈，这位先生最喜欢听他自己讲话；他在一分钟里所说的话，比他在一个月里听人家讲的话还多。

乳　媪　要是他对我说了一句不客气的话，尽管他力气再大一点，我也要给他一顿教训；这种家伙二十个我都对付得了，要是对付不了，我会叫那些对付得了他们的人来。混账东西！他把老娘看做什么人啦？我不是那些烂污婊子，由他随便取笑。（向彼得）你也不是个好东西，看着人家把我欺侮，站在旁边一动也不动！

彼　得　我没有看见什么人欺侮你；要是我看见了，一定会立刻拔出刀子来的。碰到吵架的事，只要理直气壮，打起官司来不怕人家，我是从来不肯落在人家后头的。

乳　媪　嗳哟！真把我气得浑身发抖。混账的东西！对不起，先生，让我跟您说句话儿。我刚才说过的，我家小姐叫我来找您；她叫我说些什么话我可不能告诉您；可是我要先明白对您说一句，要是正像人家说的，您想骗她做一场春梦，那可真是人家说的一件顶坏的行为；因为这位姑娘年纪还小，所以您要是欺骗了她，实在是一桩对无论哪一位好人家的姑娘都是对不起的事情，而且也是一桩顶不应该的举动。

罗密欧　奶妈，请你替我向你家小姐致意。我可以对你发誓——

乳　媪　很好，我就这样告诉她。主啊！主啊！她听见了一定会非常喜欢的。

罗密欧　奶妈，你去告诉她什么话呢？你没有听我说呀。

乳　媪　我就对她说您发过誓了，证明您是一位正人君子。

罗密欧　你请她今天下午想个法子出来到劳伦斯神父的寺院里忏悔，就在那个地方举行婚礼。这几个钱是给你的酬劳。

乳　媪　不，真的，先生，我一个钱也不要。

罗密欧　别客气了，你还是拿着吧。

乳　媪　今天下午吗，先生？好，她一定会去的。

罗密欧　好奶妈，请你在这寺墙后面等一等，就在这一点钟之内，我要叫我的仆人去拿一捆扎得像船上的软梯一样的绳子来给你带去；在秘密的夜里，我要凭着它攀登我的幸福的尖端。再会！愿你对我们忠心，我一定不会有负你的辛劳。再会！替我向你的小姐致意。

乳　媪　天上的上帝保佑您！先生，我对您说。

罗密欧　你有什么话说，我的好奶妈？

乳　媪　您那仆人可靠得住吗？您没听见古话说，两个人知道是秘密，三个人知道就不是秘密吗？

罗密欧　你放心吧，我的仆人是最可靠不过的。

乳　媪　好先生，我那小姐是个最可爱的姑娘——主啊！主啊！——那时候她还是个咿咿呀呀怪会说话的小东西——啊！本地有一位叫做帕里斯的贵人，他巴不得把我家小姐抢到手里；可是她，好人儿，瞧他比瞧一只蛤蟆还讨厌。我有时候对她说帕里斯人品不错，你才不知道哩，她一听见这样的话，就会气得面如土色。请问罗丝玛丽花[①]和罗密欧是不是同样一个字开头的呀？

罗密欧　是呀，奶妈；怎么样？都是罗字起头的哪。

乳　媪　啊，你开玩笑哩！那是狗的名字啊；阿罗就是那个——不对；我知道一定是另一个字开头的——她还把你同罗丝玛丽花连在一起，我也不懂，反正你听了一定喜欢的。

罗密欧　替我向你小姐致意。

乳　媪　一定一定。（罗密欧下）彼得！

彼　得　有！

乳　媪　给我带路，拿着我的扇子，快些走。（同下。）

第五场　同前。凯普莱特家的花园

朱丽叶上。

朱丽叶　我在九点钟差奶妈去；她答应在半小时以内回来。也许她碰不见他；那是不会的。啊！她的脚走起路来不大方便。恋爱的使者应当是思想，因为它比驱散山坡上的阴影的太阳光还要快十倍；所以维纳斯的云车是用白鸽驾驶的，所以凌风而飞的丘匹德生着翅膀。现在太阳已经升上中天，从九点钟到十二点钟是三个很长的钟点，可是她还没

① 即“迷迭香”（Rosemary），是婚礼常用的花。

有回来。要是她是个有感情、有温暖的青春的血液的人，她的行动一定会像球儿一样敏捷，我用一句话就可以把她抛到我的心爱的情人那里，他也可以用一句话把她抛回到我这里；可是年纪老的人，大多像死人一般，手脚滞钝，呼唤不灵，慢腾腾地没有一点精神。

乳媪及彼得上。

朱丽叶　啊，上帝！她来了。啊，好心肝奶妈！什么消息？你碰到他了吗？叫那个人出去。

乳　媪　彼得，到门口去等着。（彼得下。）

朱丽叶　亲爱的好奶妈——嗳呀！你怎么满脸的懊恼？即使是坏消息，你也应该装着笑容说；如果是好消息，你就不该用这副难看的面孔奏出美妙的音乐来。

乳　媪　我累死了，让我歇一会儿吧。嗳呀，我的骨头好痛！我赶了多少的路！

朱丽叶　我但愿把我的骨头给你，你的消息给我。求求你，快说呀；好奶妈，说呀。

乳　媪　耶稣哪！你忙什么？你不能等一下子吗？你没见我气都喘不过来吗？

朱丽叶　你既然气都喘不过来，那么你怎么会告诉我说你气都喘不过来？你费了这么久的时间推三阻四的，要是干脆告诉了我，还不是几句话就完了。我只要你回答我，你的消息是好的还是坏的？只要先回答我一个字，详细的话慢慢再说好了。快让我知道了吧，是好消息还是坏消息？

乳　媪　好，你是个傻孩子，选中了这么一个人；你不知道怎样选一个男人。罗密欧！不，他不行，虽然他的脸长得比人家漂亮一点；可是他的腿才长得有样子；讲到他的手、他的脚、他的身体，虽然这种话不大好出口，可是的确谁也比不上他。他不顶懂得礼貌，可是温柔得就像一头羔羊。好，看你的运气吧，姑娘；好好敬奉上帝。怎么，你在家里吃过饭了吗？

朱丽叶　没有，没有。你这些话我都早就知道了。他对于结婚的事情怎么说？

乳　媪　主啊！我的头痛死了！我害了多厉害的头痛！痛得好像要裂成二十块似的。还有我那一边的背痛；嗳哟，我的背！我的背！你的心肠真好，叫我到外边东奔西走去寻死。

朱丽叶　害你这样不舒服，我真是说不出的抱歉。亲爱的，亲爱的，亲爱的奶妈，告诉我，我的爱人说些什么话？

乳　媪　你的爱人说——他说得很像个老老实实的绅士，很有礼貌，很和气，很漂亮，而且也很规矩——你的妈呢？

朱丽叶　我的妈！她就在里面；她还会在什么地方？你回答得多么古怪；"你的爱人说，他说得很像个老老实实的绅士，你的妈呢？"

乳　媪　嗳哟，圣母娘娘！你这样性急吗？哼！反了反了，这就是你瞧着我筋骨酸痛而替我涂上的药膏吗？以后还是你自己去送信吧。

朱丽叶　别缠下去啦！快些，罗密欧怎么说？

乳　媪　你已经得到准许今天去忏悔吗？

朱丽叶　我已经得到了。

乳　媪　那么你快到劳伦斯神父的寺院里去，有一个丈夫在那边等着你去做他的妻子哩。现在你的脸红起来啦。你到教堂里去吧，我还要到别处去搬一张梯子来，等到天黑的时候，你的爱人就可以凭着它爬进鸟窠里。为了使你快乐我就吃苦奔跑；可是你到了晚上也要负起那个重担来啦。去吧，我还没有吃过饭呢。

朱丽叶　我要找寻我的幸运去！好奶妈，再会。（各下。）

第六场　同前。劳伦斯神父的寺院

劳伦斯神父及罗密欧上。

劳伦斯　愿上天祝福这神圣的结合，不要让日后的懊恨把我们谴责！

罗密欧　阿门，阿门！可是无论将来会发生什么悲哀的后果，都抵不过我在看见她这短短一分钟内的欢乐。不管侵蚀爱情的死亡怎样伸展它的魔手，只要你用神圣的言语，把我们的灵魂结为一体，让我能够称她一声我的人，我也就不再有什么遗恨了。

劳伦斯　这种狂暴的快乐将会产生狂暴的结局，正像火和火药的亲吻，就在最得意的一刹那烟消云散。最甜的蜜糖可以使味觉麻木；不太热烈的爱情才会维持久远；太快和太慢，结果都不会圆满。

朱丽叶上。

劳伦斯　这位小姐来了。啊！这样轻盈的脚步，是永远不会踩破神龛前的砖石的；一个恋爱中的人，可以踏在随风飘荡的蛛网上而不会跌下，幻妄的幸福使他灵魂飘然轻举。

朱丽叶　晚安，神父。

劳伦斯　孩子，罗密欧会替我们两人感谢你的。

朱丽叶　我也向他同样问了好，他何必再来多余的客套。

罗密欧　啊，朱丽叶！要是你感觉到像我一样多的快乐，要是你的灵唇慧舌，能够宣述你衷心的快乐，那么让空气中满布着从你嘴里吐出来的芳香，用无比的妙乐把这一次会晤中我们两人给与彼此的无限欢欣倾吐出来吧。

朱丽叶　充实的思想不在于言语的富丽；只有乞儿才能够计数他的家私。真诚的爱情充溢在我的心里，我无法估计自己享有的财富。

劳伦斯　来，跟我来，我们要把这件事情早点办好；因为在神圣的教会没有把你们两人结合以前，你们两人是不能在一起的。（同下。）

第三幕

第一场　维洛那。广场

茂丘西奥、班伏里奥、侍童及若干仆人上。

班伏里奥　好茂丘西奥，咱们还是回去吧。天这么热，凯普莱特家里的人满街都是，要是碰到了他们，又免不了吵架；因为在这种热天气里，一个人的脾气最容易暴躁起来。

茂丘西奥　你就像这么一种家伙，跑进了酒店的门，把剑在桌子上一放，说，"上帝保佑我不要用到你！"等到两杯喝罢，却无缘无故拿起剑来跟酒保吵架。

班伏里奥　我难道是这样一种人吗？

茂丘西奥　得啦得啦，你的坏脾气比得上意大利无论哪一个人；动不动就要生气，一生气就要乱动。

班伏里奥　再以后怎样呢？

茂丘西奥　哼！要是有两个像你这样的人碰在一起，结果总会一个也没有，因为大家都要把对方杀死了方肯罢休。你！嘿，你会因为人家比你多一根或是少一根胡须，就跟人家吵架。瞧见人家剥栗子，你也会跟他闹翻，你的理由只是因为你有一双栗色的眼睛。除了生着这样一双眼睛的人以外，谁还会像这样吹毛求疵地去跟人家寻事？你的脑袋里装满了惹事生非的念头，正像鸡蛋里装满了蛋黄蛋白，虽然为了惹事生非的缘故，你的脑袋曾经给人打得像个坏蛋一样。你曾经为了有人在街上咳嗽了一声而跟他吵架，因为他咳醒了你那条在太阳底下睡觉的狗。不是有一次你因为看见一个裁缝在复活节以前穿起他的新背心来，所以跟他大闹吗？不是还有一次因为他用旧带子系他的新鞋子，所以又跟他大闹吗？现在你却要教我不要跟人家吵架！

班伏里奥　要是我像你一样爱吵架，不消一时半刻，我的性命早就卖给人家了。

茂丘西奥　性命卖给人家！哼，算了吧！

班伏里奥　嗳哟！凯普莱特家里的人来了。

茂丘西奥　啊唷！我不在乎。

提伯尔特及余人等上。

提伯尔特　你们跟着我不要走开，等我去向他们说话。两位晚安！我要跟你们中间无论哪一位说句话儿。

茂丘西奥　您只要跟我们两人中间的一个人讲一句话吗？再来点儿别的吧。要是您愿意在一句话以外，再跟我们较量一两手，那我们倒愿意奉陪。

提伯尔特　只要您给我一个理由，您就会知道我也不是个怕事的人。

茂丘西奥　您不会自己想出一个什么理由来吗？

提伯尔特　茂丘西奥，你陪着罗密欧到处乱闯——

茂丘西奥　到处拉唱！怎么！你把我们当作一群沿街卖唱的人吗？你要是把我们当作沿街卖唱的人，那么我们倒要请你听一点儿不大好听的声音；这就是我的提琴上的拉弓，拉一拉就要叫你跳起舞来。他妈的！到处拉唱！

班伏里奥　这儿来往的人太多，讲话不大方便，最好还是找个清静一点的地方去谈谈；要不然大家别闹意气，有什么过不去的事平心静气理论理论；否则各走各的路，也就完了，别让这么许多人的眼睛瞧着我们。

茂丘西奥　人们生着眼睛总要瞧，让他们瞧去好了；我可不能为着别人高兴离开这块地方。

罗密欧上。

提伯尔特　好，我的人来了；我不跟你吵。

茂丘西奥　他又不吃你的饭，不穿你的衣，怎么是你的人？可是他虽然不是你的跟班，要是你拔脚逃起来，他倒一定会紧紧跟住你的。

提伯尔特　罗密欧，我对你的仇恨使我只能用一个名字称呼你——你是一个恶贼！

罗密欧　提伯尔特，我跟你无冤无恨，你这样无端挑衅，我本来是不能容忍的，可是因为我有必须爱你的理由，所以也不愿跟你计较了。我不是恶贼；再见，我看你还不知道我是个什么人。

提伯尔特　小子，你冒犯了我，现在可不能用这种花言巧语掩饰过去；赶快回过身子，拔出剑来吧。

罗密欧　我可以郑重声明，我从来没有冒犯过你，而且你想不到我是怎样爱你，除非你知道了我所以爱你的理由。所以，好凯普莱特——我尊重这一个姓氏，就像尊重我自己的姓氏一样——咱们还是讲和了吧。

茂丘西奥　哼，好丢脸的屈服！只有武力才可以洗去这种耻辱。（拔剑）提伯尔特，你这捉耗子的猫儿，你愿意跟我决斗吗？

提伯尔特　你要我跟你干么？

茂丘西奥　好猫精，听说你有九条性命，我只要取你一条命，留下那另外八条，等以后再跟你算账。快快拔出你的剑来，否则莫怪无情，我的剑就要临到你的耳朵边了。

提伯尔特　（拔剑）好，我愿意奉陪。

罗密欧　好茂丘西奥，收起你的剑。

茂丘西奥　来，来，来，我倒要领教领教你的剑法。（二人互斗。）

罗密欧　班伏里奥，拔出剑来，把他们的武器打下来。两位老兄，这算什么？快别闹啦！提伯尔特，茂丘西奥，亲王已经明令禁止在维洛那的街道上斗殴。住手，提伯尔特！好茂丘西奥！（提伯尔特及其党徒下。）

茂丘西奥　我受伤了。你们这两家倒霉的人家！我已经完啦。他不带一点伤就去了吗？

班伏里奥　啊！你受伤了吗？

茂丘西奥　嗯，嗯，擦破了一点儿；可是也够受的了。我的侍童呢？你这家伙，快去找个外科医生来。（侍童下。）

罗密欧　放心吧，老兄；这伤口不算十分厉害。

茂丘西奥　是的，它没有一口井那么深，也没有一扇门那么阔，可是这一点伤也就够要命了；要是你明天找我，就到坟墓里来看我吧。我这一生是完了。你们这两家倒霉的人家！他妈的！狗、耗子、猫儿，都会咬得死人！这个说大话的家伙，这个混账东西，打起架来也要按照着数学的公式！谁叫你把身子插了进来？都是你把我拉住了，我才受了伤。

罗密欧　我完全是出于好意。

茂丘西奥　班伏里奥，快把我扶进什么屋子里去，不然我就要晕过去了。你们这两家倒霉的人家！我已经死在你们手里了。——你们这两家人家！（茂丘西奥、班伏里奥同下。）

罗密欧　他是亲王的近亲，也是我的好友；如今他为了我的缘故受到了致命的重伤。提伯尔特杀死了我的朋友，又毁谤了我的名誉，虽然他在一小时以前还是我的亲人。亲爱的朱丽叶啊！你的美丽使我变成懦弱，磨钝了我的勇气的锋刃！

班伏里奥重上。

班伏里奥　啊，罗密欧，罗密欧！勇敢的茂丘西奥死了；他已经撒手离开尘世，他的英魂已经升上天庭了！

罗密欧　今天这一场意外的变故，怕要引起日后的灾祸。

提伯尔特重上。

班伏里奥　暴怒的提伯尔特又来了。

罗密欧　茂丘西奥死了，他却耀武扬威活在人世！现在我只好抛弃一切顾忌，不怕伤了亲戚的情分，让眼睛里喷出火焰的愤怒支配着我的行动了！提伯尔特，你刚才骂我恶贼，我要你把这两个字收回去；茂丘西奥的阴魂就在我们头上，他在等着你去跟他作伴；我们两个人中间必须有一个人去陪陪他，要不然就是两人一起死。

提伯尔特　你这该死的小子，你生前跟他做朋友，死后也去陪他吧！

罗密欧　这柄剑可以替我们决定谁死谁生。（二人互斗；提伯尔特倒下。）

班伏里奥　罗密欧，快走！市民们都已经被这场争吵惊动了，提伯尔特又死在这儿。别站着发怔；要是你给他们捉住了，亲王就要判你死刑。快去吧！快去吧！

罗密欧　唉！我是受命运玩弄的人。

班伏里奥　你为什么还不走？（罗密欧下。）

市民等上。

市民甲　杀死茂丘西奥的那个人逃到哪儿去了？那凶手提伯尔特逃到什么地方去了？

班伏里奥　躺在那边的就是提伯尔特。

市民甲　先生，起来吧，请你跟我去。我用亲王的名义命令你服从。

亲王率侍从；蒙太古夫妇、凯普莱特夫妇及余人等上。

亲　王　这一场争吵的肇祸的罪魁在什么地方？

班伏里奥　啊，尊贵的亲王！我可以把这场流血的争吵的不幸的经过向您从头告禀。躺在那边的那个人，就是把您的亲戚，勇敢的茂丘西奥杀死的人，他现在已经被年轻的罗密欧杀死了。

凯普莱特夫人　提伯尔特，我的侄儿！啊，我的哥哥的孩子！亲王啊！侄儿啊！丈夫啊！嗳哟！我的亲爱的侄儿给人杀死了！殿下，您是正直无私的，我们家里流的血，应当用蒙太古家里流的血来报偿。嗳哟，侄儿啊！侄儿啊！

亲　王　班伏里奥，是谁开始这场血斗的？

班伏里奥　死在这儿的提伯尔特，他是被罗密欧杀死的。罗密欧很诚恳地劝告他，叫他想一想这种争吵多么没意思，并且也提起您的森严的禁令。他用温和的语调、谦恭的态度，赔着笑脸向他反复劝解，可是提伯尔特充耳不闻，一味逞着他的骄横，拔出剑来就向勇敢的茂丘西奥胸前刺了过去；茂丘西奥也动了怒气，就和他两下交锋起来，自恃着本领高强，满不在乎地一手挡开了敌人致命的剑锋，一手向提伯尔特还刺过去，提伯尔特眼明手快，也把它挡开了。那个时候罗密欧就高声喊叫，“住手，朋友；两下分开！”说时迟，来时快，他的敏捷的腕臂已经打下了他们的利剑，他就插身在他们两人中间；谁料提伯尔特怀着毒心，冷不防打罗密欧的手臂下面刺了一剑过去，竟中了茂丘西奥的要害，于是他就逃走了。等了一会儿他又回来找罗密欧，罗密欧这时候正是满腔怒火，就像闪电似的跟他打起来，我还来不及拔剑阻止他们，勇猛的提伯尔特已经中剑而死，罗密欧见他倒在地上，也就转身逃走了。我所说的句句都是真话，倘有虚言，愿受死刑。

凯普莱特夫人　他是蒙太古家的亲戚，他说的话都是徇着私情，完全是假的。他们一共有二十来个人参加这场恶斗，二十个人合力谋害一个人的生命。殿下，我要请您主持公道，罗密欧杀死了提伯尔特，罗密欧必须抵命。

亲　王　罗密欧杀了他，他杀了茂丘西奥；茂丘西奥的生命应当由谁抵偿？

蒙太古　殿下，罗密欧不应该偿他的命；他是茂丘西奥的朋友，他的过失不过是执行了提伯尔特依法应处的死刑。

亲　王　为了这一个过失，我现在宣布把他立刻放逐出境。你们双方的憎恨已经牵涉到我的身上，在你们残暴的斗殴中，已经流下了我的亲人的血；可是我要给你们一个重重的惩罚，儆戒儆戒你们的将来。我不要听任何的请求辩护，哭泣和祈祷都不能使我枉法徇情，所以不用想什么挽回的办法，赶快把罗密欧遣送出境吧；不然的话，我们什么时候发现他，就在什么时候把他处死。把这尸体抬去，不许违抗我的命令；对杀人的凶手不能讲慈悲，否则就是鼓励杀人了。（同下。）

第二场　同前。凯普莱特家的花园

朱丽叶上。

朱丽叶　快快跑过去吧，踏着火云的骏马，把太阳拖回到它的安息的所在；但愿驾车的法厄同①鞭策你们飞驰到西方，让阴沉的暮夜赶快降临。展开你密密的帷幕吧，成全恋爱的黑夜！遮住夜行人的眼睛，让罗密欧悄悄地投入我的怀里，不被人家看见也不被人家谈论！恋人们可以在他们自身美貌的光辉里互相缱绻；即使恋爱是盲目的，那也正好和黑夜相称。来吧，温文的夜，你朴素的黑衣妇人，教会我怎样在一场全胜的赌博中失败，把各人纯洁的童贞互为赌注。用你黑色的罩

---

① 法厄同（Ph·aethon），是日神的儿子，曾为其父驾驭日车，不能控制其马而闯离常道。故事见奥维德《变形记》第二章。

巾遮住我脸上羞怯的红潮，等我深藏内心的爱情慢慢地胆大起来，不再因为在行动上流露真情而惭愧。来吧，黑夜！来吧，罗密欧！来吧，你黑夜中的白昼！因为你将要睡在黑夜的翼上，比乌鸦背上的新雪还要皎白。来吧，柔和的黑夜！来吧，可爱的黑颜的夜，把我的罗密欧给我！等他死了以后，你再把他带去，分散成无数的星星，把天空装饰得如此美丽，使全世界都恋爱着黑夜，不再崇拜炫目的太阳。啊！我已经买下了一所恋爱的华厦，可是它还不曾属我所有；虽然我已经把自己出卖，可是还没有被买主领去。这日子长得真叫人厌烦，正像一个做好了新衣服的小孩，在节日的前夜焦躁地等着天明一样。啊！我的奶妈来了。

乳媪携绳上。

朱丽叶　她带着消息来了。谁的舌头上只要说出了罗密欧的名字，他就在吐露着天上的仙音。奶妈，什么消息？你带着些什么来了？那就是罗密欧叫你去拿的绳子吗？

乳　媪　是的，是的，这绳子。（将绳掷下。）

朱丽叶　嗳哟！什么事？你为什么扭着你的手？

乳　媪　唉！唉！唉！他死了，他死了，他死了！我们完了，小姐，我们完了！唉！他去了，他给人杀了，他死了！

朱丽叶　天道竟会这样狠毒吗？

乳　媪　不是天道狠毒，罗密欧才下得了这样狠毒的手。啊！罗密欧，罗密欧！谁想得到会有这样的事情？罗密欧！

朱丽叶　你是个什么鬼，这样煎熬着我？这简直就是地狱里的酷刑。罗密欧把他自己杀死了吗？你只要回答我一个"是"字，这一个"是"字就比毒龙眼里射放的死光更会致人死命。如果真有这样的事，我就不会再在人世，或者说，那叫你说声"是"的人，从此就要把眼睛紧闭。要是他死了，你就说"是"；要是他没有死，你就说"不"；这两个简单的字就可以决定我的终身祸福。

乳　媪　我看见他的伤口，我亲眼看见他的伤口，慈悲的上帝！就在他的宽阔的胸上。一个可怜的尸体，一个可怜的流血的尸体，像灰一样苍白，满身都是血，满身都是一块块的血；我一瞧见就晕过去了。

朱丽叶　啊，我的心要碎了！——可怜的破产者，你已经丧失了一切，还是赶快碎裂了吧！失去了光明的眼睛，你从此不能再见天日了！你这俗恶的泥土之躯，赶快停止呼吸，复归于泥土，去和罗密欧同眠在一个圹穴里吧！

乳　媪　啊！提伯尔特，提伯尔特！我的顶好的朋友！啊，温文的提伯尔特，正直的绅士！想不到我活到今天，却会看见你死去！

朱丽叶　这是一阵什么风暴，一会儿又倒转方向！罗密欧给人杀了，提伯尔特又死了吗？一个是我的最亲爱的表哥，一个是我的更亲爱的夫君。那么，可怕的号角，宣布世界末日的来临吧！要是这样两个人都可以死去，谁还应该活在这世上？

乳　媪　提伯尔特死了，罗密欧放逐了；罗密欧杀了提伯尔特，他现在被放逐了。

朱丽叶　上帝啊！提伯尔特是死在罗密欧手里的吗？

乳　媪　是的，是的；唉！是的。

朱丽叶　啊，花一样的面庞里藏着蛇一样的心！那一条恶龙曾经栖息在这样清雅的洞府里？美丽的暴君！天使般的魔鬼！披着白鸽羽毛的乌鸦！豺狼一样残忍的羔羊！圣洁的外表包覆着丑恶的实质！你的内心刚巧和你的形状相反，一个万恶的圣人，一个庄严的奸徒！造物主啊！你为什么要从地狱里提出这一个恶魔的灵魂，把它安放在这样可爱的一座肉体的天堂里？哪一本邪恶的书籍曾经装订得这样美观？啊！谁想得到这样一座富丽的宫殿里，会容纳着欺人的虚伪！

乳　媪　男人都靠不住，没有良心，没有真心的；谁都是三心二意，反复无常，奸恶多端，尽是些骗子。啊！我的人呢？快给我倒点儿酒来，这些悲伤烦恼，已经使我老起来了。愿耻辱降临到罗密欧的头上！

朱丽叶　你说出这样的愿望，你的舌头上就应该长起水疱来！耻辱从来不曾和他在一起，它不敢侵上他的眉宇，因为那是君临天下的荣誉的宝座。啊！我刚才把他这样辱骂，我真是个畜生！

乳　媪　杀死了你的族兄的人，你还说他好话吗？

朱丽叶　他是我的丈夫，我应当说他坏话吗？啊！我的可怜的丈夫！你的三小时的妻子都这样凌辱你的名字，谁还会对它说一句温情的慰藉呢？可是你这恶人，你为什么杀死我的哥哥？他要是不杀死我的哥哥，我的凶恶的哥哥就会杀死我的丈夫。回去吧，愚蠢的眼泪，流回到你的源头；你那滴滴的细流，本来是悲哀的倾注，可是你却错把它呈献给喜悦。我的丈夫活着，他没有被提伯尔特杀死；提伯尔特死了，他想要杀死我的丈夫！这明明是喜讯，我为什么要哭泣呢？还有两个字比提伯尔特的死更使我痛心，像一柄利刃刺进了我的胸中；我但愿忘了它们，可是唉！它们紧紧地牢附在我的记忆里，就像萦回在罪人脑中的不可宥恕的罪恶。“提伯尔特死了，罗密欧放逐了！”放逐了！这“放逐”两个字，就等于杀死了一万个提伯尔特。单单提伯尔特的死，已经可以令人伤心了；即使祸不单行，必须在“提伯尔特死了”这一句话以后，再接上一句不幸的消息，为什么不说你的父亲，或是你的母亲，或是父母两人都死了，那也可以引起一点人之常情的哀悼？可是在提伯尔特的噩耗以后，再接连一记更大的打击，“罗密欧放逐了！”这句话简直等于说，父亲、母亲、提伯尔特、罗密欧、朱丽叶，一起被杀，一起死了。“罗密欧放逐了！”这一句话里面包含着无穷无际、无极无限的死亡，没有字句能够形容出这里面蕴蓄着的悲伤。——奶妈，我的父亲、我的母亲呢？

乳　媪　他们正在抚着提伯尔特的尸体痛哭。你要去看他们吗？让我带着你去。

朱丽叶　让他们用眼泪洗涤他的伤口，我的眼泪是要留着为罗密欧的放逐而哀哭的。拾起那些绳子来。可怜的绳子，你是失望了，我们俩都失望了，因为罗密欧已经被放逐；他要借着你做接引相思的桥梁，可是我却要做一个独守空闺的怨女而死去。来，绳儿；来，奶妈。我要去睡上我的新床，把我的童贞奉献给死亡！

乳　媪　那么你快到房里去吧；我去找罗密欧来安慰你，我知道他在什么地方。听着，你的罗密欧今天晚上一定会来看你；他现在躲在劳伦斯神父的寺院里，我就去找他。

朱丽叶　啊！你快去找他；把这指环拿去给我的忠心的骑士，叫他来作一次最后的诀别。（各下。）

第三场　同前。劳伦斯神父的寺院

劳伦斯神父上。

劳伦斯　罗密欧，跑出来；出来吧，你受惊的人，你已经和坎坷的命运结下了不解之缘。

罗密欧上。

罗密欧　神父，什么消息？亲王的判决怎样？还有什么我所不知道的不幸的事情将要来找我？

劳伦斯　我的好孩子，你已经遭逢到太多的不幸了。我来报告你亲王的判决。

罗密欧　除了死罪以外，还会有什么判决？

劳伦斯　他的判决是很温和的：他并不判你死罪，只宣布把你放逐。

罗密欧　嘿！放逐！慈悲一点，还是说“死”吧！不要说“放逐”，因为放逐比死还要可怕。

劳伦斯　你必须立刻离开维洛那境内。不要懊恼，这是一个广大的世界。

罗密欧　在维洛那城以外没有别的世界，只有地狱的苦难；所以从维洛那放逐，就是从这世界上放逐，也就是死。明明是死，你却说是放逐，这就等于用一柄利斧砍下我的头，反因为自己犯了杀人罪而扬扬得意。

劳伦斯　嗳哟，罪过罪过！你怎么可以这样不知恩德！你所犯的过失，按照法律本来应该处死，幸亏亲王仁慈，特别对你开恩，才把可怕的死罪改成了放逐；这明明是莫大的恩典，你却不知道。

罗密欧　这是酷刑，不是恩典。朱丽叶所在的地方就是天堂；这儿的每一只猫、每一只狗、每一只小小的老鼠，都生活在天堂里，都可以瞻仰到她的容颜，可是罗密欧却看不见她。污秽的苍蝇都可以接触亲爱的朱丽叶的皎洁的玉手，从她的嘴唇上偷取天堂中的幸福，那两片嘴唇是这样的纯洁贞淑，永远含着娇羞，好像觉得它们自身的相吻也是一种罪恶；苍蝇可以这样做，我却必须远走高飞，它们是自由人，我却是一个放逐的流徒。你还说放逐不是死吗？难道你没有配好的毒药、锋锐的刀子或者无论什么致命的利器，而必须用“放逐”两个字把我杀害吗？放逐！啊，神父！只有沉沦在地狱里的鬼魂才会用到这两个字，伴着凄厉的呼号；你是一个教士，一个替人忏罪的神父，又是我的朋友，怎么忍心甩“放逐”这两个字来寸磔我呢？

劳伦斯　你这痴心的疯子，听我说一句话。

罗密欧　啊！你又要对我说起放逐了。

劳伦斯　我要教给你怎样抵御这两个字的方法，用哲学的甘乳安慰你的逆运，让你忘却被放逐的痛苦。

罗密欧　又是“放逐”！我不要听什么哲学！除非哲学能够制造一个朱丽叶，迁徙一个城市，撤销一个亲王的判决，否则它就没有什么用处。别再多说了吧。

劳伦斯　啊！那么我看疯人是不生耳朵的。

罗密欧　聪明人不生眼睛，疯人何必生耳朵呢？

劳伦斯　让我跟你讨论讨论你现在的处境吧。

罗密欧　你不能谈论你所没有感觉到的事情；要是你也像我一样年轻，朱丽叶是你的爱人，才结婚一小时，就把提伯尔特杀了；要是你也像我一样热恋，像我一样被放逐，那时你才可以讲话，那时你才会像我现在一样扯着你的头发，倒在地上，替自己量一个葬身的墓穴。（内叩门声。）

劳伦斯　快起来，有人在敲门；好罗密欧，躲起来吧。

罗密欧　我不要躲，除非我心底里发出来的痛苦呻吟的气息，会像一重云雾一样把我掩过了追寻者的眼睛。（叩门声。）

劳伦斯　听！门打得多么响！——是谁在外面？——罗密欧，快起来，你要给他们捉住了。——等一等！——站起来；（叩门声）跑到我的书斋里去。——就来了！——上帝啊！瞧你多么不听话！——来了，来了！（叩门声）谁把门敲得这么响？你是什么地方来的？你有什么事？

乳　媪　（在内）让我进来，你就可以知道我的来意；我是从朱丽叶小姐那里来的。

劳伦斯　那好极了，欢迎欢迎！

乳媪上。

乳　媪　啊，神父！啊，告诉我，神父，我的小姐的姑爷呢？罗密欧呢？

劳伦斯　在那边地上哭得死去活来的就是他。

乳　媪　啊！他正像我的小姐一样，正像她一样！

劳伦斯　唉！真是同病相怜，一般的伤心！她也是这样躺在地上，一边唠叨一边哭，一边哭一边唠叨。起来，起来；是个男个汉就该起来；为了朱丽叶的缘故，为了她的缘故，站起来吧。为什么您要伤心到这个样子呢？

罗密欧　奶妈！

乳　媪　唉，姑爷！唉，姑爷！一个人到头来总是要死的。

罗密欧　你刚才不是说起朱丽叶吗？她现在怎么样？我现在已经用她近亲的血玷污了我们的新欢，她不会把我当作一个杀人的凶犯吗？她在什么地方？她怎么样？我这位秘密的新妇对于我们这一段中断的情缘说些什么话？

乳　媪　啊，她没有说什么话，姑爷，只是哭呀哭的哭个不停；一会儿倒在床上，一会儿又跳了起来；一会儿叫一声提伯尔特，一会儿哭一声罗密欧；然后又倒了下去。

罗密欧　好像我那一个名字是从枪口里瞄准了射出来似的，一弹出去就把她杀死，正像我这一双该死的手杀死了她的亲人一样。啊！告诉我，神父，告诉我，我的名字是在我身上哪一处万恶的地方？告诉我，好让我捣毁这可恨的巢穴。(拔剑。)

劳伦斯　放下你的卤莽的手！你是一个男子吗？你的形状是一个男子，你却流着妇人的眼泪；你的狂暴的举动，简直是一头野兽的无可理喻的咆哮。你这须眉的贱妇，你这人头的畜类！我真想不到你的性情竟会这样毫无涵养。你已经杀死了提伯尔特，你还要杀死你自己吗？你没想到你对自己采取了这种万劫不赦的暴行就是杀死与你相依为命的你的妻子吗？为什么你要怨恨天地，怨恨你自己的生不逢辰？天地好容易生下你这一个人来，你却要亲手把你自己摧毁！呸！呸！你有的是一副堂堂的七尺之躯，有的是热情和智慧，你却不知道把它们好好利用，这岂不是辜负了你的七尺之躯，辜负了你的热情和智慧？你的堂堂的仪表不过是一尊蜡像，没有一点男子汉的血气；你的山盟海誓都是些空虚的谎语，杀害你所发誓珍爱的情人；你的智慧不知道指示你的行动，驾御你的感情，它已经变成了愚妄的谬见，正像装在一个笨拙的兵士的枪膛里的火药，本来是自卫的武器，因为不懂得点燃的方法，反而毁损了自己的肢体。怎么！起来吧，孩子！你刚才几乎要为了你的朱丽叶而自杀，可是她现在好好活着，这是你的第一件幸事。提伯尔特要把你杀死，可是你却杀死了提伯尔特，这是你的第二件幸事。法律上本来规定杀人抵命，可是它对你特别留情，减成了放逐的处分，这是你的第三件幸事。这许多幸事照顾着你，幸福穿着盛装向你献媚，你却像一个倔强乖僻的女孩，向你的命运和爱情噘起了嘴唇。留心，留心，像这样不知足的人是不得好死的。去，快去会见你的情人，按照预定的计划，到她的寝室里去，安慰安慰她；可是在逻骑没有出发以前，你必须及早离开，否则你就到不了曼多亚。你可以暂时在曼多亚住下，等我们觑着机会，把你们的婚姻宣布出来，和解了你们两家的亲族，向亲王请求特赦，那时我们就可以用超过你现在离别的悲痛二百万倍的欢乐招呼你回来。奶妈，你先去，替我向你家小姐致意；叫她设法催促她家里的人早早安睡，他们在遭到这样重大的悲伤以后，这是很容易办到的。你对她说，罗密欧就要来了。

乳　媪　主啊！像这样好的教训，我就是在这儿听上一整夜都愿意；啊！真是有学问人说的话！姑爷，我就去对小姐说您就要来了。

罗密欧　很好，请你再叫我的爱人预备好一顿责骂。

乳　媪　姑爷，这一个戒指小姐叫我拿来送给您，请您赶快就去，天色已经很晚了。（下。）

罗密欧　现在我又重新得到了多大的安慰！

劳伦斯　去吧，晚安！你的运命在此一举：你必须在巡逻者没有开始查缉以前脱身，否则就得在黎明时候化装逃走。你就在曼多亚安下身来；我可以找到你的仆人，倘使这儿有什么关于你的好消息，我会叫他随时通知你。把你的手给我。时候不早了，再会吧。

罗密欧　倘不是一个超乎一切喜悦的喜悦在招呼着我，像这样匆匆的离别，一定会使我黯然神伤。再会！（各下。）

第四场　同前。凯普莱特家中一室

凯普莱特、凯普莱特夫人及帕里斯上。

凯普莱特　伯爵，舍间因为遭逢变故，我们还没有时间去开导小女；您知道她跟她那个表兄提伯尔特是友爱很笃的，我也非常喜欢他；唉！人生不免一死，也不必再去说他了。现在时间已经很晚，她今夜不会再下来了；不瞒您说，倘不是您大驾光临，我也早在一小时以前上了床啦。

帕里斯　我在你们正在伤心的时候来此求婚，实在是太冒昧了。晚安，伯母，请您替我向令嫒致意。

凯普莱特夫人　好，我明天一早就去探听她的意思；今夜她已经怀着满腔的悲哀关上门睡了。

凯普莱特　帕里斯伯爵，我可以大胆替我的孩子做主，我想她一定会绝对服从我的意志；是的，我对于这一点可以断定。夫人，你在临睡以前先去看看她，把这位帕里斯伯爵向她求爱的意思告诉她知道；你再对她说，听好我的话，叫她在星期三——且慢！今天星期几？

帕里斯　星期一，老伯。

凯普莱特　星期一！哈哈！好，星期三是太快了点儿，那么就是星期四吧。对她说，在这个星期四，她就要嫁给这位尊贵的伯爵。您来得及准备吗？您不嫌太匆促吗？咱们也不必十分铺张，略为请几位亲友就够了；因为提伯尔特才死不久，他是我们自己家里的人，要是我们大开欢宴，人家也许会说我们对去世的人太没有情分。所以我们只要请五六个亲友，把仪式举行一下就算了。您说星期四怎样？

帕里斯　老伯，我但愿星期四便是明天。

凯普莱特　好，你去吧；那么就是星期四。夫人，你在临睡前先去看看朱丽叶，叫她预备预备，好作起新娘来啊。再见，伯爵。喂！掌灯！时候已经很晚了，等一会儿我们就要说时间很早了。晚安！（各下。）

第五场　同前。朱丽叶的卧室

罗密欧及朱丽叶上。

朱丽叶　你现在就要走了吗？天亮还有一会儿呢。那刺进你惊恐的耳膜中的，不是云雀，是夜莺的声音；它每天晚上在那边石榴树上歌唱。相信我，爱人，那是夜莺的歌声。

罗密欧　那是报晓的云雀，不是夜莺。瞧，爱人，不作美的晨曦已经在东天的云朵上镶起了金线，夜晚的星光已经烧烬，愉快的白昼蹑足踏上了迷雾的山巅。我必须到别处去找寻生路，或者留在这儿束手等死。

朱丽叶　那光明不是晨曦，我知道；那是从太阳中吐射出来的流星，要在今夜替你拿着火炬，照亮你到曼多亚去。所以你不必急着要去，再耽搁一会儿吧。

罗密欧　让我被他们捉住，让我被他们处死；只要是你的意思，我就毫无怨恨。我愿意说那边灰白色的云彩不是黎明睁开它的睡眼，那不过是从月亮的眉宇间反映出来的微光；那响彻云霄的歌声，也不是出于云雀的喉中。我巴不得留在这里，永远不要离开。来吧，死，我欢迎你！因为这是朱丽叶的意思。怎么，我的灵魂？让我们谈谈，天还没有亮哩。

朱丽叶　天已经亮了，天已经亮了；快走吧，快走吧！那唱得这样刺耳、嘶着粗涩的噪声和讨厌的锐音的，正是天际的云雀。有人说云雀会发出千变万化的甜蜜的歌声，这句话一点不对，因为它只使我们彼此分离；有人说云雀曾经和丑恶的蟾蜍交换眼睛，啊！我但愿它们也交换了声音，因为那声音使你离开了我的怀抱，用催醒的晨歌催促你登程。啊！现在你快走吧；天越来越亮了。

罗密欧　天越来越亮，我们悲哀的心却越来越黑暗。

乳媪上。

乳　媪　小姐！

朱丽叶　奶妈？

乳　媪　你的母亲就要到你房里来了。天已经亮啦，小心点儿。(下。)

朱丽叶　那么窗啊，让白昼进来，让生命出去。

罗密欧　再会，再会！给我一个吻，我就下去。(由窗口下降。)

朱丽叶　你就这样走了吗？我的夫君，我的爱人，我的朋友！我必须在每一小时内的每一天听到你的消息，因为一分钟就等于许多天。啊！照这样计算起来，等我再看见我的罗密欧的时候，我不知道已经老到怎样了。

罗密欧　再会！我决不放弃任何的机会，爱人，向你传达我的衷忱。

朱丽叶　啊！你想我们会不会再有见面的日子？

罗密欧　一定会有的；我们现在这一切悲哀痛苦，到将来便是握手谈心的资料。

朱丽叶　上帝啊！我有一颗预感不祥的灵魂；你现在站在下面，我仿佛望见你像一具坟墓底下的尸骸。也许是我的眼光昏花，否则就是你的面容太惨白了。

罗密欧　相信我，爱人，在我的眼中你也是这样；忧伤吸干了我们的血液。再会！再会！(下。)

朱丽叶　命运啊命运！谁都说你反复无常；要是你真的反复无常，那么你怎样对待一个忠贞不贰的人呢？愿你不要改变你的轻浮的天性，因为这样也许你会早早打发他回来。

凯普莱特夫人　(在内)喂，女儿！你起来了吗？

朱丽叶　谁在叫我？是我的母亲吗？难道她这么晚还没有睡觉，还是这么早就起来了？什么特殊的原因使她到这儿来？

凯普莱特夫人上。

凯普莱特夫人　啊，怎么，朱丽叶！

朱丽叶　母亲，我不大舒服。

凯普莱特夫人　老是为了你表兄的死而掉泪吗？什么！你想用眼泪把他从坟墓里冲出来吗？就是冲得出来，你也没法子叫他复活；所以还是算了吧。适当的悲哀可以表示感情的深切，过度的伤心却可以证明智慧的欠缺。

朱丽叶　可是让我为了这样一个痛心的损失而流泪吧。

凯普莱特夫人　损失固然痛心，可是一个失去的亲人，不是眼泪哭得回来的。

朱丽叶　因为这损失实在太痛心了，我不能不为了失去的亲人而痛哭。

凯普莱特夫人　好，孩子，人已经死了，你也不用多哭他了；顶可恨的是那杀死他的恶人仍旧活在世上。

朱丽叶　什么恶人，母亲？

凯普莱特夫人　就是罗密欧那个恶人。

朱丽叶　（旁白）恶人跟他相去真有十万八千里呢。——上帝饶恕他！我愿意全心饶恕他；可是没有一个人像他那样使我心里充满了悲伤。

凯普莱特夫人　那是因为这个万恶的凶手还活在世上。

朱丽叶　是的，母亲，我恨不得把他抓住在我的手里。但愿我能够独自报复这一段杀兄之仇！

凯普莱特夫人　我们一定要报仇的，你放心吧；别再哭了。这个亡命的流徒现在到曼多亚去了，我要差一个人到那边去，用一种希有的毒药把他毒死，让他早点儿跟提伯尔特见面；那时候我想你一定可以满足了。

朱丽叶　真的，我心里永远不会感到满足，除非我看见罗密欧在我的面前——死去；我这颗可怜的心是这样为了一个亲人而痛楚！母亲，要是您能够找到一个愿意带毒药去的人，让我亲手把它调好，好叫那罗密欧服下以后，就会安然睡去。唉！我心里多么难过，只听到他的名字，却不能赶到他的面前，为了我对哥哥的感情，我巴不得能在那杀死他的人的身上报这个仇！

凯普莱特夫人　你去想办法，我一定可以找到这样一个人。可是，孩子，现在我要告诉你好消息。

朱丽叶　在这样不愉快的时候，好消息来得真是再适当没有了。请问母亲，是什么好消息呢？

凯普莱特夫人　哈哈，孩子，你有一个体贴你的好爸爸哩；他为了替你排解愁闷已经为你选定了一个大喜的日子，不但你想不到，就是我也没有想到。

朱丽叶　母亲，快告诉我，是什么日子？

凯普莱特夫人　哈哈，我的孩子，星期四的早晨，那位风流年少的贵人，帕里斯伯爵，就要在圣彼得教堂里娶你做他的幸福的新娘了。

朱丽叶　凭着圣彼得教堂和圣彼得的名字起誓，我决不让他娶我做他的幸福的新娘。世间哪有这样匆促的事情，人家还没有来向我求过婚，我倒先做了他的妻子了！母亲，请您对我的父亲说，我现在还不愿意出嫁；就是要出嫁，我可以发誓，我也宁愿嫁给我所痛恨的罗密欧，不愿嫁给帕里斯。真是些好消息！

凯普莱特夫人　你爸爸来啦；你自己对他说去，看他会不会听你的话。

凯普莱特及乳媪上。

凯普莱特　太阳西下的时候，天空中落下了蒙蒙的细露；可是我的侄儿死了，却有倾盆的大雨送着他下葬。怎么！装起喷水管来了吗，孩子？咦！还在哭吗？雨到现在还没有停吗？你这小小的身体里面，也有船，也有海，也有风；因为你的眼睛就是海，永远有泪潮在那儿涨退；你的身体是一艘船，在这泪海上面航行；你的叹息是海上的狂风；你的身体经不起风浪的吹打，会在这汹涌的怒海中覆没的。怎么，妻子！你没有把我们的主意告诉她吗？

凯普莱特夫人　我告诉她了；可是她说谢谢你，她不要嫁人。我希望这傻丫头还是死了干净！

凯普莱特　且慢！讲明白点儿，讲明白点儿，妻子。怎么！她不要嫁人吗？她不谢谢我们吗？她不称心吗？像她这样一个贱丫头，我们替她找到了这么一位高贵的绅士做她的新郎，她还不想想这是多大的福气吗？

朱丽叶　我没有喜欢，只有感激；你们不能勉强我喜欢一个我对他没有好感的人，可是我感激你们爱我的一片好心。

凯普莱特　怎么！怎么！胡说八道！这是什么话？什么“喜欢“不喜欢”，“感激”“不感激”！好丫头，我也不要你感谢，我也不要你喜欢，只要你预备好星期四到圣彼得教堂里去跟帕里斯结婚；你要是不愿意，我就把你装在木笼里拖了去。不要脸的死丫头，贱东西！

凯普莱特夫人　嗳哟！嗳哟！你疯了吗？

朱丽叶　好爸爸，我跪下来求求您，请您耐心听我说一句话。

凯普莱特　该死的小贱妇！不孝的畜生！我告诉你，星期四给我到教堂里去，不然以后再也不要见我的面。不许说话，不要回答我；我的手指痒着呢。——夫人，我们常常怨叹自己福薄，只生下这一个孩子；可是现在我才知道就是这一个已经太多了，总是家门不幸，出了这一个冤孽！不要脸的贱货！

乳　媪　上帝祝福她！老爷，您不该这样骂她。

凯普莱特　为什么不该！我的聪明的老太太？谁要你多嘴，我的好大娘？你去跟你那些婆婆妈妈们谈天去吧，去！

乳　媪　我又没有说过一句冒犯您的话。

凯普莱特　啊，去你的吧。

乳　媪　人家就不能开口吗？

凯普莱特　闭嘴，你这叽哩咕噜的蠢婆娘！我们不要听你的教训。

凯普莱特夫人　你的脾气太躁了。

凯普莱特　哼！我气都气疯啦。每天每夜，时时刻刻，不论忙着空着，独自一个人或是跟别人在一起，我心里总是在盘算着怎样把她许配给一份好好的人家；现在好容易找到一位出身高贵的绅士，又有家私，又年轻，又受过高尚的教养，正是人家说的十二分的人才，好到没得说的了；偏偏这个不懂事的傻丫头，放着送上门来的好福气不要，说什么“我不要结婚”、“我不懂恋爱”、“我年纪太小”、“请你原谅我”；好，你要是不愿意嫁人，我可以放你自由，尽你的意思到什么地方去，我这屋子里可容不得你了。你给我想想明白，我是一向说到哪里做到哪里的。星期四就在眼前；自己仔细考虑考虑。你倘然是我的女儿，就得听我的话嫁给我的朋友；你倘然不是我的女儿，那么你去上吊也好，做叫花子也好，挨饿也好，死在街道上也好，我都不管，因为凭着我的灵魂起誓，我是再也不会认你这个女儿的，你也别想我会分一点什么给你。我不会骗你，你想一想吧；我已经发过誓了，我一定要把它做到。（下。）

朱丽叶　天知道我心里是多么难过，难道它竟会不给我一点慈悲吗？啊，我的亲爱的母亲！不要丢弃我！把这门亲事延期一个月或是一个星期也好；或者要是您不答应我，那么请您把我的新床安放在提伯尔特长眠的幽暗的坟茔里吧!

凯普莱特夫人　不要对我讲话，我没有什么话好说的。随你的便吧，我是不管你啦。(下。)

朱丽叶　上帝啊！啊，奶妈！这件事情怎么避过去呢？我的丈夫还在世间，我的誓言已经上达天听；倘使我的誓言可以收回，那么除非我的丈夫已经脱离人世，从天上把它送还给我。安慰安慰我，替我想想办法吧。唉！唉！想不到天也会作弄像我这样一个柔弱的人！你怎么说？难道你没有一句可以使我快乐的话吗？奶妈，给我一点安慰吧！

乳　媪　好，那么你听我说。罗密欧是已经放逐了；我可以拿随便什么东西跟你打赌，他再也不敢回来责问你，除非他偷偷地溜了回来。事情既然这样，那么我想你最好还是跟那伯爵结婚吧。啊！他真是个可爱的绅士！罗密欧比起他来只好算是一块抹布；小姐，一只鹰也没有像帕里斯那样一双又是碧绿好看、又是锐利的眼睛。说句该死的话，我想你这第二个丈夫，比第一个丈夫好得多啦，纵然不是好得多，可是你的第一个丈夫虽然还在世上，对你已经没有什么用处，也就跟死了差不多啦。

朱丽叶　你这些话是从心里说出来的吗？

乳　媪　那不但是我心里的话，也是我灵魂里的话；倘有虚假，让我的灵魂下地狱。

朱丽叶　阿门!

乳　媪　什么!

朱丽叶　好，你已经给了我很大的安慰。你进去吧；告诉我的母亲说我出去了，因为得罪了我的父亲，要到劳伦斯的寺院里去忏悔我的罪过。

乳　媪　很好，我就这样告诉她；这才是聪明的办法哩。(下。)

朱丽叶　老而不死的魔鬼！顶丑恶的妖精！她希望我背弃我的盟誓；她几千次向我夸奖我的丈夫，说他比谁都好，现在却又用同一条舌头说他的坏话！去，我的顾问；从此以后，我再也不把你当作心腹看待了。我要到神父那儿去向他求救；要是一切办法都已用尽，我还有死这条路。(下。)

第四幕

第一场　维洛那。劳伦斯神父的寺院

劳伦斯神父及帕里斯上。

劳伦斯　在星期四吗，伯爵？时间未免太局促了。

帕里斯　这是我的岳父凯普莱特的意思；他既然这样性急，我也不愿把时间延迟下去。

劳伦斯　您说您还没有知道那小姐的心思；我不赞成这种片面决定的事情。

帕里斯　提伯尔特死后她伤心过度，所以我没有跟她多谈恋爱，因为在一间哭哭啼啼的屋子里，维纳斯是露不出笑容来的。神父，她的父亲因为瞧她这样一味忧伤，恐怕会发生什么意外，所以才决定提早替我们完婚，免得她一天到晚哭得像个泪人儿一般；一个人在房间里最容易触景伤情，要是有了伴侣，也许可以替她排除悲哀。现在您可以知道我这次匆促结婚的理由了。

劳伦斯　（旁白）我希望我不知道它为什么必须延迟的理由。——瞧，伯爵，这位小姐到我寺里来了。

朱丽叶上。

帕里斯　您来得正好，我的爱妻。

朱丽叶　伯爵，等我做了妻子以后，也许您可以这样叫我。

帕里斯　爱人，也许到星期四这就要成为事实了。

朱丽叶　事实是无可避免的。

劳伦斯　那是当然的道理。

帕里斯　您是来向这位神父忏悔的吗？

朱丽叶　回答您这一个问题，我必须向您忏悔了。

帕里斯　不要在他的面前否认您爱我。

朱丽叶　我愿意在您的面前承认我爱他。

帕里斯　我相信您也一定愿意在我的面前承认您爱我。

朱丽叶　要是我必须承认，那么在您的背后承认，比在您的面前承认好得多啦。

帕里斯　可怜的人儿！眼泪已经毁损了你的美貌。

朱丽叶　眼泪并没有得到多大的胜利；因为我这副容貌在没有被眼泪毁损以前，已经够丑了。

帕里斯　你不该说这样的话诽谤你的美貌。

朱丽叶　这不是诽谤，伯爵，这是实在的话，我当着我自己的脸说的。

帕里斯　你的脸是我的，你不该侮辱它。

朱丽叶　也许是的，因为它不是我自己的。神父，您现在有空吗？还是让我在晚祷的时候再来？

劳伦斯　我还是现在有空，多愁的女儿。伯爵，我们现在必须请您离开我们。

帕里斯　我不敢打扰你们的祈祷。朱丽叶，星期四一早我就来叫醒你；现在我们再会吧，请你保留下这一个神圣的吻。（下。）

朱丽叶　啊！把门关了！关了门，再来陪着我哭吧。没有希望、没有补救、没有挽回了！

劳伦斯　啊，朱丽叶！我早已知道你的悲哀，实在想不出一个万全的计策。我听说你在星期四必须跟这伯爵结婚，而且毫无拖延的可能了。

朱丽叶　神父，不要对我说你已经听见这件事情，除非你能够告诉我怎样避免它；要是你的智慧不能帮助我，那么只要你赞同我的决心，我就可以立刻用这把刀解决一切。上帝把我的心和罗密欧的心结合在一起，我们两人的手是你替我们结合的；要是我这一只已经由你证明和罗密欧缔盟的手，再去和别人缔结新盟，或是我的忠贞的心起了叛变，投进别人的怀里，那么这把刀可以割下这背盟的手，诛戮这叛变的心。所以，神父，凭着你的丰富的见识阅历，请你赶快给我一些指教；否则瞧吧，这把血腥气的刀，就可以在我跟我的困难之间做一个公证人，替我解决你的经验和才能所不能替我觅得一个光荣解决的难题。不要老是不说话，要是你不能指教我一个补救的办法，那么我除了一死以外，没有别的希冀。

劳伦斯　住手，女儿；我已经望见了一线希望，可是那必须用一种非常的手段，方才能够抵御这一种非常的变故。要是你因为不愿跟帕里斯伯爵结婚，能够毅然立下视死如归的决心，那么你也一定愿意采取一种和死差不多的办法，来避免这种耻辱；倘然你敢冒险一试，我就可以把办法告诉你。

朱丽叶　啊！只要不嫁给帕里斯，你可以叫我从那边塔顶的雉堞上跳下来；你可以叫我在盗贼出没、毒蛇潜迹的路上匍匐行走；把我和咆哮的怒熊锁禁在一起；或者在夜间把我关在堆积尸骨的地窟里，用许多陈死的白骨、霉臭的腿胴和失去下颚的焦黄的骷髅掩盖着我的身体；或者叫我跑进一座新坟里去，把我隐匿在死人的殓衾里；无论什么使我听了战栗的事，只要可以让我活着对我的爱人做一个纯洁无瑕的妻子，我都愿意毫不恐惧、毫不迟疑地做去。

劳伦斯　好，那么放下你的刀；快快乐乐地回家去，答应嫁给帕里斯。明天就是星期三了；明天晚上你必须一人独睡，别让你的奶妈睡在你的房间里；这一个药瓶你拿去，等你上床以后，就把这里面炼就的液汁一口喝下，那时就会有一阵昏昏沉沉的寒气通过你全身的血管，接着脉搏就会停止跳动；没有一丝热气和呼吸可以证明你还活着；你的嘴唇和颊上的红色都会变成灰白；你的眼睑闭下，就像死神的手关闭了生命的白昼；你身上的每一部分失去了灵活的控制，都像死一样僵硬寒冷；在这种与死无异的状态中，你必须经过四十二小时，然后你就仿佛从一场酣睡中醒了过来。当那新郎在早晨来催你起身的时候，他们会发现你已经死了；然后，照着我们国里的规矩，他们就要替你穿起盛装，用柩车载着你到凯普莱特族中祖先的坟茔里。同时因为要预备你醒来，我可以写信给罗密欧，告诉他我们的计划，叫他立刻到这儿来；我跟他两个人就守在你的身边，等你一醒过来，当夜就叫罗密欧带着你到曼多亚去。只要你不临时变卦，不中途气馁，这一个办法一定可以使你避免这一场眼前的耻辱。

朱丽叶　给我！给我！啊，不要对我说起害怕两个字！

劳伦斯　拿着；你去吧，愿你立志坚强，前途顺利！我就叫一个弟兄飞快到曼多亚，带我的信去送给你的丈夫。

朱丽叶　爱情啊，给我力量吧！只有力量可以搭救我。再会，亲爱的神父！（各下。）

第二场　同前。凯普莱特家中厅堂

凯普莱特、凯普莱特夫人、乳媪及众仆上。

凯普莱特　这单子上有名字的，都是要去邀请的客人。（仆甲下）来人，给我去雇二十个有本领的厨子来。

仆　乙　老爷，您请放心，我一定要挑选能舔手指头的厨子来做菜。

凯普莱特　你怎么知道他们能做菜呢？

仆　乙　呀，老爷，不能舔手指头的就不能做菜：这样的厨子我就不要。

凯普莱特　好，去吧。咱们这一次实在有点儿措手不及。什么！我的女儿到劳伦斯神父那里去了吗？

乳　媪　正是。

凯普莱特　好，也许他可以劝告劝告她；真是个乖僻不听话的浪蹄子！

乳　媪　瞧她已经忏悔完毕，高高兴兴地回来啦。

朱丽叶上。

凯普莱特　啊，我的倔强的丫头！你荡到什么地方去啦？

朱丽叶　我因为自知忤逆不孝，违抗了您的命令，所以特地前去忏悔我的罪过。现在我听从劳伦斯神父的指教，跪在这儿请您宽恕。爸爸，请您宽恕我吧！从此以后，我永远听您的话了。

凯普莱特　去请伯爵来，对他说：我要把婚礼改在明天早上举行。

朱丽叶　我在劳伦斯寺里遇见这位少年伯爵；我已经在不超过礼法的范围以内，向他表示过我的爱情了。

凯普莱特　啊，那很好，我很高兴。站起来吧；这样才对。让我见见这伯爵；喂，快去请他过来。多谢上帝，把这位可尊敬的神父赐给我们！我们全城的人都感戴他的好处。

朱丽叶　奶妈，请你陪我到我的房间里去，帮我检点检点衣饰，看有哪几件可以在明天穿戴。

凯普莱特夫人　不，还是到星期四再说吧，急什么呢？

凯普莱特　去，奶妈，陪她去。我们一定明天上教堂。（朱丽叶及乳媪下。）

凯普莱特夫人　我们现在预备起来怕来不及；天已经快黑了。

凯普莱特　胡说！我现在就动手起来，你瞧着吧，太太，到明天一定什么都安排得好好的。你快去帮朱丽叶打扮打扮；我今天晚上不睡了，让我一个人在这儿做一次管家妇。喂！喂！这些人一个都不在。好，让我自己跑到帕里斯那里去，叫他准备明天做新郎。这个倔强的孩子现在回心转意，真叫我高兴得了不得。（各下。）

第三场　同前。朱丽叶的卧室

朱丽叶及乳媪上。

朱丽叶　嗯，那些衣服都很好。可是，好奶妈，今天晚上请你不用陪我，因为我还要念许多祷告，求上天宥恕我过去的罪恶，默佑我将来的幸福。

凯普莱特夫人上。

凯普莱特夫人　啊！你正在忙着吗？要不要我帮你？

朱丽叶　不，母亲；我们已经选择好了明天需用的一切，所以现在请您让我一个人在这儿吧；让奶妈今天晚上陪着您不睡，因为我相信这次事情办得太匆促了，您一定忙得不可开交。

凯普莱特夫人　晚安！早点睡觉，你应该好好休息休息。（凯普莱特夫人及乳媪下。）

朱丽叶　再会！上帝知道我们将在什么时候相见。我觉得仿佛有一阵寒颤刺激着我的血液，简直要把生命的热流冻结起来似的；待我叫她们回来安慰安慰我。奶妈！——要她到这儿来干么？这凄惨的场面必须让我一个人扮演。来，药瓶。要是这药水不发生效力呢？那么我明天早上就必须结婚吗？不，不，这把刀会阻止我；你躺在那儿吧。（将匕首置枕边）也许这瓶里是毒药，那神父因为已经替我和罗密欧证婚，现在我再跟别人结婚，恐怕损害他的名誉，所以有意骗我服下去毒死我；我怕也许会有这样的事；可是他一向是众所公认的道高德重的人，我想大概不至于；我不能抱着这样卑劣的思想。要是我在坟墓里醒了过来，罗密欧还没有到来把我救出去呢？这倒是很可怕的一点！那时我不是要在终年透不进一丝新鲜空气的地窟里活活闷死，等不到我的罗密欧到来吗？即使不闷死，那死亡和长夜的恐怖，那古墓中阴森的气象，几百年来，我祖先的尸骨都堆积在那里，入土未久的提伯尔特蒙着他的殓衾，正在那里腐烂；人家说，一到晚上，鬼魂便会归返他们的墓穴；唉！唉！要是我太早醒来，这些恶臭的气味，这些使人听了会发疯的凄厉的叫声；啊！要是我醒来，周围都是这种吓人的东西，我不会心神迷乱，疯狂地抚弄着我的祖宗的骨骼，把肢体溃烂的提伯尔特拖出了他的殓衾吗？在这样疯狂的状态中，我不会拾起一根老祖宗的骨头来，当作一根棍子，打破我的发昏的头颅吗？啊，瞧！那不是提伯尔特的鬼魂，正在那里追赶罗密欧，报复他的一剑之仇吗？等一等，提伯尔特，等一等！罗密欧，我来了！我为你干了这一杯！（倒在幕内的床上。）

第四场　同前。凯普莱特家中厅堂

凯普莱特夫人及乳媪上。

凯普莱特夫人　奶妈，把这串钥匙拿去，再拿一点香料来。

乳　媪　点心房里在喊着要枣子和榅桲呢。

凯普莱特上。

凯普莱特　来，赶紧点儿，赶紧点儿！鸡已经叫了第二次，晚钟已经打过，到三点钟了。好安吉丽加①，当心看看肉饼有没有烤焦。多花几个钱没有关系。

乳　媪　走开，走开，女人家的事用不着您多管；快去吧，今天忙了一个晚上，明天又要害病了。

凯普莱特　不，哪儿的话！嘿，我为了没要紧的事，也曾经整夜不睡，几曾害过病来？

凯普莱特夫人　对啦，你从前也是惯偷女人的夜猫儿，可是现在我却不放你出去胡闹啦。（凯普莱特夫人及乳媪下。）

凯普莱特　真是个醋娘子！真是个醋娘子！

三四仆人持炙叉、木柴及篮上。

凯普莱特　喂，这是什么东西？

仆　甲　老爷，都是拿去给厨子的，我也不知道是什么东西。

凯普莱特　赶紧点儿，赶紧点儿。（仆甲下）喂，木头要拣干燥点儿的，你去问彼得，他可以告诉你什么地方有。

仆　乙　老爷，我自己也长着眼睛会拣木头，用不着麻烦彼得。（下。）

凯普莱特　嘿，倒说得有理，这个淘气的小杂种！嗳哟！天已经亮了；伯爵就要带着乐工来了，他说过的。（内乐声）我听见他已经走近了。奶妈！妻子！喂，喂！喂，奶妈呢？

乳媪重上。

凯普莱特　快去叫朱丽叶起来，把她打扮打扮；我要去跟帕里斯谈天去了。快去，快去，赶紧点儿；新郎已经来了；赶紧点儿！（各下。）

第五场　同前。朱丽叶的卧室

乳媪上。

乳　媪　小姐！喂，小姐！朱丽叶！她准是睡熟了。喂，小羊！喂，小姐！哼，你这懒丫头！喂，亲亲！小姐！心肝！喂，新娘！怎么！一

① 安吉丽加，是凯普莱特夫人的名字。

声也不响？现在尽你睡去，尽你睡一个星期；到今天晚上，帕里斯伯爵可不让你安安静静休息一会儿了。上帝饶恕我，阿门，她睡得多熟！我必须叫她醒来。小姐！小姐！小姐！好，让那伯爵自己到你床上来吧，那时你可要吓得跳起来了，是不是？怎么！衣服都穿好了，又重新睡下去吗？我必须把你叫醒。小姐！小姐！小姐！嗳哟！嗳哟！救命！救命！我的小姐死了！嗳哟！我还活着做什么！喂，拿一点酒来！老爷！太太！

凯普莱特夫人上。

凯普莱特夫人　吵什么？

乳　媪　嗳哟，好伤心啊！

凯普莱特夫人　什么事？

乳　媪　瞧，瞧！嗳哟，好伤心啊！

凯普莱特夫人　嗳哟，嗳哟！我的孩子，我的惟一的生命！醒来！睁开你的眼睛来！你死了，叫我怎么活得下去？救命！救命！大家来啊！

凯普莱特上。

凯普莱特　还不送朱丽叶出来，她的新郎已经来啦。

乳　媪　她死了，死了，她死了！嗳哟，伤心啊！

凯普莱特夫人　唉！她死了，她死了，她死了！

凯普莱特　嘿！让我瞧瞧。嗳哟！她身上冰冷的；她的血液已经停止不流，她的手脚都硬了；她的嘴唇里已经没有了生命的气息；死像一阵未秋先降的寒霜，摧残了这一朵最鲜嫩的娇花。

乳　媪　嗳哟，好伤心啊！

凯普莱特夫人　嗳哟，好苦啊！

凯普莱特　死神夺去了我的孩子，他使我悲伤得说不出话来。

劳伦斯神父、帕里斯及乐工等上。

劳伦斯　来，新娘有没有预备好上教堂去？

凯普莱特　她已经预备动身，可是这一去再不回来了。啊贤婿！死神已经在你新婚的前夜降临到你妻子的身上。她躺在那里，像一朵被他摧残了的鲜花。死神是我的新婿，是我的后嗣，他已经娶走了我的女儿。我也快要死了，把我的一切都传给他；我的生命财产，一切都是死神的！

帕里斯　难道我眼巴巴望到天明，却让我看见这一个凄惨的情景吗？

凯普莱特夫人　倒霉的、不幸的、可恨的日子！永无休止的时间的运行中的一个顶悲惨的时辰！我就生了这一个孩子，这一个可怜的疼爱的孩子，她是我惟一的宝贝和安慰，现在却被残酷的死神从我眼前夺了去啦！

乳　媪　好苦啊！好苦的、好苦的、好苦的日子啊！我这一生一世里顶伤心的日子，顶凄凉的日子！嗳哟，这个日子！这个可恨的日子！从来不曾见过这样倒霉的日子！好苦的、好苦的日子啊！

帕里斯　最可恨的死，你欺骗了我，杀害了她，拆散了我们的良缘，一切都被残酷的、残酷的你破坏了！啊！爱人！啊，我的生命！没有生命，只有被死亡吞噬了的爱情！

凯普莱特　悲痛的命运，为什么你要来打破、打破我们的盛礼？儿啊！儿啊！我的灵魂，你死了！你已经不是我的孩子了！死了！唉！我的孩子死了，我的快乐也随着我的孩子埋葬了！

劳伦斯　静下来！不害羞吗？你们这样乱哭乱叫是无济于事的。上天和你们共有着这一个好女儿；现在她已经完全属于上天所有，这是她的幸福，因为你们不能使她的肉体避免死亡，上天却能使她的灵魂得到永生。你们竭力替她找寻一个美满的前途，因为你们的幸福是寄托在她的身上；现在她高高地升上云中去了，你们却为她哭泣吗？啊！你们瞧着她享受最大的幸福，却这样发疯一样号啕叫喊，这可以算是真爱你们的女儿吗？活着，嫁了人，一直到老，这样的婚姻有什么乐趣呢？在年轻时候结了婚而死去，才是最幸福不过的。揩干你们的眼泪，把你们的香花散布在这美丽的尸体上，按照着习惯，把她穿着盛装抬到教堂里去。愚痴的天性虽然使我们伤心痛哭，可是在理智眼中，这些天性的眼泪却是可笑的。

凯普莱特　我们本来为了喜庆预备好的一切，现在都要变成悲哀的殡礼；我们的乐器要变成忧郁的丧钟，我们的婚筵要变成凄凉的丧席，我们的赞美诗要变成沉痛的挽歌，新娘手里的鲜花要放在坟墓中殉葬，一切都要相反而行。

劳伦斯　凯普莱特先生，您进去吧；夫人，您陪他进去；帕里斯伯爵，您也去吧；大家准备送这具美丽的尸体下葬。上天的愤怒已经降临在你们身上，不要再违拂他的意旨，招致更大的灾祸。（凯普莱特夫妇、帕里斯、劳伦斯同下。）

乐工甲　真的，咱们也可以收起笛子走啦。

乳　媪　啊！好兄弟们，收起来吧，收起来吧；这真是一场伤心的横祸！（下。）

乐工甲　唉，我巴不得这事有什么办法补救才好。

彼得上。

彼　得　乐工！啊！乐工，《心里的安乐》，《心里的安乐》！啊！替我奏一曲《心里的安乐》，否则我要活不下去了。

乐工甲　为什么要奏《心里的安乐》呢？

彼　得　啊！乐工，因为我的心在那里唱着《我心里充满了忧伤》。啊！替我奏一支快活的歌儿，安慰安慰我吧。

乐工甲　不奏不奏，现在不是奏乐的时候。

彼　得　那么你们不奏吗？

乐工甲　不奏。

彼　得　那么我就给你们——

乐工甲　你给我们什么？

彼　得　我可不给你们钱，哼！我要给你们一顿骂；我骂你们是一群卖唱的叫花子。

乐工甲　那么我就骂你是个下贱的奴才。

彼　得　那么我就把奴才的刀搁在你们的头颅上。我绝不含糊：不是高音，就是低调，你们听见吗？

乐工甲　什么高音低调，你倒还得懂这一套。

乐工乙　且慢，君子动口，小人动手。

彼　得　好，那么让我用舌剑唇枪杀得你们抱头鼠窜。有本领的，回答我这一个问题：

悲哀伤痛着心灵，
忧郁萦绕在胸怀，

惟有音乐的银声——

为什么说“银声”？为什么说“音乐的银声”？西门·凯特林，你怎么说？

乐工甲　因为银子的声音很好听。

彼　得　说得好！休·利培克，你怎么说？

乐工乙　因为乐工奏乐的目的，是想人家赏他一些银子。

彼　得　说得好！詹姆士·桑德普斯特，你怎么说？

乐工丙　不瞒你说，我可不知道应当怎么说。

彼　得　啊！对不起，你是只会唱唱歌的；我替你说了吧：因为乐工尽管奏乐奏到老死，也换不到一些金子。

惟有音乐的银声，

可以把烦闷推开。（下。）

乐工甲　真是个讨厌的家伙！

乐工乙　该死的奴才！来，咱们且慢回去，等吊客来的时候吹奏两声，吃他们一顿饭再走。（同下。）

第五幕

第一场　曼多亚。街道

罗密欧上。

罗密欧　要是梦寐中的幻景果然可以代表真实，那么我的梦预兆着将有好消息到来；我觉得心君宁恬，整日里有一种向所没有的精神，用快乐的思想把我从地面上飘扬起来。我梦见我的爱人来看见我死了——奇怪的梦，一个死人也会思想！——她吻着我，把生命吐进了我的嘴唇里，于是我复活了，并且成为一个君王。唉！仅仅是爱的影子，已经给人这样丰富的欢乐，要是能占有爱的本身，那该有多么甜蜜！

鲍尔萨泽上。

罗密欧　从维洛那来的消息！啊，鲍尔萨泽！不是神父叫你带信来给我吗？我的爱人怎样？我父亲好吗？我再问你一遍，我的朱丽叶安好吗？因为只要她安好，一定什么都是好好的。

鲍尔萨泽　那么她是安好的，什么都是好好的；她的身体长眠在凯普莱特家的坟茔里，她的不死的灵魂和天使们在一起。我看见她下葬在她亲族的墓穴里，所以立刻飞马前来告诉您。啊，少爷！恕我带了这恶消息来，因为这是您吩咐我做的事。

罗密欧　有这样的事！命运，我诅咒你！——你知道我的住处，给我买些纸笔，雇下两匹快马，我今天晚上就要动身。

鲍尔萨泽　少爷，请您宽心一下；您的脸色惨白而仓皇，恐怕是不吉之兆。

罗密欧　胡说，你看错了。快去，把我叫你做的事赶快办好。神父没有叫你带信给我吗？

鲍尔萨泽　没有，我的好少爷。

罗密欧　算了，你去吧，把马匹雇好了；我就来找你。（鲍尔萨泽下）好，朱丽叶，今晚我要睡在你的身旁。让我想个办法。啊，罪恶的念头！你会多么快钻进一个绝望者的心里！我想起了一个卖药的人，他的铺子就开设在附近，我曾经看见他穿着一身破烂的衣服，皱着眉头在那儿拣药草；他的形状十分消瘦，贫苦把他熬煎得只剩一把骨头；他的寒伧的铺子里挂着一只乌龟，一头剥制的鳄鱼，还有几张形状丑陋的鱼皮；他的架子上稀疏地散放着几只空匣子、绿色的瓦罐、一些胞囊和发霉的种子、几段包扎的麻绳，还有几块陈年的干玫瑰花，作为聊胜于无的点缀。看到这一种寒酸的样子，我就对自己说，在曼多亚城里，谁出卖了毒药是会立刻处死的，可是倘有谁现在需要毒药，这儿有一个可怜的奴才会卖给他。啊！不料我这一个思想，竟会预兆着我自己的需要，这个穷汉的毒药却要卖给我。我记得这里就是他的铺子；今天是假日，所以这叫花子没有开门。喂！卖药的！

卖药人上。

卖药人　谁在高声叫喊？

罗密欧　过来，朋友。我瞧你很穷，这儿是四十块钱，请你给我一点能够迅速致命的毒药，厌倦于生命的人一服下去便会散入全身的血管，立刻停止呼吸而死去，就像火药从炮膛里放射出去一样快。

卖药人　这种致命的毒药我是有的；可是曼多亚的法律严禁发卖，出卖的人是要处死刑的。

罗密欧　难道你这样穷苦，还怕死吗？饥寒的痕迹刻在你的面颊上，贫乏和迫害在你的眼睛里射出了饿火，轻蔑和卑贱重压在你的背上；这世间不是你的朋友，这世间的法律也保护不到你，没有人为你定下一条法律使你富有；那么你何必苦耐着贫穷呢？违犯了法律，把这些钱收下吧。

卖药人　我的贫穷答应了你，可是那是违反我的良心的。

罗密欧　我的钱是给你的贫穷，不是给你的良心的。

卖药人　把这一服药放在无论什么饮料里喝下去，即使你有二十个人的气力，也会立刻送命。

罗密欧　这儿是你的钱，那才是害人灵魂的更坏的毒药，在这万恶的世界上，它比你那些不准贩卖的微贱的药品更会杀人；你没有把毒药卖给我，是我把毒药卖给你。再见；买些吃的东西，把你自己喂得胖一点。——来，你不是毒药，你是替我解除痛苦的仙丹，我要带着你到朱丽叶的坟上去，少不得要借重你一下哩。（各下。）

第二场　维洛那。劳伦斯神父的寺院

约翰神父上。

约　翰　喂！师兄在哪里？

劳伦斯神父上。

劳伦斯　这是约翰师弟的声音。欢迎你从曼多亚回来！罗密欧怎么说？要是他的意思在信里写明，那么把他的信给我吧。

约　翰　我临走的时候，因为要找一个同门的师弟作我的同伴，他正在这城里访问病人，不料给本地巡逻的人看见了，疑心我们走进了一家染着瘟疫的人家，把门封锁住了，不让我们出来，所以耽误了我的曼多亚之行。

劳伦斯　那么谁把我的信送去给罗密欧了？

约　翰　我没有法子把它送出去，现在我又把它带回来了；因为他们害怕瘟疫传染，也没有人愿意把它送还给你。

劳伦斯　糟了！这封信不是等闲，性质十分重要，把它耽误下来，也许会引起极大的灾祸。约翰师弟，你快去给我找一柄铁锄，立刻带到这儿来。

约　翰　好师兄，我去给你拿来。（下。）

劳伦斯　现在我必须独自到墓地里去；在这三小时之内，朱丽叶就会醒来，她因为罗密欧不曾知道这些事情，一定会责怪我。我现在要再写一封信到曼多亚去，让她留在我的寺院里，直等罗密欧到来。可怜的没有死的尸体，幽闭在一座死人的坟墓里！（下。）

第三场　同前。凯普莱特家坟茔所在的墓地

帕里斯及侍童携鲜花、火炬上。

帕里斯　孩子，把你的火把给我；走开，站在远远的地方；还是灭了吧，我不愿给人看见。你到那边的紫杉树底下直躺下来，把你的耳朵贴着中空的地面，地下挖了许多墓穴，土是松的，要是有跟跄的脚步走到坟地上来，你准听得见；要是听见有什么声息，便吹一个唿哨通知我。把那些花给我。照我的话做去，走吧。

侍　童　（旁白）我简直不敢独自一个人站在这基地上，可是我要硬着头皮试一下。（退后。）

帕里斯　这些鲜花替你铺盖新床；
惨啊，一朵娇红永委沙尘！
我要用沉痛的热泪淋浪，
和着香水浇溉你的芳坟；
夜夜到你墓前散花哀泣，
这一段相思啊永无消歇！（侍童吹口哨）

这孩子在警告我有人来了。哪一个该死的家伙在这晚上到这儿来打扰我在爱人墓前的凭吊？什么！还拿着火把来吗？——让我躲在一旁看看他的动静。（退后。）

罗密欧及鲍尔萨泽持火炬、锹锄等上。

罗密欧　把那锄头跟铁钳给我。且慢，拿着这封信；等天一亮，你就把它送给我的父亲。把火把给我。听好我的吩咐，无论你听见什么瞧见什么，都只好远远地站着不许动，免得妨碍我的事情；要是动一动，我就要你的命。我所以要跑下这个坟墓里去，一部分的原因是要探望探望我的爱人，可是主要的理由却是要从她的手指上取下一个宝贵的指环，因为我有一个很重要的用途。所以你赶快给我走开吧；要是你不相信我的话，胆敢回来窥伺我的行动，那么，我可以对天发誓，我要把你的骨骼一节一节扯下来，让这饥饿的墓地上散满了你的肢体。我现在的心境非常狂野，比饿虎或是咆哮的怒海都要凶猛无情，你可不要惹我性起。

鲍尔萨泽　少爷，我走就是了，绝不来打扰您。

罗密欧　这才像个朋友。这些钱你拿去，愿你一生幸福。再会，好朋友。

鲍尔萨泽　（旁白）虽然这么说，我还是要躲在附近的地方看着他；他的脸色使我害怕，我不知道他究竟打算做出什么事来。（退后。）

罗密欧　你无情的泥土，吞噬了世上最可爱的人儿，我要劈开你的馋吻，（将墓门掘开）索性让你再吃一个饱！

帕里斯　这就是那个已经放逐出去的骄横的蒙太古，他杀死了我爱人的表兄，据说她就是因为伤心他的惨死而夭亡的。现在这家伙又要来盗尸发墓了，待我去抓住他。（上前）万恶的蒙太古！停止你的罪恶的工作，难道你杀了他们还不够，还要在死人身上发泄你的仇恨吗？该死的凶徒，赶快束手就捕，跟我见官去！

罗密欧　我果然该死，所以才到这儿来。年轻人，不要激怒一个不顾死活的人，快快离开我走吧；想想这些死了的人，你也该胆寒了。年轻人，请你不要激动我的怒气，使我再犯一次罪；啊，走吧！我可以对天发誓，我爱你远过于爱我自己，因为我来此的目的，就是要跟自己作对。别留在这儿，走吧；好好留着你的活命，以后也可以对人家说，是一个疯子发了慈悲，叫你逃走的。

帕里斯　我不听你这种鬼话；你是一个罪犯，我要逮捕你。

罗密欧　你一定要激怒我吗？那么好，来，朋友！（二人格斗。）

侍　童　嗳哟，主啊！他们打起来了，我去叫巡逻的人来！（下。）

帕里斯　（倒下）啊，我死了！——你倘有几分仁慈，打开墓门来，把我放在朱丽叶的身旁吧！（死。）

罗密欧　好，我愿意成全你的志愿。让我瞧瞧他的脸；啊，茂丘西奥的亲戚，尊贵的帕里斯伯爵！当我们一路上骑马而来的时候，我的仆人曾经对我说过几句话，那时我因为心绪烦乱，没有听得进去；他说些什么？好像他告诉我说帕里斯本来预备娶朱丽叶为妻；他不是这样说吗？还是我做过这样的梦？或者还是我神经错乱，听见他说起朱丽叶的名字，所以发生了这一种幻想？啊！把你的手给我，你我都是登录在厄运的黑册上的人，我要把你葬在一个胜利的坟墓里；一个坟墓吗？啊，不！被杀害的少年，这是一个灯塔，因为朱丽叶睡在这里，她的美貌使这一个墓窟变成一座充满着光明的欢宴的华堂。死了的人，躺在那儿吧，一个死了的人把你安葬了。（将帕里斯放下墓中）人们临死的时候，往往反会觉得心中愉快，旁观的人便说这是死前的一阵回光返照；啊！这也就是我的回光返照吗？啊，我的爱人！我的妻子！死虽然已经吸去了你呼吸中的芳蜜，却还没有力量摧残你的美貌；你还没有被他征服，你的嘴唇上、面庞上，依然显着红润的美艳，不曾让灰白的死亡进占。提伯尔特，你也裹着你的血淋淋的殓衾躺在那儿吗？啊！你的青春葬送在你仇人的手里，现在我来替你报仇来了，我要亲手杀死那杀害你的人。原谅我吧，兄弟！啊！亲爱的朱丽叶，你为什么仍然这样美丽？难道那虚无的死亡，那枯瘦可憎的妖魔，也是个多情种子，所以把你藏匿在这幽暗的洞府里做他的情妇吗？为了防止这样的事情，我要永远陪伴着你，再不离开这漫漫长夜的幽宫；我要留在这儿，跟你的侍婢，那些蛆虫们在一起；啊！我要在这儿永久安息下来，从我这厌倦人世的凡躯上挣脱恶运的束缚。眼睛，瞧你的最后一眼吧！手臂，作你最后一次的拥抱吧！嘴唇，啊！你呼吸的门户，用一个合法的吻，跟网罗一切的死亡订立一个永久的契约吧！来，苦味的向导，绝望的领港人，现在赶快把你的厌倦于风涛的船舶向那巉岩上冲撞过去吧！为了我的爱人，我干了这一杯！（饮药）啊！卖药的人果然没有骗我，药性很快地发作了。我就这样在这一吻中死去。（死。）

劳伦斯神父持灯笼、锄、锹自墓地另一端上。

劳伦斯　圣芳济保佑我！我这双老脚今天晚上怎么老是在坟堆里绊来跌去的！那边是谁？

鲍尔萨泽　是一个朋友，也是一个跟您熟识的人。

劳伦斯　祝福你！告诉我，我的好朋友，那边是什么火把，向蛆虫和没有眼睛的骷髅浪费着它的光明？照我辨认起来，那火把亮着的地方，似乎是凯普莱特家里的坟茔。

鲍尔萨泽　正是，神父；我的主人，您的好朋友，就在那儿。

劳伦斯　他是谁？

鲍尔萨泽　罗密欧。

劳伦斯　他来多久了？

鲍尔萨泽　足足半点钟。

劳伦斯　陪我到墓穴里去。

鲍尔萨泽　我不敢，神父。我的主人不知道我还没有走；他曾经对我严辞恐吓，说要是我留在这儿窥伺他的动静，就要把我杀死。

劳伦斯　那么你留在这儿，让我一个人去吧。恐惧临到我的身上；啊！我怕会有什么不幸的祸事发生。

鲍尔萨泽　当我在这株紫杉树底下睡了过去的时候，我梦见我的主人跟另外一个人打架，那个人被我的主人杀了。

劳伦斯　（趋前）罗密欧！嗳哟！嗳哟！这坟墓的石门上染着些什么血迹？在这安静的地方，怎么横放着这两柄无主的血污的刀剑？（进墓）罗密欧！啊，他的脸色这么惨白！还有谁？什么！帕里斯也躺在这儿，浑身浸在血泊里？啊！多么残酷的时辰，造成了这场凄惨的意外！那小姐醒了。（朱丽叶醒。）

朱丽叶　啊，善心的神父！我的夫君呢？我记得很清楚我应当在什么地方，现在我正在这地方。我的罗密欧呢？（内喧声。）

劳伦斯　我听见有什么声音。小姐，赶快离开这个密布着毒氛腐臭的死亡的巢穴吧；一种我们所不能反抗的力量已经阻挠了我们的计划。来，出去吧。你的丈夫已经在你的怀中死去；帕里斯也死了。来，我可以替你找一处地方出家做尼姑。不要耽误时间盘问我，巡夜的人就要来了。来，好朱丽叶，去吧。（内喧声又起）我不敢再等下去了。

朱丽叶　去，你去吧！我不愿意走。（劳伦斯下）这是什么？一只杯子，紧紧地握住在我的忠心的爱人的手里？我知道了，一定是毒药结果了他的生命。唉，冤家！你一起喝干了，不留下一滴给我吗？我要吻着你的嘴唇，也许这上面还留着一些毒液，可以让我当作兴奋剂服下而死去。（吻罗密欧）你的嘴唇还是温暖的！

巡丁甲　（在内）孩子，带路；在哪一个方向？

朱丽叶　啊，人声吗？那么我必须快一点了结。啊，好刀子！（攫住罗密欧的匕首）这就是你的鞘子；（以匕首自刺）你插了进去，让我死了吧。（扑在罗密欧身上死去。）

巡丁及帕里斯侍童上。

侍　童　就是这儿，那火把亮着的地方。

巡丁甲　地上都是血；你们几个人去把墓地四周搜查一下，看见什么人就抓起来。（若干巡丁下）好惨！伯爵被人杀了躺在这儿，朱丽叶胸口流着血，身上还是热热的好像死得不久，虽然她已经葬在这里两天了。去，报告亲王，通知凯普莱特家里，再去把蒙太古家里的人也叫醒了，剩下的人到各处搜搜。（若干巡丁续下）我们看见这些惨事发生在这个地方，可是在没有得到人证以前，却无法明了这些惨事的真相。

若干巡丁率鲍尔萨泽上。

巡丁乙　这是罗密欧的；我们看见他躲在墓地里。

巡丁甲　把他好生看押起来，等亲王来审问。

若干巡丁率劳伦斯神父上。

巡丁丙　我们看见这个教士从墓地旁边跑出来，神色慌张，一边叹气一边流泪，他手里还拿着锄头、铁锹，都给我们拿下来了。

巡丁甲　他有很重大的嫌疑；把这教士也看押起来。

亲王及侍从上。

亲　王　什么祸事在这样早的时候发生，打断了我的清晨的安睡？

凯普莱特、凯普莱特夫人及余人等上。

凯普莱特　外边这样乱叫乱喊，是怎么一回事？

凯普莱特夫人　街上的人们有的喊着罗密欧，有的喊着朱丽叶，有的喊着帕里斯；大家沸沸扬扬地向我们家里的坟上奔去。

亲　王　这么许多人为什么发出这样惊人的叫喊？

巡丁甲　王爷，帕里斯伯爵被人杀死了躺在这儿；罗密欧也死了；已经死了两天的朱丽叶，身上还热着，又被人重新杀死了。

亲　王　用心搜寻，把这场万恶的杀人命案的真相调查出来。

巡丁甲　这儿有一个教士，还有一个被杀的罗密欧的仆人，他们都拿着掘墓的器具。

凯普莱特　天啊！——啊，妻子！瞧我们的女儿流着这么多的血！这把刀弄错了地位了！瞧，它的空鞘子还在蒙太古家小子的背上，它却插进了我的女儿的胸前！

凯普莱特夫人　嗳哟！这些死的惨象就像惊心动魄的钟声，警告我这风烛残年，快要不久于人世了。

蒙太古及余人等上。

亲　王　来，蒙太古，你起来虽然很早，可是你的儿子倒下得更早。

蒙太古　唉！殿下，我的妻子因为悲伤小儿的远逐，已经在昨天晚上去世了；还有什么祸事要来跟我这老头子作对呢？

亲　王　瞧吧，你就可以看见。

蒙太古　啊，你这不孝的东西！你怎么可以抢在你父亲的前面，自己先钻到坟墓里去呢？

亲　王　暂时停止你们的悲恸，让我把这些可疑的事实审问明白，知道了详细的原委以后，再来领导你们放声一哭吧；也许我的悲哀还要远远胜过你们呢！——把嫌疑犯带上来。

劳伦斯　时间和地点都可以做不利于我的证人；在这场悲惨的血案中，我虽然是一个能力最薄弱的人，但却是嫌疑最重的人。我现在站在殿下的面前，一方面要供认我自己的罪过，一方面也要为我自己辩解。

亲　王　那么快把你所知道的一切说出来。

劳伦斯　我要把经过的情形尽量简单地叙述出来，因为我的短促的残生还不及一段冗烦的故事那么长。死了的罗密欧是死了的朱丽叶的丈夫，她是罗密欧的忠心的妻子，他们的婚礼是由我主持的。就在他们秘密结婚的那天，提伯尔特死于非命，这位才做新郎的人也从这城里被放逐出去；朱丽叶是为了他，不是为了提伯尔特，才那样伤心憔悴。你们因为要替她解除烦恼，把她许婚给帕里斯伯爵，还要强迫她嫁给他，她就跑来见我，神色慌张地要我替她想个办法避免这第二次的结婚，否则她要在我的寺院里自杀。所以我就根据我的医药方面的学识，给她一服安眠的药水；它果然发生了我所预期的效力，她一服下去就像死了一样昏沉过去。同时我写信给罗密欧，叫他就在这一个悲惨的晚上到这儿来，帮助把她搬出她寄寓的坟墓，因为药性一到时候便会过去。可是替我带信的约翰神父却因遭到意外，不能脱身，昨天晚上才把我的信依然带了回来。那时我只好按照着预先算定她醒来的时间，一个人前去把她从她家族的墓茔里带出来，预备把她藏匿在我的寺院里，等有方便再去叫罗密欧来；不料我在她醒来以前几分钟到这儿来的时候，尊贵的帕里斯和忠诚的罗密欧已经双双惨死了。她一醒过来，我就请她出去，劝她安心忍受这一种出自天意的变故；可是那时我听见了纷纷的人声，吓得逃出了墓穴，她在万分绝望之中不肯跟我去，看样子她是自杀了。这是我所知道的一切，至于他们两人的结婚，那么她的乳母也是与闻的。要是这一场不幸的惨祸，是由我的疏忽所造成，那么我这条老命愿受最严厉的法律的制裁，请您让它提早几点钟牺牲了吧。

亲　王　我一向知道你是一个道行高尚的人。罗密欧的仆人呢？他有什么话说？

鲍尔萨泽　我把朱丽叶的死讯通知了我的主人，因此他从曼多亚急急地赶到这里，到了这座坟堂的前面。这封信他叫我一早送去给我家老爷；当他走进墓穴里的时候，他还恐吓我，说要是我不离开他赶快走开，他就要杀死我。

亲　王　把那封信给我，我要看看。叫巡丁来的那个伯爵的侍童呢？喂，你的主人到这地方来做什么？

侍　童　他带了花来散在他夫人的坟上，他叫我站得远远的，我就听他的话；不一会儿工夫，来了一个拿着火把的人把坟墓打开了。后来我的主人就拔剑跟他打了起来，我就奔去叫巡丁。

亲　王　这封信证实了这个神父的话，讲起他们恋爱的经过和她的去世的消息；他还说他从一个穷苦的卖药人手里买到一种毒药，要把它带到墓穴里来准备和朱丽叶长眠在一起。这两家仇人在哪里？——凯普莱特！蒙太古！瞧你们的仇恨已经受到了多大的惩罚，上天借手于爱情，夺去了你们心爱的人；我为了忽视你们的争执，也已经丧失了一双亲戚，大家都受到惩罚了。

凯普莱特　啊，蒙太古大哥！把你的手给我；这就是你给我女儿的一份聘礼，我不能再作更大的要求了。

蒙太古　但是我可以给你更多的；我要用纯金替她铸一座像，只要维洛那一天不改变它的名称，任何塑像都不会比忠贞的朱丽叶那一座更为卓越。

凯普莱特　罗密欧也要有一座同样富丽的金像卧在他情人的身旁，这两个在我们的仇恨下惨遭牺牲的可怜的人儿！

亲　王　清晨带来了凄凉的和解，
太阳也惨得在云中躲闪。
大家先回去发几声感慨，
该恕的、该罚的再听宣判。
古往今来多少离合悲欢，
谁曾见这样的哀怨辛酸！（同下。）

哈姆莱特

剧中人物

克劳狄斯　丹麦国王

哈姆莱特　前王之子，今王之侄

福丁布拉斯　挪威王子

霍拉旭　哈姆莱特之友

波洛涅斯　御前大臣

雷欧提斯　波洛涅斯之子

伏提曼德 }
考尼律斯 }
罗森格兰兹 } 朝臣
吉尔登斯吞 }
奥斯里克 }

侍臣

教士

马西勒斯 }
勃那多 } 军官

弗兰西斯科　兵士

雷奈尔多　波洛涅斯之仆

队长

英国使臣

众伶人

二小丑　掘坟墓者

乔特鲁德　丹麦王后，哈姆莱特之母

奥菲利娅　波洛涅斯之女

贵族、贵妇、军官、兵士、教士、水手、使者及侍从等

哈姆莱特父亲的鬼魂

地　点

艾尔西诺

第一幕

第一场　艾尔西诺。城堡前的露台

弗兰西斯科立台上守望。勃那多自对面上。

勃那多　那边是谁？

弗兰西斯科　不，你先回答我；站住，告诉我你是什么人。

勃那多　国王万岁！

弗兰西斯科　勃那多吗？

勃那多　正是。

弗兰西斯科　你来得很准时。

勃那多　现在已经打过十二点钟；你去睡吧，弗兰西斯科。

弗兰西斯科　谢谢你来替我；天冷得厉害，我心里也老大不舒服。

勃那多　你守在这儿，一切都很安静吗？

弗兰西斯科　一只小老鼠也不见走动。

勃那多　好，晚安！要是你碰见霍拉旭和马西勒斯，我的守夜的伙伴们，就叫他们赶紧来。

弗兰西斯科　我想我听见了他们的声音。喂，站住！你是谁？

霍拉旭及马西勒斯上。

霍拉旭　都是自己人。

马西勒斯　丹麦王的臣民。

弗兰西斯科　祝你们晚安！

马西勒斯　啊！再会，正直的军人！谁替了你？

弗兰西斯科　勃那多接我的班。祝你们晚安！（下。）

马西勒斯　喂！勃那多！

勃那多　喂，——啊！霍拉旭也来了吗？

霍拉旭　有这么一个他。

勃那多　欢迎，霍拉旭！欢迎，好马西勒斯！

马西勒斯　什么！这东西今晚又出现过了吗？

勃那多　我还没有瞧见什么。

马西勒斯　霍拉旭说那不过是我们的幻想。我告诉他我们已经两次看见过这一个可怕的怪象，他总是不肯相信；所以我请他今晚也来陪我们守一夜，要是这鬼魂再出来，就可以证明我们并没有看错，还可以叫他和它说几句话。

霍拉旭　嘿，嘿，它不会出现的。

勃那多　先请坐下；虽然你一定不肯相信我们的故事，我们还是要把我们这两夜来所看见的情形再向你絮叨一遍。

霍拉旭　好，我们坐下来，听听勃那多怎么说。

勃那多　昨天晚上，北极星西面的那颗星已经移到了它现在吐射光辉的地方，时钟刚敲了一点，马西勒斯跟我两个人——

马西勒斯　住声！不要说下去；瞧，它又来了！

鬼魂上。

勃那多　正像已故的国王的模样。

马西勒斯　你是有学问的人，去和它说话，霍拉旭。

勃那多　它的样子不像已故的国王吗？看，霍拉旭。

霍拉旭　像得很；它使我心里充满了恐怖和惊奇。

勃那多　它希望我们对它说话。

马西勒斯　你去问它，霍拉旭。

霍拉旭　你是什么鬼怪，胆敢僭窃丹麦先王出征时的神武的雄姿，在这样深夜的时分出现？凭着上天的名义，我命令你说话！

马西勒斯　它生气了。

勃那多　瞧，它昂然不顾地走开了！

霍拉旭　不要走！说呀，说呀！我命令你，快说！（鬼魂下。）

马西勒斯　它走了，不愿回答我们。

勃那多　怎么，霍拉旭！你在发抖，你的脸色这样惨白。这不是幻想吧？你有什么高见？

霍拉旭　凭上帝起誓，倘不是我自己的眼睛向我证明，我再也不会相信这样的怪事。

马西勒斯　它不像我们的国王吗？

霍拉旭　正和你像你自己一样。它身上的那副战铠，就是它讨伐野心的挪威王的时候所穿的；它脸上的那副怒容，活像它有一次在谈判决裂以后把那些乘雪车的波兰人击溃在冰上的时候的神气。怪事怪事！

马西勒斯　前两次它也是这样不先不后地在这个静寂的时辰，用军人的步态走过我们的眼前。

霍拉旭　我不知道究竟应该怎样想法；可是大概推测起来，这恐怕预兆着我们国内将要有一番非常的变故。

马西勒斯　好吧，坐下来。谁要是知道的，请告诉我，为什么我们要有这样森严的戒备，使全国的军民每夜不得安息；为什么每天都在制造铜炮，还要向国外购买战具；为什么征集大批造船匠，连星期日也不停止工作；这样夜以继日地辛苦忙碌，究竟为了什么？谁能告诉我？

霍拉旭　我可以告诉你；至少一般人都是这样传说。刚才它的形象还向我们出现的那位已故的王上，你们知道，曾经接受骄矜好胜的挪威的福丁布拉斯的挑战；在那一次决斗中间，我们的勇武的哈姆莱特，——他的英名是举世称颂的——把福丁布拉斯杀死了；按照双方根据法律和骑士精神所订立的协定，福丁布拉斯要是战败了，除了他自己的生命以外，必须把他所有的一切土地拨归胜利的一方；同时我们的王上也提出相当的土地作为赌注，要是福丁布拉斯得胜了，那土地也就归他所有，正像在同一协定上所规定的，他失败了，哈姆莱特可以把他的土地没收一样。现在要说起那位福丁布拉斯的儿子，他生得一副未经锻炼的烈火也似的性格，在挪威四境召集了一群无赖之徒，供给他们衣食，驱策他们去干冒险的勾当，好叫他们显一显身手。他的唯一的目的，我们的当局看得很清楚，无非是要用武力和强迫性的条件，夺回他父亲所丧失的土地。照我所知道的，这就是我们种种准备的主要动机，我们这样戒备的惟一原因，也是全国所以这样慌忙骚乱的缘故。

勃那多　我想正是为了这个缘故。我们那位王上在过去和目前的战乱中间，都是一个主要的角色，所以无怪他的武装的形像要向我们出现示警了。

霍拉旭　那是扰乱我们心灵之眼的一点微尘。从前在富强繁盛的罗马，在那雄才大略的裘力斯·凯撒遇害以前不久，披着殓衾的死人都从坟墓里出来，在街道上啾啾鬼语，星辰拖着火尾，露水带血，太阳变色，支配潮汐的月亮被吞蚀得像一个没有起色的病人；这一类预报重大变故的朕兆，在我们国内的天上地下也已经屡次出现了。可是不要响！瞧！瞧！它又来了！

鬼魂重上。

霍拉旭　我要挡住它的去路，即使它会害我。不要走，鬼魂！要是你能出声，会开口，对我说话吧；要是我有可以为你效劳之处，使你的灵魂得到安息，那么对我说话吧；要是你预知祖国的命运，靠着你的指示，也许可以及时避免未来的灾祸，那么对我说话吧；或者你在生前曾经把你搜括得来的财宝埋藏在地下，我听见人家说，鬼魂往往在他们藏金的地方徘徊不散，（鸡啼）要是有这样的事，你也对我说吧；不要走，说呀！拦住它，马西勒斯。

马西勒斯　要不要我用我的戟刺它？

霍拉旭　好的，要是它不肯站定。

勃那多　它在这儿！

霍拉旭　它在这儿！（鬼魂下。）

马西勒斯　它走了！我们不该用暴力对待这样一个尊严的亡魂；因为它是像空气一样不可侵害的，我们无益的打击不过是恶意的徒劳。

勃那多　它正要说话的时候，鸡就啼了。

霍拉旭　于是它就像一个罪犯听到了可怕的召唤似的惊跳起来。我听人家说，报晓的雄鸡用它高锐的啼声，唤醒了白昼之神，一听到它的警告，那些在海里、火里、地下、空中到处浪游的有罪的灵魂，就一个个钻回自己的巢穴里去；这句话现在已经证实了。

马西勒斯　那鬼魂正是在鸡鸣的时候隐去的。有人说，在我们每次欢庆圣诞之前不久，这报晓的鸟儿总会彻夜长鸣；那时候，他们说，没有一个鬼魂可以出外行走，夜间的空气非常清净，没有一颗星用毒光射人，没有一个神仙用法术迷人，妖巫的符咒也失去了力量，一切都是圣洁而美好的。

霍拉旭　我也听人家这样说过，倒有几分相信。可是瞧，清晨披着赤褐色的外衣，已经踏着那边东方高山上的露水走过来了。我们也可以下班了。照我的意思，我们应该把我们今夜看见的事情告诉年轻的哈姆莱特；因为凭着我的生命起誓，这一个鬼魂虽然对我们不发一言，见了他一定有话要说。你们以为按着我们的交情和责任说起来，是不是应当让他知道这件事情？

马西勒斯　很好，我们决定去告诉他吧；我知道今天早上在什么地方最容易找到他。（同下。）

第二场　城堡中的大厅

国王、王后、哈姆莱特、波洛涅斯、雷欧提斯、伏提曼德、考尼律斯、群臣、侍从等上。

国　王　虽然我们亲爱的王兄哈姆莱特新丧未久，我们的心里应当充满了悲痛，我们全国都应当表示一致的哀悼，可是我们凛于后死者责任的重大，不能不违情逆性，一方面固然要用适度的悲哀纪念他，一方面也要为自身的利害着想；所以，在一种悲喜交集的情绪之下，让幸福和忧郁分据了我的两眼，殡葬的挽歌和结婚的笙乐同时并奏，用盛大的喜乐抵销沉重的不幸，我已经和我旧日的长嫂，当今的王后，这一个多事之国的共同的统治者，结为夫妇；这一次婚姻事先曾经征求各位的意见，多承你们诚意的赞助，这是我必须向大家致谢的。现在我要告诉你们知道，年轻的福丁布拉斯看轻了我们的实力，也许他以为自从我们亲爱的王兄驾崩以后，我们的国家已经瓦解，所以挟着他的从中取利的梦想，不断向我们书面要求把他的父亲依法割让给我们英勇的王兄的土地归还。这是他一方面的话。现在要讲到我们的态度和今天召集各位来此的目的。我们的对策是这样的：我这儿已经写好了一封信给挪威国王，年轻的福丁布拉斯的叔父——他因为卧病在床，不曾与闻他侄子的企图——在信里我请他注意他的侄子擅自在国内征募壮丁，训练士卒，积极进行各种准备的事实，要求他从速制止他的进一步的行动；现在我就派遣你，考尼律斯，还有你，伏提曼德，替我把这封信送给挪威老王，除了训令上所规定的条件以外，你们不得僭用你们的权力，和挪威成立逾越范围的妥协。你们赶紧去吧，再会！

考尼律斯
伏提曼德　我们敢不尽力执行陛下的旨意。

国　王　我相信你们的忠心；再会！（伏提曼德、考尼律斯同下）现在，雷欧提斯，你有什么话说？你对我说你有一个请求；是什么请求，雷欧提斯？只要是合理的事情，你向丹麦王说了，他总不会不答应你。你有什么要求，雷欧提斯，不是你未开口我就自动许给了你？丹麦王室和你父亲的关系，正像头脑之于心灵一样密切，丹麦国王乐意为你父亲效劳，正像双手乐于为嘴服役一样。你要些什么，雷欧提斯？

雷欧提斯　陛下，我要请求您允许我回到法国去。这一次我回国参加陛下加冕的盛典，略尽臣子的微忱，实在是莫大的荣幸；可是现在我的任务已尽，我的心愿又向法国飞驰，但求陛下开恩允准。

国　王　你父亲已经答应你了吗？波洛涅斯怎么说？

波洛涅斯　陛下，我却不过他几次三番的恳求，已经勉强答应他了；请陛下放他去吧。

国　王　好好利用你的时间，雷欧提斯，尽情发挥你的才能吧！可是来，我的侄儿哈姆莱特，我的孩子——

哈姆莱特　（旁白）超乎寻常的亲族，漠不相干的路人。

国　王　为什么愁云依旧笼罩在你的身上？

哈姆莱特　不，陛下；我已经在太阳里晒得太久了。

王　后　好哈姆莱特，抛开你阴郁的神气吧，对丹麦王应该和颜悦色一点，不要老是垂下了眼皮，在泥土之中找寻你的高贵的父亲。你知道这是一件很普通的事情，活着的人谁都要死去，从生活踏进永久的宁静。

哈姆莱特　嗯，母亲，这是一件很普通的事情。

王　后　既然是很普通的，那么你为什么瞧上去好像老是这样郁郁于心呢？

哈姆莱特　好像，母亲！不，是这样就是这样，我不知道什么“好像”不“好像”。好妈妈，我的墨黑的外套、礼俗上规定的丧服、难以吐出来的叹气、像滚滚江流一样的眼泪、悲苦沮丧的脸色，以及一切仪式、外表和忧伤的流露，都不能表示出我的真实的情绪。这些才真是给人瞧的，因为谁也可以做作成这种样子。它们不过是悲哀的装饰和衣服；可是我的郁结的心事却是无法表现出来的。

国　王　哈姆莱特，你这样孝思不匮，原是你天性中纯笃过人之处；可是你要知道，你的父亲也曾失去过一个父亲，那失去的父亲自己也失去过父亲；那后死的儿子为了尽他的孝道，必须有一个时期服丧守制，然而固执不变的哀伤，却是一种逆天悖理的愚行，不是堂堂男子所应有的举动，它表现出一个不肯安于天命的意志，一个经不起艰难痛苦的心，一个缺少忍耐的头脑和一个简单愚昧的理性。既然我们知道那是无可避免的事，无论谁都要遭遇到同样的经验，那么我们为什么要这样固执地把它介介于怀呢？嘿！那是对上天的罪戾，对死者的罪戾，也是违反人情的罪戾；在理智上它是完全荒谬的，因为从第一个死了的父亲起，直到今天死去的最后一个父亲为止，理智永远在呼喊，“这是无可避免的。”我请你抛弃了这种无益的悲伤，把我当作你的父亲；因为我要让全世界知道，你是王位的直接的继承者，我要给你的尊荣和恩宠，不亚于一个最慈爱的父亲之于他的儿子。至于你要回到威登堡去继续求学的意思，那是完全违反我们的愿望的；请你听从我的劝告，不要离开这里，在朝廷上领袖群臣，做我们最亲近的国亲和王子，使我们因为每天能看见你而感到欢欣。

王　后　不要让你母亲的祈求全归无用，哈姆莱特；请你不要离开我们，不要到威登堡去。

哈姆莱特　我将要勉力服从您的意志，母亲。

国　王　啊，那才是一句有孝心的答复；你将在丹麦享有和我同等的尊荣。御妻，来。哈姆莱特这一种自动的顺从使我非常高兴；为了表示庆祝，今天丹麦王每一次举杯祝饮的时候，都要放一响高入云霄的祝炮，让上天应和着地上的雷鸣，发出欢乐的回声。来。（除哈姆莱特外均下。）

哈姆莱特　啊，但愿这一个太坚实的肉体会融解、消散，化成一堆露水！或者那永生的真神未曾制定禁止自杀的律法！上帝啊！上帝啊！人世间的一切在我看来是多么可厌、陈腐、乏味而无聊！哼！哼！那是一个荒芜不治的花园，长满了恶毒的莠草。想不到居然会有这种事情！刚死了两个月！不，两个月还不满！这样好的一个国王，比起当前这个来，简直是天神和丑怪；这样爱我的母亲，甚至于不愿让天风吹痛了她的脸。天地呀！我必须记着吗？嘿，她会偎倚在他的身旁，好像吃了美味的食物，格外促进了食欲一般；可是，只有一个月的时间，我不能再想下去了！脆弱啊，你的名字就是女人！短短的一个月以前，她哭得像个泪人儿似的，送我那可怜的父亲下葬；她在送葬的时候所穿的那双鞋子还没有破旧，她就，她就——上帝啊！一头没有理性的畜生也要悲伤得长久一些——她就嫁给我的叔父，我的父亲的弟弟，可是他一点不像我的父亲，正像我一点不像赫剌克勒斯一样。只有一个月的时间，她那流着虚伪之泪的眼睛还没有消去红肿，她就嫁了人了。啊，罪恶的匆促，这样迫不及待地钻进了乱伦的衾被！那不是好事，也不会有好结果；可是碎了吧，我的心，因为我必须噤住我的嘴！

霍拉旭、马西勒斯、勃那多同上。

霍拉旭　祝福，殿下！

哈姆莱特　我很高兴看见你身体健康。你不是霍拉旭吗？绝对没有错。

霍拉旭　正是，殿下；我永远是您的卑微的仆人。

哈姆莱特　不，你是我的好朋友；我愿意和你朋友相称。你怎么不在威登堡，霍拉旭？马西勒斯！

马西勒斯　殿下——

哈姆莱特　我很高兴看见你。（向勃那多）你好，朋友。——可是你究竟为什么离开威登堡？

霍拉旭　无非是偷闲躲懒罢了，殿下。

哈姆莱特　我不愿听见你的仇敌说这样的话，你也不能用这样的话刺痛我的耳朵，使它相信你对你自己所做的诽谤；我知道你不是一个偷闲躲懒的人。可是你到艾尔西诺来有什么事？趁你未去之前，我们要陪你痛饮几杯哩。

霍拉旭　殿下，我是来参加您的父王的葬礼的。

哈姆莱特　请你不要取笑，我的同学；我想你是来参加我的母后的婚礼的。

霍拉旭　真的，殿下，这两件事情相去得太近了。

哈姆莱特　这是一举两便的办法，霍拉旭！葬礼中剩下来的残羹冷炙，正好宴请婚筵上的宾客。霍拉旭，我宁愿在天上遇见我的最痛恨的仇人，也不愿看到那样的一天！我的父亲，我仿佛看见我的父亲。

霍拉旭　啊，在什么地方，殿下？

哈姆莱特　在我的心灵的眼睛里，霍拉旭。

霍拉旭　我曾经见过他一次；他是一位很好的君王。

哈姆莱特　他是一个堂堂男子；整个说起来，我再也见不到像他那样的人了。

霍拉旭　殿下，我想我昨天晚上看见他。

哈姆莱特　看见谁？

霍拉旭　殿下，我看见您的父王。

哈姆莱特　我的父王！

霍拉旭　不要吃惊，请您静静地听我把这件奇事告诉您，这两位可以替我做见证。

哈姆莱特　看在上帝的份上，讲给我听。

霍拉旭　这两位朋友，马西勒斯和勃那多，在万籁俱寂的午夜守望的时候，曾经连续两夜看见一个自顶至踵全身甲胄，像您父亲一样的人形，在他们的面前出现，用庄严而缓慢的步伐走过他们的身边。在他们惊奇骇愕的眼前，它三次走过去，它手里所握的鞭杖可以碰到他们的身上；他们吓得几乎浑身都瘫痪了，只是呆立着不动，一句话也没有对它说。怀着惴惧的心情，他们把这件事悄悄地告诉了我，我就在第三夜陪着他们一起守望；正像他们所说的一样，那鬼魂又出现了，出现的时间和它的形状，证实了他们的每一个字都是正确的。我认识您的父亲；那鬼魂是那样酷肖它的生前，我这两手也不及他们彼此的相似。

哈姆莱特　可是这是在什么地方？

马西勒斯　殿下，就在我们守望的露台上。

哈姆莱特　你们有没有和它说话？

霍拉旭　殿下，我说了，可是它没有回答我；不过有一次我觉得它好像抬起头来，像要开口说话似的，可是就在那时候，晨鸡高声啼了起来，它一听见鸡声，就很快地隐去不见了。

哈姆莱特　这很奇怪。

霍拉旭　凭着我的生命起誓，殿下，这是真的；我们认为按着我们的责任，应该让您知道这件事。

哈姆莱特　不错，不错，朋友们；可是这件事情很使我迷惑。你们今晚仍旧要去守望吗？

马西勒斯
勃那多　是，殿下。

哈姆莱特　你们说它穿着甲胄吗？

马西勒斯
勃那多　是，殿下。

哈姆莱特　从头到脚？

马西勒斯
勃那多　从头到脚，殿下。

哈姆莱特　那么你们没有看见它的脸吗？

霍拉旭　啊，看见的，殿下；它的脸甲是掀起的。

哈姆莱特　怎么，它瞧上去像在发怒吗？

霍拉旭　它的脸上悲哀多于愤怒。

哈姆莱特　它的脸色是惨白的还是红红的？

霍拉旭　非常惨白。

哈姆莱特　它把眼睛注视着你吗？

霍拉旭　它直盯着我瞧。

哈姆莱特　我真希望当时我也在场。

霍拉旭　那一定会使您吃惊万分。

哈姆莱特　多半会的，多半会的。它停留得长久吗？

霍拉旭　大概有一个人用不快不慢的速度从一数到一百的那段时间。

马西勒斯
勃那多　还要长久一些，还要长久一些。

霍拉旭　我看见它的时候，不过这么久。

哈姆莱特　它的胡须是斑白的吗？

霍拉旭　是的，正像我在它生前看见的那样，乌黑的胡须里略有几根变成白色。

哈姆莱特　我今晚也要守夜去；也许它还会出来。

霍拉旭　我可以担保它一定会出来。

哈姆莱特　要是它借着我的父王的形貌出现，即使地狱张开嘴来，叫我不要作声，我也一定要对它说话。要是你们到现在还没有把你们所看见的告诉别人，那么我要请求你们大家继续保持沉默；无论今夜发生什么事情，都请放在心里，不要在口舌之间泄漏出去。我一定会报答你们的忠诚。好，再会；今晚十一点钟到十二点钟之间，我要到露台上来看你们。

众　人　我们愿意为殿下尽忠。

哈姆莱特　让我们彼此保持着不渝的交情；再会！（霍拉旭、马西勒斯、勃那多同下）我父亲的灵魂披着甲胄！事情有些不妙，我想这里面一定有奸人的恶计。但愿黑夜早点到来！静静地等着吧，我的灵魂；罪恶的行为总有一天会发现，虽然地上所有的泥土把它们遮掩。（下。）

第三场　波洛涅斯家中一室

雷欧提斯及奥菲利娅上。

雷欧提斯　我需要的物件已经装在船上，再会了；妹妹，在好风给人方便、船只来往无阻的时候，不要贪睡，让我听见你的消息。

奥菲利娅　你还不相信我吗？

雷欧提斯　对于哈姆莱特和他的调情献媚，你必须把它认作年轻人一时的感情冲动，一朵初春的紫罗兰早熟而易雕，馥郁而不能持久，一分钟的芬芳和喜悦，如此而已。

奥菲利娅　不过如此吗？

雷欧提斯　不过如此；因为一个人成长的过程，不仅是肌肉和体格的增强，而且随着身体的发展，精神和心灵也同时扩大。也许他现在爱你，他的真诚的意志是纯洁而不带欺诈的；可是你必须留心，他有这样高的地位，他的意志并不属于他自己，因为他自己也要被他的血统所支配；他不能像一般庶民一样为自己选择，因为他的决定足以影响到整个国本的安危，他是全身的首脑，他的选择必须得到各部分肢体的同意；所以要是他说，他爱你，你不可贸然相信，应该明白：照他的身份地位说来，他要想把自己的话付诸实现，绝不能越出丹麦国内普遍舆论所同意的范围。你再想一想，要是你用过于轻信的耳朵倾听他的歌曲，让他攫走了你的心，在他的狂妄的渎求之下，打开了你的宝贵的童贞，那时候你的名誉将要蒙受多大的损失。留心，奥菲利娅，留心，我的亲爱的妹妹，不要放纵你的爱情，不要让欲望的利箭把你射中。一个自爱的女郎，若是向月亮显露她的美貌就算是极端放荡了；圣贤也不能逃避谗口的中伤；春天的草木往往还没有吐放它们的蓓蕾，就被蛀虫蠹蚀；朝露一样晶莹的青春，常常会受到罡风的吹打。所以留心吧，戒惧是最安全的方策；即使没有旁人的诱惑，少年的血气也要向他自己叛变。

奥菲利娅　我将要记住你这个很好的教训，让它看守着我的心。可是，我的好哥哥，你不要像有些坏牧师一样，指点我上天去的险峻的荆棘之途，自己却在花街柳巷流连忘返，忘记了自己的箴言。

雷欧提斯　啊！不要为我担心。我耽搁得太久了；可是父亲来了。

波洛涅斯上。

雷欧提斯　两度的祝福是双倍的福分；第二次的告别是格外可喜的。

波洛涅斯　还在这儿，雷欧提斯！上船去，上船去，真好意思！风息在帆顶上，人家都在等着你哩。好，我为你祝福！还有几句教训，希望你铭刻在记忆之中：不要想到什么就说什么，凡事必须三思而行。对人要和气，可是不要过分狎昵。相知有素的朋友，应该用钢圈箍在你的灵魂上，可是不要对每一个泛泛的新知滥施你的交情。留心避免和人家争吵，可是万一争端已起，就应该让对方知道你不是可以轻侮的。倾听每一个人的意见，可是只对极少数人发表你的意见；接受每一个人的批评，可是保留你自己的判断。尽你的财力购制贵重的衣服，可是不要炫新立异，必须富丽而不浮艳，因为服装往往可以表现人格；法国的名流要人，就是在这点上显得最高尚，与众不同。不要向人告贷，也不要借钱给人；因为债款放了出去，往往不但丢了本钱，而且还失去了朋友；向人告贷的结果，容易养成因循懒惰的习惯。尤其要紧的，你必须对你自己忠实；正像有了白昼才有黑夜一样，对自己忠实，才不会对别人欺诈。再会；愿我的祝福使这一番话在你的行事中奏效！

雷欧提斯　父亲，我告别了。

波洛涅斯　时候不早了；去吧，你的仆人都在等着。

雷欧提斯　再会，奥菲利娅，记住我对你说的话。

奥菲利娅　你的话已经锁在我的记忆里，那钥匙你替我保管着吧。

雷欧提斯　再会！（下。）

波洛涅斯　奥菲利娅，他对你说些什么话？

奥菲利娅　回父亲的话，我们刚才谈起哈姆莱特殿下的事情。

波洛涅斯　嗯，这是应该考虑一下的。听说他近来常常跟你在一起，你也从来不拒绝他的求见；要是果然有这种事——人家这样告诉我，也无非是叫我注意的意思——那么我必须对你说，你还没有懂得你做了我的女儿，按照你的身份，应该怎样留心你自己的行动。究竟在你们两人之间有些什么关系？老实告诉我。

奥菲利娅　父亲，他最近曾经屡次向我表示他的爱情。

波洛涅斯　爱情！呸！你讲的话完全像是一个不曾经历过这种危险的不懂事的女孩子。你相信你所说的他的那种表示吗？

奥菲利娅　父亲，我不知道我应该怎样想才好。

波洛涅斯　好，让我来教你；你应该这样想，你是一个毛孩子，竟然把这些假意的表示当作了真心的奉献。你应该“表示”出一番更大的架子，要不然——就此打住吧，这个可怜的字眼被我使唤得都快断气了——你就“表示”你是个十足的傻瓜。

奥菲利娅　父亲，他向我求爱的态度是很光明正大的。

波洛涅斯　不错，那只是态度；算了，算了。

奥菲利娅　而且，父亲，他差不多用尽一切指天誓日的神圣的盟约，证实他的言语。

波洛涅斯　嗯，这些都是捕捉愚蠢的山鹬的圈套。我知道在热情燃烧的时候，一个人无论什么盟誓都会说出口来；这些火焰，女儿，是光多于热的，刚刚说出口就会光销焰灭，你不能把它们当作真火看待。从现在起，你还是少露一些你的女儿家的脸；你应该抬高身价，不要让人家以为你是可以随意呼召的。对于哈姆莱特殿下，你应该这样想，他是个年轻的王子，他比你在行动上有更大的自由。总而言之，奥菲利娅，不要相信他的盟誓，它们不过是淫媒，内心的颜色和服装完全不一样，只晓得诱人干一些龌龊的勾当，正像道貌岸然大放厥辞的鸨母，只求达到骗人的目的。我的言尽于此，简单一句话，从现在起，我不许你一有空闲就跟哈姆莱特殿下聊天。你留点儿神吧；进去。

奥菲利娅　我一定听从您的话，父亲。（同下。）

第四场　露台

哈姆莱特、霍拉旭及马西勒斯上。

哈姆莱特　风吹得人怪痛的，这天气真冷。

霍拉旭　是很凛冽的寒风。

哈姆莱特　现在什么时候了？

霍拉旭　我想还不到十二点。

马西勒斯　不，已经打过了。

霍拉旭　真的？我没有听见；那么鬼魂出现的时候快要到了。（内喇叭奏花腔及鸣炮声）这是什么意思，殿下？

哈姆莱特　王上今晚大宴群臣，作通宵的醉舞；每次他喝下了一杯葡萄美酒，铜鼓和喇叭便吹打起来，欢祝万寿。

霍拉旭　这是向来的风俗吗？

哈姆莱特　嗯，是的。可是我虽然从小就熟习这种风俗，我却以为把它破坏了倒比遵守它还体面些。这一种酗酒纵乐的风俗，使我们在东西各国受到许多非议；他们称我们为酒徒醉汉，将下流的污名加在我们头上，使我们各项伟大的成就都因此而大为减色。在个人方面也常常是这样，由于品性上有某些丑恶的瘢痣；或者是天生的——这就不能怪本人，因为天性不能由自己选择；或者是某种脾气发展到反常地步，冲破了理智的约束和防卫，或者是某种习惯玷污了原来令人喜爱的举止；这些人只要带着上述一种缺点的烙印——天生的标记或者偶然的机缘——不管在其余方面他们是如何圣洁，如何具备一个人所能有的无限美德，由于那点特殊的毛病，在世人的非议中也会感染溃烂；少量的邪恶足以勾销全部高贵的品质，害得人声名狼藉。

鬼魂上。

霍拉旭　瞧，殿下，它来了！

哈姆莱特　天使保佑我们！不管你是一个善良的灵魂或是万恶的妖魔，不管你带来了天上的和风或是地狱中的罡风，不管你的来意好坏，因为你的形状是这样引起我的怀疑，我要对你说话；我要叫你哈姆莱特，君王，父亲！尊严的丹麦先王，啊，回答我！不要让我在无知的蒙昧里抱恨终天；告诉我为什么你的长眠的骸骨不安窀穸，为什么安葬着你的遗体的坟墓张开它的沉重的大理石的两颚，把你重新吐放出来。你这已死的尸体这样全身甲胄，出现在月光之下，使黑夜变得这样阴森，使我们这些为造化所玩弄的愚人由于不可思议的恐怖而心惊胆战，究竟是什么意思呢？说，这是为了什么？你要我们怎样？（鬼魂向哈姆莱特招手。）

霍拉旭　它招手叫您跟着它去，好像它有什么话要对您一个人说似的。

马西勒斯　瞧，它用很有礼貌的举动，招呼您到一个僻远的所在去；可是别跟它去。

霍拉旭　千万不要跟它去。

哈姆莱特　它不肯说话；我还是跟它去。

霍拉旭　不要去，殿下。

哈姆莱特　嗨，怕什么呢？我把我的生命看得不值一枚针；至于我的灵魂，那是跟它自己同样永生不灭的，它能够加害它吗？它又在招手叫我前去了；我要跟它去。

霍拉旭　殿下，要是它把您诱到潮水里去，或者把您领到下临大海的峻峭的悬崖之巅，在那边它现出了狰狞的面貌，吓得您丧失理智，变成疯狂，那可怎么好呢？您想，无论什么人一到了那样的地方，望着下面千仞的峭壁，听见海水奔腾的怒吼，即使没有别的原因，也会起穷凶极恶的怪念的。

哈姆莱特　它还在向我招手。去吧，我跟着你。

马西勒斯　您不能去，殿下。

哈姆莱特　放开你们的手！

霍拉旭　听我们的劝告，不要去。

哈姆莱特　我的命运在高声呼喊，使我全身每一根微细的血管都变得像怒狮的筋骨一样坚硬。（鬼魂招手）它仍旧在招我去。放开我，朋友们；（挣脱二人之手）凭着上天起誓，谁要是拉住我，我要叫他变成一个鬼！走开！去吧，我跟着你。（鬼魂及哈姆莱特同下。）

霍拉旭　幻想占据了他的头脑，使他不顾一切。

马西勒斯　让我们跟上去；我们不应该服从他的话。

霍拉旭　那么跟上去吧。这种事情会引出些什么结果来呢？

马西勒斯　丹麦国里恐怕有些不可告人的坏事。

霍拉旭　上帝的旨意支配一切。

马西勒斯　得了，我们还是跟上去吧。（同下。）

第五场　露台的另一部分

鬼魂及哈姆莱特上。

哈姆莱特　你要领我到什么地方去？说；我不愿再前进了。

鬼　魂　听我说。

哈姆莱特　我在听着。

鬼　魂　我的时间快到了，我必须再回到硫黄的烈火里去受煎熬的痛苦。

哈姆莱特　唉，可怜的亡魂！

鬼　魂　不要可怜我，你只要留心听着我要告诉你的话。

哈姆莱特　说吧；我自然要听。

鬼　魂　你听了以后，也自然要替我报仇。

哈姆莱特　什么？

鬼　魂　我是你父亲的灵魂，因为生前孽障未尽，被判在晚间游行地上，白昼忍受火焰的烧灼，必须经过相当的时期，等生前的过失被火焰净化以后，方才可以脱罪。若不是因为我不能违犯禁令，泄漏我的狱中的秘密，我可以告诉你一桩事，最轻微的几句话，都可以使你魂飞魄散，使你年轻的血液凝冻成冰，使你的双眼像脱了轨道的星球一样向前突出，使你的纠结的鬈发根根分开，像愤怒的豪猪身上的刺毛一样森然耸立，可是这一种永恒的神秘，是不能向血肉的凡耳宣示的。听着，听着，啊，听着！要是你曾经爱过你的亲爱的父亲——

哈姆莱特　上帝啊！

鬼　魂　你必须替他报复那逆伦惨恶的杀身的仇恨。

哈姆莱特　杀身的仇恨！

鬼　魂　杀人是重大的罪恶；可是这一件谋杀的惨案，更是骇人听闻而逆天害理的罪行。

哈姆莱特　赶快告诉我，让我驾着像思想和爱情一样迅速的翅膀，飞去把仇人杀死。

鬼　魂　我的话果然激动了你；要是你听见了这种事情而漠然无动于衷，那你除非比舒散在忘河之滨的蔓草还要冥顽不灵。现在，哈姆莱特，听我说；一般人都以为我在花园里睡觉的时候，一条蛇来把我螫死，这一个虚构的死状，把丹麦全国的人都骗过了；可是你要知道，好孩子，那毒害你父亲的蛇，头上戴着王冠呢。

哈姆莱特　啊，我的预感果然是真的！我的叔父！

鬼　魂　嗯，那个乱伦的、奸淫的畜生，他有的是过人的诡诈，天赋的奸恶，凭着他的阴险的手段，诱惑了我的外表上似乎非常贞淑的王后，满足他的无耻的兽欲。啊，哈姆莱特，那是一个多么卑鄙无耻的背叛！我的爱情是那样纯洁真诚，始终信守着我在结婚的时候对她所做的盟誓；她却会对一个天赋的才德远不如我的恶人降心相从！可是正像一个贞洁的女子，虽然淫欲罩上神圣的外表，也不能把她煽动一样，一个淫妇虽然和光明的天使为偶，也会有一天厌倦于天上的唱随之乐，而宁愿搂抱人间的朽骨。可是且慢！我仿佛嗅到了清晨的空气；让我把话说得简短一些。当我按照每天午后的惯例，在花园里睡觉的时候，你的叔父趁我不备，悄悄溜了进来，拿着一个盛着毒草汁的小瓶，把一种使人麻痹的药水注入我的耳腔之内，那药性发作起来，会像水银一样很快地流过全身的大小血管，像酸液滴进牛乳一般把淡薄而健全的血液凝结起来；它一进入我的身体，我全身光滑的皮肤上便立刻发生无数疱疹，像害着癞病似的满布着可憎的鳞片。这样，我在睡梦之中，被一个兄弟同时夺去了我的生命、我的王冠和我的王后；甚至于不给我一个忏罪的机会，使我在没有领到圣餐也没有受过临终涂膏礼以前，就一无准备地负着我的全部罪恶去对簿阴曹。可怕啊，可怕！要是你有天性之情，不要默尔而息，不要让丹麦的御寝变成了藏奸养逆的卧榻；可是无论你怎样进行复仇，不要胡乱猜疑，更不可对你的母亲有什么不利的图谋，她自会受到上天的裁判，和她自己内心中的荆棘的刺戳。现在我必须去了！萤火的微光已经开始暗淡下去，清晨快要到来了；再会，再会！哈姆莱特，记着我。（下。）

哈姆莱特　天上的神明啊！地啊！再有什么呢？我还要向地狱呼喊吗？啊，呸！忍着吧，忍着吧，我的心！我的全身的筋骨，不要一下子就变成衰老，支持着我的身体呀！记着你！是的，我可怜的亡魂，当记忆不曾从我这混乱的头脑里消失的时候，我会记着你的。记着你！是的，我要从我的记忆的碑版上，拭去一切琐碎愚蠢的记录、一切书本上的格言、一切陈言套语，一切过去的印象、我的少年的阅历所留下的痕迹，只让你的命令留在我的脑筋的书卷里，不掺杂一些下贱的废料；是的，上天为我作证！啊，最恶毒的妇人！啊，奸贼，奸贼，脸上堆着笑的万恶的奸贼！我的记事簿呢？我必须把它记下来；一个人可以尽管满面都是笑，骨子里却是杀人的奸贼；至少我相信在丹麦是这样的。（写字）好，叔父，我把你写下来了。现在我要记下我的座右铭那是，“再会，再会！记着我。”我已经发过誓了。

霍拉旭 （在内）殿下！殿下！

马西勒斯 （在内）哈姆莱特殿下！

霍拉旭 （在内）上天保佑他！

马西勒斯 （在内）但愿如此！

霍拉旭 （在内）喂，呵，呵，殿下！

哈姆莱特 喂，呵，呵，孩儿！来，鸟儿，来。

霍拉旭及马西勒斯上。

马西勒斯 怎样，殿下！

霍拉旭 有什么事，殿下？

哈姆莱特 啊！奇怪！

霍拉旭 好殿下，告诉我们。

哈姆莱特 不，你们会泄漏出去的。

霍拉旭 不，殿下，凭着上天起誓，我一定不泄漏。

马西勒斯 我也一定不泄漏，殿下。

哈姆莱特 那么你们说，哪一个人会想得到有这种事？可是你们能够保守秘密吗？

霍拉旭
马西勒斯 是，上天为我们作证，殿下。

哈姆莱特 全丹麦从来不曾有哪一个奸贼不是一个十足的坏人。

霍拉旭 殿下，这样一句话是用不着什么鬼魂从坟墓里出来告诉我们的。

哈姆莱特 啊，对了，你说得有理；所以，我们还是不必多说废话，大家握握手分开了吧。你们可以去照你们自己的意思干你们自己的事——因为各人都有各人的意思和各人的事，这是实际情况——至于我自己，那么我对你们说，我是要祈祷去的。

霍拉旭 殿下，您这些话好像有些疯疯癫癫似的。

哈姆莱特 我的话得罪了你，真是非常抱歉；是的，我从心底里抱歉。

霍拉旭 谈不上得罪，殿下。

哈姆莱特　不，凭着圣伯特力克[1]的名义，霍拉旭，谈得上，而且罪还不小呢。讲到这一个幽灵，那么让我告诉你们，它是一个老实的亡魂，你们要是想知道它对我说了些什么话，我只好请你们暂时不必动问。现在，好朋友们，你们都是我的朋友，都是学者和军人，请你们允许我一个卑微的要求。

霍拉旭　是什么要求，殿下？我们一定允许您。

哈姆莱特　永远不要把你们今晚所见的事情告诉别人。

霍拉旭
马西勒斯　殿下，我们一定不告诉别人。

哈姆莱特　不，你们必须宣誓。

霍拉旭　凭着良心起誓，殿下，我绝不告诉别人。

马西勒斯　凭着良心起誓，殿下，我也绝不告诉别人。

哈姆莱特　把手按在我的剑上宣誓。

马西勒斯　殿下，我们已经宣誓过了。

哈姆莱特　那不算，把手按在我的剑上。

鬼　魂　（在下）宣誓！

哈姆莱特　啊哈！孩儿！你也这样说吗？你在那儿吗，好家伙？来；你们不听见这个地下的人怎么说吗？宣誓吧。

霍拉旭　请您教我们怎样宣誓，殿下。

哈姆莱特　永不向人提起你们所看见的这一切。把手按在我的剑上宣誓。

鬼　魂　（在下）宣誓！

哈姆莱特　“说哪里，到哪里”吗？那么我们换一个地方。过来，朋友们。把你们的手按在我的剑上，宣誓永不向人提起你们所听见的这件事。

鬼　魂　（在下）宣誓！

哈姆莱特　说得好，老鼹鼠！你能够在地底钻得这么快吗？好一个开路的先锋！好朋友们，我们再来换一个地方。

霍拉旭　嗳哟，真是不可思议的怪事！

---

① 圣伯特力克（St. Patrick），爱尔兰的保护神，据说曾从爱尔兰把蛇驱走。

哈姆莱特　那么你还是用见怪不怪的态度对待它吧。霍拉旭，天地之间有许多事情，是你们的哲学里所没有梦想到的呢。可是，来，上帝的慈悲保佑你们，你们必须再作一次宣誓。我今后也许有时候要故意装出一副疯疯癫癫的样子，你们要是在那时候看见了我的古怪的举动，切不可像这样交叉着手臂，或者这样摇头摆脑的，或者嘴里说一些吞吞吐吐的言词，例如“呃，呃，我们知道”，或者“只要我们高兴，我们就可以”，或是“要是我们愿意说出来的话”，或是“有人要是怎么怎么”，诸如此类的含糊其辞的话语，表示你们知道我有些什么秘密；你们必须答应我避开这一类言词，上帝的恩惠和慈悲保佑着你们，宣誓吧。

鬼　魂　（在下）宣誓！（二人宣誓。）

哈姆莱特　安息吧，安息吧，受难的灵魂！好，朋友们，我以满怀的热情，信赖着你们两位；要是在哈姆莱特的微弱的能力以内，能够有可以向你们表示他的友情之处，上帝在上，我一定不会有负你们。让我们一同进去；请你们记着无论在什么时候都要守口如瓶。这是一个颠倒混乱的时代，唉，倒楣的我却要负起重整乾坤的责任！来，我们一块儿去吧。（同下。）

第二幕

第一场　波洛涅斯家中一室

波洛涅斯及雷奈尔多上。

波洛涅斯　把这些钱和这封信交给他，雷奈尔多。

雷奈尔多　是，老爷。

波洛涅斯　好雷奈尔多，你在没有去看他以前，最好先探听探听他的行为。

雷奈尔多　老爷，我本来就是这个意思。

波洛涅斯　很好，很好，好得很。你先给我调查调查有些什么丹麦人在巴黎，他们是干什么的，叫什么名字，有没有钱，住在什么地方，跟哪些人做伴，用度大不大，用这种转弯抹角的方法，要是你打听到他们也认识我的儿子，你就可以更进一步，表示你对他也有相当的认识；你可以这样说："我知道他的父亲和他的朋友，对他也略为有点认识。"你听见没有，雷奈尔多？

雷奈尔多　是，我在留心听着，老爷。

波洛涅斯　"对他也略为有点认识，可是，"你可以说，"不怎么熟悉；不过假如果然是他的话，那么他是个很放浪的人，有些怎样怎样的坏习惯。"说到这里，你就可以随便捏造一些关于他的坏话；当然啰，你不能把他说得太不成样子，那是会损害他的名誉的，这一点你必须注意；可是你不妨举出一些纨绔子弟们所犯的最普通的浪荡的行为。

雷奈尔多　譬如赌钱，老爷。

波洛涅斯　对了，或是喝酒、斗剑、赌咒、吵嘴、嫖妓之类，你都可以说。

雷奈尔多　老爷，那是会损害他的名誉的。

波洛涅斯　不，不，你可以在言语之间说得轻淡一些。你不能说他公然纵欲，那可不是我的意思；可是你要把他的过失讲得那么巧妙，让人家听着好像那不过是行为上的小小的不检，一个躁急的性格不免会有的发作，一个血气方刚的少年的一时胡闹，算不了什么。

雷奈尔多　可是老爷——

波洛涅斯　为什么叫你做这种事？

雷奈尔多　是的，老爷，请您告诉我。

波洛涅斯　呃，我的用意是这样的，我相信这是一种说得过去的策略；你这样轻描淡写地说了我儿子的一些坏话，就像你提起一件略有污损的东西似的，听着，要是跟你谈话的那个人，也就是你向他探询的那个人，果然看见过你所说起的那个少年犯了你刚才所列举的那些罪恶，他一定会用这样的话向你表示同意："好先生——"也许他称你"朋友"，"仁兄"，按照着各人的身分和各国的习惯。

雷奈尔多　很好，老爷。

波洛涅斯　然后他就——他就——我刚才要说一句什么话？嗳哟，我正要说一句什么话；我说到什么地方啦？

雷奈尔多　您刚才说到"用这样的话表示同意"；还有"朋友"或者"仁兄"和各国的习惯。

波洛涅斯　说到"用这样的话表示同意"，嗯，对了；他会用这样的话对你表示同意："我认识这位绅士，昨天我还看见他，或许是前天，或许是什么什么时候，跟什么什么人在一起，正像您所说的，他在什么地方赌钱，在什么地方喝得酩酊大醉，在什么地方因为打网球而跟人家打起架来；"也许他还会说，"我看见他走进什么什么一家生意人家去，"那就是说窑子或是诸如此类的所在。你瞧，你用说谎的钓饵，就可以把事实的真相诱上你的钓钩；我们有智慧、有见识的人，往往用这种旁敲侧击的方法，间接达到我们的目的；你也可以照着我上面所说的那一番话，探听出我的儿子的行为。你懂得我的意思没有？

雷奈尔多　老爷，我懂得。

波洛涅斯　上帝和你同在；再会！

雷奈尔多　那么我去了，老爷。

波洛涅斯　你自己也得留心观察他的举止。

雷奈尔多　是，老爷。

波洛涅斯　叫他用心学习音乐。

雷奈尔多　是，老爷。

波洛涅斯　你去吧！（雷奈尔多下。）

奥菲利娅上。

波洛涅斯　啊，奥菲利娅！什么事？

奥菲利娅　嗳哟，父亲，吓死我了！

波洛涅斯　凭着上帝的名义，怕什么？

奥菲利娅　父亲，我正在房间里缝纫的时候，哈姆莱特殿下跑了进来，走到我的面前；他的上身的衣服完全没有扣上纽子，头上也不戴帽子，他的袜子上沾着污泥，没有袜带，一直垂到脚踝上；他的脸色像他的衬衫一样白，他的膝盖互相碰撞，他的神气是那样凄惨，好像他刚从地狱里逃出来，要向人讲述地狱的恐怖一样。

波洛涅斯　他因为不能得到你的爱而发疯了吗？

奥菲利娅　父亲，我不知道，可是我想也许是的。

波洛涅斯　他怎么说？

奥菲利娅　他握住我的手腕紧紧不放，拉直了手臂向后退立，用他的另一只手这样遮在他的额角上，一眼不眨地瞧着我的脸，好像要把它临摹下来似的。这样经过了好久的时间，然后他轻轻地摇动一下我的手臂，他的头上上下下点了三次，于是他发出一声非常惨痛而深长的叹息，好像他的整个的胸部都要爆裂，他的生命就在这一声叹息中间完毕似的。然后他放松了我，转过他的身体，他的头还是向后回顾，好像他不用眼睛的帮助也能够找到他的路，因为直到他走出了门外，他的两眼还是注视在我的身上。

波洛涅斯　跟我来；我要见王上去。这正是恋爱不遂的疯狂；一个人受到这种剧烈的刺激，什么不顾一切的事情都会干得出来，其他一切能迷住我们本性的狂热，最厉害也不过如此。我真后悔。怎么，你最近对他说过什么使他难堪的话没有？

奥菲利娅　没有，父亲，可是我已经遵从您的命令，拒绝他的来信，并且不允许他来见我。

波洛涅斯　这就是使他疯狂的原因。我很后悔考虑得不够周到，看错了人。我以为他不过把你玩弄玩弄，恐怕贻误你的终身；可是我不该这样多疑！正像年轻人干起事来，往往不知道瞻前顾后一样，我们这种上了年纪的人，总是免不了鳃鳃过虑。来，我们见王上去。这种事情是不能蒙蔽起来的，要是隐讳不报，也许会闹出乱子来，比直言受责要严重得多。来。（同下。）

第二场　城堡中一室

国王、王后、罗森格兰兹、吉尔登斯吞及侍从等上。

国　王　欢迎，亲爱的罗森格兰兹和吉尔登斯吞！这次匆匆召请你们两位前来，一方面是因为我非常思念你们，一方面也是因为我有需要你们帮忙的地方。你们大概已经听到哈姆莱特的变化；我把它称为变化，因为无论在外表上或是精神上，他已经和从前大不相同。除了他父亲的死以外，究竟还有些什么原因，把他激成了这种疯疯癫癫的样子，我实在无从猜测。你们从小便跟他在一起长大，素来知道他的脾气，所以我特地请你们到我们宫廷里来盘桓几天，陪伴陪伴他，替他解解愁闷，同时乘机窥探他究竟有些什么秘密的心事，为我们所不知道的，也许一旦公开之后，我们就可以替他对症下药。

王　后　他常常讲起你们两位，我相信世上没有哪两个人比你们更为他所亲信了。你们要是不嫌怠慢，答应在我们这儿小作勾留，帮助我们实现我们的希望，那么你们的盛情雅意，一定会受到丹麦王室隆重的礼谢的。

罗森格兰兹　我们是两位陛下的臣子，两位陛下有什么旨意，尽管命令我们；像这样言重的话，倒使我们置身无地了。

吉尔登斯吞　我们愿意投身在两位陛下的足下，两位陛下无论有什么命令，我们都愿意尽力奉行。

国　王　谢谢你们，罗森格兰兹和善良的吉尔登斯吞。

王　后　谢谢你们，吉尔登斯吞和善良的罗森格兰兹。现在我就要请你们立刻去看看我的大大变了样子的儿子。来人，领这两位绅士到哈姆莱特的地方去。

吉尔登斯吞　但愿上天保佑，使我们能够得到他的欢心，帮助他恢复常态！

王　后　阿门！（罗森格兰兹、吉尔登斯吞及若干侍从下。）

波洛涅斯上。

波洛涅斯　启禀陛下，我们派往挪威去的两位钦使已经喜气洋洋地回来了。

国　王　你总是带着好消息来报告我们。

波洛涅斯　真的吗，陛下？不瞒陛下说，我把我对于我的上帝和我的宽仁厚德的王上的责任，看得跟我的灵魂一样重呢。此外，除非我的脑筋在观察问题上不如过去那样有把握了，不然我肯定相信我已经发现了哈姆莱特发疯的原因。

国　王　啊！你说吧，我急着要听呢。

波洛涅斯　请陛下先接见了钦使；我的消息留着做盛筵以后的佳果美点吧。

国　王　那么有劳你去迎接他们进来。（波洛涅斯下）我的亲爱的乔特鲁德，他对我说他已经发现了你的儿子心神不定的原因。

王　后　我想主要的原因还是他父亲的死和我们过于迅速的结婚。

国　王　好，等我们仔细问问。

波洛涅斯率伏提曼德及考尼律斯重上。

国　王　欢迎，我的好朋友们！伏提曼德，我们的挪威王兄怎么说？

伏提曼德　他叫我们向陛下转达他的友好的问候。他听到了我们的要求，就立刻传谕他的侄儿停止征兵；本来他以为这种举动是准备对付波兰人的，可是一经调查，才知道它的对象原来是陛下；他知道此事以后，痛心自己因为年老多病，受人欺罔，震怒之下，传令把福丁布拉斯逮捕；福丁布拉斯并未反抗，受到了挪威王一番申斥，最后就在他的叔父面前立誓决不兴兵侵犯陛下。老王看见他诚心悔过，非常欢喜，当下就给他三千克朗的年俸，并且委任他统率他所征募的那些兵士，去向波兰人征伐；同时他叫我把这封信呈上陛下，（以书信呈上）请求陛下允许他的军队借道通过陛下的领土，他已经在信里提出若干条件，保证决不扰乱地方的安宁。

国　王　这样很好，等我们有空的时候，还要仔细考虑一下，然后答复。你们远道跋涉，不辱使命，很是劳苦了，先去休息休息，今天晚上我们还要在一起欢宴。欢迎你们回来！（伏提曼德、考尼律斯同下。）

波洛涅斯　这件事情总算圆满结束了。王上，娘娘，要是我向你们长篇大论地解释君上的尊严，臣下的名分，白昼何以为白昼，黑夜何以为黑夜，时间何以为时间，那不过徒然浪费了昼、夜、时间；所以，既然简洁是智慧的灵魂，冗长是肤浅的藻饰，我还是把话说得简单一些吧。你们的那位殿下是疯了；我说他疯了，因为假如要说明什么才是真疯，那就只有发疯，此外还有什么可说的呢？可是那也不用说了。

王　后　多谈些实际，少弄些玄虚。

波洛涅斯　娘娘，我发誓我一点不弄玄虚。他疯了，这是真的；唯其是真的，所以才可叹，它的可叹也是真的——蠢话少说，因为我不愿弄玄虚。好，让我们同意他已经疯了；现在我们就应该求出这一个结果的原因，或者不如说，这一种病态的原因，因为这个病态的结果不是无因而至的，这就是我们现在要做的一步工作。我们来想一想吧。我有一个女儿——当她还不过是我的女儿的时候，她是属于我的——难得她一片孝心，把这封信给了我；现在请猜一猜这里面说些什么话。“给那天仙化人的，我的灵魂的偶像，最艳丽的奥菲利娅——”这是一个粗俗的说法，下流的说法；“艳丽”两字用得非常下流；可是你们听下去吧；“让这几行诗句留下在她的皎洁的胸中——”

王　后　这是哈姆莱特写给她的吗？

波洛涅斯　好娘娘，等一等，我要老老实实地照原文念：

“你可以疑心星星是火把；
你可以疑心太阳会移转；
你可以疑心真理是谎话；
可是我的爱永没有改变。”

亲爱的奥菲利娅啊！我的诗写得太坏。我不会用诗句来抒写我的愁怀；可是相信我，最好的人儿啊！我最爱的是你。再会！最亲爱的小姐，只要我一息尚存，我就永远是你的，哈姆莱特。”这一封信是我的女儿出于孝顺之心拿来给我看的；此外，她又把他一次次求爱的情形，在什么时候，用什么方法，在什么所在，全都讲给我听了。

国　王　可是她对于他的爱情抱着怎样的态度呢？

波洛涅斯　陛下以为我是怎样的一个人？

国　王　一个忠心正直的人。

波洛涅斯　但愿我能够证明自己是这样一个人。可是假如我看见这场热烈的恋爱正在进行——不瞒陛下说，我在我的女儿没有告诉我以前，早就看出来了——假如我知道有了这么一回事，却在暗中玉成他们的好事，或者故意视若无睹，假作痴聋，一切不闻不问，那时候陛下的心里觉得怎样？我的好娘娘，您这位王后陛下的心里又觉得怎样？不，我一点儿也不敢懈怠我的责任，立刻就对我那位小姐说：“哈姆莱特殿下是一位王子，不是你可以仰望的；这种事情不能让它继续下去。”于是我把她教训一番，叫她深居简出，不要和他见面，不要接纳他的来使，也不要收受他的礼物；她听了这番话，就照着我的意思实行起来。说来话短，他遭到拒绝以后，心里就郁郁不快，于是饭也吃不下了，觉也睡不着了，他的身体一天憔悴一天，他的精神一天恍惚一天，这样一步步发展下去，就变成现在他这一种为我们大家所悲痛的疯狂。

国　王　你想是这个原因吗？

王　后　这是很可能的。

波洛涅斯　我倒很想知道知道，哪一次我曾经肯定地说过了“这件事情是这样的”，而结果却并不这样？

国　王　照我所知道的，那倒没有。

波洛涅斯　要是我说错了话，把这个东西从这个上面拿下来吧。（指自己的头及肩）只要有线索可寻，我总会找出事实的真相，即使那真相一直藏在地球的中心。

国　王　我们怎么可以进一步试验试验？

波洛涅斯　您知道，有时候他会接连几个钟头在这儿走廊里踱来踱去。

王　后　他真的常常这样踱来踱去。

波洛涅斯　乘他踱来踱去的时候，我就让我的女儿去见他，你我可以躲在帷幕后面注视他们相会的情形；要是他不爱她，他的理智不是因为恋爱而丧失，那么不要叫我襄理国家的政务，让我去做个耕田赶牲口的农夫吧。

国　王　我们要试一试。

王　后　可是瞧，这可怜的孩子忧忧愁愁地念着一本书来了。

波洛涅斯　请陛下和娘娘避一避，让我走上去招呼他。（国王、王后及侍从等下。）

哈姆莱特读书上。

波洛涅斯　啊，恕我冒昧。您好，哈姆莱特殿下？

哈姆莱特　呃，上帝怜悯世人！

波洛涅斯　您认识我吗，殿下？

哈姆莱特　认识认识，你是一个卖鱼的贩子。

波洛涅斯　我不是，殿下。

哈姆莱特　那么我但愿你是一个和鱼贩子一样的老实人。

波洛涅斯　老实，殿下！

哈姆莱特　嗯，先生；在这世上，一万个人中间只不过有一个老实人。

波洛涅斯　这句话说得很对，殿下。

哈姆莱特　要是太阳能在一条死狗尸体上孵育蛆虫，因为它是一块可亲吻的臭肉——你有一个女儿吗？

波洛涅斯　我有，殿下。

哈姆莱特　不要让她在太阳光底下行走；肚子里有学问是幸福，但不是像你女儿肚子里会有的那种学问。朋友，留心哪。

波洛涅斯　（旁白）你们瞧，他念念不忘地提我的女儿；可是最初他不认识我，他说我是一个卖鱼的贩子。他的疯病已经很深了，很深了。说句老实话，我在年轻的时候，为了恋爱也曾大发其疯，那样子也跟他差不多哩。让我再去对他说话。——您在读些什么，殿下？

哈姆莱特　都是些空话，空话，空话。

波洛涅斯　讲的是什么事，殿下？

哈姆莱特　谁同谁的什么事？

波洛涅斯　我是说您读的书里讲到些什么事，殿下。

哈姆莱特　一派诽谤，先生；这个专爱把人讥笑的坏蛋在这儿说着，老年人长着灰白的胡须，他们的脸上满是皱纹，他们的眼睛里沾满了眼屎，他们的头脑是空空洞洞的，他们的两腿是摇摇摆摆的；这些话，先生，虽然我十分相信，可是照这样写在书上，总有些有伤厚道；因为就是拿您先生自己来说，要是您能够像一只蟹一样向后倒退，那么您也应该跟我一样年轻了。

波洛涅斯　（旁白）这些虽然是疯话，却有深意在内。——您要走进里边去吗，殿下？别让风吹着！

哈姆莱特　走进我的坟墓里去？

波洛涅斯　那倒真是风吹不着的地方。（旁白）他的回答有时候是多么深刻！疯狂的人往往能够说出理智清明的人所说不出来的话。我要离开他，立刻就去想法让他跟我的女儿见面。——殿下，我要向您告别了。

哈姆莱特　先生，那是再好没有的事；但愿我也能够向我的生命告别，但愿我也能够向我的生命告别，但愿我也能够向我的生命告别。

波洛涅斯　再会，殿下。（欲去。）

哈姆莱特　这些讨厌的老傻瓜！

罗森格兰兹及吉尔登斯吞重上。

波洛涅斯　你们要找哈姆莱特殿下，那儿就是。

罗森格兰兹　上帝保佑您，大人！（波洛涅斯下。）

吉尔登斯吞　我的尊贵的殿下！

罗森格兰兹　我的最亲爱的殿下！

哈姆莱特　我的好朋友们！你好，吉尔登斯吞？啊，罗森格兰兹！好孩子们，你们两人都好？

罗森格兰兹　不过像一般庸庸碌碌之辈，在这世上虚度时光而已。

吉尔登斯吞　无荣无辱便是我们的幸福；我们高不到命运女神帽子上的钮扣。

哈姆莱特　也低不到她的鞋底吗？

罗森格兰兹　正是，殿下。

哈姆莱特　那么你们是在她的腰上，或是在她的怀抱之中吗？

吉尔登斯吞　说老实话，我们是在她的私处。

哈姆莱特　在命运身上秘密的那部分吗？啊，对了；她本来是一个娼妓。你们听到什么消息没有？

罗森格兰兹　没有，殿下，我们只知道这世界变得老实起来了。

哈姆莱特　那么世界末日快到了；可是你们的消息是假的。让我再仔细问问你们；我的好朋友们，你们在命运手里犯了什么案子，她把你们送到这儿牢狱里来了？

吉尔登斯吞　牢狱，殿下！

哈姆莱特　丹麦是一所牢狱。

罗森格兰兹　那么世界也是一所牢狱。

哈姆莱特　一所很大的牢狱，里面有许多监房、囚室、地牢；丹麦是其中最坏的一间。

罗森格兰兹　我们倒不这样想，殿下。

哈姆莱特　啊，那么对于你们它并不是牢狱；因为世上的事情本来没有善恶，都是各人的思想把它们分别出来的；对于我它是一所牢狱。

罗森格兰兹　啊，那是因为您的雄心太大，丹麦是个狭小的地方，不够给您发展，所以您把它看成一所牢狱啦。

哈姆莱特　上帝啊！倘不是因为我总做噩梦，那么即使把我关在一个果壳里，我也会把自己当作一个拥有着无限空间的君王的。

吉尔登斯吞　那种噩梦便是您的野心；因为野心家本身的存在，也不过是一个梦的影子。

哈姆莱特　一个梦的本身便是一个影子。

罗森格兰兹　不错，因为野心是那么空虚轻浮的东西，所以我认为它不过是影子的影子。

哈姆莱特　那么我们的乞丐是实体，我们的帝王和大言不惭的英雄，却是乞丐的影子了。我们进宫去好不好？因为我实在不能陪着你们谈玄说理。

罗森格兰兹
吉尔登斯吞　我们愿意侍候殿下。

哈姆莱特　没有的事，我不愿把你们当作我的仆人一样看待；老实对你们说吧，在我旁边侍候我的人全很不成样子。可是，凭着我们多年的交情，老实告诉我，你们到艾尔西诺来有什么贵干？

罗森格兰兹　我们是来拜访您来的，殿下；没有别的原因。

哈姆莱特　像我这样一个叫花子，我的感谢也是不值钱的，可是我谢谢你们；我想，亲爱的朋友们，你们专诚而来，只换到我的一声不值半文钱的感谢，未免太不值得了。不是有人叫你们来的吗？果然是你们自己的意思吗？真的是自动的访问吗？来，不要骗我。来，来，快说。

吉尔登斯吞　叫我们说些什么话呢，殿下？

哈姆莱特　无论什么话都行，只要不是废话。你们是奉命而来的；瞧你们掩饰不了你们良心上的惭愧，已经从你们的脸色上招认出来了。我知道是我们这位好国王和好王后叫你们来的。

罗森格兰兹　为了什么目的呢，殿下？

哈姆莱特　那可要请你们指教我了。可是凭着我们朋友间的道义，凭着我们少年时候亲密的情谊，凭着我们始终不渝的友好的精神，凭着比我口才更好的人所能提出的其他一切更有力量的理由，让我要求你们开诚布公，告诉我究竟你们是不是奉命而来的？

罗森格兰兹　（向吉尔登斯吞旁白）你怎么说？

哈姆莱特　（旁白）好，那么我看透你们的行动了。——要是你们爱我，别再抵赖了吧。

吉尔登斯吞　殿下，我们是奉命而来的。

哈姆莱特　让我代你们说明来意，免得你们泄漏了自己的秘密，有负国王，王后的付托。我近来不知为了什么缘故，一点兴致都提不起来，什么游乐的事都懒得过问；在这一种抑郁的心境之下，仿佛负载万物的大地，这一座美好的框架，只是一个不毛的荒岬；这个覆盖众生的苍穹，这一顶壮丽的帐幕，这个金黄色的火球点缀着的庄严的屋宇，只是一大堆污浊的瘴气的集合。人类是一件多么了不得的杰作！多么高贵的理性！多么伟大的力量！多么优美的仪表！多么文雅的举动！

在行为上多么像一个天使！在智慧上多么像一个天神！宇宙的精华！万物的灵长！可是在我看来，这一个泥土塑成的生命算得了什么？人类不能使我发生兴趣；不，女人也不能使我发生兴趣，虽然从你现在的微笑之中，我可以看到你在这样想。

罗森格兰兹　殿下，我心里并没有这样的思想。

哈姆莱特　那么当我说"人类不能使我发生兴趣"的时候，你为什么笑起来？

罗森格兰兹　我想，殿下，要是人类不能使您发生兴趣，那么那班戏子们恐怕要来自讨一场没趣了；我们在路上赶过了他们，他们是要到这儿来向您献技的。

哈姆莱特　扮演国王的那个人将要得到我的欢迎，我要在他的御座之前致献我的敬礼；冒险的骑士可以挥舞他的剑盾；情人的叹息不会没有酬报；躁急易怒的角色可以平安下场；小丑将要使那班善笑的观众捧腹；我们的女主角可以坦白诉说她的心事，不用怕那无韵诗的句子脱去板眼。他们是一班什么戏子？

罗森格兰兹　就是您向来所欢喜的那一个班子，在城里专演悲剧的。

哈姆莱特　他们怎么走起江湖来了呢？固定在一个地方演戏，在名誉和进益上都要好得多哩。

罗森格兰兹　我想他们不能在一个地方立足，是为了时势的变化。

哈姆莱特　他们的名誉还是跟我在城里那时候一样吗？他们的观众还是那么多吗？

罗森格兰兹　不，他们现在已经大非昔比了。

哈姆莱特　怎么会这样的？他们的演技退步了吗？

罗森格兰兹　不，他们还是跟从前一样努力；可是，殿下，他们的地位已经被一群羽毛未丰的黄口小儿占夺了去。这些娃娃们的嘶叫博得了台下疯狂的喝采，他们是目前流行的宠儿，他们的声势压倒了所谓普通的戏班，以至于许多腰佩长剑的上流顾客，都因为惧怕批评家鹅毛管的威力，而不敢到那边去。

哈姆莱特　什么！是一些童伶吗？谁维持他们的生活？他们的薪工是怎么计算的？他们一到不能唱歌的年龄，就不再继续他们的本行了吗？要是他们赚不了多少钱，长大起来多半还是要做普通戏子的，那时候难道他们不会抱怨写戏词的人把他们害了，因为原先叫他们挖苦备至的不正是他们自己的未来前途吗？

罗森格兰兹　真的，两方面闹过不少的纠纷，全国的人都站在旁边恬不为意地呐喊助威，怂恿他们互相争斗。曾经有一个时期，一个脚本非得插进一段编剧家和演员争吵的对话，不然是没有人愿意出钱购买的。

哈姆莱特　有这等事？

吉尔登斯吞　是啊，在那场交锋里，许多人都投入了大量心血。

哈姆莱特　结果是娃娃们打赢了吗？

罗森格兰兹　正是，殿下；连赫剌克勒斯和他背负的地球都成了他们的战利品①。

哈姆莱特　那也没有什么希奇；我的叔父是丹麦的国王，那些当我父亲在世的时候对他扮鬼脸的人，现在都愿意拿出二十、四十、五十、一百块金洋来买他的一幅小照。哼，这里面有些不是常理可解的地方，要是哲学能够把它推究出来的话。（内喇叭奏花腔。）

吉尔登斯吞　这班戏子们来了。

哈姆莱特　两位先生，欢迎你们到艾尔西诺来。把你们的手给我；欢迎总要讲究这些礼节、俗套；让我不要对你们失礼，因为这些戏子们来了以后，我不能不敷衍他们一番，也许你们见了会发生误会，以为我招待你们还不及招待他们殷勤。我欢迎你们；可是我的叔父父亲和婶母母亲可弄错啦。

吉尔登斯吞　弄错了什么，我的好殿下？

哈姆莱特　天上刮着西北风，我才发疯；风从南方吹来的时候，我不会把一只鹰当作了一只鹭鸶。

波洛涅斯重上。

波洛涅斯　祝福你们，两位先生！

---

① 赫剌克勒斯曾背负地球。莎士比亚剧团经常在环球剧院演出，那剧院即以赫剌克勒斯背负地球为招牌。

哈姆莱特　听着，吉尔登斯吞；你也听着，一只耳朵边有一个人听：你们看见的那个大孩子，还在襁褓之中，没有学会走路哩。

罗森格兰兹　也许他是第二次裹在襁褓里，因为人家说，一个老年人是第二次做婴孩。

哈姆莱特　我可以预言他是来报告我戏子们来到的消息的；听好。——你说得不错；在星期一早上；正是正是[1]。

波洛涅斯　殿下，我有消息要来向您报告。

哈姆莱特　大人，我也有消息要向您报告。当罗歇斯[2]在罗马演戏的时候——

波洛涅斯　那班戏子们已经到这儿来了，殿下。

哈姆莱特　嗤，嗤！

波洛涅斯　凭着我的名誉起誓——

哈姆莱特　那时每一个伶人都骑着驴子而来——

波洛涅斯　他们是全世界最好的伶人，无论悲剧、喜剧、历史剧、田园剧、田园喜剧、田园史剧、历史悲剧、历史田园悲喜剧、场面不变的正宗戏或是摆脱拘束的新派戏，他们无不拿手；塞内加的悲剧不嫌其太沉重，普鲁图斯的喜剧不嫌其太轻浮。[3] 无论在演出规律的或是自由的剧本方面，他们都是惟一的演员。

哈姆莱特　以色列的士师耶弗他[4]啊，你有一件怎样的宝贝！

波洛涅斯　他有什么宝贝，殿下？

哈姆莱特　嗨，他有一个独生娇女，爱她胜过掌上明珠。

波洛涅斯　（旁白）还在提我的女儿。

哈姆莱特　我念得对不对，耶弗他老头儿？

波洛涅斯　要是您叫我耶弗他，殿下，那么我有一个爱如掌珠的娇女。

哈姆莱特　不，下面不是这样的。

波洛涅斯　那么应当是怎样的呢，殿下？

---

① 这句是故意说给波洛涅斯听的，表示他正在专心和朋友谈话。

② 罗歇斯（Roscius），古罗马著名伶人。

③ 二人均系古罗马剧作家，前者写悲剧，后者写喜剧。

④ 耶弗他得上帝之助，击败敌人，乃以其女献祭。事见《旧约》：《士司记》。

哈姆莱特　嗨，上天不佑，劫数临头。

下面你知道还有，

偏偏凑巧，谁也难保——

要知道全文，请查这支圣歌的第一节，因为，你瞧，有人来把我的话头打断了。

优伶四五人上。

哈姆莱特　欢迎，各位朋友，欢迎欢迎！——我很高兴看见你这样健康。——欢迎，列位。——啊，我的老朋友！你的脸上比我上次看见你的时候，多长了几根胡子，格外显得威武啦；你是要到丹麦来向我挑战吗？啊，我的年轻的姑娘！凭着圣母起誓，您穿上了一双高底木靴，比我上次看见您的时候更苗条得多啦；求求上帝，但愿您的喉咙不要沙嗄得像一面破碎的铜锣才好！各位朋友，欢迎欢迎！我们要像法国的鹰师一样，不管看见什么就撒出鹰去；让我们立刻就来念一段剧词。来，试一试你们的本领，来一段激昂慷慨的剧词。

伶　甲　殿下要听的是哪一段？

哈姆莱特　我曾经听见你向我背诵过一段台词，可是它从来没有上演过；即使上演，也不会有一次以上，因为我记得这本戏并不受大众的欢迎。它是不合一般人口味的鱼子酱；可是照我的意思看来，还有其他在这方面比我更有权威的人也抱着同样的见解，它是一本绝妙的戏剧，场面支配得很是适当，文字质朴而富于技巧。我记得有人这样说过：那出戏里没有滥加提味的作料，字里行间毫无矫揉造作的痕迹，他把它称为一种老老实实的写法，兼有刚健与柔和之美，壮丽而不流于纤巧。其中有一段话是我最喜爱的，那就是埃涅阿斯对狄多讲述的故事，尤其是讲到普里阿摩斯被杀的那一节。要是你们还没有把它忘记，请从这一行念起；让我想想，让我想想：——

野蛮的皮洛斯像猛虎一样——

不，不是这样；但是的确是从皮洛斯开始的：——

野蛮的皮洛斯蹲伏在木马之中，

黝黑的手臂和他的决心一样，

像黑夜一般阴森而恐怖；
在这黑暗狰狞的肌肤之上，
现在更染上令人惊怖的纹章，
从头到脚，他全身一片殷红，
溅满了父母子女们无辜的血；
那些燃烧着熊熊烈火的街道，
发出残忍而惨恶的凶光，
照亮敌人去肆行他们的杀戮，
也焙干了到处横流的血泊；
冒着火焰的熏炙，像恶魔一般，
全身胶黏着凝结的血块，
圆睁着两颗血红的眼睛，
来往寻找普里阿摩斯老王的踪迹。

你接下去吧。

波洛涅斯　上帝在上，殿下，您念得好极了，真是抑扬顿挫，曲尽其妙。

伶　甲　那老王正在苦战，
但是砍不着和他对敌的希腊人；
一点不听他手臂的指挥，
他的古老的剑锵然落地；
皮洛斯瞧他孤弱可欺，
疯狂似的向他猛力攻击，
凶恶的利刃虽然没有击中，
一阵风却把那衰弱的老王搧倒。
这一下打击有如天崩地裂，
惊动了没有感觉的伊利恩①，
冒着火焰的城楼霎时坍下，
那轰然的巨响像一个霹雳，
震聋了皮洛斯的耳朵；瞧！

---

① 伊利恩（Ilium），特洛亚之别名。

他的剑还没砍下普里阿摩斯，
白发的头颅，却已在空中停住；
像一个涂朱抹彩的暴君，
对自己的行为漠不关心，
他兀立不动。
在一场暴风雨未来以前，
天上往往有片刻的宁寂，
一块块乌云静悬在空中，
狂风悄悄地收起它的声息，
死样的沉默笼罩整个大地；
可是就在这片刻之内，
可怕的雷鸣震裂了天空。
经过暂时的休止，杀人的暴念，
重新激起了皮洛斯的精神；
库克罗普斯①为战神铸造甲胄，
那巨力的锤击，还不及皮洛斯，
流血的剑向普里阿摩斯身上劈下，
那样凶狠无情。
去，去，你娼妇一样的命运！
天上的诸神啊！剥去她的权力，
不要让她僭窃神明的宝座；
折毁她的车轮，把它滚下神山，
直到地狱的深渊。

波洛涅斯　这一段太长啦。

哈姆莱特　它应当跟你的胡子一起到理发匠那儿去薙一薙。念下去吧。他只爱听俚俗的歌曲和淫秽的故事，否则他就要瞌睡的。念下去；下面要讲到赫卡柏了。

伶　甲　可是啊！谁看见那蒙脸的王后——

① 库克罗普斯（Cyclops），希腊神话中一族独眼巨人，是大匠神赫淮斯托斯的助手。

哈姆莱特　“那蒙脸的王后”？

波洛涅斯　那很好；“蒙脸的王后”是很好的句子。

伶　甲　满面流泪，在火焰中赤脚奔走，
一块布覆在失去宝冕的头上，
也没有一件蔽体的衣服，
只有在惊惶中抓到的一幅毡巾，
裹住她瘦削而多产的腰身；
谁见了这样伤心惨目的景象，
不要向残酷的命运申申毒詈？
她看见皮洛斯以杀人为戏，
正在把她丈夫的肢体脔割，
忍不住大放哀声，那凄凉的号叫——
除非人间的哀乐不能感动天庭——
即使天上的星星也会陪她流泪，
假使那时诸神曾在场目击，
他们的心中都要充满悲愤。

波洛涅斯　瞧，他的脸色都变了，他的眼睛里已经含着眼泪！不要念下去了吧。

哈姆莱特　很好，其余的部分等会儿再念给我听吧。大人，请您去找一处好好的地方安顿这一班伶人。听着，他们是不可怠慢的，因为他们是这一个时代的缩影；宁可在死后得到一首恶劣的墓铭，不要在生前受他们一场刻毒的讥讽。

波洛涅斯　殿下，我按着他们应得的名分对待他们就是了。

哈姆莱特　嗳哟，朋友，还要客气得多哩！要是照每一个人应得的名分对待他，那么谁逃得了一顿鞭子？照你自己的名誉地位对待他们；他们越是不配受这样的待遇，越可以显出你的谦虚有礼。领他们进去。

波洛涅斯　来，各位朋友。

哈姆莱特　跟他去，朋友们；明天我们要听你们唱一本戏。（波洛涅斯偕众伶下，伶甲独留）听着，老朋友，你会演《贡扎古之死》吗？

伶　甲　会演的，殿下。

哈姆莱特　那么我们明天晚上就把它上演。也许我为了必要的理由，要另外写下约莫十几行句子的一段剧词插进去，你能够把它预先背熟吗？

伶　甲　可以，殿下。

哈姆莱特　很好。跟着那位老爷去；留心不要取笑他。（伶甲下。向罗森格兰兹、吉尔登斯吞）我的两位好朋友，我们今天晚上再见；欢迎你们到艾尔西诺来！

吉尔登斯吞　再会，殿下！（罗森格兰兹、吉尔登斯吞同下。）

哈姆莱特　好，上帝和你们同在！现在我只剩一个人了。啊，我是一个多么不中用的蠢材！这一个伶人不过在一本虚构的故事、一场激昂的幻梦之中，却能够使他的灵魂融化在他的意象里，在它的影响之下，他的整个的脸色变成惨白，他的眼中洋溢着热泪，他的神情流露着仓皇，他的声音是这么呜咽凄凉，他的全部动作都表现得和他的意象一致，这不是极其不可思议的吗？而且一点也不为了什么！为了赫卡柏！赫卡柏对他有什么相干，他对赫卡柏又有什么相干，他却要为她流泪？要是他也有了像我所有的那样使人痛心的理由，他将要怎样呢？他一定会让眼泪淹没了舞台，用可怖的字句震裂了听众的耳朵，使有罪的人发狂，使无罪的人惊骇，使愚昧无知的人惊惶失措，使所有的耳目迷乱了它们的功能。可是我，一个糊涂颟顸的家伙，垂头丧气，一天到晚像在做梦似的，忘记了杀父的大仇；虽然一个国王给人家用万恶的手段掠夺了他的权位，杀害了他的最宝贵的生命，我却始终哼不出一句话来。我是一个懦夫吗？谁骂我恶人？谁敲破我的脑壳？谁拔去我的胡子，把它吹在我的脸上？谁扭我的鼻子？谁当面指斥我胡说？谁对我做这种事？嘿！我应该忍受这样的侮辱，因为我是一个没有心肝、逆来顺受的怯汉，否则我早已用这奴才的尸肉，喂肥了满天盘旋的乌鸢了。嗜血的、荒淫的恶贼！狠心的、奸诈的、淫邪的、悖逆的恶贼！啊！复仇！——嗨，我真是个蠢材！我的亲爱的父亲被人谋杀了，鬼神都在鞭策我复仇，我这做儿子的却像一个下流女人似的，只会用空言发发牢骚，学起泼妇骂街的样子来，在我已经是了不得的了！呸！呸！活动起来吧，我的脑筋！我听人家说，犯罪的人在看戏的时候，因为台上表演的巧妙，有时会激动天良，当场供认他们的罪恶；因为暗杀的事情无论干得怎样秘密，总会借着神奇的喉舌泄露出来。我要叫这班伶人在我的叔父面前表演一本跟我的父亲的惨死情节相仿的戏剧，我就在一旁窥察他的神色；我要探视到他的灵魂的深处，要是他稍露惊骇不安之态，我就知道我应该怎么办。我所看见的幽灵也许是魔鬼的化身，借着一个美好的形状出现，魔鬼是有这一种本领的；对于柔弱忧郁的灵魂，他最容易发挥他的力量；也许他看准了我的柔弱和忧郁，才来向我作祟，要把我引诱到沉沦的路上。我要先得到一些比这更切实的证据；凭着这一本戏，我可以发掘国王内心的隐秘。（下。）

第三幕

第一场　城堡中一室

国王、王后、波洛涅斯、奥菲利娅、罗森格兰兹及吉尔登斯吞上。

国　王　你们不能用迂回婉转的方法，探出他为什么这样神魂颠倒，让紊乱而危险的疯狂困扰他的安静的生活吗?

罗森格兰兹　他承认他自己有些神经迷惘，可是绝口不肯说为了什么缘故。

吉尔登斯吞　他也不肯虚心接受我们的探问；当我们想要引导他吐露他自己的一些真相的时候，他总是用假作痴呆的神气故意回避。

王　后　他对待你们还客气吗?

罗森格兰兹　很有礼貌。

吉尔登斯吞　可是不大自然。

罗森格兰兹　他很吝惜自己的话，可是我们问他话的时候，他回答起来却是毫无拘束。

王　后　你们有没有劝诱他找些什么消遣?

罗森格兰兹　娘娘，我们来的时候，刚巧有一班戏子也要到这儿来，给我们赶过了；我们把这消息告诉了他，他听了好像很高兴。现在他们已经到了宫里，我想他已经吩咐他们今晚为他演出了。

波洛涅斯　一点不错；他还叫我来请两位陛下同去看看他们演得怎样哩。

国　王　那好极了；我非常高兴听见他在这方面感到兴趣。请你们两位还要更进一步鼓起他的兴味，把他的心思移转到这种娱乐上面。

罗森格兰兹　是，陛下。（罗森格兰兹、吉尔登斯吞同下。）

国　王　亲爱的乔特鲁德，你也暂时离开我们；因为我们已经暗中差人去唤哈姆莱特到这儿来，让他和奥菲利娅见见面，就像他们偶然相遇一般。她的父亲跟我两人将要权充一下密探，躲在可以看见他们，却不能被他们看见的地方，注意他们会面的情形，从他的行为上判断他的疯病究竟是不是因为恋爱上的苦闷。

王　后　我愿意服从您的意旨。奥菲利娅，但愿你的美貌果然是哈姆莱特疯狂的原因；更愿你的美德能够帮助他恢复原状，使你们两人都能安享尊荣。

奥菲利娅　娘娘，但愿如此。（王后下。）

波洛涅斯　奥菲利娅，你在这儿走走。陛下，我们就去躲起来吧。（向奥菲利娅）你拿这本书去读，他看见你这样用功，就不会疑心你为什么一个人在这儿了。人们往往用至诚的外表和虔敬的行动，掩饰一颗魔鬼般的内心，这样的例子是太多了。

国　王　（旁白）啊，这句话是太真实了！它在我的良心上抽了多么重的一鞭！涂脂抹粉的娼妇的脸，还不及掩藏在虚伪的言辞后面的我的行为更丑恶。难堪的重负啊！

波洛涅斯　我听见他来了；我们退下去吧，陛下。（国王及波洛涅斯下。）

哈姆莱特上。

哈姆莱特　生存还是毁灭，这是一个值得考虑的问题；默然忍受命运的暴虐的毒箭，或是挺身反抗人世的无涯的苦难，通过斗争把它们扫清，这两种行为，哪一种更高贵？死了；睡着了，什么都完了；要是在这一种睡眠之中，我们心头的创痛，以及其他无数血肉之躯所不能避免的打击，都可以从此消失，那正是我们求之不得的结局。死了；睡着了；睡着了也许还会做梦；嗯，阻碍就在这儿：因为当我们摆脱了这一具朽腐的皮囊以后，在那死的睡眠里，究竟将要做些什么梦，那不能不使我们踌躇顾虑。人们甘心久困于患难之中，也就是为了这个缘故；谁愿意忍受人世的鞭挞和讥嘲、压迫者的凌辱、傲慢者的冷眼、被轻蔑的爱情的惨痛、法律的迁延、官吏的横暴和费尽辛勤所换来的小人的鄙视，要是他只要用一柄小小的刀子，就可以清算他自己的一生？谁愿意负着这样的重担，在烦劳的生命的压迫下呻吟流汗，倘不是因为惧怕不可知的死后，惧怕那从来不曾有一个旅人回来过的神秘之国，是它迷惑了我们的意志，使我们宁愿忍受目前的磨折，不敢向我们所不知道的痛苦飞去？这样，重重的顾虑使我们全变成了懦夫，决心的赤热的光彩，被审慎的思维盖上了一层灰色，伟大的事业在这一种考虑之下，也会逆流而退，失去了行动的意义。且慢！美丽的奥菲利娅！——女神，在你的祈祷之中，不要忘记替我忏悔我的罪孽。

奥菲利娅　我的好殿下，您这许多天来贵体安好吗？

哈姆莱特　谢谢你，很好，很好，很好。

奥菲利娅　殿下，我有几件您送给我的纪念品，我早就想把它们还给您；请您现在收回去吧。

哈姆莱特　不，我不要；我从来没有给你什么东西。

奥菲利娅　殿下，我记得很清楚您把它们送给了我，那时候您还向我说了许多甜言蜜语，使这些东西格外显得贵重；现在它们的芳香已经消散，请您拿回去吧，因为在有骨气的人看来，送礼的人要是变了心，礼物虽贵，也会失去了价值。拿去吧，殿下。

哈姆莱特　哈哈！你贞洁吗？

奥菲利娅　殿下！

哈姆莱特　你美丽吗？

奥菲利娅　殿下是什么意思？

哈姆莱特　要是你既贞洁又美丽，那么你的贞洁应该断绝跟你的美丽来往。

奥菲利娅　殿下，难道美丽除了贞洁以外，还有什么更好的伴侣吗？

哈姆莱特　嗯，真的；因为美丽可以使贞洁变成淫荡，贞洁却未必能使美丽受它自己的感化；这句话从前像是怪诞之谈，可是现在时间已经把它证实了。我的确曾经爱过你。

奥菲利娅　真的，殿下，您曾经使我相信您爱我。

哈姆莱特　你当初就不应该相信我，因为美德不能熏陶我们罪恶的本性；我没有爱过你。

奥菲利娅　那么我真是受了骗了。

哈姆莱特　进尼姑庵去吧；为什么你要生一群罪人出来呢？我自己还不算是一个顶坏的人；可是我可以指出我的许多过失，一个人有了那些过失，他的母亲还是不要生下他来的好。我很骄傲，有仇必报，富于野心，我的罪恶是那么多，连我的思想也容纳不下，我的想像也不能给它们形象，甚至于我都没有充分的时间可以把它们实行出来。像我这样的家伙，匍匐于天地之间，有什么用处呢？我们都是些十足的坏人；一个也不要相信我们。进尼姑庵去吧。你的父亲呢？

奥菲利娅　在家里，殿下。

哈姆莱特　把他关起来，让他只好在家里发发傻劲。再会！

奥菲利娅　嗳哟，天哪！救救他！

哈姆莱特　要是你一定要嫁人，我就把这一个诅咒送给你做嫁奁：尽管你像冰一样坚贞，像雪一样纯洁，你还是逃不过谗人的诽谤。进尼姑庵去吧，去；再会！或者要是你必须嫁人的话，就嫁给一个傻瓜吧；因为聪明人都明白你们会叫他们变成怎样的怪物。进尼姑庵去吧，去；越快越好。再会！

奥菲利娅　天上的神明啊，让他清醒过来吧！

哈姆莱特　我也知道你们会怎样涂脂抹粉；上帝给了你们一张脸，你们又替自己另外造了一张。你们烟视媚行，淫声浪气，替上帝造下的生物乱取名字，卖弄你们不懂事的风骚。算了吧，我再也不敢领教了；它已经使我发了狂。我说，我们以后再不要结什么婚了；已经结过婚的，除了一个人以外，都可以让他们活下去；没有结婚的不准再结婚，进尼姑庵去吧，去。（下。）

奥菲利娅　啊，一颗多么高贵的心是这样殒落了！朝臣的眼睛、学者的辩舌、军人的利剑、国家所瞩望的一朵娇花；时流的明镜、人伦的雅范、举世注目的中心，这样无可挽回地殒落了！我是一切妇女中间最伤心而不幸的，我曾经从他音乐一般的盟誓中吮吸芬芳的甘蜜，现在却眼看着他的高贵无上的理智，像一串美妙的银铃失去了谐和的音调，无比的青春美貌，在疯狂中雕谢！啊！我好苦，谁料过去的繁华，变作今朝的泥土！

国王及波洛涅斯重上。

国　王　恋爱！他的精神错乱不像是为了恋爱；他说的话虽然有些颠倒，也不像是疯狂。他有些什么心事盘踞在他的灵魂里，我怕它也许会产生危险的结果。为了防止万一，我已经当机立断，决定了一个办法：他必须立刻到英国去，向他们追索延宕未纳的贡物；也许他到海外各国游历一趟以后，时时变换的环境，可以替他排解去这一桩使他神思恍惚的心事。你看怎么样？

波洛涅斯　那很好；可是我相信他的烦闷的根本原因，还是为了恋爱上的失意。啊，奥菲利娅！你不用告诉我们哈姆莱特殿下说些什么话；我们全都听见了。陛下，照您的意思办吧；可是您要是认为可以的话，不妨在戏剧终场以后，让他的母后独自一人跟他在一起，恳求他向她吐露他的心事；她必须很坦白地跟他谈谈，我就找一个所在听他们说些什么。要是她也探听不出他的秘密来，您就叫他到英国去，或者凭着您的高见，把他关禁在一个适当的地方。

国　王　就这样吧；大人物的疯狂是不能听其自然的。（同下。）

第二场　城堡中的厅堂

哈姆莱特及若干伶人上。

哈姆莱特　请你念这段剧词的时候，要照我刚才读给你听的那样子，一个字一个字打舌头上很轻快地吐出来；要是你也像多数的伶人们一样，只会拉开了喉咙嘶叫，那么我宁愿叫那宣布告示的公差念我这几行词句。也不要老是把你的手在空中这么摇挥；一切动作都要温文，因为就是在洪水暴风一样的感情激发之中，你也必须取得一种节制，免得流于过火。啊！我顶不愿意听见一个披着满头假发的家伙在台上乱嚷乱叫，把一段感情片片撕碎，让那些只爱热闹的低级观众听了出神，他们中间的大部分是除了欣赏一些莫名其妙的手势以外，什么都不懂。我可以把这种家伙抓起来抽一顿鞭子，因为他把妥玛刚特形容过分，希律王的凶暴也要对他甘拜下风[1]。请你留心避免才好。

伶　甲　我留心着就是了，殿下。

哈姆莱特　可是太平淡了也不对，你应该接受你自己的常识的指导，把动作和言语互相配合起来；特别要注意到这一点，你不能越过自然的常道；因为任何过分的表现都是和演剧的原意相反的，自有戏剧以来，它的目的始终是反映自然，显示善恶的本来面目，给它的时代看一看它自己演变发展的模型。要是表演得过分了或者太懈怠了，虽然可以博外行的观众一笑，明眼之士却要因此而皱眉；你必须看重这样一个卓识者的批评甚于满场观众盲目的毁誉。啊！我曾经看见有几个伶人演戏，而且也听见有人把他们极口捧场，说一句比喻不伦的话，他们既不会说基督徒的语言，又不会学着基督徒、异教徒或者一般人的样子走路，瞧他们在台上大摇大摆，使劲叫喊的样子，我心里就想一定是什么造化的雇工把他们造了下来：造得这样拙劣，以至于全然失去了人类的面目。

伶　甲　我希望我们在这方面已经有了相当的纠正了。

哈姆莱特　啊！你们必须彻底纠正这一种弊病。还有你们那些扮演小丑的，除了剧本上专为他们写下的台词以外，不要让他们临时编造一些话加上去。往往有许多小丑爱用自己的笑声，引起台下一些无知的观众的哄笑，虽然那时候会场的注意力应当集中于其他更重要的问题上；这种行为是不可恕的，它表示出那丑角的可鄙的野心。去，准备起来吧。（伶人等同下。）

波洛涅斯、罗森格兰兹及吉尔登斯吞上。

哈姆莱特　啊，大人，王上愿意来听这一本戏吗？

波洛涅斯　他跟娘娘都就要来了。

哈姆莱特　叫那些戏子们赶紧点儿。（波洛涅斯下）你们两人也去帮着催催他们。

---

① 妥玛刚特是基督徒假想的伊斯兰教神祇，希律是耶稣诞生时的犹太暴君，二者均为英国旧日的宗教剧中常见之角色

罗森格兰兹
吉尔登斯吞　是，殿下。（罗森格兰兹，吉尔登斯吞下。）

哈姆莱特　喂！霍拉旭！

霍拉旭上。

霍拉旭　有，殿下。

哈姆莱特　霍拉旭，你是我所交接的人们中间最正直的一个人。

霍拉旭　啊，殿下！——

哈姆莱特　不，不要以为我在恭维你；你除了你的善良的精神以外，身无长物，我恭维了你又有什么好处呢？为什么要向穷人恭维？不，让蜜糖一样的嘴唇去吮舐愚妄的荣华，在有利可图的所在屈下他们生财有道的膝盖来吧。听着。自从我能够辨别是非，察择贤愚以后，你就是我灵魂里选中的一个人，因为你虽然经历一切的颠沛，却不曾受到一点伤害，命运的虐待和恩宠，你都是受之泰然；能够把感情和理智调整得那么适当，命运不能把他玩弄于指掌之间，那样的人是有福的。给我一个不为感情所奴役的人，我愿意把他珍藏在我的心坎，我的灵魂的深处，正像我对你一样。这些话现在也不必多说了。今晚我们要在国王面前演一出戏，其中有一场的情节跟我告诉过你的我的父亲的死状颇相仿佛；当那幕戏正在串演的时候，我要请你集中你的全副精神，注视我的叔父，要是他在听到了那一段戏词以后，他的隐藏的罪恶还是不露出一丝痕迹来，那么我们所看见的那个鬼魂一定是个恶魔，我的幻想也就像铁匠的砧石那样黑漆一团了。留心看他；我也要把我的眼睛看定他的脸上；过后我们再把各人观察的结果综合起来，给他下一个判断。

霍拉旭　很好，殿下；在演这出戏的时候，要是他在容色举止之间，有什么地方逃过了我们的注意，请您惟我是问。

哈姆莱特　他们来看戏了；我必须装出一副糊涂样子。你去拣一个地方坐下。

奏丹麦进行曲，喇叭奏花腔。国王、王后、波洛涅斯、奥菲利娅、罗森格兰兹、吉尔登斯吞及余人等上。

国　王　你过得好吗，哈姆莱特贤侄？

哈姆莱特　很好，好极了；我过的是变色蜥蜴的生活，整天吃空气，肚子让甜言蜜语塞满了；这可不是你们填鸭子的办法。

国　王　你这种话真是答非所问，哈姆莱特；我不是那个意思。

哈姆莱特　不，我现在也没有那个意思。（向波洛涅斯）大人，您说您在大学里念书的时候，曾经演过一回戏吗？

波洛涅斯　是的，殿下，他们都称赞我是一个很好的演员哩。

哈姆莱特　您扮演什么角色呢？

波洛涅斯　我扮的是裘力斯·凯撒；勃鲁托斯在朱庇特神殿里把我杀死。

哈姆莱特　他在神殿里杀死了那么好的一头小牛，真太残忍了。那班戏子已经预备好了吗？

罗森格兰兹　是，殿下，他们在等候您的旨意。

王　后　过来，我的好哈姆莱特，坐在我的旁边。

哈姆莱特　不，好妈妈，这儿有一个更迷人的东西哩。

波洛涅斯　（向国王）啊哈！您看见吗？

哈姆莱特　小姐，我可以睡在您的怀里吗？

奥菲利娅　不，殿下。

哈姆莱特　我的意思是说，我可以把我的头枕在您的膝上吗？

奥菲利娅　嗯，殿下。

哈姆莱特　您以为我在转着下流的念头吗？

奥菲利娅　我没有想到，殿下。

哈姆莱特　睡在姑娘大腿的中间，想起来倒是很有趣的。

奥菲利娅　什么，殿下？

哈姆莱特　没有什么。

奥菲利娅　您在开玩笑哩，殿下。

哈姆莱特　谁，我吗？

奥菲利娅　嗯，殿下。

哈姆莱特　上帝啊！要说玩笑，那就得属我了。一个人为什么不说说笑笑呢？您瞧，我的母亲多么高兴，我的父亲还不过死了两个钟头。

奥菲利娅　不，已经四个月了，殿下。

哈姆莱特　这么久了吗？嗳哟，那么让魔鬼去穿孝服吧，我可要去做一身貂皮的新衣啦。天啊！死了两个月，还没有把他忘记吗？那么也许一个大人物死了以后，他的记忆还可以保持半年之久；可是凭着圣母起誓，他必须造下几所教堂，否则他就要跟那被遗弃的木马一样，没有人再会想念他了。

高音笛奏乐。哑剧登场。

国王及王后上，状极亲热，互相拥抱。后跪地，向王作宣誓状，王扶后起，俯首后颈上。王就花坪上睡下；后见王睡熟离去。另一人上，自王头上去冠，吻冠，注毒药于王耳，下。后重上，见王死，作哀恸状。下毒者率其他二三人重上，佯作陪后悲哭状。从者舁王尸下。下毒者以礼物赠后，向其乞爱；后先作憎恶不愿状，卒允其请。同下。

奥菲利娅　这是什么意思，殿下？

哈姆莱特　呃，这是阴谋诡计、不干好事的意思。

奥菲利娅　大概这一场哑剧就是全剧的本事了。

致开场词者上。

哈姆莱特　这家伙可以告诉我们一切；演戏的都不能保守秘密，他们什么话都会说出来。

奥菲利娅　他也会给我们解释方才那场哑剧有什么奥妙吗？

哈姆莱特　是啊；这还不算，只要你做给他看什么，他也能给你解释什么；只要你做出来不害臊，他解释起来也绝不害臊。

奥菲利娅　殿下真是淘气、真是淘气。我还是看戏吧。

开场词

这悲剧要是演不好，
要请各位原谅指教，
小的在这厢有礼了。（致开场词者下。）

哈姆莱特　这算开场词呢，还是指环上的诗铭？

奥菲利娅　它很短，殿下。

哈姆莱特　正像女人的爱情一样。

二伶人扮国王、王后上。

伶 王

日轮已经盘绕三十春秋，
那茫茫海水和滚滚地球，
月亮吐耀着借来的晶光，
三百六十回向大地环航，
自从爱把我们缔结良姻，
许门替我们证下了鸳盟。

伶 后

愿日月继续他们的周游，
让我们再厮守三十春秋！
可是唉，你近来这样多病，
郁郁寡欢，失去旧时高兴，
好教我满心里为你忧惧。
可是，我的主，你不必疑虑；
女人的忧伤像爱情一样，
不是太少，就是超过分量；
你知道我爱你是多么深，
所以才会有如此的忧心。
越是相爱，越是挂肚牵胸；
不这样哪显得你我情浓？

伶 王

爱人，我不久必须离开你，
我的全身将要失去生机；
留下你在这繁华的世界，
安享尊荣，受人们的敬爱：
也许再嫁一位如意郎君——

伶 后

啊！我断不是那样薄情人；
我倘忘旧迎新，难邀天恕，
再嫁的除非是杀夫淫妇。

哈姆莱特 （旁白）苦恼，苦恼！

伶 后

妇人失节大半贪慕荣华，
多情女子决不另抱琵琶；
我要是与他人共枕同衾，
怎么对得起地下的先灵！

伶 王

我相信你的话发自心田，
可是我们往往自食前言。
志愿不过是记忆的奴隶，
总是有始无终，虎头蛇尾，
像未熟的果子密布树梢，
一朝红烂就会离去枝条。
我们对自己所负的债务，
最好把它丢在脑后不顾；
一时的热情中发下誓愿，
心冷了，那意志也随云散。
过分的喜乐，剧烈的哀伤，
反会毁害了感情的本常。
人世间的哀乐变幻无端，
痛哭转瞬早变成了狂欢。
世界也会有毁灭的一天，
何怪爱情要随境遇变迁；
有谁能解答这一个哑谜，
是境由爱造？是爱逐境移？
失财势的伟人举目无亲；
走时运的穷酸仇敌逢迎。
这炎凉的世态古今一辙；
富有的门庭挤满了宾客；
要是你在穷途向人求助，

即使知交也要情同陌路。
把我们的谈话拉回本题，
意志命运往往背道而驰，
决心到最后会全部推倒，
事实的结果总难符预料。
你以为你自己不会再嫁，
只怕我一死你就要变卦。

伶　后

地不要养我，天不要亮我！
昼不得游乐，夜不得安卧！
毁灭了我的希望和信心；
铁锁囚门把我监禁终身！
每一种恼人的飞来横逆，
把我一重重的心愿摧折！
我倘死了丈夫再作新人，
让我生前死后永陷沉沦！

哈姆莱特　要是她现在背了誓！

伶　王

难为你发这样重的誓愿。
爱人，你且去；我神思昏倦，
想要小睡片刻。（睡。）

伶　后

愿你安睡；
上天保佑我俩永无灾悔！（下。）

哈姆莱特　母亲，您觉得这出戏怎样？

王　后　我觉得那女人在表白心迹的时候，说话过火了一些。

哈姆莱特　啊，可是她会守约的。

国　王　这本戏是怎么一个情节？里面没有什么要不得的地方吗？

哈姆莱特　不，不，他们不过开玩笑毒死了一个人；没有什么要不得的。

国　王　戏名叫什么？

哈姆莱特　《捕鼠机》。呃，怎么？这是一个象征的名字。戏中的故事影射着维也纳的一件谋杀案。贡扎古是那公爵的名字；他的妻子叫做白普蒂丝妲。您看下去就知道是怎么一回事啦。这是个很恶劣的作品，可是那有什么关系？它不会对您陛下跟我们这些灵魂清白的人有什么相干；让那有毛病的马儿去惊跳退缩吧，我们的肩背都是好好的。

一伶人扮琉西安纳斯上。

哈姆莱特　这个人叫做琉西安纳斯，是那国王的侄子。

奥菲利娅　您很会解释剧情，殿下。

哈姆莱特　要是我看见傀儡戏搬演您跟您爱人的故事，我也会替你们解释的。

奥菲利娅　您的嘴真厉害，殿下，您的嘴真厉害。

哈姆莱特　我要是真厉害起来，你非得哼哼不可。

奥菲利娅　说好就好，说糟就糟。

哈姆莱特　女人嫁丈夫也是一样。动手吧，凶手！混账东西，别扮鬼脸了，动手吧！来；哇哇的乌鸦发出复仇的啼声。

琉西安纳斯

黑心快手，遇到妙药良机；
趁着没人看见事不宜迟。
你夜半采来的毒草炼成，
赫卡忒的咒语念上三巡，
赶快发挥你凶恶的魔力，
让他的生命速归于幻灭。（以毒药注入睡者耳中。）

哈姆莱特　他为了觊觎权位，在花园里把他毒死。他的名字叫贡扎古；那故事原文还存在，是用很好的意大利文写成的。底下就要做到那凶手怎样得到贡扎古的妻子的爱了。

奥菲利娅　王上站起来了！

哈姆莱特　什么！给一响空枪吓怕了吗？

王　后　陛下怎么样啦？

波洛涅斯　不要演下去了！

国　王　给我点起火把来！去！

众　人　火把！火把！火把！（除哈姆莱特、霍拉旭外均下。）

哈姆莱特　嗨，让那中箭的母鹿掉泪，
没有伤的公鹿自去游玩；
有的人失眠，有的人酣睡，
世界就是这样循环轮转。

老兄，要是我的命运跟我作起对来，凭着我这念词的本领，头上插上满头的羽毛，开缝的靴子上再缀上两朵绢花，你想我能不能在戏班子里插足？

霍拉旭　也许他们可以让您领半额包银。

哈姆莱特　我可要领全额的。
因为你知道，亲爱的朋友，
这一个荒凉破碎的国土
原本是乔武统治的雄邦，
而今王位上却坐着——孔雀。

霍拉旭　您该押韵才是。

哈姆莱特　啊，好霍拉旭！那鬼魂真的没有骗我。你看见吗？

霍拉旭　看见的，殿下。

哈姆莱特　在那演戏的一提到毒药的时候？

霍拉旭　我看得他很清楚。

哈姆莱特　啊哈！来，奏乐！来，那吹笛子的呢？
要是国王不爱这出喜剧，
那么他多半是不能赏识。

来，奏乐！

罗森格兰兹及吉尔登斯吞重上。

吉尔登斯吞　殿下，允许我跟您说句话。

哈姆莱特　好，你对我讲全部历史都可以。

吉尔登斯吞　殿下，王上——

哈姆莱特　嗯，王上怎么样？

吉尔登斯吞　他回去以后，非常不舒服。

哈姆莱特　喝醉了吗？

吉尔登斯吞　不，殿下，他在发脾气。

哈姆莱特　你应该把这件事告诉他的医生，才算你的聪明；因为叫我去替他诊视，恐怕反而更会激动他的脾气的。

吉尔登斯吞　好殿下，请您说话检点些，别这样拉扯开去。

哈姆莱特　好，我是听话的，你说吧。

吉尔登斯吞　您的母后心里很难过，所以叫我来。

哈姆莱特　欢迎得很。

吉尔登斯吞　不，殿下，这一种礼貌是用不着的。要是您愿意给我一个好好的回答，我就把您母亲的意旨向您传达；不然的话，请您原谅我，让我就这么回去，我的事情就算完了。

哈姆莱特　我不能。

吉尔登斯吞　您不能什么，殿下？

哈姆莱特　我不能给你一个好好的回答，因为我的脑子已经坏了；可是我所能够给你的回答，你——我应该说我的母亲——可以要多少有多少。所以别说废话，言归正传吧；你说我的母亲——

罗森格兰兹　她这样说：您的行为使她非常吃惊。

哈姆莱特　啊，好儿子，居然会叫一个母亲吃惊！可是在这母亲的吃惊的后面，还有些什么话呢？说吧。

罗森格兰兹　她请您在就寝以前，到她房间里去跟她谈谈。

哈姆莱特　即使她十次是我的母亲，我也一定服从她。你还有什么别的事情？

罗森格兰兹　殿下，我曾经蒙您错爱。

哈姆莱特　凭着我这双扒手起誓，我现在还是欢喜你的。

罗森格兰兹　好殿下，您心里这样不痛快，究竟为了什么原因？要是您不肯把您的心事告诉您的朋友，那恐怕会害您自己失去自由。

哈姆莱特　我不满足我现在的地位。

罗森格兰兹　怎么！王上自己已经亲口把您立为王位的继承者了，您还不能满足吗？

哈姆莱特　嗯，可是“要等草儿青青——”① 这句老话也有点儿发了霉啦。

乐工等持笛上。

哈姆莱特　啊！笛子来了；拿一支给我。跟你们退后一步说话；为什么你们总这样千方百计地绕到我下风的一面，好像一定要把我逼进你们的圈套？

吉尔登斯吞　啊！殿下，要是我有太冒昧放肆的地方，那都是因为我对于您敬爱太深的缘故。

哈姆莱特　我不大懂得你的话。你愿意吹吹这笛子吗？

吉尔登斯吞　殿下，我不会吹。

哈姆莱特　请你吹一吹。

吉尔登斯吞　我真的不会吹。

哈姆莱特　请你不要客气。

吉尔登斯吞　我真的一点不会，殿下。

哈姆莱特　那是跟说谎一样容易的；你只要用你的手指按着这些笛孔，把你的嘴放在上面一吹，它就会发出最好听的音乐来。瞧，这些是音栓。

吉尔登斯吞　可是我不会从它里面吹出谐和的曲调来；我不懂那技巧。

哈姆莱特　哼，你把我看成了什么东西！你会玩弄我；你自以为摸得到我的心窍；你想要探出我的内心的秘密；你会从我的最低音试到我的最高音；可是在这支小小的乐器之内，藏着绝妙的音乐，你却不会使它发出声音来。哼，你以为玩弄我比玩弄一支笛子容易吗？无论你把我叫作什么乐器，你也只能撩拨我，不能玩弄我。

波洛涅斯重上。

哈姆莱特　上帝祝福你，先生！

波洛涅斯　殿下，娘娘请您立刻就去见她说话。

哈姆莱特　你看见那片像骆驼一样的云吗？

波洛涅斯　嗳哟，它真的像一头骆驼。

哈姆莱特　我想它还是像一头鼬鼠。

① 这句谚语是：“要等草儿青青，马儿早已饿死。”

波洛涅斯　它拱起了背，正像是一头鼬鼠。

哈姆莱特　还是像一条鲸鱼吧？

波洛涅斯　很像一条鲸鱼。

哈姆莱特　那么等一会儿我就去见我的母亲。（旁白）我给他们愚弄得再也忍不住了。（高声）我等一会儿就来。

波洛涅斯　我就去这么说。（下。）

哈姆莱特　说等一会儿是很容易的。离开我，朋友们。（除哈姆莱特外均下）现在是一夜之中最阴森的时候，鬼魂都在此刻从坟墓里出来，地狱也要向人世吐放疠气；现在我可以痛饮热腾腾的鲜血，干那白昼所不敢正视的残忍的行为。且慢！我还要到我母亲那儿去一趟。心啊！不要失去你的天性之情，永远不要让尼禄[①]的灵魂潜入我这坚定的胸怀；让我做一个凶徒，可是不要做一个逆子。我要用利剑一样的说话刺痛她的心，可是绝不伤害她身体上一根毛发；我的舌头和灵魂要在这一次学学伪善者的样子，无论在言语上给她多么严厉的谴责，在行动上却要做得丝毫不让人家指摘。（下。）

第三场　城堡中一室

国王、罗森格兰兹及吉尔登斯吞上。

国　王　我不喜欢他；纵容他这样疯闹下去，对于我是一个很大的威胁。所以你们快去准备起来吧；我马上叫人办好你们要递送的文书，同时打发他跟你们一块儿到英国去。就我的地位而论，他的疯狂每小时都可以危害我的安全，我不能让他留在我的近旁。

吉尔登斯吞　我们就去准备起来；许多人的安危都寄托在陛下身上，这一种顾虑是最圣明不过的。

罗森格兰兹　每一个庶民都知道怎样远祸全身，一个身负天下重寄的人，尤其应该时刻不懈地防备危害的袭击。君主的薨逝不仅是个人的死

① 尼禄，曾谋杀其母。

亡，它像一个漩涡一样，凡是在它近旁的东西，都要被它卷去同归于尽；又像一个矗立在最高山峰上的巨轮，它的轮辐上连附着无数的小物件，当巨轮轰然崩裂的时候，那些小物件也跟着它一齐粉碎。国王的一声叹息，总是随着全国的呻吟。

国　王　请你们准备立刻出发；因为我们必须及早制止这一种公然的威胁。

罗森格兰兹
古尔登斯吞　我们就去赶紧预备。（罗森格兰兹、吉尔登斯吞同下。）

波洛涅斯上。

波洛涅斯　陛下，他到他母亲房间里去了。我现在就去躲在帷幕后面，听他们怎么说。我可以断定她一定会把他好好教训一顿的。您说得很不错，母亲对于儿子总有几分偏心，所以最好有一个第三者躲在旁边偷听他们的谈话。再会，陛下；在您未睡以前，我还要来看您一次，把我所探听到的事情告诉您。

国　王　谢谢你，贤卿。（波洛涅斯下）啊！我的罪恶的戾气已经上达于天；我的灵魂上负着一个元始以来最初的诅咒，杀害兄弟的暴行！我不能祈祷，虽然我的愿望像决心一样强烈；我的更坚强的罪恶击败了我的坚强的意愿。像一个人同时要做两件事情，我因为不知道应该先从什么地方下手而徘徊歧途，结果反弄得一事无成。要是这一只可诅咒的手上染满了一层比它本身还厚的兄弟的血，难道天上所有的甘霖，都不能把它洗涤得像雪一样洁白吗？慈悲的使命，不就是宽宥罪恶吗？祈祷的目的，不是一方面预防我们的堕落，一方面救拔我们于已堕落之后吗？那么我要仰望上天，我的过失已经犯下了。可是唉！哪一种祈祷才是我所适用的呢？“求上帝赦免我的杀人重罪”吗？那不能，因为我现在还占有着那些引起我的犯罪动机的目的物，我的王冠、我的野心和我的王后。非分攫取的利益还在手里，就可以幸邀宽恕吗？在这贪污的人世，罪恶的镀金的手也许可以把公道推开不顾，暴徒的赃物往往成为枉法的贿赂；可是天上却不是这样的，在那边一切都无可遁避，任何行动都要显现它的真相，我们必须当面为我们自己的罪恶作证。那么怎么办呢？还有什么法子好想呢？试一试忏悔的力量吧。什么事情是忏悔所不能做到的？可是对于一个不能忏悔的人，它又有什么用呢？啊，不幸的处境！啊，像死亡一样黑暗的心胸！啊，越是挣扎，越是不能脱身的胶住了的灵魂！救救我，天使们！试一试吧：屈下来，顽强的膝盖；钢丝一样的心弦，变得像新生之婴的筋肉一样柔嫩吧！但愿一切转祸为福！（退后跪祷。）

哈姆莱特上。

哈姆莱特　他现在正在祈祷，我正好动手；我决定现在就干，让他上天堂去，我也算报了仇了。不，那还要考虑一下：一个恶人杀死我的父亲；我，他的独生子，却把这个恶人送上天堂。啊，这简直是以恩报怨了。他用卑鄙的手段，在我父亲满心俗念、罪孽正重的时候乘其不备把他杀死；虽然谁也不知道在上帝面前，他的生前的善恶如何相抵，可是照我们一般的推想，他的孽债多半是很重的。现在他正在洗涤他的灵魂，要是我在这时候结果了他的性命，那么天国的路是为他开放着，这样还算是复仇吗？不！收起来，我的剑，等候一个更惨酷的机会吧；当他在酒醉以后，在愤怒之中，或是在乱伦纵欲的时候，有赌博、咒骂或是其他邪恶的行为的中间，我就要叫他颠踬在我的脚下，让他幽深黑暗不见天日的灵魂永堕地狱。我的母亲在等我。这一服续命的药剂不过延长了你临死的痛苦。（下。）

国王起立上前。

国　王　我的言语高高飞起，我的思想滞留地下；没有思想的言语永远不会上升天界。（下。）

第四场　王后寝宫

王后及波洛涅斯上。

波洛涅斯　他就要来了。请您把他着实教训一顿，对他说他这种狂妄的态度，实在叫人忍无可忍，倘没有您娘娘替他居中回护，王上早已对他大发雷霆了。我就悄悄地躲在这儿。请您对他讲得着力一点儿。

哈姆莱特　（在内）母亲，母亲，母亲！

王　后　都在我身上，你放心吧。下去吧，我听见他来了。（波洛涅斯匿帷后。）

哈姆莱特上。

哈姆莱特　母亲，您叫我有什么事？

王　后　哈姆莱特，你已经大大得罪了你的父亲啦。

哈姆莱特　母亲，您已经大大得罪了我的父亲啦。

王　后　来，来，不要用这种胡说八道的话回答我。

哈姆莱特　去，去，不要用这种胡说八道的话问我。

王　后　啊，怎么，哈姆莱特！

哈姆莱特　现在又是什么事？

王　后　你忘记我了吗？

哈姆莱特　不，凭着十字架起誓，我没有忘记你；你是王后，你的丈夫的兄弟的妻子，你又是我的母亲——但愿你不是！

王　后　嗳哟，那么我要去叫那些会说话的人来跟你谈谈了。

哈姆莱特　来，来，坐下来，不要动；我要把一面镜子放在你的面前，让你看一看你自己的灵魂。

王　后　你要干么呀？你不是要杀我吗？救命！救命呀！

波洛涅斯　（在后）喂！救命！救命！救命！

哈姆莱特　（拔剑）怎么！是哪一个鼠贼？准是不要命了，我来结果你。（以剑刺穿帷幕。）

波洛涅斯　（在后）啊！我死了！

王　后　嗳哟！你干了什么事啦？

哈姆莱特　我也不知道；那不是国王吗？

王　后　啊，多么卤莽残酷的行为！

哈姆莱特　残酷的行为！好妈妈，简直就跟杀了一个国王再去嫁给他的兄弟一样坏。

王　后　杀了一个国王！

哈姆莱特　嗯，母亲，我正是这样说。（揭帷见波洛涅斯）你这倒运的、粗心的、爱管闲事的傻瓜，再会！我还以为是一个在你上面的人哩。也是你命不该活；现在你可知道爱管闲事的危险了。——别尽扭着你的手。静一静，坐下来，让我扭你的心；你的心倘不是铁石打成的，万恶的习惯倘不曾把它硬化得透不进一点感情，那么我的话一定可以把它刺痛。

王　后　我干了些什么错事，你竟敢这样肆无忌惮地向我摇唇弄舌？

哈姆莱特　你的行为可以使贞节蒙污，使美德得到了伪善的名称；从纯洁的恋情的额上取下娇艳的蔷薇，替它盖上一个烙印；使婚姻的盟约变成博徒的誓言一样虚伪；啊！这样一种行为，简直使盟约成为一个没有灵魂的躯壳，神圣的婚礼变成一串谵妄的狂言；苍天的脸上也为它带上羞色，大地因为痛心这样的行为，也罩上满面的愁容，好像世界末日就要到来一般。

王　后　唉！究竟是什么极恶重罪，你把它说得这样惊人呢？

哈姆莱特　瞧这一幅图画，再瞧这一幅；这是两个兄弟的肖像。你看这一个的相貌多么高雅优美：太阳神的鬈发，天神的前额，像战神一样威风凛凛的眼睛，像降落在高吻穹苍的山巅的神使一样矫健的姿态；这一个完善卓越的仪表，真像每一个天神都曾在那上面打下印记，向世间证明这是一个男子的典型。这是你从前的丈夫。现在你再看这一个：这是你现在的丈夫，像一株霉烂的禾穗，损害了他的健硕的兄弟。你有眼睛吗？你甘心离开这一座大好的高山，靠着这荒野生活吗？嘿！你有眼睛吗？你不能说那是爱情，因为在你的年纪，热情已经冷淡下来，变驯服了，肯听从理智的判断；什么理智愿意从这么高的地方，降落到这么低的所在呢？知觉你当然是有的，否则你就不会有行动；可是你那知觉也一定已经麻木了；因为就是疯人也不会犯那样的错误，无论怎样丧心病狂，总不会连这样悬殊的差异都分辨不出来。那么是什么魔鬼蒙住了你的眼睛，把你这样欺骗呢？有眼睛而没有触觉、有触觉而没有视觉、有耳朵而没有眼或手、只有嗅觉而别的什么都没有，甚至只剩下一种官觉还出了毛病，也不会糊涂到你这步田地。羞啊！你不觉得惭愧吗？要是地狱中的孽火可以在一个中年妇人的骨髓里煽起了蠢动，那么在青春的烈焰中，让贞操像蜡一样融化了吧。当无法阻遏的情欲大举进攻的时候，用不着喊什么羞耻了，因为霜雪都会自动燃烧，理智都会做情欲的奴隶呢。

王　后　啊，哈姆莱特！不要说下去了！你使我的眼睛看进了我自己灵魂的深处，看见我灵魂里那些洗拭不去的黑色的污点。

哈姆莱特　嘿，生活在汗臭垢腻的眠床上，让淫邪熏没了心窍，在污秽的猪圈里调情弄爱——

王　后　啊，不要再对我说下去了！这些话像刀子一样戳进我的耳朵里；不要说下去了，亲爱的哈姆莱特！

哈姆莱特　一个杀人犯、一个恶徒、一个不及你前夫二百分之一的庸奴、一个冒充国王的丑角、一个盗国窃位的扒手，从架子上偷下那顶珍贵的王冠，塞在自己的腰包里！

王　后　别说了！

哈姆莱特　一个下流褴褛的国王——

鬼魂上。

哈姆莱特　天上的神明啊，救救我，用你们的翅膀覆盖我的头顶！——陛下英灵不昧，有什么见教？

王　后　嗳哟，他疯了！

哈姆莱特　您不是来责备您的儿子不该消磨时间和热情，把您煌煌的命令搁在一旁，耽误了应该做的大事吗？啊，说吧！

鬼　魂　不要忘记。我现在是来磨砺你的快要蹉跎下去的决心。可是瞧！你的母亲那副惊愕的表情。啊，快去安慰安慰她的正在交战中的灵魂吧！最柔弱的人最容易受幻想的激动。去对她说话，哈姆莱特。

哈姆莱特　您怎么啦，母亲？

王　后　唉！你怎么啦？为什么你把眼睛睁视着虚无，向空中喃喃说话？你的眼睛里射出狂乱的神情；像熟睡的兵士突然听到警号一般，你的整齐的头发一根根都像有了生命似的竖立起来。啊，好儿子！在你的疯狂的热焰上，浇洒一些清凉的镇静吧！你瞧什么？

哈姆莱特　他，他！您瞧，他的脸色多么惨淡！看见了他这一种形状，要是再知道他所负的沉冤，即使石块也会感动的。——不要瞧着我，免得你那种可怜的神气反会妨碍我的冷酷的决心；也许我会因此而失去勇气，让挥泪代替了流血。

王　后　你这番话是对谁说的？

哈姆莱特　您没有看见什么吗？

王　后　什么也没有；要是有什么东西在那边，我不会看不见的。

哈姆莱特　您也没有听见什么吗？

王　后　不，除了我们两人的说话以外，我什么也没有听见。

哈姆莱特　啊，您瞧！瞧，它悄悄地去了！我的父亲，穿着他生前所穿的衣服！瞧！他就在这一刻，从门口走出去了！（鬼魂下。）

王　后　这是你脑中虚构的意象；一个人在心神恍惚之中，最容易发生这种幻妄的错觉。

哈姆莱特　心神恍惚！我的脉搏跟您的一样，在按着正常的节奏跳动哩。我所说的并不是疯话；要是您不信，不妨试试，我可以把话一字不漏地复述一遍，一个疯人是不会记忆得那样清楚的。母亲，为了上帝的慈悲，不要自己安慰自己，以为我这一番说话，只是出于疯狂，不是真的对您的过失而发；那样的思想不过是骗人的油膏，只能使您溃烂的良心上结起一层薄膜，那内部的毒疮却在底下愈长愈大。向上天承认您的罪恶吧，忏悔过去，警戒未来；不要把肥料浇在莠草上，使它们格外蔓延起来。原谅我这一番正义的劝告；因为在这种万恶的时世，正义必须向罪恶乞恕，它必须俯首屈膝，要求人家接纳他的善意的箴规。

王　后　啊，哈姆莱特！你把我的心劈为两半了！

哈姆莱特　啊！把那坏的一半丢掉，保留那另外的一半，让您的灵魂清净一些。晚安！可是不要上我叔父的床！即使您已经失节，也得勉力学做一个贞节妇人的样子。习惯虽然是一个可以使人失去羞耻的魔鬼，但是它也可以做一个天使，对于勉力为善的人，它会用潜移默化的手段，使他弃恶从善。您要是今天晚上自加抑制，下一次就会觉得这一种自制的功夫并不怎样为难，慢慢地就可以习以为常了；因为习惯简直有一种改变气质的神奇的力量，它可以制服魔鬼，并且把他从人们心里驱逐出去。让我再向您道一次晚安；当您希望得到上天祝福的时候，我将求您祝福我。至于这一位老人家，（指波洛涅斯）我很后悔自己一时卤莽把他杀死；可是这是上天的意思，要借着他的死惩罚我，同时借着我的手惩罚他，使我成为代天行刑的凶器和使者。我现在先去把他的尸体安顿好了，再来承担这个杀人的过咎。晚安！为了顾全母子的恩慈，我不得不忍情暴戾；不幸已经开始，更大的灾祸还在接踵而至。再有一句话，母亲。

王　后　我应当怎么做？

哈姆莱特　我不能禁止您不再让那肥猪似的僭王引诱您和他同床，让他拧您的脸，叫您做他的小耗子；我也不能禁止您因为他给了您一两个恶臭的吻，或是用他万恶的手指抚摩您的颈项，就把您所知道的事情一起说了出来，告诉他我实在是装疯，不是真疯。您应该让他知道的；因为哪一个美貌聪明懂事的王后，愿意隐藏着这样重大的消息，不去告诉一只蛤蟆、一只蝙蝠、一只老雄猫知道呢？不，虽然理性警告您保守秘密，您尽管学那寓言中的猴子，因为受了好奇心的驱使，到屋顶上去开了笼门，把鸟儿放走，自己钻进笼里去，结果连笼子一起掉下来跌死吧。

王　后　你放心吧，要是言语来自呼吸，呼吸来自生命，只要我一息犹存，就绝不会让我的呼吸泄漏了你对我所说的话。

哈姆莱特　我必须到英国去；您知道吗？

王　后　唉！我忘了；这事情已经这样决定了。

哈姆莱特　公文已经封好，打算交给我那两个同学带去，对这两个家伙我要像对待两条咬人的毒蛇一样随时提防；他们将要做我的先驱，引导我钻进什么圈套里去。我倒要瞧瞧他们的能耐。开炮的要是给炮轰了，也是一件好玩的事；他们会埋地雷，我要比他们埋得更深，把他们轰到月亮里去。啊！用诡计对付诡计，不是顶有趣的吗？这家伙一死，多半会提早了我的行期；让我把这尸体拖到隔壁去。母亲，晚安！这一位大臣生前是个愚蠢饶舌的家伙，现在却变成非常谨严庄重的人了。来，老先生，该是收场的时候了。晚安，母亲！（各下，哈姆莱特曳波洛涅斯尸入内。）

第四幕

第一场　城堡中一室

国王、王后、罗森格兰兹及吉尔登斯吞上。

国　王　这些长吁短叹之中，都含着深长的意义，你必须明说出来，让我知道。你的儿子呢？

王　后　（向罗森格兰兹、吉尔登斯吞）请你们暂时退开。（罗森格兰兹、吉尔登斯吞下）啊，陛下！今晚我看见了多么惊人的事情！

国　王　什么，乔特鲁德？哈姆莱特怎么啦？

王　后　疯狂得像彼此争强斗胜的天风和海浪一样。在他野性发作的时候，他听见帷幕后面有什么东西爬动的声音，就拔出剑来，嚷着，“有耗子！有耗子！”于是在一阵疯狂的恐惧之中，把那躲在幕后的好老人家杀死了。

国　王　啊，罪过罪过！要是我在那儿，我也会照样死在他手里的；放任他这样胡作非为，对于你、对于我、对于每一个人，都是极大的威胁。唉！这一件流血的暴行应当由谁负责呢？我是不能辞其咎的，因为我早该防患未然，把这个发疯的孩子关禁起来，不让他到处乱走；可是我太爱他了，以至于不愿想一个适当的方策，正像一个害着恶疮的人，因为不让它出毒的缘故，弄到毒气攻心，无法救治一样。他到哪儿去了？

王　后　拖着那个被他杀死的尸体出去了。像一堆下贱的铅铁，掩不了真金的光彩一样，他知道他自己做错了事，他的纯良的本性就从他的疯狂里透露出来，他哭了。

国　王　啊，乔特鲁德！来！太阳一到了山上，我就赶紧让他登船出发。对于这一件罪恶的行为，我只有尽量利用我的威权和手腕，替他掩饰过去。喂！吉尔登斯吞！

罗森格兰兹及吉尔登斯吞重上。

国　王　两位朋友，你们去多找几个人帮忙。哈姆莱特在疯狂之中，已经把波洛涅斯杀死；他现在把那尸体从他母亲的房间里拖出去了。你们去找他来，对他说话要和气一点；再把那尸体搬到教堂里去。请你们快去把这件事情办好。（罗森格兰兹、吉尔登斯吞下）来，乔特鲁德，我要去召集我那些最有见识的朋友们，把我的决定和这一件意外的变故告诉他们，免得外边无稽的谰言牵涉到我身上，它的毒箭从低声的密语中间散放出去，是像弹丸从炮口射出去一样每发必中的，现在我们这样做后，它或许会落空了。啊，来吧！我的灵魂里充满着混乱和惊愕。（同下。）

第二场　城堡中另一室

哈姆莱特上。

哈姆莱特　藏好了。

罗森格兰兹
吉尔登斯吞　（在内）哈姆莱特！哈姆莱特殿下！

哈姆莱特　什么声音？谁在叫哈姆莱特？啊，他们来了。

罗森格兰兹及吉尔登斯吞上。

罗森格兰兹　殿下，您把那尸体怎么样啦？

哈姆莱特　它本来就是泥土，我仍旧让它回到泥土里去。

罗森格兰兹　告诉我们它在什么地方，让我们把它搬到教堂里去。

哈姆莱特　不要相信。

罗森格兰兹　不要相信什么？

哈姆莱特　不要相信我会说出我的秘密，倒替你们保守秘密。而且，一块海绵也敢问起我来！一个堂堂王子应该用什么话去回答它呢？

罗森格兰兹　您把我当作一块海绵吗，殿下？

哈姆莱特　嗯，先生，一块吸收君王的恩宠，利禄和官爵的海绵。可是这样的官员要到最后才会显出他们对于君王的最大用处来；像猴子吃硬壳果一般，他们的君王先把他们含在嘴里舐弄了好久，然后再一口咽了下去。当他需要被你们所吸收去的东西的时候，他只要把你们一挤，于是，海绵，你又是一块干巴巴的东西了。

罗森格兰兹　我不懂您的话，殿下。

哈姆莱特　那很好，下流的话正好让它埋葬在一个傻瓜的耳朵里。

罗森格兰兹　殿下，您必须告诉我们那尸体在什么地方，然后跟我们见王上去。

哈姆莱特　他的身体和国王同在，可是那国王并不和他的身体同在。国王是一件东西——

吉尔登斯吞　一件东西，殿下！

哈姆莱特　一件虚无的东西。带我去见他。狐狸躲起来，大家追上去。（同下。）

第三场　城堡中另一室

国王上，侍从后随。

国　王　我已经叫他们找他去了，并且叫他们把那尸体寻出来。让这家伙任意胡闹，是一件多么危险的事情！可是我们又不能把严刑峻法加在他的身上，他是为糊涂的群众所喜爱的，他们喜欢一个人，只凭眼睛，不凭理智；我要是处罚了他，他们只看见我的刑罚的苛酷，却不想到他犯的是什么重罪。为了顾全各方面的关系，这样叫他迅速离国，必须显得像是深思熟虑的结果。应付非常的变故，只有用非常的手段，不然是不中用的。

罗森格兰兹上。

国　王　啊！事情怎样啦？

罗森格兰兹　陛下，他不肯告诉我们那尸体在什么地方。

国　王　可是他呢？

罗森格兰兹　在外面，陛下；我们把他看起来了，等候您的旨意。

国　王　带他来见我。

罗森格兰兹　喂，吉尔登斯吞！带殿下进来。

哈姆莱特及吉尔登斯吞上。

国　王　啊，哈姆莱特，波洛涅斯呢？

哈姆莱特　吃饭去了。

国　王　吃饭去了！在什么地方？

哈姆莱特　不是在他吃饭的地方，是在人家吃他的地方；有一群精明的蛆虫正在他身上大吃特吃哩。蛆虫是全世界最大的饕餮家；我们喂肥了各种牲畜给自己受用，再喂肥了自己去给蛆虫受用。胖胖的国王跟瘦瘦的乞丐是一个桌子上两道不同的菜；不过是这么一回事。

国　王　唉！唉！

哈姆莱特　一个人可以拿一条吃过一个国王的蛆虫去钓鱼，再吃那吃过那条蛆虫的鱼。

国　王　你这句话是什么意思？

哈姆莱特　没有什么意思，我不过指点你一个国王可以在一个乞丐的脏腑里作一番巡礼。

国　王　波洛涅斯呢？

哈姆莱特　在天上；你差人到那边去找他吧。要是你的使者在天上找不到他，那么你可以自己到另外一个所在去找他。可是你们在这一个月里要是找不到他的话，你们只要跑上走廊的阶石，也就可以闻到他的气味了。

国　王　（向若干侍从）到走廊里去找一找。

哈姆莱特　他一定会恭候你们。（侍从等下。）

国　王　哈姆莱特，你干出这种事来，使我非常痛心。由于我很关心你的安全，你必须火速离开国境；所以快去自己预备预备。船已经整装待发，风势也很顺利，同行的人都在等着你，一切都已经准备好向英国出发。

哈姆莱特　到英国去！

国　王　是的，哈姆莱特。

哈姆莱特　好。

国　王　要是你明白我的用意，你应该知道这是为了你的好处。

哈姆莱特　我看见一个明白你的用意的天使。可是来，到英国去！再会，亲爱的母亲！

国　王　我是你慈爱的父亲，哈姆莱特。

哈姆莱特　我的母亲。父亲和母亲是夫妇两个，夫妇是一体之亲；所以再会吧，我的母亲！来，到英国去！（下。）

国　王　跟在他后面，劝诱他赶快上船，不要耽误；我要叫他今晚离开国境。去！和这件事有关的一切公文要件，都已经密封停当了。请你们赶快一点。（罗森格兰兹、吉尔登斯吞下）英格兰王啊，丹麦的宝剑在你的国土上还留着鲜明的创痕，你向我们纳款输诚的敬礼至今未减，要是你畏惧我的威力，重视我的友谊，你就不能忽视我的意旨；我已经在公函里要求你把哈姆莱特立即处死，照着我的意思做吧，英格兰王，因为他像是我深入膏肓的痼疾，一定要借你的手把我医好。我必须知道他已经不在人世，我的脸上才会浮起笑容。（下。）

第四场　丹麦原野

福丁布拉斯、一队长及兵士等列队行进上。

福丁布拉斯　队长，你去替我问候丹麦国王，告诉他说福丁布拉斯因为得到他的允许，已经按照约定，率领一支军队通过他的国境，请他派人来带路。你知道我们在什么地方集合。要是丹麦王有什么话要跟我当面说，我也可以入朝晋谒；你就这样对他说吧。

队　长　是，主将。

福丁布拉斯　慢步前进。（福丁布拉斯及兵士等下。）

哈姆莱特、罗森格兰兹、吉尔登斯吞等同上。

哈姆莱特　官长，这些是什么人的军队？

队　长　他们都是挪威的军队，先生。

哈姆莱特　请问他们是开到什么地方去的?

队　长　到波兰的某一部分去。

哈姆莱特　谁是领兵的主将?

队　长　挪威老王的侄儿福丁布拉斯。

哈姆莱特　他们是要向波兰本土进攻呢，还是去袭击边疆?

队　长　不瞒您说，我们是要去夺一小块徒有虚名毫无实利的土地。叫我出五块钱去把它租下来，我也不要；要是把它标卖起来，不管是归挪威，还是归波兰，也不会得到更多的好处。

哈姆莱特　啊，那么波兰人一定不会防卫它的了。

队　长　不，他们早已布防好了。

哈姆莱特　为了这一块荒瘠的土地，牺牲了二千人的生命，二万块的金圆，争执也不会解决。这完全是因为国家富足升平了，晏安的积毒蕴蓄于内，虽然已经到了溃烂的程度，外表上却还一点看不出致死的原因来。谢谢您，官长。

队　长　上帝和您同在，先生。(下。)

罗森格兰兹　我们去吧，殿下。

哈姆莱特　我就来，你们先走一步。(除哈姆莱特外均下)我所见到、听到的一切，都好像在对我谴责，鞭策我赶快进行我的蹉跎未就的复仇大愿！一个人要是把生活的幸福和目的，只看作吃吃睡睡，他还算是个什么东西?简直不过是一头畜生！上帝造下我们来，使我们能够这样高谈阔论，瞻前顾后，当然要我们利用他所赋予我们的这一种能力和灵明的理智，不让它们白白废掉。现在我明明有理由、有决心、有力量、有方法，可以动手干我所要干的事，可是我还是在大言不惭地说："这件事需要作。"可是始终不曾在行动上表现出来；我不知道这是因为像鹿豕一般的健忘呢，还是因为三分懦怯一分智慧的过于审慎的顾虑。像大地一样显明的榜样都在鼓励我；瞧这一支勇猛的大军，领队的是一个娇养的少年王子，勃勃的雄心振起了他的精神，使他蔑视不可知的结果，为了区区弹丸大小的一块不毛之地，拼着血肉之躯，去向命运、死亡和危险挑战。真正的伟大不是轻举妄动，而是在荣誉遭遇危险的时候，即使为了一根稻秆之微，也要慷慨力争。可是我的父亲给人惨杀，我的母亲给人污辱，我的理想和感情都被这种不共戴天的大仇所激动，我却因循隐忍，一切听其自然，看着这二万个人为了博取一个空虚的名声，视死如归地走下他们的坟墓里去，目的只是争夺一方还不够给他们作战场或者埋骨之所的土地，相形之下，我将何地自容呢？啊！从这一刻起，让我屏除一切的疑虑妄念，把流血的思想充满在我的脑际！（下。）

第五场　艾尔西诺。城堡中一室

王后、霍拉旭及一侍臣上。

王　后　我不愿意跟她说话。

侍　臣　她一定要见您；她的神气疯疯癫癫，瞧着怪可怜的。

王　后　她要什么？

侍　臣　她不断提起她的父亲；她说她听见这世上到处是诡计；一边呻吟，一边捶她的心，对一些琐琐屑屑的事情痛骂，讲的都是些很玄妙的话，好像有意思，又好像没有意思。她的话虽然不知所云，可是却能使听见的人心中发生反应，而企图从它里面找出意义来；他们妄加猜测，把她的话断章取义，用自己的思想附会上去；当她讲那些话的时候，有时眨眼，有时点头，做着种种的手势，的确使人相信在她的言语之间，含蓄着什么意思，虽然不能确定，却可以作一些很不好听的解释。

霍拉旭　最好有什么人跟她谈谈，因为也许她会在愚妄的脑筋里散布一些危险的猜测。

王　后　让她进来。（侍臣下。）

我负疚的灵魂惴惴惊惶，
琐琐细事也像预兆灾殃；
罪恶是这样充满了疑猜，

越小心越容易流露鬼胎。

侍臣率奥菲利娅重上。

奥菲利娅　丹麦的美丽的王后陛下呢？

王　后　啊，奥菲利娅！

奥菲利娅（唱）

张三李四满街走，

谁是你情郎？

毡帽在头杖在手，

草鞋穿一双。

王　后　唉！好姑娘，这支歌是什么意思呢？

奥菲利娅　您说？请您听好了。（唱）

姑娘，姑娘，他死了，

一去不复来；

头上盖着青青草，

脚下石生苔。

嗬呵！

王　后　哎，可是，奥菲利娅——

奥菲利娅　请您听好了。（唱）

殓衾遮体白如雪——

国王上。

王　后　唉！陛下，您瞧。

奥菲利娅

鲜花红似雨；

花上盈盈有泪滴，

伴郎坟墓去。

国　王　你好，美丽的姑娘？

奥菲利娅　好，上帝保佑您！他们说猫头鹰是一个面包师的女儿变成的。主啊！我们都知道我们现在是什么，可是谁也不知道自己将来会变成什么。愿上帝和您同席！

国　王　她父亲的死激成了她这种幻想。

奥菲利娅　对不起，我们再别提这件事了。要是有人问您这是什么意思，您就这样对他说：（唱）

情人佳节就在明天，
我要一早起身，
梳洗齐整到你窗前，
来做你的恋人。
他下了床披了衣裳，
他开开了房门；
她进去时是个女郎，
出来变了妇人。

国　王　美丽的奥菲利娅！

奥菲利娅　真的，不用发誓，我会把它唱完：（唱）

凭着神圣慈悲名字，
这种事太丢脸！
少年男子不知羞耻，
一味无赖纠缠。
她说你曾答应娶我，
然后再同枕席。
——本来确是想这样作，
无奈你等不及。

国　王　她这个样子已经多久了？

奥菲利娅　我希望一切转祸为福！我们必须忍耐；可是我一想到他们把他放下寒冷的泥土里去，我就禁不住掉泪。我的哥哥必须知道这件事。谢谢你们很好的劝告。来，我的马车！晚安，太太们；晚安，可爱的小姐们；晚安，晚安！（下。）

国　王　紧紧跟住她；留心不要让她闹出乱子来。（霍拉旭下）啊！深心的忧伤把她害成这样子；这完全是为了她父亲的死。啊，乔特鲁德，乔特鲁德！不幸的事情总是接踵而来；第一是她父亲的被杀；然后是你儿子的远别，他闯了这样大祸，不得不亡命异国，也是自取其咎。人民对于善良的波洛涅斯的暴死，已经群疑蜂起，议论纷纷；

我这样匆匆忙忙地把他秘密安葬，更加引起了外间的疑窦；可怜的奥菲利娅也因此而伤心得失去了她的正常的理智，我们人类没有了理智，不过是画上的图形，无知的禽兽。最后，跟这些事情同样使我不安的，她的哥哥已经从法国秘密回来，行动诡异，居心叵测，他的耳中所听到的，都是那些播弄是非的人所散播的关于他父亲死状的恶意的谣言；这些谣言，由于找不到确凿的事实根据，少不得牵涉到我的身上。啊，我的亲爱的乔特鲁德！这就像一尊厉害的开花炮，打得我遍体血肉横飞，死上加死。（内喧呼声。）

王　后　嗳哟！这是什么声音？

一侍臣上。

国　王　我的瑞士卫队呢？叫他们把守宫门。什么事？

侍　臣　赶快避一避吧，陛下；比大洋中的怒潮冲决堤岸、席卷平原还要汹汹其势，年轻的雷欧提斯带领着一队叛军，打败了您的卫士，冲进宫里来了。这一群暴徒把他称为主上；就像世界还不过刚才开始一般，他们推翻了一切的传统和习惯，自己制定规矩，擅作主张，高喊着，“我们推举雷欧提斯做国王！”他们掷帽举手，吆呼的声音响彻云霄，“让雷欧提斯做国王，让雷欧提斯做国王！”

王　后　他们这样兴高采烈，却不知道已经误入歧途！啊，你们干了错事了，你们这些不忠的丹麦狗！（内喧呼声。）

国　王　宫门都已打破了。

雷欧提斯戎装上；一群丹麦人随上。

雷欧提斯　国王在哪儿？弟兄们，大家站在外面。

众　人　不，让我们进来。

雷欧提斯　对不起，请你们听我的话。

众　人　好，好。（众人退立门外。）

雷欧提斯　谢谢你们；把门看守好了，啊，你这万恶的奸王！还我的父亲来！

王　后　安静一点，好雷欧提斯。

雷欧提斯　我身上要是有一点血安静下来，我就是个野生的杂种，我的父亲是个忘八，我的母亲的贞洁的额角上，也要雕上娼妓的恶名。

国　王　雷欧提斯，你这样大张声势，兴兵犯上，究竟为了什么原因？——放了他，乔特鲁德；不要担心他会伤害我的身体，一个君王是有神灵呵护的，叛逆只能在一边蓄意窥伺，作不出什么事情来。——告诉我，雷欧提斯，你有什么气恼不平的事？——放了他，乔特鲁德。——你说吧。

雷欧提斯　我的父亲呢？

国　王　死了。

王　后　但是并不是他杀死的。

国　王　尽他问下去。

雷欧提斯　他怎么会死的？我可不能受人家的愚弄。忠心，到地狱里去吧！让最黑暗的魔鬼把一切誓言抓了去！什么良心，什么礼貌，都给我滚下无底的深渊里去！我要向永劫挑战。我的立场已经坚决；今生怎样，来生怎样，我一概不顾，只要痛痛快快地为我的父亲复仇。

国　王　有谁阻止你呢？

雷欧提斯　除了我自己的意志以外，全世界也不能阻止我；至于我的力量，我一定要使用得当，叫它事半功倍。

国　王　好雷欧提斯，要是你想知道你的亲爱的父亲究竟是怎样死去的话，难道你复仇的方式是把朋友和敌人都当作对象，把赢钱的和输钱的赌注都一扫而光吗？

雷欧提斯　冤有头，债有主，我只要找我父亲的敌人算账。

国　王　那么你要知道谁是他的敌人吗？

雷欧提斯　对于他的好朋友，我愿意张开我的手臂拥抱他们，像舍身的鹈鹕一样，把我的血供他们畅饮[①]。

国　王　啊，现在你才说得像一个孝顺的儿子和真正的绅士。我不但对于令尊的死不曾有分，而且为此也感觉到非常的悲痛；这一个事实将会透过你的心，正像白昼的阳光照射你的眼睛一样。

众　人　（在内）放她进去！

---

① 昔人误信鹈鹕以其血哺雏，故云。

雷欧提斯　怎么！那是什么声音？

奥菲利娅重上。

雷欧提斯　啊，赤热的烈焰，炙枯了我的脑浆吧！七倍辛酸的眼泪，灼伤了我的视觉吧！天日在上，我一定要叫那害你疯狂的仇人重重地抵偿他的罪恶。啊，五月的玫瑰！亲爱的女郎，好妹妹，奥菲利娅！天啊！一个少女的理智，也会像一个老人的生命一样受不起打击吗？人类的天性由于爱情而格外敏感，因为是敏感的，所以会把自己最珍贵的部分舍弃给所爱的事物。

奥菲利娅（唱）

他们把他抬上柩架；
嗳呀，嗳呀，哎嗳呀；
在他坟上泪如雨下；——
再会，我的鸽子！

雷欧提斯　要是你没有发疯而激励我复仇，你的言语也不会比你现在这样子更使我感动了。

奥菲利娅　你应该唱："当啊当，还叫他啊当啊。"哦，这纺轮转动的声音配合得多么好听！唱的是那坏良心的管家把主人的女儿拐了去了。

雷欧提斯　这一种无意识的话，比正言危论还要有力得多。

奥菲利娅　这是表示记忆的迷迭香；爱人，请你记着吧：这是表示思想的三色堇。

雷欧提斯　这疯话很有道理，思想和记忆都提得很合适。

奥菲利娅　这是给您的茴香和漏斗花；这是给您的芸香；这儿还留着一些给我自己；遇到礼拜天，我们不妨叫它慈悲草。啊！您可以把您的芸香插戴得别致一点。这儿是一枝雏菊；我想要给您几朵紫罗兰，可是我父亲一死，它们全都谢了；他们说他死得很好——（唱）

可爱的罗宾是我的宝贝。

雷欧提斯　忧愁、痛苦、悲哀和地狱中的磨难，在她身上都变成了可怜可爱。

奥菲利娅（唱）

他会不会再回来？

他会不会再回来?
不，不，他死了!
你的命难保,
他再也不会回来。
他的胡须像白银,
满头黄发乱纷纷。
人死不能活,
且把悲声歇;
上帝饶赦他灵魂!

求上帝饶赦一切基督徒的灵魂！上帝和你们同在！(下。)

雷欧提斯　上帝啊，你看见这种惨事吗?

国　王　雷欧提斯，我必须跟你详细谈谈关于你所遭逢的不幸；你不能拒绝我这一个权利。你不妨先去选择几个你的最有见识的朋友，请他们在你我两人之间做公正人、是他们评断的结果，认为是我主动或同谋杀害的，我愿意放弃我的国土、我的王冠、我的生命以及我所有的一切，作为对你的补偿；可是他们假如认为我是无罪的，那么你必须答应助我一臂之力，让我们两人开诚合作，定出一个惩凶的方策来。

雷欧提斯　就这样吧；他死得这样不明不白，他的下葬又是这样偷偷摸摸的，他的尸体上没有一些战士的荣饰，也不曾替他举行一些哀祭的仪式，从天上到地下都在发出愤懑不平的呼声，我不能不问一个明白。

国　王　你可以明白一切；谁是真有罪的，让斧钺加在他的头上吧。请你跟我来。(同下。)

第六场　城堡中另一室

霍拉旭及一仆人上。

霍拉旭　要来见我说话的是些什么人?

仆　人　是几个水手，主人；他们说他们有信要交给您。

霍拉旭　叫他们进来。（仆人下）倘不是哈姆莱特殿下差来的人，我不知道在这世上的哪一部分会有人来看我。

众水手上。

水手甲　上帝祝福您，先生！

霍拉旭　愿他也祝福你。

水手乙　他要是高兴，先生，他会祝福我们的。这儿有一封信给您，先生——它是从那位到英国去的钦使寄来的。——要是您的名字果然是霍拉旭的话。

霍拉旭　（读信）“霍拉旭，你把这封信看过以后，请把来人领去见一见国王；他们还有信要交给他。我们在海上的第二天，就有一艘很凶猛的海盗船向我们追击。我们因为船行太慢，只好勉力迎敌；在彼此相持的时候，我跳上了盗船，他们就立刻抛下我们的船，扬帆而去，剩下我一个人做他们的俘虏。他们对待我很是有礼，可是他们也知道这样作对他们有利；我还要重谢他们哩。把我给国王的信交给他以后，请你就像逃命一般火速来见我。我有一些可以使你听了咋舌的话要在你的耳边说；可是事实的本身比这些话还要严重得多。来人可以把你带到我现在所在的地方。罗森格兰兹和吉尔登斯吞到英国去了；关于他们我还有许多话要告诉你。再会。你的知心朋友哈姆莱特。”来，让我立刻就带你们去把你们的信送出，然后请你们尽快领我到那把这些信交给你们的那个人的地方去。（同下。）

第七场　城堡中另一室

国王及雷欧提斯上。

国　王　你已经用你同情的耳朵，听见我告诉你那杀死令尊的人，也在图谋我的生命；现在你必须明白我的无罪，并且把我当作你的一个心腹的友人了。

雷欧提斯　听您所说，果然像是真的；可是告诉我，您自己的安全、长远的谋虑和其他一切，都在大力推动您，为什么您对于这样罪大恶极的暴行，反而不采取严厉的手段呢？

国　王　啊！那是因为有两个理由，也许在你看来是不成其为理由的，可是对于我却有很大的关系。王后，他的母亲，差不多一天不看见他就不能生活；至于我自己，那么不管这是我的好处或是我的致命的弱点，我的生命和灵魂是这样跟她连结在一起，正像星球不能跳出轨道一样，我也不能没有她而生活。而且我所以不能把这件案子公开，还有一个重要的顾虑：一般民众对他都有很大的好感，他们盲目地崇拜像一道使树木变成石块的魔泉一样，会把他戴的镣铐也当作光荣。我的箭太轻、太没有力了，遇到这样的狂风，一定不能射中目的，反而给吹了转来。

雷欧提斯　那么难道我的一个高贵的父亲就这样白白死去，一个好好的妹妹就这样白白疯了不成？如果能允许我赞美她过去的容貌才德，那简直是可以傲视一世、睥睨古今的。可是我的报仇的机会总有一天会到来。

国　王　不要让这件事扰乱了你的睡眠；你不要以为我是这样一个麻木不仁的人，会让人家揪着我的胡须，还以为这不过是开开玩笑。不久你就可以听到消息。我爱你父亲，我也爱我自己；那我希望可以使你想到——

一使者上。

国　王　啊！什么消息？

使　者　启禀陛下，是哈姆莱特寄来的信；这一封是给陛下的，这一封是给王后的。

国　王　哈姆莱特寄来的！是谁把它们送到这儿来的？

使　者　他们说是几个水手，陛下，我没有看见他们；这两封信是克劳狄奥交给我的，来人把信送在他手里。

国　王　雷欧提斯，你可以听一听这封信。出去！（使者下。读信）“陛下，我已经光着身子回到您的国土上来了。明天我就要请您允许我拜谒御容。让我先向您告我的不召而返之罪，然后再向您禀告我这次突然意外回国的原因。哈姆莱特敬上。”这是什么意思？同去的人也都一起回来了吗？还是有什么人在捣鬼，事实上并没有这么一回事？

雷欧提斯　您认识这笔迹吗？

国　王　这确是哈姆莱特的亲笔。“光着身子”！这儿还附着一笔，说是“一个人回来”。你看他是什么用意？

雷欧提斯　我可不懂，陛下。可是他来得正好；我一想到我能够有这样一天当面申斥他：“你干的好事”，我的郁闷的心也热起来了。

国　王　要是果然这样的话，可是怎么会这样呢？然而，此外又如何解释呢？雷欧提斯，你愿意听我的吩咐吗？

雷欧提斯　愿意，陛下，只要您不勉强我跟他和解。

国　王　我是要使你自己心里得到平安。要是他现在中途而返，不预备再作这样的航行，那么我已经想好了一个计策，怂恿他去作一件事情，一定可以叫他自投罗网；而且他死了以后，谁也不能讲一句闲话，即使他的母亲也不能觉察我们的诡计，只好认为是一件意外的灾祸。

雷欧提斯　陛下，我愿意服从您的指挥，最好请您设法让他死在我的手里。

国　王　我正是这样计划。自从你到国外游学以后，人家常常说起你有一种特长的本领，这种话哈姆莱特也是早就听到过的；虽然在我的意见之中，这不过是你所有的才艺中间最不足道的一种，可是你的一切才艺的总和，都不及这一种本领更能挑起他的妒忌。

雷欧提斯　是什么本领呢，陛下？

国　王　它虽然不过是装饰在少年人帽上的一条缎带，但也是少不了的；因为年轻人应该装束得华丽潇洒一些，表示他的健康活泼，正像老年人应该装束得朴素大方一些，表示他的矜严庄重一样。两个月以前，这儿来了一个诺曼绅士；我自己曾经见过法国人，和他们打过仗，他们都是很精于骑术的；可是这位好汉简直有不可思议的魔力，他骑在马上，好像和他的坐骑化成了一体似的，随意驰骤，无不出神入化。他的技术是那样远超过我的预料，无论我杜撰一些怎样夸大的辞句，都不够形容它的奇妙。

雷欧提斯　是个诺曼人吗？

国　王　是诺曼人。

雷欧提斯　那么一定是拉摩德了。

国　王　正是他。

雷欧提斯　我认识他；他的确是全国知名的勇士。

国　王　他承认你的武艺很了不得，对于你的剑术尤其极口称赞，说是倘有人能够和你对敌，那一定大有可观；他发誓说他们国里的剑士要是跟你交起手来，一定会眼花撩乱，全然失去招架之功。他对你的这一番夸奖，使哈姆莱特妒恼交集，一心希望你快些回来，跟他比赛一下。从这一点上——

雷欧提斯　从这一点上怎么，陛下？

国　王　雷欧提斯，你真爱你的父亲吗？还是不过是做作出来的悲哀，只有表面，没有真心？

雷欧提斯　您为什么这样问我？

国　王　我不是以为你不爱你的父亲；可是我知道爱不过起于一时感情的冲动，经验告诉我，经过了相当时间，它是会逐渐冷淡下去的。爱像一盏油灯，灯芯烧枯以后，它的火焰也会由微暗而至于消灭。一切事情都不能永远保持良好，因为过度的善反会摧毁它的本身，正像一个人因充血而死去一样。我们所要做的事，应该一想到就做，因为人的想法是会变化的，有多少舌头、多少手、多少意外，就会有多少犹豫、多少迟延；那时候再空谈该作什么，只不过等于聊以自慰的长吁短叹，只能伤害自己的身体罢了。可是回到我们所要谈论的中心问题上来吧。哈姆莱特回来了；你预备怎样用行动代替言语，表明你自己的确是你父亲的孝子呢？

雷欧提斯　我要在教堂里割破他的喉咙。

国　王　当然，无论什么所在都不能庇护一个杀人的凶手；复仇应该不受地点的限制。可是，好雷欧提斯，你要是果然志在复仇，还是住在自己家里不要出来。哈姆莱特回来以后，我们可以让他知道你也已经回来，叫几个人在他的面前夸奖你的本领，把你说得比那法国人所讲的还要了不得，怂恿他和你作一次比赛，赌个输赢。他是个粗心的人，一向厚道，想不到人家在算计他，一定不会仔细检视比赛用的刀剑的利钝；你只要预先把一柄利剑混杂在里面，趁他没有注意的时候不动声色地自己拿了，在比赛之际，看准他的要害刺了过去，就可以替你的父亲报了仇了。

雷欧提斯 我愿意这样做；为了达到复仇的目的，我还要在我的剑上涂一些毒药。我已经从一个卖药人手里买到一种致命的药油，只要在剑头上沾了一滴，刺到人身上，它一碰到血，即使只是擦破了一些皮肤，也会毒性发作，无论什么灵丹仙草，都不能挽救。我就去把剑尖蘸上这种烈性毒剂，只要我刺破他一点，就叫他送命。

国 王 让我们再考虑考虑，看时间和机会能够给我们什么方便。要是这一个计策会失败，要是我们会在行动之间露出破绽，那么还是不要尝试的好。为了预防失败起见，我们应该另外再想一个万全之计。且慢！让我想来：我们可以对你们两人的胜负打赌；啊，有了：你在跟他交手的时候，必须使出你全副的精神，使他疲于奔命，等他口干烦躁，要讨水喝的当儿，我就为他预备好一杯毒酒，万一他逃过了你的毒剑，只要他让酒沾唇，我们的目的也就同样达到了。且慢！什么声音？

王后上。

国 王 啊，亲爱的王后！

王 后 一桩祸事刚刚到来，又有一桩接踵而至。雷欧提斯，你的妹妹掉在水里淹死了。

雷欧提斯 淹死了！啊！在哪儿？

王 后 在小溪之旁，斜生着一株杨柳，它的毵毵的枝叶倒映在明镜一样的水流之中；她编了几个奇异的花环来到那里，用的是毛茛、荨麻、雏菊和长颈兰——正派的姑娘管这种花叫死人指头，说粗话的牧人却给它起了另一个不雅的名字。——她爬上一根横垂的树枝，想要把她的花冠挂在上面；就在这时候，一根心怀恶意的树枝折断了，她就连人带花一起落下呜咽的溪水里。她的衣服四散展开，使她暂时像人鱼一样漂浮水上；她嘴里还断断续续唱着古老的谣曲，好像一点不感觉到她处境的险恶，又好像她本来就是生长在水中一般。可是不多一会儿，她的衣服给水浸得重起来了，这可怜的人歌儿还没有唱完，就已经沉到泥里去了。

雷欧提斯　唉！那么她淹死了吗？

王　后　淹死了，淹死了！

雷欧提斯　太多的水淹没了你的身体，可怜的奥菲利娅，所以我必须忍住我的眼泪。可是人类的常情是不能遏阻的，我掩饰不了心中的悲哀，只好顾不得惭愧了；当我们的眼泪干了以后，我们的妇人之仁也会随着消灭的。再会，陛下！我有一段炎炎欲焚的烈火般的话，可是我的傻气的眼泪把它浇熄了。（下。）

国　王　让我们跟上去，乔特鲁德；我好容易才把他的怒气平息了一下，现在我怕又要把它挑起来了。快让我们跟上去吧。（同下。）

第五幕

第一场 墓地

二小丑携锄锹等上。

小丑甲 她存心自己脱离人世，却要照基督徒的仪式下葬吗？

小丑乙 我对你说是的，所以你赶快把她的坟掘好吧；验尸官已经验明她的死状，宣布应该按照基督徒的仪式把她下葬。

小丑甲 这可奇了，难道她是因为自卫而跳下水里的吗？

小丑乙 他们验明是这样的。

小丑甲 那一定是为了自毁，不可能有别的原因。因为问题是这样的：要是我有意投水自杀，那必须成立一个行为；一个行为可以分为三部分，那就是干、行、做；所以，她是有意投水自杀的。

小丑乙 嗳，你听我说——

小丑甲 让我说完。这儿是水；好，这儿站着人；好，要是这个人跑到这个水里，把他自己淹死了，那么，不管他自己愿不愿意，总是他自己跑下去的；你听见了没有？可是要是那水来到他的身上把他淹死了，那就不是他自己把自己淹死；所以，对于他自己的死无罪的人，并没有缩短他自己的生命。

小丑乙 法律上是这样说的吗？

小丑甲 嗯，是的，这是验尸官的验尸法。

小丑乙 说一句老实话，要是死的不是一位贵家女子，他们绝不会按照基督徒的仪式把她下葬的。

小丑甲　对了，你说得有理；有财有势的人，就是要投河上吊，比起他们同教的基督徒来也可以格外通融，世上的事情真是太不公平了！来，我的锄头。要讲家世最悠久的人，就得数种地的、开沟的和掘坟的；他们都继承着亚当的行业。

小丑乙　亚当也算世家吗？

小丑甲　自然要算，他在创立家业方面很有两手呢。

小丑乙　他有什么两手？

小丑甲　怎么？你是个异教徒吗？你的《圣经》是怎么念的？《圣经》上说亚当掘地；没有两手，能够掘地吗？让我再问你一个问题；要是你回答得不对，那么你就承认你自己——

小丑乙　你问吧。

小丑甲　谁造出东西来比泥水匠、船匠或是木匠更坚固？

小丑乙　造绞架的人；因为一千个寄寓在上面的人都已经先后死去，它还是站在那儿动都不动。

小丑甲　我很喜欢你的聪明，真的。绞架是很合适的；可是它怎么是合适的？它对于那些有罪的人是合适的。你说绞架造得比教堂还坚固，说这样的话是罪过的；所以，绞架对于你是合适的。来，重新说过。

小丑乙　谁造出东西来比泥水匠、船匠或是木匠更坚固？

小丑甲　嗯，你回答了这个问题，我就让你下工。

小丑乙　呃，现在我知道了。

小丑甲　说吧。

小丑乙　真的，我可回答不出来。

哈姆莱特及霍拉旭上，立远处。

小丑甲　别尽绞你的脑汁了，懒驴子是打死也走不快的；下回有人问你这个问题的时候，你就对他说，“掘坟的人，”因为他造的房子是可以一直住到世界末日的。去，到约翰的酒店里去给我倒一杯酒来。（小丑乙下。小丑甲且掘且歌。）

年轻时候最爱偷情，
觉得那事很有趣味；
规规矩矩学做好人，

在我看来太无意义。

哈姆莱特　这家伙难道对于他的工作一点没有什么感觉，在掘坟的时候还会唱歌吗？

霍拉旭　他做惯了这种事，所以不以为意。

哈姆莱特　正是；不大劳动的手，它的感觉要比较灵敏一些。

小丑甲　（唱）

谁料如今岁月潜移，
老景催人急于星火，
两腿挺直，一命归西，
世上原来不曾有我。（掷起一骷髅。）

哈姆莱特　那个骷髅里面曾经有一条舌头，它也会唱歌哩；瞧这家伙把它摔在地上，好像它是第一个杀人凶手该隐[①]的颚骨似的！它也许是一个政客的头颅，现在却让这蠢货把它丢来踢去；也许他生前是个偷天换日的好手，你看是不是？

霍拉旭　也许是的，殿下。

哈姆莱特　也许是一个朝臣，他会说，“早安，大人！您好，大人！”也许他就是某大人，嘴里称赞某大人的马好，心里却想把它讨了来，你看是不是？

霍拉旭　是，殿下。

哈姆莱特　啊，正是；现在却让蛆虫伴寝，他的下巴也脱掉了，一柄工役的锄头可以在他头上敲来敲去。从这种变化上，我们大可看透了生命的无常。难道这些枯骨生前受了那么多的教养，死后却只好给人家当木块一般抛着玩吗？想起来真是怪不好受的。

小丑甲　（唱）

锄头一柄，铁铲一把，
殓衾一方掩面遮身；
挖松泥土深深掘下，
掘了个坑招待客人。（掷起另一骷髅。）

---

① 该隐（Cain），亚当之长子，杀其弟亚伯，事见《旧约》：《创世纪》。

哈姆莱特　又是一个；谁知道那不会是一个律师的骷髅？他的玩弄刀笔的手段，颠倒黑白的雄辩，现在都到哪儿去了？为什么他让这个放肆的家伙用龌龊的铁铲敲他的脑壳，不去控告他一个殴打罪？哼！这家伙生前也许曾经买下许多地产，开口闭口用那些条文、具结、罚款、双重保证、赔偿一类的名词吓人；现在他的脑壳里塞满了泥土，这就算是他所取得的罚款和最后的赔偿了吗？他的双重保证人难道不能保他再多买点地皮，只给他留下和那种一式二份的契约同样大小的一块地面吗？这个小木头匣子，原来要装他土地的字据都恐怕装不下，如今地主本人却也只能有这么一点地盘，哈？

霍拉旭　不能比这再多一点了，殿下。

哈姆莱特　契约纸不是用羊皮作的吗？

霍拉旭　是的，殿下，也有用牛皮作的。

哈姆莱特　我看痴心指靠那些玩意儿的人，比牲口聪明不了多少。我要去跟这家伙谈谈。大哥，这是谁的坟？

小丑甲　我的，先生——

挖松泥土深深掘下，
掘了个坑招待客人。

哈姆莱特　我看也是你的，因为你在里头胡闹。

小丑甲　您在外头也不老实，先生，所以这坟不是您的；至于说我，我倒没有在里头胡闹，可是这坟的确是我的。

哈姆莱特　你在里头，又说是你的，这就是“在里头胡闹”。因为挖坟是为死人，不是为会蹦会跳的活人，所以说你胡闹。

小丑甲　这套胡闹的话果然会蹦会跳，先生；等会儿又该从我这里跳到您那里去了。

哈姆莱特　你是在给什么人挖坟？是个男人吗？

小丑甲　不是男人，先生。

哈姆莱特　那么是个女人？

小丑甲　也不是女人。

哈姆莱特　不是男人，也不是女人，那么谁葬在这里面？

小丑甲　先生，她本来是一个女人，可是上帝让她的灵魂得到安息，她已经死了。

哈姆莱特　这混蛋倒会分辨得这样清楚！我们讲话可得字斟句酌，精心推敲，稍有含糊，就会出丑。凭着上帝发誓，霍拉旭，我觉得这三年来，人人都越变越精明，庄稼汉的脚趾头已经挨近朝廷贵人的脚后跟，可以磨破那上面的冻疮了。——你做这掘墓的营生，已经多久了？

小丑甲　我开始干这营生，是在我们的老王爷哈姆莱特打败福丁布拉斯那一天。

哈姆莱特　那是多久以前的事？

小丑甲　你不知道吗？每一个傻子都知道的；那正是小哈姆莱特出世的那一天，就是那个发了疯给他们送到英国去的。

哈姆莱特　嗯，对了；为什么他们叫他到英国去？

小丑甲　就是因为他发了疯呀；他到英国去，他的疯病就会好的，即使疯病不会好，在那边也没有什么关系。

哈姆莱特　为什么？

小丑甲　英国人不会把他当作疯子；他们都跟他一样疯。

哈姆莱特　他怎么会发疯？

小丑甲　人家说得很奇怪。

哈姆莱特　怎么奇怪？

小丑甲　他们说他神经有了毛病。

哈姆莱特　从哪里来的？

小丑甲　还不就是从丹麦本地来的？我在本地干这掘墓的营生，从小到大，一共有三十年了。

哈姆莱特　一个人埋在地下，要经过多少时候才会腐烂？

小丑甲　假如他不是在未死以前就已经腐烂——就如现在有的是害杨梅疮死去的尸体，简直抬都抬不下去——他大概可以过八九年；一个硝皮匠在九年以内不会腐烂。

哈姆莱特　为什么他要比别人长久一些？

小丑甲　因为，先生，他的皮硝得比人家的硬，可以长久不透水；倒楣的尸体一碰到水，是最会腐烂的。这儿又是一个骷髅；这骷髅已经埋在地下二十三年了。

哈姆莱特　它是谁的骷髅?

小丑甲　是个婊子养的疯小子；你猜是谁?

哈姆莱特　不，我猜不出。

小丑甲　这个遭瘟的疯小子！他有一次把一瓶葡萄酒倒在我的头上。这一个骷髅，先生，是国王的弄人郁利克的骷髅。

哈姆莱特　这就是他！

小丑甲　正是他。

哈姆莱特　让我看。(取骷髅)唉，可怜的郁利克！霍拉旭，我认识他；他是一个最会开玩笑、非常富于想像力的家伙。他曾经把我负在背上一千次；现在我一想起来，却忍不住胸头作恶。这儿本来有两片嘴唇，我不知吻过它们多少次。——现在你还会挖苦人吗?你还会蹦蹦跳跳，逗人发笑吗?你还会唱歌吗?你还会随口编造一些笑话，说得满座捧腹吗?你没有留下一个笑话，讥笑你自己吗?这样垂头丧气了吗?现在你给我到小姐的闺房里去，对她说，凭她脸上的脂粉搽得一寸厚，到后来总要变成这个样子的；你用这样的话告诉她，看她笑不笑吧。霍拉旭，请你告诉我一件事情。

霍拉旭　什么事情，殿下?

哈姆莱特　你想亚历山大在地下也是这副形状吗?

霍拉旭　也是这样。

哈姆莱特　也有同样的臭味吗?呸！(掷下骷髅。)

霍拉旭　也有同样的臭味，殿下。

哈姆莱特　谁知道我们将来会变成一些什么下贱的东西，霍拉旭！要是我们用想像推测下去，谁知道亚历山大的高贵的尸体，不就是塞在酒桶口上的泥土?

霍拉旭　那未免太想入非非了。

哈姆莱特　不，一点不，我们可以不作怪论、合情合理地推想他怎样会到那个地步；比方说吧：亚历山大死了；亚历山大埋葬了；亚历山大化为尘土；人们把尘土做成烂泥；那么为什么亚历山大所变成的烂泥，不会被人家拿来塞在啤酒桶的口上呢?

凯撒死了，你尊严的尸体
也许变了泥把破墙填砌；
啊！他从前是何等的英雄，
现在只好替人挡雨遮风！

可是不要作声！不要作声！站开；国王来了。

教士等列队上；众舁奥菲利娅尸体前行；雷欧提斯及诸送葬者、国王、王后及侍从等随后。

哈姆莱特　王后和朝臣们也都来了；他们是送什么人下葬呢？仪式又是这样草率的？瞧上去好像他们所送葬的那个人，是自杀而死的，同时又是个很有身分的人。让我们躲在一旁瞧瞧他们。（与霍拉旭退后。）

雷欧提斯　还有些什么仪式？

哈姆莱特　（向霍拉旭旁白）那是雷欧提斯，一个很高贵的青年；听着。

雷欧提斯　还有些什么仪式？

教士甲　她的葬礼已经超过了她所应得的名分。她的死状很是可疑；倘不是因为我们迫于权力，按例就该把她安葬在圣地以外，直到最后审判的喇叭吹召她起来。我们不但不应该替她祷告，并且还要用砖瓦碎石丢在她坟上；可是现在我们已经允许给她处女的葬礼，用花圈盖在她的身上，替她散播鲜花，鸣钟送她入土，这还不够吗？

雷欧提斯　难道不能再有其他仪式了吗？

教士甲　不能再有其他仪式了；要是我们为她唱安魂曲，就像对于一般平安死去的灵魂一样，那就要亵渎了教规。

雷欧提斯　把她放下泥土里去；愿她的娇美无瑕的肉体上，生出芬芳馥郁的紫罗兰来！我告诉你，你这下贱的教士，我的妹妹将要做一个天使，你死了却要在地狱里呼号。

哈姆莱特　什么！美丽的奥菲利娅吗？

王　后　好花是应当散在美人身上的；永别了！（散花）我本来希望你做我的哈姆莱特的妻子；这些鲜花本来要铺在你的新床上，亲爱的女郎，谁想得到我要把它们散在你的坟上！

雷欧提斯　啊！但愿千百重的灾祸，降临在害得你精神错乱的那个该死的恶人的头上！等一等，不要就把泥土盖上去，让我再拥抱她一次。（跳下墓中）现在把你们的泥土倒下来，把死的和活的一起掩埋了吧；让这块平地上堆起一座高山，那古老的丕利恩和苍秀插天的俄林波斯都要俯伏在它的足下。

哈姆莱特 （上前）哪一个人的心里装载得下这样沉重的悲伤？哪一个人的哀恸的辞句，可以使天上的行星惊疑止步？那是我，丹麦王子哈姆莱特！（跳下墓中。）

雷欧提斯 魔鬼抓了你的灵魂去！（将哈姆莱特揪住。）

哈姆莱特 你祷告错了。请你不要掐住我的头颈；因为我虽然不是一个暴躁易怒的人，可是我的火性发作起来，是很危险的，你还是不要激恼我吧。放开你的手！

国　王 把他们扯开！

王　后 哈姆莱特！哈姆莱特！

众　人 殿下，公子——

霍拉旭 好殿下，安静点儿。（侍从等分开二人，二人自墓中出。）

哈姆莱特 嘿，我愿意为了这个题目跟他决斗，直到我的眼皮不再睞动。

王　后 啊，我的孩子！什么题目？

哈姆莱特 我爱奥菲利娅；四万个兄弟的爱合起来，还抵不过我对她的爱。你愿意为她干些什么事情？

国　王 啊！他是个疯人，雷欧提斯。

王　后 看在上帝的情分上，不要跟他认真。

哈姆莱特 哼，让我瞧瞧你会干些什么事。你会哭吗？你会打架吗？你会绝食吗？你会撕破你自己的身体吗？你会喝一大缸醋吗？你会吃一条鳄鱼吗？我都做得到。你是到这儿来哭泣的吗？你跳下她的坟墓里，是要当面羞辱我吗？你跟她活埋在一起，我也会跟她活埋在一起；要是你还要夸说什么高山大岭，那么让他们把几百万亩的泥土堆在我们身上，直到把我们的地面堆得高到可以被“烈火天”烧焦，让巍峨的奥萨山在相形之下变得只像一个瘤那么大吧！嘿，你会吹，我就不会吹吗？

王　后 这不过是他一时的疯话。他的疯病一发作起来，总是这个样子的；可是等一会儿他就会安静下来，正像母鸽孵育它那一双金羽的雏鸽的时候一样温和了。

哈姆莱特　听我说，老兄；你为什么这样对待我？我一向是爱你的。可是这些都不用说了，有本领的，随他干什么事吧；猫总是要叫，狗总是要闹的。（下。）

国　王　好霍拉旭，请你跟住他。（霍拉旭下。向雷欧提斯）记住我们昨天晚上所说的话，格外忍耐点儿吧；我们马上就可以实行我们的办法。好乔特鲁德，叫几个人好好看守你的儿子。这一个坟上要有个活生生的纪念物，平静的时间不久就会到来；现在我们必须耐着心把一切安排。（同下。）

第二场　城堡中的厅堂

哈姆莱特及霍拉旭上。

哈姆莱特　这个题目已经讲完，现在我可以让你知道另外一段事情。你还记得当初的一切经过情形吗？

霍拉旭　记得，殿下！

哈姆莱特　当时在我的心里有一种战争，使我不能睡眠；我觉得我的处境比锁在脚镣里的叛变的水手还要难堪。我就卤莽行事。——结果倒卤莽对了，我们应该承认，有时候一时孟浪，往往反而可以做出一些为我们的深谋密虑所做不成功的事；从这一点上，我们可以看出来，无论我们怎样辛苦图谋，我们的结果却早已有一种冥冥中的力量把它布置好了。

霍拉旭　这是无可置疑的。

哈姆莱特　我从舱里起来，把一件航海的宽衣罩在我的身上，在黑暗之中摸索着找寻那封公文，果然给我达到目的，摸到了他们的包裹；我拿着它回到我自己的地方，疑心使我忘记了礼貌，我大胆地拆开了他们的公文，在那里面，霍拉旭——啊，堂皇的诡计！——我发现一道严厉的命令，借了许多好听的理由为名，说是为了丹麦和英国双方的利益，绝不能让我这个险恶的人物逃脱，接到公文之后，必须不等磨好利斧，立即枭下我的首级。

霍拉旭　有这等事？

哈姆莱特　这一封就是原来的国书；你有空的时候可以仔细读一下。可是你愿意听我告诉你后来我怎么办吗？

霍拉旭　请您告诉我。

哈姆莱特　在这样重重诡计的包围之中，我的脑筋不等我定下心来思索，就开始活动起来了；我坐下来另外写了一通国书，字迹清清楚楚。从前我曾经抱着跟我们那些政治家们同样的意见，认为字体端正是一件有失体面的事，总是想竭力忘记这一种技能，可是现在它却对我有了大大的用处。你知道我写些什么话吗？

霍拉旭　嗯，殿下。

哈姆莱特　我用国王的名义，向英王提出恳切的要求，因为英国是他忠心的藩属，因为两国之间的友谊，必须让它像棕榈树一样发荣繁茂，因为和平的女神必须永远戴着她的荣冠，沟通彼此的情感，以及许许多多诸如此类的重要理由，请他在读完这一封信以后，不要有任何的迟延，立刻把那两个传书的来使处死，不让他们有从容忏悔的时间。

霍拉旭　可是国书上没有盖印，那怎么办呢？

哈姆莱特　啊，就在这件事上，也可以看出一切都是上天预先注定。我的衣袋里恰巧藏着我父亲的私印，它跟丹麦的国玺是一个式样的；我把伪造的国书照着原来的样子折好，签上名字，盖上印玺，把它小心封好，归还原处，一点没有露出破绽。下一天就遇见了海盗，那以后的情形，你早已知道了。

霍拉旭　这样说来，吉尔登斯吞和罗森格兰兹是去送死的了。

哈姆莱特　哎，朋友，他们本来是自己钻求这件差使的；我在良心上没有对不起他们的地方，是他们自己的阿谀献媚断送了他们的生命。两个强敌猛烈争斗的时候，不自量力的微弱之辈，却去插身在他们的刀剑中间，这样的事情是最危险不过的。

霍拉旭　想不到竟是这样一个国王！

哈姆莱特　你想，我是不是应该——他杀死了我的父王，奸污了我的母亲，篡夺了我的嗣位的权利，用这种诡计谋害我的生命，凭良心说我是不是应该亲手向他复仇雪恨？如果我不去剪除这一个戕害天性的蟊贼，让他继续为非作恶，岂不是该受天谴吗？

霍拉旭　他不久就会从英国得到消息，知道这一回事情产生了怎样的结果。

哈姆莱特　时间虽然很局促，可是我已经抓住眼前这一刻工夫；一个人的生命可以在说一个“一”字的一刹那之间了结。可是我很后悔，好霍拉旭，不该在雷欧提斯之前失去了自制；因为他所遭遇的惨痛，正是我自己的怨愤的影子。我要取得他的好感。可是他倘不是那样夸大他的悲哀，我也绝不会动起那么大的火性来的。

霍拉旭　不要作声！谁来了？

奥斯里克上。

奥斯里克　殿下，欢迎您回到丹麦来！

哈姆莱特　谢谢您，先生。（向霍拉旭旁白）你认识这只水苍蝇吗？

霍拉旭　（向哈姆莱特旁白）不，殿下。

哈姆莱特　（向霍拉旭旁白）那是你的运气，因为认识他是一件丢脸的事。他有许多肥田美壤；一头畜生要是作了一群畜生的主子，就有资格把食槽搬到国王的席上来了。他“咯咯”起来简直没个完，可是——我方才也说了——他拥有大批粪土。

奥斯里克　殿下，您要是有空的话，我奉陛下之命，要来告诉您一件事情。

哈姆莱特　先生，我愿意恭聆大教。您的帽子是应该戴在头上的，您还是戴上去吧。

奥斯里克　谢谢殿下，天气真热。

哈姆莱特　不，相信我，天冷得很，在刮北风哩。

奥斯里克　真的有点儿冷，殿下。

哈姆莱特　可是对于像我这样的体质，我觉得这一种天气却是闷热得厉害。

奥斯里克　对了，殿下；真是说不出来的闷热。可是，殿下，陛下叫我来通知您一声，他已经为您下了一个很大的赌注了。殿下，事情是这样的——

哈姆莱特　请您不要这样多礼。（促奥斯里克戴上帽子。）

奥斯里克　不，殿下，我还是这样舒服些，真的。殿下，雷欧提斯新近到我们的宫廷里来；相信我，他是一位完善的绅士，充满着最卓越的特点，他的态度非常温雅，他的仪表非常英俊；说一句发自衷心的话，他是上流社会的指南针，因为在他身上可以找到一个绅士所应有的品质的总汇。

哈姆莱特　先生，他对于您这一番描写，的确可以当之无愧；虽然我知道，要是把他的好处一件一件列举出来，不但我们的记忆将要因此而淆乱，交不出一篇正确的账目来，而且他这一艘满帆的快船，也绝不是我们失舵之舟所能追及；可是，凭着真诚的赞美而言，我认为他是一个才德优异的人，他的高超的禀赋是那样稀有而罕见，说一句真心的话，除了在他的镜子里以外，再也找不到第二个跟他同样的人，纷纷追踪求迹之辈，不过是他的影子而已。

奥斯里克　殿下把他说得一点不错。

哈姆莱特　您的用意呢？为什么我们要用尘俗的呼吸，嘘在这位绅士的身上呢？

奥斯里克　殿下？

霍拉旭　自己所用的语言，到了别人嘴里，就听不懂了吗？早晚你会懂的，先生。

哈姆莱特　您向我提起这位绅士的名字，是什么意思？

奥斯里克　雷欧提斯吗？

霍拉旭　他的嘴里已经变得空空洞洞，因为他的那些好听话都说完了。

哈姆莱特　正是雷欧提斯。

奥斯里克　我知道您不是不明白——

哈姆莱特　您真能知道我这人不是不明白，那倒很好；可是，说老实话，即使你知道我是明白人，对我也不是什么光彩的事。好，您怎么说？

奥斯里克　我是说，您不是不明白雷欧提斯有些什么特长——

哈姆莱特　那我可不敢说，因为也许人家会疑心我有意跟他比并高下；可是要知道一个人的底细，应该先知道他自己。

奥斯里克　殿下，我的意思是说他的武艺；人家都称赞他的本领一时无两。

哈姆莱特　他会使些什么武器？

奥斯里克　长剑和短刀。

哈姆莱特　他会使这两种武器吗？很好。

奥斯里克　殿下，王上已经用六匹巴巴里的骏马跟他打赌；在他的一方面，照我所知道的，押的是六柄法国的宝剑和好刀，连同一切鞘带钩子之类的附件，其中有三柄的挂机尤其珍奇可爱，跟剑柄配得非常合式，式样非常精致，花纹非常富丽。

哈姆莱特　您所说的挂机是什么东西？

霍拉旭　我知道您要听懂他的话，非得翻查一下注解不可。

奥斯里克　殿下，挂机就是钩子。

哈姆莱特　要是我们腰间挂着大炮，用这个名词倒还合适；在那一天没有来到以前，我看还是就叫它钩子吧。好，说下去；六匹巴巴里骏马对六柄法国宝剑，附件在内，外加三个花纹富丽的挂机；法国产品对丹麦产品。可是，用你的话来说，这样“押”是为了什么呢？

奥斯里克　殿下，王上跟他打赌，要是你们两人交起手来，在十二个回合之中，他至多不过多赢您三招；可是他却觉得他可以稳赢九个回合。殿下要是答应的话，马上就可以试一试。

哈姆莱特　要是我答应个“不”字呢？

奥斯里克　殿下，我的意思是说，您答应跟他当面比较高低。

哈姆莱特　先生，我还要在这儿厅堂里散散步。您去回陛下说，现在是我一天之中休息的时间。叫他们把比赛用的钝剑预备好了，要是这位绅士愿意，王上也不改变他的意见的话，我愿意尽力为他博取一次胜利；万一不幸失败，那我也不过丢了一次脸，给他多剁了两下。

奥斯里克　我就照这样去回话吗？

哈姆莱特　您就照这个意思去说，随便您再加上一些什么新颖词藻都行。

奥斯里克　我保证为殿下效劳。

哈姆莱特　不敢，不敢。（奥斯里克下）多亏他自己保证，别人谁也不会替他张口的。

霍拉旭　这一只小鸭子顶着壳儿逃走了。

哈姆莱特　他在母亲怀抱里的时候，也要先把他母亲的奶头恭维几句，然后吮吸。像他这一类靠着一些繁文缛礼撑撑场面的家伙，正是愚妄的世人所醉心的，他们的浅薄的牙慧使傻瓜和聪明人同样受他们的欺骗，可是一经试验，他们的水泡就爆破了。

一贵族上。

贵　族　殿下，陛下刚才叫奥斯里克来向您传话，知道您在这儿厅上等候他的旨意；他叫我再来问您一声，您是不是仍旧愿意跟雷欧提斯比剑，还是慢慢再说。

哈姆莱特　我没有改变我的初心，一切服从王上的旨意。现在也好，无论什么时候都好，只要他方便，我总是随时准备着，除非我丧失了现在所有的力气。

贵　族　王上、娘娘，跟其他的人都要到这儿来了。

哈姆莱特　他们来得正好。

贵族娘娘　请您在开始比赛以前，对雷欧提斯客气几句。

哈姆莱特　我愿意服从她的教诲。（贵族下。）

霍拉旭　殿下，您在这一回打赌中间，多半要失败的。

哈姆莱特　我想我不会失败。自从他到法国去以后，我练习得很勤；我一定可以把他打败。可是你不知道我的心里是多么不舒服；那也不用说了。

霍拉旭　啊，我的好殿下——

哈姆莱特　那不过是一种傻气的心理；可是一个女人也许会因为这种莫名其妙的疑虑而惶惑。

霍拉旭　要是您心里不愿意做一件事，那么就不要做吧。我可以去通知他们不用到这儿来，说您现在不能比赛。

哈姆莱特　不，我们不要害怕什么预兆；一只雀子的死生，都是命运预先注定的。注定在今天，就不会是明天，不是明天；就是今天；逃过了今天，明天还是逃不了，随时准备着就是了。一个人既然在离开世界的时候，只能一无所有，那么早早脱身而去，不是更好吗？随它去。

国王、王后、雷欧提斯、众贵族、奥斯里克及侍从等持钝剑等上。

国　王　来，哈姆莱特，来，让我替你们两人和解和解。（牵雷欧提斯、哈姆莱特二人手使相握。）

哈姆莱特　原谅我，雷欧提斯；我得罪了你，可是你是个堂堂男子，请你原谅我吧。这儿在场的众人都知道，你也一定听见人家说起，我是怎样被疯狂害苦了。凡是我的所作所为，足以伤害你的感情和荣誉、激起你的愤怒来的，我现在声明都是我在疯狂中犯下的过失。难道哈姆莱特会做对不起雷欧提斯的事吗？哈姆莱特绝不会做这种事。要是哈姆莱特在丧失他自己的心神的时候，做了对不起雷欧提斯的事，那样的事不是哈姆莱特做的，哈姆莱特不能承认。那么是谁做的呢？是他的疯狂。既然是这样，那么哈姆莱特也是属于受害的一方，他的疯狂是可怜的哈姆莱特的敌人。当着在座众人之前，我承认我在无心中射出的箭，误伤了我的兄弟；我现在要向他请求大度包涵，宽恕我的不是出于故意的罪恶。

雷欧提斯　按理讲，对这件事情，我的感情应该是激动我复仇的主要力量，现在我在感情上总算满意了；但是另外还有荣誉这一关，除非有什么为众人所敬仰的长者，告诉我可以跟你捐除宿怨，指出这样的事是有前例可援的，不至于损害我的名誉，那时我才可以跟你言归于好。目前我且先接受你友好的表示，并且保证绝不会辜负你的盛情。

哈姆莱特　我绝对信任你的诚意，愿意奉陪你举行这一次友谊的比赛。把钝剑给我们。来。

雷欧提斯　来，给我一柄。

哈姆莱特　雷欧提斯，我的剑术荒疏已久，只能给你帮场；正像最黑暗的夜里一颗吐耀的明星一般，彼此相形之下，一定更显得你的本领的高强。

雷欧提斯　殿下不要取笑。

哈姆莱特　不，我可以举手起誓，这不是取笑。

国　王　奥斯里克，把钝剑分给他们。哈姆莱特侄儿，你知道我们怎样打赌吗？

哈姆莱特　我知道，陛下；您把赌注下在实力较弱的一方了。

国　王　我想我的判断不会有错。你们两人的技术我都领教过；但是后来他又有了进步，所以才规定他必须多赢几招。

雷欧提斯　这一柄太重了；换一柄给我。

哈姆莱特　这一柄我很满意。这些钝剑都是同样长短的吗？

奥斯里克　是，殿下。（二人准备比剑。）

国　王　替我在那桌子上斟下几杯酒。要是哈姆莱特击中了第一剑或是第二剑，或者在第三次交锋的时候争得上风，让所有的碉堡上一齐鸣起炮来；国王将要饮酒慰劳哈姆莱特，他还要拿一颗比丹麦四代国王戴在王冠上的更贵重的珍珠丢在酒杯里。把杯子给我；鼓声一起，喇叭就接着吹响，通知外面的炮手，让炮声震彻天地，报告这一个消息，"现在国王为哈姆莱特祝饮了！"来，开始比赛吧，你们在场裁判的都要留心看着。

哈姆莱特　请了。

雷欧提斯　请了，殿下。（二人比剑。）

哈姆莱特　一剑。

雷欧提斯　不，没有击中。

哈姆莱特　请裁判员公断。

奥斯里克　中了，很明显的一剑。

雷欧提斯　好；再来。

国　王　且慢；拿酒来。哈姆莱特，这一颗珍珠是你的；祝你健康！把这一杯酒给他。（喇叭齐奏。内鸣炮。）

哈姆莱特　让我先赛完这一局；暂时把它放在一旁。来。（二人比剑）又是一剑；你怎么说？

雷欧提斯　我承认给你碰着了。

国　王　我们的孩子一定会胜利。

王　后　他身体太胖，有些喘不过气来。来，哈姆莱特，把我的手巾拿去，揩干你额上的汗。王后为你饮下这一杯酒，祝你的胜利了，哈姆莱特。

哈姆莱特　好妈妈！

国　王　乔特鲁德，不要喝。

王　后　我要喝的，陛下；请您原谅我。

国　王　（旁白）这一杯酒里有毒；太迟了！

哈姆莱特　母亲，我现在还不敢喝酒；等一等再喝吧。

王　后　来，让我擦干你的脸。

雷欧提斯　陛下，现在我一定要击中他了。

国　王　我怕你击不中他。

雷欧提斯　（旁白）可是我的良心却不赞成我干这件事。

哈姆莱特　来，该第三个回合了，雷欧提斯。你怎么一点不起劲？请你使出你全身的本领来吧；我怕你在开我的玩笑哩。

雷欧提斯　你这样说吗？来。（二人比剑。）

奥斯里克　两边都没有中。

雷欧提斯　受我这一剑！（雷欧提斯挺剑刺伤哈姆莱特；二人在争夺中彼此手中之剑各为对方夺去，哈姆莱特以夺来之剑刺雷欧提斯，雷欧提斯亦受伤。）

国　王　分开他们！他们动起火来了。

哈姆莱特　来，再试一下。（王后倒地。）

奥斯里克　嗳哟，瞧王后怎么啦！

霍拉旭　他们两人都在流血。您怎么啦，殿下？

奥斯里克　您怎么啦，雷欧提斯？

雷欧提斯　唉，奥斯里克，正像一只自投罗网的山鹬，我用诡计害人，反而害了自己，这也是我应得的报应。

哈姆莱特　王后怎么啦？

国　王　她看见他们流血，昏了过去了。

王　后　不，不，那杯酒，那杯酒——啊，我的亲爱的哈姆莱特！那杯酒，那杯酒；我中毒了。（死。）

哈姆莱特　啊，奸恶的阴谋！喂！把门锁上！阴谋！查出来是哪一个人干的。（雷欧提斯倒地。）

雷欧提斯　凶手就在这儿，哈姆莱特。哈姆莱特，你已经不能活命了；世上没有一种药可以救治你，不到半小时，你就要死去。那杀人的凶器就在你的手里，它的锋利的刃上还涂着毒药。这奸恶的诡计已经回转来害了我自己；瞧！我躺在这儿，再也不会站起来了。你的母亲也中了毒。我说不下去了。国王——国王——都是他一个人的罪恶。

哈姆莱特　锋利的刃上还涂着毒药！——好，毒药，发挥你的力量吧！（刺国王。）

众　人　反了！反了！

国　王　啊！帮帮我，朋友们；我不过受了点伤。

哈姆莱特　好，你这败坏伦常、嗜杀贪淫、万恶不赦的丹麦奸王！喝干了这杯毒药——你那颗珍珠是在这儿吗？——跟我的母亲一道去吧！（国王死。）

雷欧提斯　他死得应该；这毒药是他亲手调下的。尊贵的哈姆莱特，让我们互相宽恕；我不怪你杀死我和我的父亲，你也不要怪我杀死你！（死。）

哈姆莱特　愿上天赦免你的错误！我也跟着你来了。我死了，霍拉旭。不幸的王后，别了！你们这些看见这一幕意外的惨变而战栗失色的无言的观众，倘不是因为死神的拘捕不给人片刻的停留，啊！我可以告诉你们——可是随它去吧。霍拉旭，我死了，你还活在世上；请你把我的行事的始末根由昭告世人，解除他们的疑惑。

霍拉旭　不，我虽然是个丹麦人，可是在精神上我却更是个古代的罗马人；这儿还留剩着一些毒药。

哈姆莱特　你是个汉子，把那杯子给我；放手；凭着上天起誓，你必须把它给我。啊，上帝！霍拉旭，我一死之后，要是世人不明白这一切事情的真相，我的名誉将要永远蒙着怎样的损伤！你倘然爱我，请你暂时牺牲一下天堂上的幸福，留在这一个冷酷的人间，替我传述我的故事吧。（内军队自远处行进及鸣炮声）这是哪儿来的战场上的声音？

奥斯里克　年轻的福丁布拉斯从波兰奏凯班师，这是他对英国来的钦使所发的礼炮。

哈姆莱特　啊！我死了，霍拉旭；猛烈的毒药已经克服了我的精神，我不能活着听见英国来的消息。可是我可以预言福丁布拉斯将被推戴为王，他已经得到我这临死之人的同意；你可以把这儿所发生的一切事实告诉他。此外仅余沉默而已。（死。）

霍拉旭　一颗高贵的心现在碎裂了！晚安，亲爱的王子，愿成群的天使们用歌唱抚慰你安息！——为什么鼓声越来越近了？（内军队行进声。）

福丁布拉斯、英国使臣及余人等上。

福丁布拉斯　这一场比赛在什么地方举行？

霍拉旭　你们要看些什么？要是你们想知道一些惊人的惨事，那么不用再到别处去找了。

福丁布拉斯　好一场惊心动魄的屠杀！啊，骄傲的死神！你用这样残忍的手腕，一下子杀死了这许多王裔贵胄，在你的永久的幽窟里，将要有一席多么丰美的盛筵！

使臣甲　这一个景象太惨了。我们从英国奉命来此，本来是要回复这儿的王上，告诉他我们已经遵从他的命令，把罗森格兰兹和吉尔登斯吞两人处死；不幸我们来迟了一步，那应该听我们说话的耳朵已经没有知觉了，我们还希望从谁的嘴里得到一声感谢呢？

霍拉旭　即使他能够向你们开口说话，他也不会感谢你们；他从来不曾命令你们把他们处死。可是既然你们都来得这样凑巧，有的刚从波兰回来，有的刚从英国到来，恰好看见这一幕流血的惨剧，那么请你们叫人把这几个尸体抬起来放在高台上面，让大家可以看见，让我向那懵无所知的世人报告这些事情的发生经过；你们可以听到奸淫残杀、反常悖理的行为、冥冥中的判决、意外的屠戮、借手杀人的狡计，以及陷入自害的结局；这一切我都可以确确实实地告诉你们。

福丁布拉斯　让我们赶快听你说；所有最尊贵的人，都叫他们一起来吧。我在这一个国内本来也有继承王位的权利，现在国中无主，正是我要求这一个权利的机会；可是我虽然准备接受我的幸运，我的心里却充满了悲哀。

霍拉旭　关于那一点，我受死者的嘱托，也有一句话要说，他的意见是可以影响许多人的；可是在这人心惶惶的时候，让我还是先把这一切解释明白了，免得引起更多的不幸、阴谋和错误来。

福丁布拉斯　让四个将士把哈姆莱特像一个军人似的抬到台上，因为要是他能够践登王位，一定会成为一个贤明的君主的；为了表示对他的悲悼，我们要用军乐和战地的仪式，向他致敬。把这些尸体一起抬起来。这一种情形在战场上是不足为奇的，可是在宫廷之内，却是非常的变故。去，叫兵士放起炮来。（奏丧礼进行曲；众舁尸同下。内鸣炮。）

奥瑟罗

剧中人物

威尼斯公爵
勃拉班修　　元老
葛莱西安诺　　勃拉班修之弟
罗多维科　　勃拉班修的亲戚
奥瑟罗　　摩尔族贵裔，供职威尼斯政府
凯西奥　　奥瑟罗的副将
伊阿古　　奥瑟罗的旗官
罗德利哥　　威尼斯绅士
蒙太诺　　塞浦路斯总督，奥瑟罗的前任者
小　丑　　奥瑟罗的仆人

苔丝狄蒙娜　　勃拉班修之女，奥瑟罗之妻
爱米利娅　　伊阿古之妻
比恩卡　　凯西奥的情妇

元老、水手、吏役、军官、使者、乐工、传令官、侍从等

地　点

第一幕在威尼斯；其余各幕在塞浦路斯岛一海口

第一幕

第一场 威尼斯。街道

罗德利哥及伊阿古上。

罗德利哥 嘿！别对我说，伊阿古；我把我的钱袋交给你支配，让你随意花用，你却做了他们的同谋，这太不够朋友啦。

伊阿古 他妈的！你总不肯听我说下去。要是我做梦会想到这种事情，你不要把我当作一个人。

罗德利哥 你告诉我你恨他。

伊阿古 要是我不恨他，你从此别理我。这城里的三个当道要人亲自向他打招呼，举荐我做他的副将；凭良心说，我知道我自己的价值，难道我就做不得一个副将？可是他眼睛里只有自己没有别人，对于他们的请求，都用一套充满了军事上口头禅的空话回绝了；因为，他说，“我已经选定我的将佐了。”他选中的是个什么人呢？哼，一个算学大家，一个叫作迈克尔·凯西奥的弗罗棱萨人，一个几乎因为娶了娇妻而误了终身的家伙；他从来不曾在战场上领过一队兵，对于布阵作战的知识，懂得简直也不比一个老守空闺的女人多；即使懂得一些书本上的理论，那些身穿宽袍的元老大人们讲起来也会比他更头头是道；只有空谈，不切实际，这就是他的全部的军人资格。可是，老兄，他居然得到了任命；我在罗得斯岛、塞浦路斯岛，以及其他基督徒和异教徒的国土之上，立过多少的军功，都是他亲眼看见的，现在却必须低首下心，受一个市侩的指挥。这位掌柜居然做起他的副将来，而我呢——上帝恕我这样说——却只在这位黑将军的麾下充一名旗官。

罗德利哥　天哪，我宁愿做他的刽子手。

伊阿古　这也是没有办法呀。说来真叫人恼恨，军队里的升迁可以全然不管古来的定法，按照各人的阶级依次递补，只要谁的脚力大，能够得到上官的欢心，就可以越级躐升。现在，老兄，请你替我评一评，我究竟有什么理由要跟这摩尔人要好。

罗德利哥　假如是我，我就不愿跟随他。

伊阿古　啊，老兄，你放心吧；我所以跟随他，不过是要利用他达到我自己的目的。我们不能每个人都是主人，每个主人也不是都该让仆人忠心地追随他。你可以看到，有一辈天生的奴才，他们卑躬屈节，拼命讨主人的好，甘心受主人的鞭策，像一头驴子似的，为了一些粮草而出卖他们的一生，等到年纪老了，主人就把他们撵走；这种老实的奴才是应该抽一顿鞭子的。还有一种人，表面上尽管装出一副鞠躬如也的样子，骨子里却是为他们自己打算；看上去好像替主人做事，实际却靠着主人发展自己的势力，等捞足了油水，就可以知道他所尊敬的其实是他本人；像这种人还有几分头脑；我承认我自己就属于这一类。因为，老兄，正像你是罗德利哥而不是别人一样，我要是做了那摩尔人，我就不会是伊阿古。同样地没有错，虽说我跟随他，其实还是跟随我自己。上天是我的公证人，我这样对他陪着小心，既不是为了忠心，也不是为了义务，只是为了自己的利益，才装出这一副假脸。要是我表面上的恭而敬之的行为会泄露我内心的活动，那么不久我就要掬出我的心来，让乌鸦们乱啄了。世人所知道的我，并不是实在的我。

罗德利哥　要是那厚嘴唇的家伙也有这么一手，那可让他交上大运了！

伊阿古　叫起她的父亲来；不要放过他，打断他的兴致，在各处街道上宣布他的罪恶；激怒她的亲族。让他虽然住在气候宜人的地方，也免不了受蚊蝇的滋扰，虽然享受着盛大的欢乐，也免不了受烦恼的缠绕。

罗德利哥　这儿就是她父亲的家；我要高声叫喊。

伊阿古　很好，你嚷起来吧，就像在一座人口众多的城里，因为晚间失慎而起火的时候，人们用那种惊骇惶恐的声音呼喊一样。

罗德利哥　喂，喂，勃拉班修！勃拉班修先生，喂！

伊阿古　醒来！喂，喂！勃拉班修！捉贼！捉贼！捉贼！留心你的屋子、你的女儿和你的钱袋！捉贼！捉贼！

勃拉班修自上方窗口上。

勃拉班修　大惊小怪地叫什么呀？出了什么事？

罗德利哥　先生，您家里的人没有缺少吗？

伊阿古　您的门都锁上了吗？

勃拉班修　咦，你们为什么这样问我？

伊阿古　哼！先生，有人偷了您的东西去啦，还不赶快披上您的袍子！您的心碎了，您的灵魂已经丢掉半个；就在这时候，就在这一刻工夫，一头老黑羊在跟您的白母羊交尾哩。起来，起来！打钟惊醒那些鼾睡的市民，否则魔鬼要让您抱外孙啦。喂，起来！

勃拉班修　什么！你发疯了吗？

罗德利哥　最可敬的老先生，您听得出我的声音吗？

勃拉班修　我听不出；你是谁？

罗德利哥　我的名字是罗德利哥。

勃拉班修　讨厌！我叫你不要在我的门前走动；我已经老老实实、明明白白对你说，我的女儿是不能嫁给你的；现在你吃饱了饭，喝醉了酒，疯疯癫癫，不怀好意，又要来扰乱我的安静了。

罗德利哥　先生，先生，先生！

勃拉班修　可是你必须明白，我不是一个好说话的人，要是你惹我发火，凭着我的地位，只要略微拿出一点力量来，你就要叫苦不迭了。

罗德利哥　好先生，不要生气。

勃拉班修　说什么有贼没有贼？这儿是威尼斯；我的屋子不是一座独家的田庄。

罗德利哥　最尊严的勃拉班修，我是一片诚心来通知您。

伊阿古　嘿，先生，您也是那种因为魔鬼叫他敬奉上帝而把上帝丢在一旁的人。您把我们当作了坏人，所以把我们的好心看成了恶意，宁愿让您的女儿给一头黑马骑了，替您生下一些马子马孙，攀一些马亲马眷。

勃拉班修　你是个什么混账东西，敢这样胡说八道？

伊阿古　先生，我是一个特意来告诉您一个消息的人，您的令嫒现在正在跟那摩尔人干那件禽兽一样的勾当哩。

勃拉班修　你是个混蛋！

伊阿古　您是一位——元老呢。

勃拉班修　你留点儿神吧！罗德利哥，我认识你。

罗德利哥　先生，我愿意负一切责任；可是请您允许我说一句话。要是令嫒因为得到您的明智的同意，所以才会在这样更深人静的午夜，身边并没有一个人保护，让一个下贱的谁都可以雇用的船夫，把她载到一个贪淫的摩尔人的粗野的怀抱里——要是您对于这件事情不但知道，而且默许——照我看来，您至少已经给了她一部分的同意——那么我们的确太放肆、太冒昧了；可是假如您果真不知道这件事，那么从礼貌上说起来，您可不应该对我们恶声相向。难道我会这样一点不懂规矩，敢来戏侮像您这样一位年尊的长者吗？我再说一句，要是令嫒没有得到您的许可，就把她的责任、美貌、智慧和财产，全部委弃在一个到处为家、漂泊流浪的异邦人的身上，那么她的确已经干下了一件重大的逆行了。您可以立刻去调查一个明白，要是她好好地在她的房间里或是在您的宅子里，那么是我欺骗了您，您可以按照国法惩办我。

勃拉班修　喂，点起火来！给我一支蜡烛！把我的仆人全都叫起来！这件事情很像我的噩梦，它的极大的可能性已经重压在我的心头了。喂，拿火来！拿火来！（自上方下。）

伊阿古　再会，我要少陪了；要是我不去，我就要出面跟这摩尔人作对证，那不但不大相宜，而且在我的地位上也很多不便；因为我知道无论他将要因此而受到什么谴责，政府方面现在还不能就把他免职；塞浦路斯的战事正在进行，情势那么紧急，要不是马上派他前去，他们休想找到第二个人有像他那样的才能，可以担当这一个重任。所以虽然我恨他像恨地狱里的刑罚一样，可是为了事实上的必要，我不得不和他假意周旋，那也不过是表面上的敷衍而已。你等他们出来找人的时候，只要领他们到马人旅馆去，一定可以找到他；我也在那边跟他在一起。再见。(下。)

勃拉班修率众仆持火炬自下方上。

勃拉班修　真有这样的祸事！她去了；只有悲哀怨恨伴着我这衰朽的余年！罗德利哥，你在什么地方看见她的？——啊，不幸的孩子！——你说跟那摩尔人在一起吗？——谁还愿意做一个父亲！——你怎么知道是她？——唉，想不到她会这样欺骗我！——她对你怎么说？——再拿些蜡烛来！唤醒我的所有的亲族！——你想他们有没有结婚？

罗德利哥　说老实话，我想他们已经结了婚啦。

勃拉班修　天哪！她怎么出去的？啊，骨肉的叛逆！做父亲的人啊，从此以后，你们千万留心你们女儿的行动，不要信任她们的心思。世上有没有一种引诱青年少女失去贞操的邪术？罗德利哥，你有没有在书上读到过这一类的事情？

罗德利哥　是的，先生，我的确读到过。

勃拉班修　叫起我的兄弟来！唉，我后悔不让你娶了她去！你们快去给我分头找寻！你知道我们可以在什么地方把她和那摩尔人一起捉到？

罗德利哥　我想我可以找到他的踪迹，要是您愿意多派几个得力的人手跟我前去。

勃拉班修　请你带路。我要到每一个人家去搜寻；大部分的人家都在我的势力之下。喂，多带一些武器！叫起几个巡夜的警吏！去，好罗德利哥，我一定重谢你的辛苦。(同下。)

第二场　另一街道

奥瑟罗、伊阿古及侍从等持火炬上。

伊阿古　虽然我在战场上杀过不少的人，可是总觉得有意杀人是违反良心的；缺少作恶的本能，往往使我不能做我所要做的事。好多次我想要把我的剑从他的肋骨下面刺进去。

奥瑟罗　还是随他说去吧。

伊阿古　可是他唠哩唠叨地说了许多难听的话破坏您的名誉，连像我这样一个荒唐的家伙也实在压不住心头的怒火。可是请问主帅，你们有没有完成婚礼？您要注意，这位元老是很得人心的，他的潜势力比公爵还要大上一倍；他会拆散你们的姻缘，尽量运用法律的力量来给您种种压制和迫害。

奥瑟罗　随他怎样发泄他的愤恨吧；我对贵族们所立的功劳，就可以驳倒他的控诉。世人还没有知道——要是夸口是一件荣耀的事，我就要到处宣布——我是高贵的祖先的后裔，我有充分的资格，享受我目前所得到的值得骄傲的幸运。告诉你吧，伊阿古，倘不是我真心恋爱温柔的苔丝狄蒙娜，即使给我大海中所有的珍宝，我也不愿意放弃我的无拘无束的自由生活，来俯就家室的羁缚的。可是瞧！那边举着火把走来的是些什么人？

伊阿古　她的父亲带着他的亲友来找您了；您还是进去躲一躲吧。

奥瑟罗　不，我要让他们看见我；我的人品、我的地位和我的清白的人格可以替我表明一切。是不是他们？

伊阿古　凭二脸神起誓，我想不是。

凯西奥及若干吏役持火炬上。

奥瑟罗　原来是公爵手下的人，还有我的副将。晚安，各位朋友！有什么消息？

凯西奥　主帅，公爵向您致意，请您立刻就过去。

奥瑟罗　你知道是为了什么事？

凯西奥　照我猜想起来，大概是塞浦路斯方面的事情，看样子很是紧急。就在这一个晚上，战船上已经连续不断派了十二个使者赶来告急；许多元老都从睡梦中被人叫醒，在公爵府里集合了。他们正在到处找您；因为您不在家里，所以元老院派了三队人出来分头寻访。

奥瑟罗　幸而我给你找到了。让我到这儿屋子里去说一句话，就来跟你同去。（下。）

凯西奥　他到这儿来有什么事？

伊阿古　不瞒你说，他今天夜里登上了一艘陆地上的大船；要是能够证明那是一件合法的战利品，他可以从此成家立业了。

凯西奥　我不懂你的话。

伊阿古　他结了婚啦。

凯西奥　跟谁结婚?

奥瑟罗重上。

伊阿古　呃，跟——来，主帅，我们走吧。

奥瑟罗　好，我跟你走。

凯西奥　又有一队人来找您了。

伊阿古　那是勃拉班修。主帅，请您留心点儿；他来是不怀好意的。

勃拉班修、罗德利哥及吏役等持火炬武器上。

奥瑟罗　喂！站住！

罗德利哥　先生，这就是那摩尔人。

勃拉班修　杀死他，这贼！(双方拔剑。)

伊阿古　你，罗德利哥！来，我们来比个高下。

奥瑟罗　收起你们明晃晃的剑，它们沾了露水会生锈的。老先生，像您这么年高德劭的人，有什么话不可以命令我们，何必动起武来呢?

勃拉班修　啊，你这恶贼！你把我的女儿藏到什么地方去了?你不想想你自己是个什么东西，胆敢用妖法蛊惑她；我们只要凭着情理判断，像她这样一个年轻貌美、娇生惯养的姑娘，多少我们国里有财有势的俊秀子弟她都看不上眼，倘不是中了魔，怎么会不怕人家的笑话，背着尊亲投奔到你这个丑恶的黑鬼的怀里?——那还不早把她吓坏了，岂有什么乐趣可言！世人可以替我评一评，是不是显而易见你用邪恶的符咒欺诱她的娇弱的心灵，用药饵丹方迷惑她的知觉；我要在法庭上叫大家评一评理，这种事情是不是很可能的。所以我现在逮捕你；妨害风化、行使邪术，便是你的罪名。抓住他；要是他敢反抗，你们就用武力制伏他。

奥瑟罗　帮助我的，反对我的，大家放下你们的手！我要是想打架，我自己会知道应该在什么时候动手。您要我到什么地方去答复您的控诉?

勃拉班修　到监牢里去，等法庭上传唤你的时候你再开口。

奥瑟罗　要是我听从您的话去了，那么怎么答复公爵呢?他的使者就在我的身边，因为有紧急的公事，等候着带我去见他。

吏　役　真的，大人；公爵正在举行会议，我相信他已经派人请您去了。

勃拉班修　怎么！公爵在举行会议！在这样夜深的时候！把他带去。我的事情也不是一件等闲小事；公爵和我的同僚们听见了这个消息，一定会感到这种侮辱简直就像加在他们自己身上一般。要是这样的行为可以置之不问，奴隶和异教徒都要来主持我们的国政了。（同下。）

第三场　议事厅

公爵及众元老围桌而坐；吏役等随侍。

公　爵　这些消息彼此分歧，令人难于置信。

元老甲　它们真是参差不一；我的信上说是共有船只一百零七艘。

公　爵　我的信上说是一百四十艘。

元老乙　我的信上又说是二百艘。可是它们所报的数目虽然个个不同，因为根据估计所得的结果，难免多少有些出入，不过它们都证实确有一支土耳其舰队在向塞浦路斯岛进发。

公　爵　嗯，这种事情推想起来很有可能；即使消息不尽正确，我也并不就此放心；大体上总是有根据的，我们倒不能不担着几分心事。

水　手　（在内）喂！喂！喂！有人吗？

吏　役　一个从船上来的使者。

一水手上。

公　爵　什么事？

水　手　安哲鲁大人叫我来此禀告殿下，土耳其人调集舰队，正在向罗得斯岛进发。

公　爵　你们对于这一个变动有什么意见？

元老甲　照常识判断起来，这是不会有的事；它无非是转移我们目标的一种诡计。我们只要想一想塞浦路斯岛对于土耳其人的重要性，远在罗得斯岛以上，而且攻击塞浦路斯岛，也比攻击罗得斯岛容易得多，因为它的防务比较空虚，不像罗得斯岛那样戒备严密；我们只要想到这一点，就可以断定土耳其人决不会那样愚笨，甘心舍本逐末，避轻就重，进行一场无益的冒险。

公　爵　嗯，他们的目标绝不是罗得斯岛，这是可以断定的。

吏　役　又有消息来了。

一使者上。

使　者　公爵和各位大人，向罗得斯岛驶去的土耳其舰队，已经和另外一支殿后的舰队会合了。

元老甲　嗯，果然符合我的预料。照你猜想起来，一共有多少船只？

使　者　三十艘模样；它们现在已经回过头来，显然是要开向塞浦路斯岛去的。蒙太诺大人，您的忠实英勇的仆人，本着他的职责，叫我来向您报告这一个您可以相信的消息。

公　爵　那么一定是到塞浦路斯岛去的了。玛克斯·勒西科斯不在威尼斯吗？

元老甲　他现在到弗罗棱萨去了。

公　爵　替我写一封十万火急的信给他。

元老甲　勃拉班修和那勇敢的摩尔人来了。

勃拉班修、奥瑟罗、伊阿古、罗德利哥及吏役等上。

公　爵　英勇的奥瑟罗，我们必须立刻派你出去向我们的公敌土耳其人作战。（向勃拉班修）我没有看见你；欢迎，高贵的大人，我们今晚正需要你的指教和帮助呢。

勃拉班修　我也同样需要您的指教和帮助。殿下，请您原谅，我并不是因为职责所在，也不是因为听到了什么国家大事而从床上惊起；国家的安危不能引起我的注意，因为我个人的悲哀是那么压倒一切，把其余的忧虑一起吞没了。

公　爵　啊，为了什么事？

勃拉班修　我的女儿！啊，我的女儿！

公　爵
众元老　死了吗？

勃拉班修　嗯，她对于我是死了。她已经被人污辱，人家把她从我的地方拐走，用江湖骗子的符咒药物引诱她堕落；因为一个没有残疾、眼睛明亮、理智健全的人，倘不是中了魔法的蛊惑，绝不会犯这样荒唐的错误的。

公　爵　如果有人用这种邪恶的手段引诱你的女儿，使她丧失了自己的本性，使你丧失了她，那么无论他是什么人，你都可以根据无情的法律，照你自己的解释给他应得的严刑；即使他是我的儿子，你也可以照样控诉他。

勃拉班修　感谢殿下。罪人就在这儿，就是这个摩尔人；好像您有重要的公事召他来的。

公　爵
众元老　那我们真是抱憾得很。

公　爵　（向奥瑟罗）你自己对于这件事有什么话要分辩？

勃拉班修　没有，事情就是这样。

奥瑟罗　威严无比、德高望重的各位大人，我的尊贵贤良的主人们，我把这位老人家的女儿带走了，这是完全真实的；我已经和她结了婚，这也是真的；我的最大的罪状仅止于此，别的就不是我所知道的了。我的言语是粗鲁的，一点不懂得那些温文尔雅的辞令；因为自从我这双手臂长了七年的膂力以后，直到最近这九个月以前，它们一直都在战场上发挥它们的本领；对于这一个广大的世界，我除了冲锋陷阵以外，几乎一无所知，所以我也不能用什么动人的字句替我自己辩护。可是你们要是愿意耐心听我说下去，我可以向你们讲述一段质朴无闻的、关于我的恋爱的全部经过的故事；告诉你们我用什么药物、什么符咒、什么驱神役鬼的手段、什么神奇玄妙的魔法，骗到了他的女儿，因为这是他所控诉我的罪名。

勃拉班修　一个素来胆小的女孩子，她的生性是那么幽娴贞静，甚至于心里略为动了一点感情，就会满脸羞愧，像她这样的性质，像她这样的年龄，竟会不顾国族的畛域，把名誉和一切作为牺牲，去跟一个她瞧着都感到害怕的人发生恋爱！假如有人说，这样完美的人儿会做下这样不近情理的事，那这个人的判断可太荒唐了；因此怎么也得查究，到底这里使用了什么样阴谋诡计，才会有这种事情？我断定他一定曾经用烈性的药饵或是邪术炼成的毒剂麻醉了她的血液。

公　爵　没有更确实显明的证据，单单凭着这些表面上的猜测和莫须有的武断，是不能使人信服的。

元老甲　奥瑟罗，你说，你有没有用不正当的诡计诱惑这一位年轻的女郎，或是用强暴的手段逼迫她服从你；还是正大光明地对她披肝沥胆，达到你的求爱的目的？

奥瑟罗　请你们差一个人到马人旅馆去把这位小姐接来，让她当着她的父亲的面告诉你们我是怎样一个人。要是你们根据她的报告，认为我是有罪的，你们不但可以撤销你们对我的信任，解除你们给我的职权，并且可以把我判处死刑。

公　爵　去把苔丝狄蒙娜带来。

奥瑟罗　旗官，你领他们去；你知道她在什么地方。（伊阿古及吏役等下）当她没有到来以前，我要像对天忏悔我的血肉的罪恶一样，把我怎样得到这位美人的爱情和她怎样得到我的爱情的经过情形，忠实地向各位陈诉。

公　爵　说吧，奥瑟罗。

奥瑟罗　她的父亲很看重我，常常请我到他家里，每次谈话的时候，总是问起我过去的历史，要我讲述我一年又一年所经历的各次战争、围城和意外的遭遇；我就把我的一生事实，从我的童年时代起，直到他叫我讲述的时候为止，原原本本地说了出来。我说起最可怕的灾祸，海上陆上惊人的奇遇，间不容发的脱险，在傲慢的敌人手中被俘为奴，和遇赎脱身的经过，以及旅途中的种种见闻；那些广大的岩窟、荒凉的沙漠、突兀的崖嶂、巍峨的峰岭；接着我又讲到彼此相食的野蛮部落，和肩下生头的化外异民；这些都是我的谈话的题目。苔丝狄蒙娜对于这种故事，总是出神倾听；有时为了家庭中的事务，她不能不离座而起，可是她总是尽力把事情赶紧办好，再回来孜孜不倦地把我所讲的每一个字都听了进去。我注意到她这种情形，有一天在一个适当的时间，从她的嘴里逗出了她的真诚的心愿；她希望我能够把我的一生经历，对她作一次详细的复述，因为她平日所听到的，只是一鳞半爪，残缺不全的片段。我答应了她的要求；当我讲到我在少年时代所遭逢的不幸的打击的时候，她往往忍不住掉下泪来。我的故事讲完以后，她用无数的叹息酬劳我；她发誓说，那是非常奇异而悲惨的；她希望她没有听到这段故事，可是又希望上天为她造下这样一个男子。

她向我道谢，对我说，要是我有一个朋友爱上了她，我只要教他怎样讲述我的故事，就可以得到她的爱情。我听了这一个暗示，才向她吐露我的求婚的诚意。她为了我所经历的种种患难而爱我，我为了她对我所抱的同情而爱她；这就是我的惟一的妖术。她来了；让她为我证明吧。

苔丝狄蒙娜、伊阿古及吏役等上。

公　爵　像这样的故事，我想我的女儿听了也会着迷的。勃拉班修，木已成舟，不必懊恼了。刀剑虽破，比起手无寸铁来，总是略胜一筹。

勃拉班修　请殿下听她说，要是她承认她本来也有爱慕他的意思，而我却还要归咎于他，那就让我不得好死吧。过来，好姑娘，你看这在座的济济众人之间，谁是你所最应该服从的？

苔丝狄蒙娜　我的尊贵的父亲，我在这里所看到的，是我的分歧的义务：对您说起来，我深荷您的生养教育的大恩，您给我的生命和教养使我明白我应该怎样敬重您；您是我的家长和严君，我直到现在都是您的女儿。可是这儿是我的丈夫，正像我的母亲对您克尽一个妻子的义务、把您看得比她的父亲更重一样，我也应该有权利向这位摩尔人，我的夫主，尽我应尽的名分。

勃拉班修　上帝和你同在！我没有话说了。殿下，请您继续处理国家的要务吧。我宁愿抚养一个义子，也不愿自己生男育女。过来，摩尔人。我现在用我的全副诚心，把她给了你；倘不是你早已得到了她，我一定再也不会让她到你手里。为了你的缘故，宝贝，我很高兴我没有别的儿女，否则你的私奔将要使我变成一个虐待儿女的暴君，替他们手脚加上镣铐。我没有话说了，殿下。

公　爵　让我设身处地，说几句话给你听听，也许可以帮助这一对恋人，使他们能够得到你的欢心。

眼看希望幻灭，厄运临头，
无可挽回，何必满腹牢愁？
为了既成的灾祸而痛苦，
徒然招惹出更多的灾祸。
既不能和命运争强斗胜，

还是付之一笑，安心耐忍。
聪明人遭盗窃毫不介意；
痛哭流涕反而伤害自己。

勃拉班修　让敌人夺去我们的海岛，
我们同样可以付之一笑。
那感激法官仁慈的囚犯，
他可以忘却刑罚的苦难；
倘然他怨恨那判决太重，
他就要忍受加倍的惨痛。
种种譬解虽能给人慰藉，
它们也会格外添人悲戚；
可是空言毕竟无补实际，
好听的话几曾送进心底？
请殿下继续进行原来的公事吧。

公　爵　土耳其人正在向塞浦路斯大举进犯；奥瑟罗，那岛上的实力你是知道得十分清楚的；虽然我们派在那边代理总督职务的，是一个公认为很有能力的人，可是谁都不能不尊重大家的意思，大家觉得由你去负责镇守，才可以万无一失；所以说只得打扰你的新婚的快乐，辛苦你去跑这一趟了。

奥瑟罗　各位尊严的元老们，习惯的暴力已经使我把冷酷无情的战场当作我的温软的眠床，对于艰难困苦，我总是挺身而赴。我愿意接受你们的命令，去和土耳其人作战；可是我要恳求你们念在我替国家尽心出力，给我的妻子一个适当的安置，按照她的身分，供给她一切日常的需要。

公　爵　你要是同意的话，可以让她住在她父亲的家里。

勃拉班修　我不愿意收留她。

奥瑟罗　我也不能同意。

苔丝狄蒙娜　我也不愿住在父亲的家里，让他每天看见我生气。最仁慈的公爵，愿您俯听我的陈请，让我的卑微的衷忱得到您的谅解和赞助。

公　爵　你有什么请求，苔丝狄蒙娜？

苔丝狄蒙娜　我不顾一切跟命运对抗的行动可以代我向世人宣告，我因为爱这摩尔人，所以愿意和他过共同的生活；我的心灵完全为他的高贵的德性所征服；我先认识他那颗心，然后认识他那奇伟的仪表；我已经把我的灵魂和命运一起呈献给他了。所以，各位大人，要是他一个人迢迢出征，把我遗留在和平的后方，过着像蜉蝣一般的生活，我将要因为不能朝夕事奉他，而在镂心刻骨的离情别绪中度日如年了。让我跟他去吧。

奥瑟罗　请你们允许了她吧。上天为我作证，我向你们这样请求，并不是为了贪尝人生的甜头，也不是为了满足我自己的欲望，因为青春的热情在我已成过去了，我的唯一的动机，只是不忍使她失望。请你们千万不要抱着那样的思想，以为她跟我在一起，会使我懈怠了你们所付托给我的重大的使命。不，要是插翅的爱神的风流解数，可以蒙蔽了我的灵明的理智，使我因为贪恋欢娱而误了正事，那么让主妇们把我的战盔当作水罐，让一切的污名都丛集于我的一身吧！

公　爵　她的去留行止，可以由你们自己去决定。事情很是紧急，你必须立刻出发。

元老甲　今天晚上你就得动身。

奥瑟罗　很好。

公　爵　明天早上九点钟，我们还要在这儿聚会一次。奥瑟罗，请你留下一个将佐在这儿，将来政府的委任状好由他转交给你；要是我们随后还有什么决定，可以叫他把训令传达给你。

奥瑟罗　殿下，我的旗官是一个很适当的人物，他的为人是忠实而可靠的；我还要请他负责护送我的妻子，要是此外还有什么必须寄给我的物件，也请殿下一起交给他。

公　爵　很好。各位晚安！（向勃拉班修）尊贵的先生，倘然有德必有貌，说你这位女婿长得黑，远不如说他长得美。

元老甲　再会，勇敢的摩尔人！好好看顾苔丝狄蒙娜。

勃拉班修　留心看着她，摩尔人，不要视而不见；她已经愚弄了她的父亲，她也会把你欺骗。（公爵、众元老、吏役等同下。）

奥瑟罗　我用生命保证她的忠诚！正直的伊阿古，我必须把我的苔丝狄蒙娜托付给你，请你叫你的妻子当心照料她；看什么时候有方便，就烦你护送她们起程。来，苔丝狄蒙娜，我只有一小时的工夫和你诉说衷情，料理庶事了。我们必须服从环境的支配。（奥瑟罗、苔丝狄蒙娜同下。）

罗德利哥　伊阿古！

伊阿古　你怎么说，好人儿？

罗德利哥　你想我该怎么办？

伊阿古　上床睡觉去吧。

罗德利哥　我立刻就投水去。

伊阿古　好，要是你投了水，我从此不喜欢你了。嘿，你这傻大少爷！

罗德利哥　要是活着这样受苦，傻瓜才愿意活下去；一死可以了却烦恼，还是死了的好。

伊阿古　啊，该死！我在这世上也经历过四七二十八个年头了，自从我能够辨别利害以来，我从来不曾看见过什么人知道怎样爱惜他自己。要是我也会为了爱上一个雌儿的缘故而投水自杀，我宁愿变成一只猴子。

罗德利哥　我该怎么办？我承认这样痴心是一件丢脸的事，可是我没有力量把它补救过来呀。

伊阿古　力量！废话！我们变成这样那样，全在于我们自己。我们的身体就像一座园圃，我们的意志是这园圃里的园丁；不论我们插荨麻、种莴苣、栽下牛膝草、拔起百里香，或者单独培植一种草木，或者把全园种得万卉纷披，让它荒废不治也好，把它辛勤耕垦也好，那权力都在于我们的意志。要是在我们的生命之中，理智和情欲不能保持平衡，我们血肉的邪心就会引导我们到一个荒唐的结局；可是我们有的是理智，可以冲淡我们汹涌的热情，肉体的刺激和奔放的淫欲；我认为你所称为“爱情”的，也不过是那样一种东西。

罗德利哥　不，那不是。

伊阿古　那不过是在意志的默许之下一阵情欲的冲动而已。算了，做一个汉子。投水自杀！捉几头大猫小狗投在水里吧！我曾经声明我是你的朋友，我承认我对你的友谊是用不可摧折的、坚韧的缆索联结起来的；现在正是我应该为你出力的时候。把银钱放在你的钱袋里；跟他们出征去；装上一脸假胡子，遮住了你的本来面目——我说，把银钱放在你的钱袋里。苔丝狄蒙娜爱那摩尔人决不会长久——把银钱放在你的钱袋里——他也不会长久爱她。她一开始就把他爱得这样热烈，他们感情的破裂一定也是很突然的——你只要把银钱放在你的钱袋里。这些摩尔人很容易变心——把你的钱袋装满了钱——现在他吃起来像蝗虫一样美味的食物，不久便要变得像苦瓜柯萝辛一样涩口了。她必须换一个年轻的男子；当他的肉体使她餍足了以后，她就会觉悟她的选择的错误。她必须换换口味，她非换不可；所以把银钱放在你的钱袋里。要是你一定要寻死，也得想一个比投水巧妙一点的死法。尽你的力量搜括一些钱。要是凭着我的计谋和魔鬼们的奸诈，破坏这一个走江湖的蛮子和这一个狡猾的威尼斯女人之间的脆弱的盟誓，还不算是一件难事，那么你一定可以享受她——所以快去设法弄些钱来吧。投水自杀！什么话！那根本就不用提；你宁可因为追求你的快乐而被人吊死，总不要在没有一亲她的香泽以前投水自杀。

罗德利哥　要是我指望着这样的好事，你一定会尽力帮助我达到我的愿望吗？

伊阿古　你可以完全信任我。去，弄一些钱来。我常常对你说，一次一次反复告诉你，我恨那摩尔人；我的怨毒蓄积在心头，你也对他抱着同样深刻的仇恨，让我们同心合力向他复仇；要是你能够替他戴上一顶绿头巾，你固然是如愿以偿，我也可以拍掌称快。无数人事的变化孕育在时间的胚胎里，我们等着看吧。去，预备好你的钱。我们明天再谈这件事吧。再见。

罗德利哥　明天早上我们在什么地方会面？

伊阿古　就在我的寓所里吧。

罗德利哥　我一早就来看你。

伊阿古　好，再会。你听见吗，罗德利哥？

罗德利哥　你说什么？

伊阿古　别再提起投水的话了，你听见没有？

罗德利哥　我已经变了一个人了。我要去把我的田地一起变卖。

伊阿古　好，再会！多往你的钱袋里放些钱。（罗德利哥下）我总是这样让这种傻瓜掏出钱来给我花用；因为倘不是为了替自己解解闷，打算占些便宜，那我浪费时间跟这样一个呆子周旋，那才冤枉哩，那还算得什么有见识的人。我恨那摩尔人；有人说他和我的妻子私通，我不知道这句话是真是假；可是在这种事情上，即使不过是嫌疑，我也要把它当作实有其事一样看待。他对我很有好感，这样可以使我对他实行我的计策的时候格外方便一些。凯西奥是一个俊美的男子；让我想想看：夺到他的位置，实现我的一举两得的阴谋；怎么办？怎么办？让我看：等过了一些时候，在奥瑟罗的耳边捏造一些鬼话，说他跟他的妻子看上去太亲热了；他长得漂亮，性情又温和，天生一种媚惑妇人的魔力，像他这种人是很容易引起疑心的。那摩尔人是一个坦白爽直的人，他看见人家在表面上装出一副忠厚诚实的样子，就以为一定是个好人；我可以把他像一头驴子一般牵着鼻子跑。有了！我的计策已经产生。地狱和黑夜正酝酿成这空前的罪恶，它必须向世界显露它的面目。（下。）

第二幕

第一场　塞浦路斯岛海口一市镇。码头附近的广场

蒙太诺及二军官上。

蒙太诺　你从那海岬望出去，看见海里有什么船只没有？

军官甲　一点望不见。波浪很高，在海天之间，我看不见一片船帆。

蒙太诺　风在陆地上吹得也很厉害；从来不曾有这么大的暴风摇撼过我们的雉堞。要是它在海上也这么猖狂，哪一艘橡树造成的船身支持得住山一样的巨涛迎头倒下？我们将要从这场风暴中间听到什么消息呢？

军官乙　土耳其的舰队一定要被风浪冲散了。你只要站在白沫飞溅的海岸上，就可以看见咆哮的汹涛直冲云霄，被狂风卷起的怒浪奔腾山立，好像要把海水浇向光明的大熊星上，熄灭那照耀北极的永古不移的斗宿一样。我从来没有见过这样可怕的惊涛骇浪。

蒙太诺　要是土耳其舰队没有避进港里，它们一定沉没了；这样的风浪是抵御不了的。

另一军官上。

军官丙　报告消息！咱们的战事已经结束了。土耳其人遭受这场风暴的突击，不得不放弃他们进攻的计划。一艘从威尼斯来的大船一路上看见他们的船只或沉或破，大部分零落不堪。

蒙太诺　啊！这是真的吗？

军官丙　大船已经在这儿进港，是一艘维洛那造的船；迈克尔·凯西奥，那勇武的摩尔人奥瑟罗的副将，已经上岸来了；那摩尔人自己还在海上，他是奉到全权委任，到塞浦路斯这儿来的。

蒙太诺　我很高兴，这是一位很有才能的总督。

军官丙　可是这个凯西奥说起土耳其的损失，虽然兴高采烈，同时却满脸愁容，祈祷着那摩尔人的安全，因为他们是在险恶的大风浪中彼此失散的。

蒙太诺　但愿他平安无恙；因为我曾经在他手下做过事，知道他在治军用兵这方面，的确是一个大将之才。来，让我们到海边去！一方面看看新到的船舶，一方面把我们的眼睛遥望到海天相接的远处，盼候着勇敢的奥瑟罗。

军官丙　来，我们去吧；因为每一分钟都会有更多的人到来。

凯西奥上。

凯西奥　谢谢，你们这座尚武的岛上的各位壮士，因为你们这样褒奖我们的主帅。啊！但愿上天帮助他战胜风浪，因为我是在险恶的波涛之中和他失散的。

蒙太诺　他的船靠得住吗？

凯西奥　船身很坚固，舵师是一个大家公认的很有经验的人，所以我还抱着很大的希望。（内呼声："一条船！一条船！一条船！"）

一使者上。

凯西奥　什么声音？

使　者　全市的人都出来了；海边站满了人，他们在嚷，"一条船！一条船！"

凯西奥　我希望那就是我们新任的总督。（炮声。）

军官乙　他们在放礼炮了；即使不是总督，至少也是我们的朋友。

凯西奥　请你去看一看，回来告诉我们究竟是什么人来了。

军官乙　我就去。（下。）

蒙太诺　可是，副将，你们主帅有没有结过婚？

凯西奥　他的婚姻是再幸福不过的。他娶到了一位小姐，她的美貌才德，胜过一切的形容和盛大的名誉；笔墨的赞美不能写尽她的好处，没有一句适当的言语可以充分表现出她的天赋的优美。

军官乙重上。

凯西奥　啊！谁到来了？

军官乙　是元帅麾下的一个旗官，名叫伊阿古。

凯西奥　他倒一帆风顺地到了。汹涌的怒涛，咆哮的狂风，埋伏在海底、跟往来的船只作对的礁石沙碛，似乎也懂得爱惜美人，收敛了它们凶恶的本性，让神圣的苔丝狄蒙娜安然通过。

蒙太诺　她是谁？

凯西奥　就是我刚才说起的，我们大帅的主帅。勇敢的伊阿古护送她到这儿来，想不到他们路上走得这么快，比我们的预期还早七天。伟大的乔武啊，保佑奥瑟罗，吹一口你的大力的气息在他的船帆上，让他的高大的桅樯在这儿海港里显现它的雄姿，让他跳动着一颗恋人的心投进了苔丝狄蒙娜的怀里，重新燃起我们奄奄欲绝的精神，使整个塞浦路斯充满了兴奋！

苔丝狄蒙娜、爱米利娅、伊阿古、罗德利哥及侍从等上。

凯西奥　啊！瞧，船上的珍宝到岸上来了。塞浦路斯人啊，向她下跪吧。祝福你，夫人！愿神灵在你前后左右周遭呵护你！

苔丝狄蒙娜　谢谢您，英勇的凯西奥。您知道我丈夫的什么消息吗？

凯西奥　他还没有到来；我只知道他是平安的，大概不久就会到来。

苔丝狄蒙娜　啊！可是我怕——你们怎么会分散的？

凯西奥　天风和海水的猛烈的激战，使我们彼此失散。可是听！有船来了。（内呼声："一条船！一条船！"炮声。）

军官乙　他们向我们城上放礼炮了；到来的也是我们的朋友。

凯西奥　你去探看探看。（军官乙下。向伊阿古）老总，欢迎！（向爱米利娅）欢迎，嫂子！请你不要恼怒，好伊阿古，我总得讲究个礼貌，按照我的教养，我就得来这么一个大胆的见面礼。（吻爱米利娅。）

伊阿古　老兄，要是她向你掀动她的嘴唇，也像她向我掀动她的舌头一样，那你就要叫苦不迭了。

苔丝狄蒙娜　唉！她又不会多嘴。

伊阿古　真的，她太会多嘴了；每次我想睡觉的时候，总是被她吵得不得安宁。不过，在您夫人的面前，我还要说一句，她有些话是放在心里说的，人家瞧她不开口，她却在心里骂人。

爱米利娅　你没有理由这样冤枉我。

伊阿古　得啦，得啦，你们跑出门来像图画，走进房去像响铃，到了灶下像野猫；害人的时候，面子上装得像个圣徒，人家冒犯了你们，你们便活像夜叉；叫你们管家，你们只会一味胡闹，一上床却又十足像个忙碌的主妇。

苔丝狄蒙娜　啊，啐！你这毁谤女人的家伙！

伊阿古　不，我说的话儿千真万确，

你们起来游戏，上床工作。

爱米利娅　我再也不要你给我编什么赞美诗了。

伊阿古　好，不要叫我编。

苔丝狄蒙娜　要是叫你赞美我，你要怎么编法呢？

伊阿古　啊，好夫人，别叫我做这件事，因为我的脾气是要吹毛求疵的。

苔丝狄蒙娜　来，试试看。有人到港口去了吗？

伊阿古　是，夫人。

苔丝狄蒙娜　我虽然心里愁闷，姑且强作欢容。来，你怎么赞美我？

伊阿古　我正在想着呢；可是我的诗情粘在我的脑壳里，用力一挤就会把脑浆一起挤出的。我的诗神可在难产呢——有了——好容易把孩子养出来了：

她要是既漂亮又智慧，

就不会误用她的娇美。

苔丝狄蒙娜　赞美得好！要是她虽黑丑而聪明呢？

伊阿古　她要是虽黑丑却聪明，

包她找到一位俊郎君。

苔丝狄蒙娜　不成话。

爱米利娅　要是美貌而愚笨呢？

伊阿古　美女人决不是笨冬瓜，

蠢煞也会抱个小娃娃。

苔丝狄蒙娜　这些都是在酒店里骗傻瓜们笑笑的古老的歪诗。还有一种又丑又笨的女人，你也能够勉强赞美她两句吗?

伊阿古　别嫌她心肠笨相貌丑，
　　女人的戏法一样拿手。

苔丝狄蒙娜　啊，岂有此理！你把最好的赞美给了最坏的女人。可是对于一个贤惠的女人——就连天生的坏蛋看见她这么好，也不由得对天起誓，说她真是个好女人——你又怎么赞美她呢?

伊阿古　她长得美，却从不骄傲，
　　能说会道，却从不叫嚣！
　　有的是钱，但从不妖娆，
　　摆脱欲念，嘴里说“我要！”
　　她受人气恼，想把仇报，
　　却平了气，把烦恼打消；
　　明白懂事，不朝三暮四，
　　不拿鳕鱼头换鲑鱼翅；①
　　会动脑筋，却闭紧小嘴，
　　有人盯梢，她头也不回；
　　要是有这样的女娇娘——

苔丝狄蒙娜　要她干什么呢?

伊阿古　去奶傻孩子，去记油盐账。

苔丝狄蒙娜　啊，这可真是最蹩脚、最松劲的收梢！爱米利娅，不要听他的话，虽然他是你的丈夫。你怎么说，凯西奥？他不是一个粗俗的、胡说八道的家伙吗?

凯西奥　他说得很直爽，夫人。您要是把他当作一个军人，不把他当作一个文士，您就不会嫌他出言粗俗了。

伊阿古　（旁白）他捏着她的手心。嗯，交头接耳，好得很。我只要张起这么一个小小的网，就可以捉住像凯西奥这样一只大苍蝇。嗯，对她微笑，很好；我要叫你跌翻在你自己的礼貌中间。——您说得对，正是正是。——要是这种鬼殷勤会葬送你的前程，你还是不要老是吻着你

---

① 鳕鱼头比喻傻瓜；全句意谓：嫁了傻瓜，并不另找漂亮的相好。

的三个指头，表示你的绅士风度吧。很好；吻得不错！绝妙的礼貌！正是正是。又把你的手指放到你的嘴唇上去了吗？让你的手指头变做你的通肠管我才高兴呢。（喇叭声）主帅来了！我听得出他的喇叭声音。

凯西奥　真的是他。

苔丝狄蒙娜　让我们去迎接他。

凯西奥　瞧！他来了。

奥瑟罗及侍从等上。

奥瑟罗　啊，我的娇美的战士！

苔丝狄蒙娜　我的亲爱的奥瑟罗！

奥瑟罗　看见你比我先到这里，真使我又惊又喜。啊，我的心爱的人！要是每一次暴风雨之后，都有这样和煦的阳光，那么尽管让狂风肆意地吹，把死亡都吹醒了吧！让那辛苦挣扎的船舶爬上一座座如山的高浪，就像从高高的天上堕下幽深的地狱一般，一泻千丈地跌下来吧！要是我现在死去，那才是最幸福的；因为我怕我的灵魂已经尝到了无上的欢乐，此生此世，再也不会有同样令人欣喜的事情了。

苔丝狄蒙娜　但愿上天眷顾，让我们的爱情和欢乐与日俱增！

奥瑟罗　阿门，慈悲的神明！我不能充分说出我心头的快乐；太多的欢喜憋住了我的呼吸。（吻苔丝狄蒙娜）一个——再来一个——这便是两颗心儿间最大的冲突了。

伊阿古　（旁白）啊，你们现在是琴瑟调和，看我不动声色，就叫你们松了弦线走了音。

奥瑟罗　来，让我们到城堡里去。好消息，朋友们；我们的战事已经结束，土耳其人全都淹死了。我的岛上的旧友，您好？爱人，你在塞浦路斯将要受到众人的宠爱，我觉得他们都是非常热情的。啊，亲爱的，我自己太高兴了，所以会说出这样忘形的话来。好伊阿古，请你到港口去一趟，把我的箱子搬到岸上。带那船长到城堡里来；他是一个很好的家伙，他的才能非常叫人钦佩。来，苔丝狄蒙娜，我们又在塞浦路斯岛团圆了。（除伊阿古、罗德利哥外均下。）

伊阿古　你马上就到港口来会我。过来。人家说，爱情可以刺激懦夫，使他鼓起本来所没有的勇气；要是你果然有胆量，请听我说。副将今晚在卫舍守夜。第一我必须告诉你，苔丝狄蒙娜直截了当地跟他发生了恋爱。

罗德利哥　跟他发生了恋爱！那是不会有的事。

伊阿古　闭住你的嘴，好好听我说。你看她当初不过因为这摩尔人向她吹了些法螺，撒下了一些漫天的大谎，她就爱得他那么热烈；难道她会继续爱他，只是为了他的吹牛的本领吗？你是个聪明人，不要以为世上会有这样的事。她的视觉必须得到满足；她能够从魔鬼脸上感到什么佳趣？情欲在一阵兴奋过了以后而渐生厌倦的时候，必须换一换新鲜的口味，方才可以把它重新刺激起来，或者是容貌的漂亮，或者是年龄的相称，或者是举止的风雅，这些都是这摩尔人所欠缺的；她因为在这些必要的方面不能得到满足，一定会觉得她的青春娇艳所托非人，而开始对这摩尔人由失望而憎恨，由憎恨而厌恶，她的天性就会迫令她再作第二次的选择。这种情形是很自然而可能的；要是承认了这一点，试问哪一个人比凯西奥更有享受这一种福分的便利？一个很会讲话的家伙，为了达到他的秘密的淫邪的欲望，他会恬不为意地装出一副殷勤文雅的外表。哼，谁也比不上他；哼，谁也比不上他！一个狡猾阴险的家伙，惯会乘机取利，无孔不钻——钻得进钻不进他才不管呢。一个鬼一样的家伙！而且，这家伙又漂亮，又年轻，凡是可以使无知妇女醉心的条件，他无一不备；一个十足害人的家伙。这女人已经把他勾上了。

罗德利哥　我不能相信，她是一位圣洁的女人。

伊阿古　他妈的圣洁！她喝的酒也是用葡萄酿成的；她要是圣洁，她就不会爱这摩尔人了。哼，圣洁！你没有看见她捏他的手心吗？你没有看见吗？

罗德利哥　是的，我看见的；可是那不过是礼貌罢了。

伊阿古　我举手为誓，这明明是奸淫！这一段意味深长的楔子，就包括无限淫情欲念的交流。他们的嘴唇那么贴近，他们的呼吸简直互相拥抱了。该死的思想，罗德利哥！这种表面上的亲热一开了端，主要的好戏就会跟着上场，肉体的结合是必然的结论。呸！可是，老兄，你依着我的话做去。我特意把你从威尼斯带来，今晚你去值班守夜，我会给你把命令弄来；凯西奥是不认识你的；我就在离你不远的地方看着你；你见了凯西奥就找一些借口向他挑衅，或者高声辱骂，破坏他的军纪，或者随你的意思用其他无论什么比较适当的方法。

罗德利哥　好。

伊阿古　老兄，他是个性情暴躁、易于发怒的人，也许会向你动武；即使他不动武，你也要激动他和你打起架来；因为借着这一个理由，我就可以在塞浦路斯人中间煽起一场暴动，假如要平息他们的愤怒，除了把凯西奥解职以外没有其他方法。这样你就可以在我的设计协助之下，早日达到你的愿望，你的阻碍也可以从此除去，否则我们的事情是决无成功之望的。

罗德利哥　我愿意这样干，要是我能够找到下手的机会。

伊阿古　那我可以向你保证。等会儿在城门口见我。我现在必须去替他把应用物件搬上岸来。再会。

罗德利哥　再会。（下。）

伊阿古　凯西奥爱她，这一点我是可以充分相信的；她爱凯西奥，这也是一件很自然而可能的事。这摩尔人我虽然气他不过，却有一副坚定、仁爱、正直的性格；我相信他会对苔丝狄蒙娜做一个最多情的丈夫。讲到我自己，我也是爱她的，并不完全出于情欲的冲动——坦然也许我犯的罪名也并不轻一些儿——可是一半是为要报复我的仇恨，因为我疑心这好色的摩尔人已经跳上了我的坐骑。这一种思想像毒药一样腐蚀我的肝肠，什么都不能使我心满意足，除非老婆对老婆，在他身上发泄这一口怨气；即使不能做到这一点，我也要叫这摩尔人心里长起根深蒂固的嫉妒来，没有一种理智的药饵可以把它治疗。为了达到这一个目的，我已经利用这威尼斯的瘟生做我的鹰犬；要是他果然听我的嗾使，我就可以抓住我们那位迈克尔·凯西奥的把柄，在这摩尔人面前大大地诽谤他——因为我疑心凯西奥跟我的妻子也是有些暧昧的。这样我可以让这摩尔人感谢我、喜欢我、报答我，因为我叫他做了一头大大的驴子，用诡计捣乱他的平和安宁，使他因气愤而发疯。方针已经决定，前途未可预料；阴谋的面目直到下手才会揭晓。（下。）

第二场　街道

传令官持告示上；民众随后。

传令官　我们尊贵英勇的元帅奥瑟罗有令，根据最近接到的消息，土耳其舰队已经全军覆没，全体军民听到这一个捷音，理应同伸庆祝；跳舞的跳舞，燃放焰火的燃放焰火，每一个人都可以随他自己的高兴尽情欢乐；因为除了这些可喜的消息以外，我们同时还要祝贺我们元帅的新婚。公家的酒窖、伙食房，一律开放；从下午五时起，直到深夜十一时，大家可以纵情饮酒宴乐。上天祝福塞浦路斯岛和我们尊贵的元帅奥瑟罗！（同下。）

第三场　城堡中的厅堂

奥瑟罗、苔丝狄蒙娜、凯西奥及侍从等上。

奥瑟罗　好迈克尔，今天请你留心警备；我们必须随时谨慎，免得因为纵乐无度而肇成意外。

凯西奥　我已经吩咐伊阿古怎样办了，我自己也要亲自督察照看。

奥瑟罗　伊阿古是个忠实可靠的汉子。迈克尔，晚安；明天你一早就来见我，我有话要跟你说。（向苔丝狄蒙娜）来，我的爱人，我们已经把彼此心身互相交换，愿今后花开结果，恩情美满。晚安！（奥瑟罗、苔丝狄蒙娜及侍从等下。）

伊阿古上。

凯西奥　欢迎，伊阿古；我们该守夜去了。

伊阿古　时候还早哪，副将；现在还不到十点钟。咱们主帅因为舍不得他的新夫人，所以这么早就打发我们出去；可是我们也怪不得他，他还没有跟她真个销魂，而她这个人，任是天神见了也要动心的。

凯西奥　她是一位人间无比的佳人。

伊阿古　我可以担保她迷男人的一套功夫可好着呢。

凯西奥　她的确是一个娇艳可爱的女郎。

伊阿古　她的眼睛多么迷人！简直在向人挑战。

凯西奥　一双动人的眼睛；可是却有一种端庄贞静的神气。

伊阿古　她说话的时候，不就是爱情的警报吗？

凯西奥　她真是十全十美。

伊阿古　好，愿他们被窝里快乐！来，副将，我还有一瓶酒；外面有两个塞浦路斯的军官，要想为黑将军祝饮一杯。

凯西奥　今夜可不能奉陪了，好伊阿古。我一喝了酒，头脑就会糊涂起来。我希望有人能够发明在宾客欢会的时候，用另外一种方法招待他们。

伊阿古　啊，他们都是我们的朋友；喝一杯吧——我也可以代你喝。

凯西奥　我今晚只喝了一杯，就是那一杯也被我偷偷地冲了些水，可是你看我这张脸，成个什么样子。我知道自己的弱点，实在不敢再多喝了。

伊阿古　嗳哟，朋友！这是一个狂欢的良夜，不要让那些军官们扫兴吧。

凯西奥　他们在什么地方？

伊阿古　就在这儿门外；请你去叫他们进来吧。

凯西奥　我去就去，可是我心里是不愿意的。（下。）

伊阿古　他今晚已经喝过了一些酒，我只要再灌他一杯下去，他就会像小狗一样到处惹事生非。我们那位为情憔悴的傻瓜罗德利哥今晚为了苔丝狄蒙娜也喝了几大杯的酒，我已经派他守夜了。还有三个心性高傲、重视荣誉的塞浦路斯少年，都是这座尚武的岛上数一数二的人物，我也把他们灌得酩酊大醉；他们今晚也是要守夜的。在这一群醉汉中间，我要叫我们这位凯西奥干出一些可以激动这岛上公愤的事来。可是他们来了。要是结果真就像我所梦想的，我这条顺风船儿顺流而下，前程可远大呢。

凯西奥、率蒙太诺及军官等重上；众仆持酒后随。

凯西奥　上帝可以作证，他们已经灌了我一满杯啦。

蒙太诺　真的，只是小小的一杯，顶多也不过一品脱的分量；我是一个军人，从来不会说谎的。

伊阿古 喂，酒来！（唱）

一瓶一瓶复一瓶，

饮酒击瓶玎珰鸣。

我为军人岂无情，

人命倏忽如烟云，

聊持杯酒遣浮生。

孩子们，酒来！

凯西奥 好一支歌儿！

伊阿古 这一支歌是我在英国学来的。英国人的酒量才厉害呢；什么丹麦人、德国人、大肚子的荷兰人——酒来！——比起英国人来都算不了什么。

凯西奥 英国人果然这样善于喝酒吗？

伊阿古 嘿，他会不动声色地把丹麦人灌得烂醉如泥，面不流汗地把德国人灌得不省人事，还没有倒满下一杯，那荷兰人已经呕吐狼藉了。

凯西奥 祝我们的主帅健康！

蒙太诺 赞成，副将，您喝我也喝。

伊阿古 啊，可爱的英格兰！（唱）

英明天子斯蒂芬，

做条裤子五百文；

硬说多花钱六个，

就把裁缝骂一顿。

王爷大名天下传，

你这小子是何人？

骄奢虚荣亡了国，

不如旧衣披在身。

喂，酒来！

凯西奥 呃，这支歌比方才唱的那一支更好听了。

伊阿古 你要再听一遍吗？

凯西奥 不，因为我认为他这样地位的人做出这种事来，是有失体统的。

好，上帝在我们头上，有的灵魂必须得救，有的灵魂就不能得救。

伊阿古　对了，副将。

凯西奥　讲到我自己——我并没有冒犯我们主帅或是无论哪一位大人物的意思——我是希望能够得救的。

伊阿古　我也这样希望，副将。

凯西奥　嗯，可是，对不起，你不能比我先得救；副将得救了，然后才是旗官得救。咱们别提这种话啦，还是去干我们的公事吧。上帝赦免我们的罪恶！各位先生，我们不要忘记了我们的事情。不要以为我是醉了，各位先生。这是我的旗官；这是我的右手，这是我的左手。我现在并没有醉；我站得很稳，我说话也很清楚。

众　人　非常清楚。

凯西奥　那么很好；你们可不要以为我醉了。（下。）

蒙太诺　各位朋友，来，我们到露台上守望去。

伊阿古　你们看刚才出去的这一个人；讲到指挥三军的才能，他可以和凯撒争一日之雄；可是你们瞧他这一种酗酒的样子，它正好和他的长处互相抵销。我真为他可惜！我怕奥瑟罗对他如此信任，也许有一天会被他误了大事，使全岛大受震动的。

蒙太诺　可是他常常是这样的吗？

伊阿古　他喝醉了酒总要睡觉；要是没有酒替他催眠，他可以一昼夜睡不着觉。

蒙太诺　这种情形应该向元帅提起；也许他没有觉察，也许他秉性仁恕，因为看重凯西奥的才能而忽略了他的短处。这句话对不对？

罗德利哥上。

伊阿古　（向罗德利哥旁白）怎么，罗德利哥！你快追到那副将后面去吧；去。（罗德利哥下。）

蒙太诺　这高贵的摩尔人竟会让一个染上这种恶癖的人做他的辅佐，真是一件令人抱憾的事。谁能够老实对他这样说，才是一个正直的汉子。

伊阿古　即使把这一座大好的岛送给我，我也不愿意说；我很爱凯西奥，要是有办法，我愿意尽力帮助他除去这一种恶癖。可是听！什么声音？（内呼声：“救命！救命！”）

凯西奥驱罗德利哥重上。

凯西奥　混蛋！狗贼！

蒙太诺　什么事，副将？

凯西奥　一个混蛋竟敢教训起我来！我要把这混蛋打进一只瓶子里去。

罗德利哥　打我！

凯西奥　你还要利嘴吗，狗贼？（打罗德利哥。）

蒙太诺　（拉凯西奥）不，副将，请您住手。

凯西奥　放开我，先生，否则我要一拳打到你的头上来了。

蒙太诺　得啦，得啦，你醉了。

凯西奥　醉了！（与蒙太诺斗。）

伊阿古　（向罗德利哥旁白）快走！到外边去高声嚷叫，说是出了乱子啦。（罗德利哥下）不，副将！天哪，各位！喂，来人！副将！蒙太诺！帮帮忙，各位朋友！这算是守的什么夜呀！（钟鸣）谁在那儿打钟？该死！全市的人都要起来了。天哪！副将，住手！你的脸要从此丢尽啦。

奥瑟罗及侍从等重上。

奥瑟罗　这儿出了什么事情？

蒙太诺　他妈的！我的血流个不停；我受了重伤啦。

奥瑟罗　要活命的快住手！

伊阿古　喂，住手，副将！蒙太诺！各位！你们忘记你们的地位和责任了吗？住手！主帅在对你们说话；还不住手！

奥瑟罗　怎么，怎么！为什么闹起来的？难道我们都变成野蛮人了吗？上天不许土耳其人来打我们，我们倒自相残杀起来了吗？为了基督徒的面子，停止这场粗暴的争吵；谁要是一味怄气，再敢动一动，他就是看轻他自己的灵魂，他一举手我就叫他死。叫他们不要打那可怕的钟；它会扰乱岛上的人心。各位，究竟是怎么一回事？正直的伊阿古，瞧你懊恼得脸色惨淡，告诉我，谁开始这场争闹的？凭着你的忠心，老实对我说。

伊阿古　我不知道；刚才还是好好的朋友，像正在宽衣解带的新夫妇一般相亲相爱，一下子就好像受到什么星光的刺激，迷失了他们的本性，大家竟然拔出剑来，向彼此的胸前直刺过去，拼个你死我活了。我说不出这场任性的争吵是怎么开始的；只怪我这双腿不曾在光荣的战阵上失去，那么我也不会踏进这种是非中间了！

奥瑟罗　迈克尔，你怎么会这样忘记你自己的身份？

凯西奥　请您原谅我；我没有话可说。

奥瑟罗　尊贵的蒙太诺，您一向是个温文知礼的人，您的少年端庄为举世所钦佩，在贤人君子之间，您有很好的名声；为什么您会这样自贬身价，牺牲您的宝贵的名誉，让人家说您是个在深更半夜里酗酒闹事的家伙？给我一个回答。

蒙太诺　尊贵的奥瑟罗，我伤得很厉害，不能多说话；您的贵部下伊阿古可以告诉您我所知道的一切。其实我也不知道我在今夜说错了什么话或是做错了什么事，除非自重自爱有时会成了过失，在暴力侵凌的时候，自卫是一桩罪恶。

奥瑟罗　苍天在上，我现在可再也遏制不住我的怒气了；我的血气蒙蔽了清明的理性，叫我只知道凭着冲动的感情行事。我只要动一动，或是举一举这一只胳臂，就可以叫你们中间最有本领的人在我的一怒之下丧失了生命。让我知道这一场可耻的骚扰是怎么开始的，谁是最初肇起事端来的人；要是证实了哪一个人是启衅的罪魁，即使他是我的孪生兄弟，我也不能放过他。什么！一个新遭战乱的城市，秩序还没有恢复，人民的心里充满了恐惧，你们却在深更半夜，在全岛治安所系的所在为了私人间的细故争吵起来！岂有此理！伊阿古，谁是肇事的人？

蒙太诺　你要是意存偏袒，或是同僚相护，所说的话和事实不尽符合，你就不是个军人。

伊阿古　不要这样逼我；我宁愿割下自己的舌头，也不愿让它说迈克尔·凯西奥的坏话；可是事已如此，我想说老实话也不算对不起他。是这样的，主帅：蒙太诺跟我正在谈话，忽然跑进一个人来高呼救命，后面跟着凯西奥，杀气腾腾地提着剑，好像一定要杀死他才甘心似的，那时候这位先生就挺身前去拦住凯西奥，请他息怒；我自己追赶那个叫喊的人，因为恐怕他在外边大惊小怪，扰乱人心——后来果然不出我所料；可是他跑得快，我追不上，又听见背后刀剑碰撞和凯西奥高声咒骂的声音，所以就回来了；我从来没有听见他这样骂过人；我本来追得不远，一转身就看见他们在这儿你一刀、我一剑地厮杀得难解难分，正像您到来喝开他们的时候一样。我所能报告的就是这几句话。人总是人，圣贤也有错误的时候；一个人在愤怒之中，就是好朋友也会翻脸不认。虽然凯西奥给了他一点小小的伤害，可是我相信凯西奥一定从那逃走的家伙手里受到什么奇耻大辱，所以才会动起那么大的火性来的。

奥瑟罗　伊阿古，我知道你的忠实和义气，你把这件事情轻描淡写，替凯西奥减轻他的罪名。凯西奥，你是我的好朋友，可是从此以后，你不是我的部属了。

苔丝狄蒙娜率侍从重上。

奥瑟罗　瞧！我的温柔的爱人也给你们吵醒了！（向凯西奥）我要拿你做一个榜样。

苔丝狄蒙娜　什么事？

奥瑟罗　现在一切都没事了，亲爱的；去睡吧。先生，您受的伤我愿意亲自替您医治。把他扶出去。（侍从扶蒙太诺下）伊阿古，你去巡视市街，安定安定受惊的人心。来，苔丝狄蒙娜；难圆的是军人的好梦，才合眼又被杀声惊动。（除伊阿古、凯西奥外均下。）

伊阿古　什么！副将，你受伤了吗？

凯西奥　嗯，我的伤是无药可救得了。

伊阿古　嗳哟，上天保佑没有这样的事！

凯西奥　名誉，名誉，名誉！啊，我的名誉已经一败涂地了！我已经失去我的生命中不死的一部分，留下来的也就跟畜生没有分别了。我的名誉，伊阿古，我的名誉！

伊阿古　我是个老实人，我还以为你受到了什么身体上的伤害，那是比名誉的损失痛苦得多的。名誉是一件无聊的骗人的东西；得到它的人未必有什么功德，失去它的人也未必有什么过失。你的名誉仍旧是好端端的，除非你自以为它已经扫地了。嘿，朋友，你要恢复主帅对你的欢心，尽有办法呢。你现在不过一时遭逢他的恼怒；他给你的这一种处分，与其说是表示对你的不满，还不如说是遮掩世人耳目的政策，正像有人为了吓退一头凶恶的狮子而故意鞭打他的驯良的狗一样。你只要向他恳求恳求，他一定会回心转意的。

凯西奥　我宁愿恳求他唾弃我，也不愿蒙蔽他的聪明，让这样一位贤能的主帅手下有这么一个酗酒放荡的不肖将校。纵饮无度！胡言乱语！吵架！吹牛！赌咒！跟自己的影子说些废话！啊，你空虚缥缈的旨酒的精灵，要是你还没有一个名字，让我们叫你做魔鬼吧！

伊阿古　你提着剑追逐不舍的那个人是谁？他怎么冒犯了你？

凯西奥　我不知道。

伊阿古　你怎么会不知道？

凯西奥　我记得一大堆的事情，可是全都是模模糊糊的；我记得跟人家吵起来，可是不知道为了什么。上帝啊！人们居然会把一个仇敌放进自己的嘴里，让它偷去他们的头脑！我们居然会在欢天喜地之中，把自己变成了畜生！

伊阿古　可是你现在已经很清醒了；你怎么会明白过来的？

凯西奥　气鬼一上了身，酒鬼就自动退让；一件过失引起了第二件过失，简直使我自己也瞧不起自己了。

伊阿古　得啦，你也太认真了。照此时此地的环境说起来，我但愿没有这种事情发生；可是既然事已如此，替自己谋算个好办法吧。

凯西奥　我要向他请求恢复我的原职；他会对我说我是一个酒棍！即使我有一百张嘴，这样一个答复也会把它们一起封住。现在还是一个清清楚楚的人，不一会儿就变成个傻子，然后立刻就变成一头畜生！啊，奇怪！每一杯过量的酒都是魔鬼酿成的毒汁。

伊阿古　算了，算了，好酒只要不滥喝，也是一个很好的伙伴；你也不用咒骂它了。副将，我想你一定把我当作一个好朋友看待。

凯西奥　我很信任你的友谊。我醉了！

伊阿古　朋友，一个人有时候多喝了几杯，也是免不了的。让我告诉你一个办法。我们主帅的夫人现在是我们真正的主帅；我可以这样说，因为他心里只念着她的好处，眼睛里只看见她的可爱。你只要在她面前坦白忏悔，恳求恳求她，她一定会帮助你官复原职。她的性情是那么慷慨仁慈，那么体贴人心，人家请她出十分力，她要是没有出到十二分，就觉得好像对不起人似的。你请她替你弥补弥补你跟她的丈夫之间的这一道裂痕，我可以拿我的全部财产打赌，你们的交情一定反而会因此格外加强的。

凯西奥　你的主意出得很好。

伊阿古　我发誓这一种意思完全出于一片诚心。

凯西奥　我充分信任你的善意；明天一早我就请求贤德的苔丝狄蒙娜替我尽力说情。要是我在这儿给他们革退了，我的前途也就从此毁了。

伊阿古　你说得对。晚安，副将；我还要守夜去呢。

凯西奥　晚安，正直的伊阿古！（下。）

伊阿古　谁说我做事奸恶？我贡献给他的这番意见，不是光明正大、很合理，而且的确是挽回这摩尔人的心意的最好办法吗？只要是正当的请求，苔丝狄蒙娜总是有求必应的；她的为人是再慷慨、再热心不过的了。至于叫她去说动这摩尔人，更是不费吹灰之力；他的灵魂已经完全成为她的爱情的俘虏，无论她要做什么事，或是把已经做成的事重新推翻，即使叫他抛弃他的信仰和一切得救的希望，他也会惟命是从，让她的喜恶主宰他的无力反抗的身心。我既然凑合着凯西奥的心意，向他指示了这一条对他有利的方策，谁还能说我是个恶人呢？佛面蛇心的鬼魅！恶魔往往用神圣的外表，引诱世人干最恶的罪行，正像我现在所用的手段一样；因为当这个老实的呆子恳求苔丝狄蒙娜为他转圜，当她竭力在那摩尔人面前替他说情的时候，我就要用毒药灌进那摩尔人的耳中，说是她所以要运动凯西奥复职，只是为了恋奸情热的缘故。这样她越是忠于所托，越是会加强那摩尔人的猜疑；我就利用她的善良的心肠污毁她的名誉，让他们一个个都落进了我的罗网之中。

罗德利哥重上。

伊阿古　啊，罗德利哥！

罗德利哥　我跟着大伙儿赶到这儿来，不像一头追寻狐兔的猎狗，倒像是替你们凑凑热闹的。我的钱也差不多花光了，今夜我还挨了一顿痛打；我想这番教训，大概就是我费去不少辛苦换来的代价了。现在我的钱囊已经空空如也，我的头脑里总算增加了一点智慧，我要回威尼斯去了。

伊阿古　没有耐性的人是多么可怜！什么伤口不是慢慢地平复起来的？你知道我们干事情全赖计谋，并不是用的魔法；用计谋就必须等待时机成熟。一切不是进行得很顺利吗？凯西奥固然把你打了一顿，可是你受了一点小小的痛苦，已经使凯西奥把官职都丢了。虽然在太阳光底下，各种草木都欣欣向荣，可是最先开花的果子总是最先成熟。你安心点儿吧。嗳哟，天已经亮啦；又是喝酒，又是打架，闹哄哄的就让时间飞过去了。你去吧，回到你的宿舍里去；去吧，有什么消息我再来告诉你；去吧。（罗德利哥下）我还要做两件事情：第一是叫我的妻子在她的女主人面前替凯西奥说两句好话；我就去怂恿她；同时我就去设法把那摩尔人骗开，等到凯西奥去向他的妻子请求的时候，再让他亲眼看见这幕把戏。好，言之有理；不要迁延不决，耽误了锦囊妙计。（下。）

第三幕

第一场　塞浦路斯。城堡前

凯西奥及若干乐工上。

凯西奥　列位朋友，就在这儿奏起来吧；我会酬劳你们的。奏一支简短一些的乐曲，敬祝我们的主帅晨安。（音乐。）

小丑上。

小　丑　怎么，列位朋友，你们的乐器都曾到过那不勒斯，所以会这样嗡咙嗡咙地用鼻音说话吗？

乐工甲　怎么，大哥，怎么？

小　丑　请问这些都是管乐器吗？

乐工甲　正是，大哥。

小　丑　啊，怪不得下面有个那玩艺儿。

乐工甲　怪不得有个什么玩艺儿，大哥？

小　丑　我说，有好多管乐器就都是这么回事。可是，列位朋友，这儿是赏给你们的钱；将军非常喜欢你们的音乐，他请求你们千万不要再奏下去了。

乐工甲　好，大哥，我们不奏就是了。

小　丑　要是你们会奏听不见的音乐，请奏起来吧；可是正像人家说的，将军对于听音乐这件事不大感到兴趣。

乐工甲　我们不会奏那样的音乐。

小　丑　那么把你们的笛子藏起来，因为我要去了。去，消灭在空气里吧；去！（乐工等下。）

凯西奥　你听没听见，我的好朋友？

小　丑　不，我没有听见您的好朋友；我只听见您。

凯西奥　少说笑话。这一块小小的金币你拿了去；要是侍候将军夫人的那位奶奶已经起身，你就告诉她有一个凯西奥请她出来说话。你肯不肯？

小　丑　她已经起身了，先生；要是她愿意出来，我就告诉她。

凯西奥　谢谢你，我的好朋友。（小丑下。）

伊阿古上。

凯西奥　来得正好，伊阿古。

伊阿古　你还没有上过床吗？

凯西奥　没有；我们分手的时候，天早就亮了。伊阿古，我已经大胆叫人去请你的妻子出来；我想请她替我设法见一见贤德的苔丝狄蒙娜。

伊阿古　我去叫她立刻出来见你。我还要想一个法子把那摩尔人调开，好让你们谈话方便一些。

凯西奥　多谢你的好意。（伊阿古下）我从来没有认识过一个比他更善良正直的弗罗棱萨人。

爱米利娅上。

爱米利娅　早安，副将！听说您误触主帅之怒，真是一件令人懊恼的事；可是一切就会转祸为福的。将军和他的夫人正在谈起此事，夫人竭力替您辩白，将军说，被您伤害的那个人，在塞浦路斯是很有名誉、很有势力的，为了避免受人非难起见，他不得不把您斥革；可是他说他很喜欢您，即使没有别人替您说情，他由于喜欢您，也会留心着一有适当的机会，就让您恢复原职的。

凯西奥　可是我还要请求您一件事：要是您认为没有妨碍，或是可以办得到的话，请您设法让我独自见一见苔丝狄蒙娜，跟她作一次简短的谈话。

爱米利娅　请您进来吧；我可以带您到一处可以让您从容吐露您的心曲的所在。

凯西奥　那真使我感激万分了。（同下。）

第二场　城堡中一室

奥瑟罗、伊阿古及军官等上。

奥瑟罗　伊阿古，这儿封信你拿去交给舵师，叫他回去替我呈上元老院。我就在堡垒上走走；你把事情办好以后，就到那边来见我。

伊阿古　是，主帅，我就去。

奥瑟罗　各位，我们要不要去看看这儿的防务？

众　人　我们愿意奉陪。（同下。）

第三场　城堡前

苔丝狄蒙娜、凯西奥及爱米利娅上。

苔丝狄蒙娜　好凯西奥，你放心吧，我一定尽力替你说情就是了。

爱米利娅　好夫人，请您千万出力。不瞒您说，我的丈夫为了这件事情，也懊恼得不得了，就像是他自己身上的事情一般。

苔丝狄蒙娜　啊！你的丈夫是一个好人。放心吧，凯西奥，我一定会设法使我的丈夫对你恢复原来的友谊。

凯西奥　大恩大德的夫人，无论迈克尔·凯西奥将来会有什么成就，他永远是您的忠实的仆人。

苔丝狄蒙娜　我知道；我感谢你的好意。你爱我的丈夫，你又是他的多年的知交；放心吧，他除了表面上因为避免嫌疑而对你略示疏远以外，决不会真把你见外的。

凯西奥　您说得很对，夫人；可是为了这“避嫌”，时间可能就要拖得很长，或是为了一些什么细碎小事，再三考虑之后还是不便叫我回来，结果我失去了在帐下供奔走的机会，日久之后，有人代替了我的地位，恐怕主帅就要把我的忠诚和微劳一起忘记了。

苔丝狄蒙娜　那你不用担心；当着爱米利娅的面，我保证你一定可以回复原职。请你相信我，要是我发誓帮助一个朋友，我一定会帮助他到底。我的丈夫将要不得安息，无论睡觉吃饭的时候，我都要在他耳旁聒噪；无论他干什么事，我都要插进嘴去替凯西奥说情。所以高兴起来吧，凯西奥，因为你的辩护人是宁死不愿放弃你的权益的。

奥瑟罗及伊阿古自远处上。

爱米利娅　夫人，将军来了。

凯西奥　夫人，我告辞了。

苔丝狄蒙娜　啊，等一等，听我说。

凯西奥　夫人，改日再谈吧；我现在心里很不自在，见了主帅恐怕反多不便。

苔丝狄蒙娜　好，随您的便。（凯西奥下。）

伊阿古　嘿！我不喜欢那种样子。

奥瑟罗　你说什么？

伊阿古　没有什么，主帅；要是——我不知道。

奥瑟罗　那从我妻子身边走开去的，不是凯西奥吗？

伊阿古　凯西奥，主帅？不，不会有那样的事，我不能够设想，他一看见您来了，就好像做了什么虚心事似的，偷偷地溜走了。

奥瑟罗　我相信是他。

苔丝狄蒙娜　啊，我的主！刚才有人在这儿向我请托，他因为失去了您的欢心，非常抑郁不快呢。

奥瑟罗　你说的是什么人？

苔丝狄蒙娜　就是您的副将凯西奥呀。我的好夫君，要是我还有几分面子，或是几分可以左右您的力量，请您立刻对他恢复原来的恩宠吧；因为他倘不是一个真心爱您的人，他的过失倘不是无心而是有意的，那么我就是看错了人啦。请您叫他回来吧。

奥瑟罗　他刚才从这儿走开吗？

苔丝狄蒙娜　嗯，是的；他是那样满含着羞愧，使我也不禁对他感到同情的悲哀。爱人，叫他回来吧。

奥瑟罗　现在不必，亲爱的苔丝狄蒙娜；慢慢再说吧。

苔丝狄蒙娜　可是那不会太久吗？

奥瑟罗　亲爱的，为了你的缘故，我叫他早一点复职就是了。

苔丝狄蒙娜　能不能在今天晚餐的时候？

奥瑟罗　不，今晚可不能。

苔丝狄蒙娜　那么明天午餐的时候？

奥瑟罗　明天我不在家里午餐；我要跟将领们在营中会面。

苔丝狄蒙娜　那么明天晚上吧；或者星期二早上，星期二中午，晚上，星期三早上，随您指定一个时间，可是不要超过三天以上。他对于自己的行为失检，的确非常悔恨；固然在这种战争的时期，听说必须惩办那最好的人物，给全军立个榜样，可是照我们平常的眼光看来，他的过失实在是微乎其微，不必受什么个人的处分。什么时候让他来？告诉我，奥瑟罗。要是您有什么事情要求我，我想我绝不会拒绝您，或是这样吞吞吐吐的。什么！迈克尔·凯西奥，您向我求婚的时候，是他陪着您来的；好多次我表示对您不满意的时候，他总是为您辩护；现在我请您把他重新叙用，却会这样为难！相信我，我可以——

奥瑟罗　好了，不要说下去了。让他随便什么时候来吧；你要什么我总不愿拒绝的。

苔丝狄蒙娜　这并不是一个恩惠，就好像我请求您戴上您的手套，劝您吃些富于营养的菜肴，穿些温暖的衣服，或是叫您做一件对您自己有益的事情一样。不，要是我真的向您提出什么要求，来试探试探您的爱情，那一定是一件非常棘手而难以应允的事。

奥瑟罗　我什么都不愿拒绝你；可是现在你必须答应暂时离开我一会儿。

苔丝狄蒙娜　我会拒绝您的要求吗？不。再会，我的主。

奥瑟罗　再会，我的苔丝狄蒙娜；我马上就来看你。

苔丝狄蒙娜　爱米利娅，来吧。您爱怎么样就怎么样，我总是服从您的。

（苔丝狄蒙娜、爱米利娅同下。）

奥瑟罗　可爱的女人！要是我不爱你，愿我的灵魂永堕地狱！当我不爱你的时候，世界也要复归于混沌了。

伊阿古　尊贵的主帅——

奥瑟罗　你说什么，伊阿古？

伊阿古　当您向夫人求婚的时候，迈克尔·凯西奥也知道你们在恋爱吗？

奥瑟罗　他从头到尾都知道。你为什么问起？

伊阿古　不过是为了解释我心头的一个疑惑，并没有其他用意。

奥瑟罗　你有什么疑惑，伊阿古？

伊阿古　我以为他本来跟夫人是不相识的。

奥瑟罗　啊，不，他常常在我们两人之间传递消息。

伊阿古　当真！

奥瑟罗　当真！嗯，当真。你觉得有什么不对吗？他这人不老实吗？

伊阿古　老实，我的主帅？

奥瑟罗　老实！嗯，老实。

伊阿古　主帅，照我所知道的——

奥瑟罗　你有什么意见？

伊阿古　意见，我的主帅！

奥瑟罗　意见，我的主帅！天哪，他在学我的舌，好像在他的思想之中，藏着什么丑恶得不可见人的怪物似的。你的话里含着意思。刚才凯西奥离开我的妻子的时候，我听见你说，你不喜欢那种样子；你不喜欢什么样子呢？当我告诉你在我求婚的全部过程中他都参预我们的秘密的时候，你又喊着说，"当真！"蹙紧了你的眉头，好像在把一个可怕的思想锁在你的脑筋里一样。要是你爱我，把你所想到的事告诉我吧。

伊阿古　主帅，您知道我是爱您的。

奥瑟罗　我相信你的话；因为我知道你是一个忠诚正直的人，从来不让一句没有忖度过的话轻易出口，所以你这种吞吞吐吐的口气格外使我惊疑。在一个奸诈的小人，这些不过是一套玩惯了的戏法；可是在一个正人君子，那就是从心底里不知不觉自然流露出来的秘密的抗议。

伊阿古　讲到迈克尔·凯西奥，我敢发誓我相信他是忠实的。

奥瑟罗　我也这样想。

伊阿古　人们的内心应该跟他们的外表一致，有的人却不是这样；要是他们能够脱下了假面，那就好了！

奥瑟罗　不错，人们的内心应该跟他们的外表一致。

伊阿古　所以我想凯西奥是个忠实的人。

奥瑟罗　不，我看你还有一些别的意思。请你老老实实把你心中的意思告诉我，尽管用最坏的字眼，说出你所想到的最坏的事情。

伊阿古　我的好主帅，请原谅我；凡是我名分上应尽的责任，我当然不敢躲避，可是您不能勉强我做那一切奴隶们也没有那种义务的事。吐露我的思想？也许它们是邪恶而卑劣的；哪一座庄严的宫殿里，不会有时被下贱的东西闯入呢？哪一个人的心胸这样纯洁，没有一些污秽的念头和正大的思想分庭抗礼呢？

奥瑟罗　伊阿古，要是你以为你的朋友受人欺侮了，可是却不让他知道你的思想，这不成合谋卖友了吗？

伊阿古　也许我是以小人之腹度君子之心，因为——我承认我有一种坏毛病，是个秉性多疑的人，常常会无中生有，错怪了人家；所以请您凭着您的见识，还是不要把我的无稽的猜测放在心上，更不要因为我的胡乱的妄言而自寻烦恼。要是我让您知道了我的思想，一则将会破坏您的安宁，对您没有什么好处；二则那会影响我的人格，对我也是一件不智之举。

奥瑟罗　你的话是什么意思？

伊阿古　我的好主帅，无论男人女人，名誉是他们灵魂里面最切身的珍宝。谁偷窃我的钱囊，不过偷窃到一些废物，一些虚无的东西，它只是从我的手里转到他的手里，而它也曾做过千万人的奴隶；可是谁偷去了我的名誉，那么他虽然并不因此而富足，我却因为失去它而成为赤贫了。

奥瑟罗　凭着上天起誓，我一定要知道你的思想。

伊阿古　即使我的心在您的手里，您也不能知道我的思想；当它还在我的保管之下，我更不能让您知道。

奥瑟罗　嘿！

伊阿古　啊，主帅，您要留心嫉妒啊；那是一个绿眼的妖魔，谁做了它的牺牲，就要受它的玩弄。本来并不爱他的妻子的那种丈夫，虽然明知被他的妻子欺骗，算来还是幸福的；可是啊！一方面那样痴心疼爱，一方面又是那样满腹狐疑，这才是活活的受罪！

奥瑟罗　啊，难堪的痛苦！

伊阿古　贫穷而知足，可以赛过富有；有钱的人要是时时刻刻都在担心他会有一天变成穷人，那么即使他有无限的资财，实际上也像冬天一样贫困。天啊，保佑我们不要嫉妒吧！

奥瑟罗　咦，这是什么意思？你以为我会在嫉妒里销磨我的一生，随着每一次月亮的变化，发生一次新的猜疑吗？不，我有一天感到怀疑，就要把它立刻解决。要是我会让这种捕风捉影的猜测支配我的心灵，像你所暗示的那样，我就是一头愚蠢的山羊。谁说我的妻子貌美多姿，爱好交际，口才敏慧，能歌善舞，弹得一手好琴，决不会使我嫉妒；对于一个贤淑的女子，这些是锦上添花的美妙的外饰。我也绝不因为我自己的缺点而担心她会背叛我，她倘不是独具慧眼，决不会选中我的。不，伊阿古，我在没有亲眼目睹以前，决不妄起猜疑；当我感到怀疑的时候，我就要把它证实；果然有了确实的证据，我就一了百了，让爱情和嫉妒同时毁灭。

伊阿古　您这番话使我听了很是高兴，因为我现在可以用更坦白的精神，向您披露我的忠爱之忱了；既然我不能不说，您且听我说吧。我还不能给您确实的证据。注意尊夫人的行动；留心观察她对凯西奥的态度；用冷静的眼光看着他们，不要一味多心，也不要过于大意。我不愿您的慷慨豪迈的天性被人欺罔；留心着吧。我知道我们国里娘儿们的脾气；在威尼斯她们背着丈夫干的风流活剧，是不瞒天地的；她们可以不顾羞耻，干她们所要干的事，只要不让丈夫知道，就可以问心无愧。

奥瑟罗　你真的这样说吗？

伊阿古　她当初跟您结婚，曾经骗过她的父亲，当她好像对您的容貌战栗畏惧的时候，她的心里却在热烈地爱着它。

奥瑟罗　她正是这样。

伊阿古　好，她这样小小的年纪，就有这般能耐，做作得不露一丝破绽，把她父亲的眼睛完全遮掩过去，使他疑心您用妖术把她骗走。——可是我不该说这种话；请您原谅我对您的过分的忠心吧。

奥瑟罗　我永远感激你的好意。

伊阿古　我看这件事情有点儿令您扫兴。

奥瑟罗　一点不，一点不。

伊阿古　真的，我怕您在生气啦。我希望您把我这番话当作善意的警戒。可是我看您真的在动怒啦。我必须请求您不要因为我这么说了，就武断地下了结论；不过是一点嫌疑，还不能就认为是事实哩。

奥瑟罗　我不会的。

伊阿古　您要是这样，主帅，那么我的话就要引起不幸的后果，完全违反我的本意了。凯西奥是我的好朋友——主帅，我看您在动怒啦。

奥瑟罗　不，并不怎么动怒。我怎么也不能不相信苔丝狄蒙娜是贞洁的。

伊阿古　但愿她永远如此！但愿您永远这样想！

奥瑟罗　可是一个人往往容易迷失本性——

伊阿古　嗯，问题就在这儿。说句大胆的话，当初多少跟她同国族、同肤色、同阶级的人向她求婚，照我们看来，要是成功了，那真是天作之合，可是她都置之不理，这明明是违反常情的举动；嘿！从这儿就可以看到一个荒唐的意志、乖僻的习性和不近人情的思想。可是原谅我，我不一定指着她说；虽然我恐怕她因为一时的孟浪跟随了您，也许后来会觉得您在各方面不能符合她自己国中的标准而懊悔她的选择的错误。

奥瑟罗　再会，再会。要是你还观察到什么事，请让我知道；叫你的妻子留心察看。离开我，伊阿古。

伊阿古　主帅，我告辞了。（欲去。）

奥瑟罗　我为什么要结婚呢？这个诚实的汉子所看到、所知道的事情，一定比他向我宣布出来的多得多。

伊阿古　（回转）主帅，我想请您最好把这件事情搁一搁，慢慢再说吧。凯西奥虽然应该让他复职，因为他对于这一个职位是非常胜任的；可是您要是愿意对他暂时延宕一下，就可以借此窥探他的真相，看他钻的是哪一条门路。您只要注意尊夫人在您面前是不是着力替他说情；从那上头就可以看出不少情事。现在请您只把我的意见认作无谓的过滤——我相信我的确太多疑了——仍旧把尊夫人看成一个清白无罪的人。

奥瑟罗　你放心吧，我不会失去自制的。

伊阿古　那么我告辞了。（下。）

奥瑟罗　这是一个非常诚实的家伙，对于人情世故是再熟悉不过的了。要是我能够证明她是一头没有驯服的野鹰，虽然我用自己的心弦把她系住，我也要放她随风远去，追寻她自己的命运。也许因为我生得黑丑，缺少绅士们温柔风雅的谈吐；也许因为我年纪老了点儿——虽然还不算顶老——所以她才会背叛我；我已经自取其辱，只好割断对她这一段痴情。啊，结婚的烦恼！我们可以在名义上把这些可爱的人儿称为我们所有，却不能支配她们的爱憎喜恶！我宁愿做一只蛤蟆，呼吸牢室中的浊气，也不愿占住了自己心爱之物的一角，让别人把它享用。可是那是富贵者也不能幸免的灾祸，他们并不比贫贱者享有更多的特权；那是像死一样不可逃避的命运，我们一生下来就已经在冥冥中注定了要戴那顶倒楣的绿头巾。瞧！她来了。倘然她是不贞的，啊！那么上天在开自己的玩笑了。我不信。

苔丝狄蒙娜及爱米利娅重上。

苔丝狄蒙娜　啊，我的亲爱的奥瑟罗！您所宴请的那些岛上的贵人们都在等着您去就席哩。

奥瑟罗　是我失礼了。

苔丝狄蒙娜　您怎么说话这样没有劲？您不大舒服吗？

奥瑟罗　我有点儿头痛。

苔丝狄蒙娜　那一定是因为睡少的缘故，不要紧的；让我替您绑紧了，一小时内就可以痊愈。

奥瑟罗　你的手帕太小了。（苔丝狄蒙娜手帕坠地）随它去；来，我跟你一块儿进去。

苔丝狄蒙娜　您身子不舒服，我很懊恼。（奥瑟罗、苔丝狄蒙娜下。）

爱米利娅　我很高兴我拾到了这方手帕；这是她从那摩尔人手里第一次得到的礼物。我那古怪的丈夫向我说过了不知多少好话，要我把它偷出来；可是她非常喜欢这玩意儿，因为他叫她永远保存好，所以她随时带在身边，一个人的时候就拿出来把它亲吻，对它说话。我要去把那花样描下来，再把它送给伊阿古；究竟他拿去有什么用，天才知道，我可不知道。我只不过为了讨他的喜欢。

伊阿古重上。

伊阿古　啊！你一个人在这儿干么？

爱米利娅　不要骂；我有一件好东西给你。

伊阿古　一件好东西给我？一件不值钱的东西——

爱米利娅　嘿！

伊阿古　娶了一个愚蠢的老婆。

爱米利娅　啊！只落得这句话吗？要是我现在把那方手帕给了你，你给我什么东西？

伊阿古　什么手帕？

爱米利娅　什么手帕！就是那摩尔人第一次送给苔丝狄蒙娜，你老是叫我偷出来的那方手帕呀。

伊阿古　已经偷来了吗？

爱米利娅　不，不瞒你说，她自己不小心掉了下来，我正在旁边，乘此机会就把它拾起来了。瞧，这不是吗？

伊阿古　好妻子，给我。

爱米利娅　你一定要我偷了它来，究竟有什么用？

伊阿古　哼，那干你什么事？（夺帕。）

爱米利娅　要是没有重要的用途，还是把它还了我吧。可怜的夫人！她失去这方手帕，准要发疯了。

伊阿古　不要说出来；我自有用处。去，离开我。（爱米利娅下）我要把这手帕丢在凯西奥的寓所里，让他找到它。像空气一样轻的小事，对于一个嫉妒的人，也会变成天书一样坚强的确证；也许这就可以引起一场是非。这摩尔人已经中了我的毒药的毒，他的心理上已经发生变化了；危险的思想本来就是一种毒药，虽然在开始的时候尝不到什么苦涩的味道，可是渐渐地在血液里活动起来，就会像硫矿一样轰然爆发。我的话果然不差；瞧，他又来了！

奥瑟罗重上。

伊阿古　罂粟、曼陀罗或是世上一切使人昏迷的药草，都不能使你得到昨天晚上你还安然享受的酣眠。

奥瑟罗　嘿！嘿！对我不贞？

伊阿古　啊，怎么，主帅！别老想着那件事啦。

奥瑟罗　去！滚开！你害得我好苦。与其知道得不明不白，还是糊里糊涂受人家欺弄的好。

伊阿古　怎么，主帅！

奥瑟罗　她瞒着我跟人家私通，我不是一无知觉吗？我没有看见，没有想到，它对我漠不相干；到了晚上，我还是睡得好好的，逍遥自得，无忧无虑，在她的嘴唇上找不到凯西奥吻过的痕迹。被盗的人要是不知道偷儿盗去了他什么东西，旁人也不去让他知道，他就等于没有被盗一样。

伊阿古　我很抱歉听见您说这样的话。

奥瑟罗　要是全营的将士，从最低微的工兵起，都曾领略过她的肉体的美趣，只要我一无所知，我还是快乐的。啊！从今以后，永别了，宁静的心绪！永别了，平和的幸福！永别了，威武的大军、激发壮志的战争！啊，永别了！永别了，长嘶的骏马、锐利的号角、惊魂的鼙鼓、刺耳的横笛、庄严的大旗和一切战阵上的威仪！还有你，杀人的巨炮啊，你的残暴的喉管里 摹仿着天神乔武的怒吼，永别了！奥瑟罗的事业已经完了。

伊阿古　难道一至于此吗，主帅？

奥瑟罗　恶人，你必须证明我的爱人是一个淫妇，你必须给我目击的证据；否则凭着人类永生的灵魂起誓，我的激起了的怒火将要喷射在你的身上，使你悔恨自己当初不曾投胎做一条狗！

伊阿古　竟会到了这样的地步吗？

奥瑟罗　让我亲眼看见这种事实，或者至少给我无可置疑的切实的证据，不这样可不行；否则我要活活要你的命！

伊阿古　尊贵的主帅——

奥瑟罗　你要是故意捏造谣言，毁坏她的名誉，使我受到难堪的痛苦，那么你再不要祈祷吧；放弃一切恻隐之心，让各种骇人听闻的罪恶丛集于你罪恶的一身，尽管做一些使上天悲泣、使人世惊愕的暴行吧，因为你现在已经罪大恶极，没有什么可以使你在地狱里沉沦得更深的了。

伊阿古　天啊！您是一个汉子吗？您有灵魂吗？您有知觉吗？上帝和您同

在！我也不要做这劳什子的旗官了。啊，倒楣的傻瓜！你一生只想做个老实人，人家却把你的老实当作了罪恶！啊，丑恶的世界！注意，注意，世人啊！说老实话，做老实人，是一件危险的事哩。谢谢您给我这一个有益的教训；既然善意反而遭人嗔怪，从此以后，我再也不对什么朋友掬献我的真情了。

奥瑟罗　不，且慢；你应该做一个老实人。

伊阿古　我应该做一个聪明人；因为老实人就是傻瓜，虽然一片好心，结果还是自己吃了亏。

奥瑟罗　我想我的妻子是贞洁的，可是又疑心她不大贞洁；我想你是诚实的，可是又疑心你不大诚实。我一定要得到一些证据。她的名誉本来是像狄安娜的容颜一样皎洁的，现在已经染上污垢，像我自己的脸一样黝黑了。要是这儿有绳子、刀子、毒药、火焰或是使人窒息的河水，我一定不能忍受下去。但愿我能够扫空这一块疑团！

伊阿古　主帅，我看您完全被感情所支配了。我很后悔不该惹起您的疑心。那么您愿意知道究竟吗？

奥瑟罗　愿意！嘿，我一定要知道。

伊阿古　那倒是可以的；可是怎样办呢？怎样才算知道了呢，主帅？您还是眼睁睁地当场看她被人奸污吗？

奥瑟罗　啊！该死该死！

伊阿古　叫他们当场出丑，我想很不容易；他们干这种事，总是要避人眼目的。那么怎么样呢？又怎么办呢？我应该怎么说呢？怎样才可以拿到真凭实据？即使他们像山羊一样风骚，猴子一样好色，豺狼一样贪淫，即使他们是糊涂透顶的傻瓜，您也看不到他们这一幕把戏。可是我说，有了确凿的线索，就可以探出事实的真相；要是这一类间接的旁证可以替您解除疑惑，那倒是不难让你得到的。

奥瑟罗　给我一个充分的理由，证明她已经失节。

伊阿古　我不欢喜这件差使；可是既然愚蠢的忠心已经把我拉进了这一桩纠纷里去，我也不能再保持沉默了。最近我曾经和凯西奥同过榻；我因为牙痛不能入睡；世上有一种人，他们的灵魂是不能保守秘密的，往往会在睡梦之中吐露他们的私事，凯西奥也就是这一种人；我听见他在梦寐中说，“亲爱的苔丝狄蒙娜，我们须要小心，不要让别人窥破了我们的爱情！”于是，主帅，他就紧紧地捏住我的手，嘴里喊，“啊，可爱的人儿！”然后狠狠地吻着我，好像那些吻是长在我的嘴唇上，他恨不得把它们连根拔起一样；然后他又把他的脚搁在我的大腿上，叹一口气，亲一个吻，喊一声“该死的命运，把你给了那摩尔人！”

奥瑟罗　啊，可恶！可恶！

伊阿古　不，这不过是他的梦。

奥瑟罗　但是过去发生过什么事就可想而知；虽然只是一个梦，怎么能不叫人起疑呢。

伊阿古　本来只是很无谓的事，现在这样一看，也就大有文章了。

奥瑟罗　我要把她碎尸万段。

伊阿古　不，您不能太卤莽了；我们还没有看见实际的行动；也许她还是贞洁的。告诉我这一点：您有没有看见过在尊夫人的手里有一方绣着草莓花样的手帕？

奥瑟罗　我给过她这样一方手帕；那是我第一次送给她的礼物。

伊阿古　那我不知道；可是今天我看见凯西奥用这样一方手帕抹他的胡子，我相信它一定就是尊夫人的。

奥瑟罗　假如就是那一方手帕——

伊阿古　假如就是那一方手帕，或者是其他她所用过的手帕，那么又是一个对她不利的证据了。

奥瑟罗　啊，我但愿那家伙有四万条生命！单单让他死一次是发泄不了我的愤怒的。现在我明白这件事情全然是真的了。瞧，伊阿古，我把我的全部痴情向天空中吹散；它已经随风消失了。黑暗的复仇，从你的幽窟之中升起来吧！爱情啊，把你的王冠和你的心灵深处的宝座让给残暴的憎恨吧！胀起来吧，我的胸膛，因为你已经满载着毒蛇的螯舌！

伊阿古　请不要生气。

奥瑟罗　啊，血！血！血！

伊阿古　忍耐点儿吧；也许您的意见会改变过来的。

奥瑟罗　绝不，伊阿古。正像黑海的寒涛滚滚奔流，奔进马尔马拉海，直冲达达尼尔海峡，永远不会后退一样，我的风驰电掣的流血的思想，在复仇的目的没有充分达到以前，也绝不会踟蹰回顾，化为绕指的柔情。（跪）苍天在上，我倘不能报复这奇耻大辱，誓不偷生人世。

伊阿古　且慢起来。（跪）永古炳耀的日月星辰，环抱宇宙的风云雨雾，请你们为我作证：从现在起，伊阿古愿意尽心竭力，为被欺的奥瑟罗效劳；无论他叫我做什么残酷的事，我一切惟命是从。

奥瑟罗　我不用空口的感谢接受你的好意，为了表示我的诚心的嘉纳，我要请你立刻履行你的诺言：在这三天以内，让我听见你说凯西奥已经不在人世。

伊阿古　我的朋友的死已经决定了，因为这是您的意旨；可是放她活命吧。

奥瑟罗　该死的淫妇！啊，咒死她！来，跟我去；我要为这美貌的魔鬼想出一个干脆的死法。现在你是我的副将了。

伊阿古　我永远是您的忠仆。（同下。）

第四场　城堡前

苔丝狄蒙娜、爱米利娅及小丑上。

苔丝狄蒙娜　喂，你知道凯西奥副将的家在什么地方吗？

小　丑　我可不敢说他有“家”。

苔丝狄蒙娜　为什么，好人儿？

小　丑　他是个军人，要是说军人心中有“假”，那可是性命出入的事儿。

苔丝狄蒙娜　好吧，那么他住在什么地方呢？

小　丑　告诉您他住在什么地方，就是告诉您我在撒谎。

苔丝狄蒙娜　那是什么意思？

小　丑　我不知道他住在什么地方；要是胡乱想出一个地方来，说他“家”住在这儿，“家”住在那儿，那就是我存心说“假”话了。

苔丝狄蒙娜　你可以打听打听他在什么地方呀。

小　丑　好，我就去到处向人家打听——那是说，去盘问人家，看他们怎么回答我。

苔丝狄蒙娜　找到了他，你就叫他到这儿来；对他说我已经替他在将军面前说过情了，大概可以得到圆满的结果。

小　丑　干这件事是一个人的智力所能及的，所以我愿意去干一下。（下。）

苔丝狄蒙娜　我究竟在什么地方掉了那方手帕呢，爱米利娅？

爱米利娅　我不知道，夫人。

苔丝狄蒙娜　相信我，我宁愿失去我的一满袋金币；倘然我的摩尔人不是这样一个光明磊落的汉子，倘然他也像那些多疑善妒的卑鄙男人一样，这是很可以引起他的疑心的。

爱米利娅　他不会嫉妒吗？

苔丝狄蒙娜　谁！他？我想在他生长的地方，那灼热的阳光已经把这种气质完全从他身上吸去了。

爱米利娅　瞧！他来了。

苔丝狄蒙娜　我在他没有把凯西奥叫到他跟前来以前，绝不离开他一步。

奥瑟罗上。

苔丝狄蒙娜　您好吗，我的主？

奥瑟罗　好，我的好夫人。（旁白）啊，装假脸真不容易！——你好，苔丝狄蒙娜？

苔丝狄蒙娜　我好，我的好夫君。

奥瑟罗　把你的手给我。这手很潮润呢，我的夫人。

苔丝狄蒙娜　它还没有感到老年的侵袭，也没有受过忧伤的损害。

奥瑟罗　这一只手表明它的主人是胸襟宽大而心肠慷慨的；这么热，这么潮。奉劝夫人努力克制邪心，常常斋戒祷告，反躬自责，礼拜神明，因为这儿有一个年少风流的魔鬼，惯会在人们血液里捣乱。这是一只好手，一只很慷慨的手。

苔丝狄蒙娜　您真的可以这样说，因为就是这一只手把我的心献给您的。

奥瑟罗　一只慷慨的手。从前的姑娘把手给人，同时把心也一起给了他；现在时世变了，得到一位姑娘的手的，不一定能够得到她的心。

苔丝狄蒙娜　这种话我不会说。来，您答应我的事怎么样啦？

奥瑟罗　我答应你什么，乖乖？

苔丝狄蒙娜　我已经叫人去请凯西奥来跟您谈谈了。

奥瑟罗　我的眼睛有些胀痛，老是淌着眼泪。把你的手帕借给我一用。

苔丝狄蒙娜　这儿，我的主。

奥瑟罗　我给你的那一方呢？

苔丝狄蒙娜　我没有带在身边。

奥瑟罗　没有带？

苔丝狄蒙娜　真的没有带，我的主。

奥瑟罗　那你可错了。那方手帕是一个埃及女人送给我的母亲的；她是一个能够洞察人心的女巫，她对我的母亲说，当她保存着这方手帕的时候，它可以使她得到我的父亲的欢心，享受专房的爱宠，可是她要是失去了它，或是把它送给旁人，我的父亲就要对她发生憎厌，他的心就要另觅新欢了。她在临死的时候把它传给我，叫我有了妻子以后，就把它交给新妇。我遵照她的吩咐给了你，所以你必须格外小心，珍惜它像珍惜你自己宝贵的眼睛一样；万一失去了，或是送给别人，那就难免遭到一场无比的灾祸。

苔丝狄蒙娜　真会有这种事吗？

奥瑟罗　真的，这一方小小的手帕，却有神奇的魔力织在里面；它是一个二百岁的神巫在一阵心血来潮的时候缝就的；它那一缕缕的丝线，也不是世间的凡蚕所吐；织成以后，它曾经在用处女的心炼成的丹液里浸过。

苔丝狄蒙娜　当真！这是真的吗？

奥瑟罗　绝对的真实；所以留心藏好它吧。

苔丝狄蒙娜　上帝啊，但愿我从来没有见过它！

奥瑟罗　嘿！为什么？

苔丝狄蒙娜　您为什么说得这样暴躁？

奥瑟罗　它已经失去了吗？不见了吗？说，它是不是已经丢了？

苔丝狄蒙娜　上天祝福我们！

奥瑟罗　你说。

苔丝狄蒙娜　它没有失去；可是要是失去了，那可怎么办呢？

奥瑟罗　怎么！

苔丝狄蒙娜　我说它没有失去。

奥瑟罗　去把它拿来给我看。

苔丝狄蒙娜　我可以去把它拿来，可是现在我不高兴。这是一个诡计，要想把我的要求赖了过去。请您把凯西奥重新录用了吧。

奥瑟罗　给我把那手帕拿来。我在起疑心了。

苔丝狄蒙娜　得啦，得啦，您再也找不到一个比他更能干的人。

奥瑟罗　手帕！

苔丝狄蒙娜　请您还是跟我谈谈凯西奥的事情吧。

奥瑟罗　手帕！

苔丝狄蒙娜　他一向把自己的前途寄托在您的眷爱上，又跟着您同甘共苦，历尽艰辛——

奥瑟罗　手帕！

苔丝狄蒙娜　凭良心说，您也太不该。

奥瑟罗　去！（下。）

爱米利娅　这个人在嫉妒吗？

苔丝狄蒙娜　我从来没有见过他这样子。这手帕一定有些不可思议的魔力；我真倒楣把它丢了。

爱米利娅　好的男人一两年里头也难得碰见一个。男人是一张胃，我们是一块肉；他们贪馋地把我们吞下去，吃饱了，就把我们呕出来。您瞧！凯西奥跟我的丈夫来啦。

伊阿古及凯西奥上。

伊阿古　没有别的法子，只好央求她出力。瞧！好运气！去求求她吧。

苔丝狄蒙娜　啊，好凯西奥！您有什么见教？

凯西奥　夫人，我还是要向您重提我的原来的请求，希望您发挥鼎力，让我重新作人，能够在我所尊敬的主帅麾下再邀恩眷。我不能这样延宕下去了。假如我果然罪大恶极，无论过去的微劳、现在的悔恨或是将来立功自赎的决心，都不能博取他的矜怜宽谅，那么我也希望得到一个明白的答复，我就死心塌地向别处去乞讨命运的布施了。

苔丝狄蒙娜　唉，善良的凯西奥！我的话已经变成刺耳的烦渎了，我的丈夫已经不是我的丈夫，要是他的面貌也像他的脾气一样变了样，我简直要不认识他了。愿神灵保佑我！我已经尽力替您说话；为了我的言辞的戆拙，我已经遭到他的憎恶。您必须暂时忍耐；只要是我力量所及的事，我都愿意为您一试；请您相信我，倘然那是我自己的事情，我也不会这样热心的。这样，您心里也该满意了吧。

伊阿古　主帅发怒了吗？

爱米利娅　他刚才从这儿走开，他的神气暴躁异常。

伊阿古　他会发怒吗？我曾经看见火炮冲散他的队伍，像魔鬼一样把他的兄弟从他身边轰掉，他仍旧不动声色。他也会发怒吗？那么一定出了什么重大的事情了。我要去看看他。他要是发怒，一定有些缘故。

苔丝狄蒙娜　请你就去吧。（伊阿古下）一定是威尼斯有什么国家大事，或是他在这儿塞浦路斯发现了什么秘密的阴谋，扰乱了他的清明的神志；人们在这种情形之下，往往会为了一些些小事而生气，虽然实际激怒他们的却是其他更大的原因。正是这样，我们一个指头疼痛的时候，全身都会觉得难受。我们不能把男人当作完善的天神，也不能希望他们永远像新婚之夜那样殷勤体贴。爱米利娅，我真该死，我可真是个不体面的“战士”，会在心里抱怨他的无情；现在我才觉悟我是收买了假见证，让他受了冤枉。

爱米利娅　谢天谢地，但愿果然像您所想的，是为了些国家的事情，不是因为对您起了疑心。

苔丝狄蒙娜　唉！我从来没有给过他一些可以使他怀疑的理由。

爱米利娅　可是多疑的人是不会因此而满足的；他们往往不是因为有了什么理由而嫉妒，只是为了嫉妒而嫉妒，那是一个凭空而来、自生自长的怪物。

苔丝狄蒙娜　愿上天保佑奥瑟罗，不要让这怪物钻进他的心里！

爱米利娅　阿门，夫人。

苔丝狄蒙娜　我去找他去。凯西奥，您在这儿走走；要是我看见自己可以跟他说几句话，我会向他提起您的请求，尽力给您转圜就是了。

凯西奥　多谢夫人。（苔丝狄蒙娜、爱米利娅下。）

比恩卡上。

比恩卡　你好，凯西奥朋友！

凯西奥　你怎么不在家里？你好，我的最娇美的比恩卡？不骗你，亲爱的，我正要到你家里来呢。

比恩卡　我也是要到你的尊寓去的，凯西奥。什么！一个星期不来看我？七天七夜？一百六十八个小时？在相思里挨过的时辰，比时钟是要慢上一百六十倍的；啊，这一笔算不清的糊涂账！

凯西奥　对不起，比恩卡，这几天来我实在心事太重，改日加倍补报你就是了。亲爱的比恩卡，（以苔丝狄蒙娜手帕授比恩卡）替我把这手帕上的花样描下来。

比恩卡　啊，凯西奥！这是什么地方来的？这一定是哪个新相好送给你的礼物；我现在明白你不来看我的缘故了。有这等事吗？好，好。

凯西奥　得啦，女人！把你这种瞎疑心丢还给魔鬼吧。你在吃醋了，你以为这是什么情人送给我的纪念品；不，凭着我的良心发誓，比恩卡。

比恩卡　那么这是谁的？

凯西奥　我不知道，亲爱的！我在寝室里找到它。那花样我很喜欢，我想乘失主没有来问我讨还以前，把它描了下来。请你拿去给我描一描。现在请你暂时离开我。

比恩卡　离开你！为什么？

凯西奥　我在这儿等候主帅到来；让他看见我有女人陪着，恐怕不大方便，我不愿意这样。

比恩卡　为什么？我倒要请问。

凯西奥　不是因为我不爱你。

比恩卡　只是因为你并不爱我。请你陪我稍为走一段路，告诉我今天晚上你来不来看我。

凯西奥　我只能陪你稍走几步，因为我在这儿等人；可是我就会来看你的。

比恩卡　那很好；我也不能勉强你。（各下。）

第四幕

第一场　塞浦路斯。城堡前

奥瑟罗及伊阿古上。

伊阿古　您愿意这样想吗？

奥瑟罗　这样想，伊阿古！

伊阿古　什么！背着人接吻？

奥瑟罗　这样的接吻是为礼法所不许的。

伊阿古　脱光了衣服，和她的朋友睡在一床，经过一个多小时，却一点不起邪念？

奥瑟罗　伊阿古，脱光衣服睡在床上，还会不起邪念！这明明是对魔鬼的假意矜持；他们的本心是规矩的，可偏是做出了这种勾当；魔鬼欺骗了这两个规规矩矩的人，而他们就去欺骗上天。

伊阿古　要是他们不及于乱，那还不过是一个小小的过失；可是假如我把一方手帕给了我的妻子——

奥瑟罗　给了她便怎样？

伊阿古　啊，主帅，那时候它就是她的东西了；既然是她的东西，我想她可以把它送给无论什么人的。

奥瑟罗　她的贞操也是她自己的东西，她也可以把它送给无论什么人吗？

伊阿古　她的贞操是一种不可捉摸的品质；世上有几个真正贞洁的妇人？可是讲到那方手帕——

奥瑟罗　天哪，我但愿忘记那句话！你说——啊！它笼罩着我的记忆，就像预兆不祥的乌鸦在染疫人家的屋顶上回旋一样——你说我的手帕在他的手里。

伊阿古　是的，在他手里便怎么样？

奥瑟罗　那可不大好。

伊阿古　什么！要是我说我看见他干那对您不住的事？或是听见他说——世上尽多那种家伙，他们靠着死命的追求征服了一个女人，或者得到什么情妇的自动的垂青，就禁不住到处向人吹嘘——

奥瑟罗　他说过什么话吗？

伊阿古　说过的，主帅；可是您放心吧，他说过的话，他都可以发誓否认的。

奥瑟罗　他说过什么？

伊阿古　他说，他曾经——我不知道他曾经干些什么事。

奥瑟罗　什么？什么？

伊阿古　跟她睡——

奥瑟罗　在一床？

伊阿古　睡在一床，睡在她的身上；随您怎么说吧。

奥瑟罗　跟她睡在一床！睡在她的身上！我们说睡在她身上，岂不是对她人身的污辱——睡在一床！该死，岂有此理！手帕——口供——手帕！叫他招供了，再把他吊死。先把他吊起来，然后叫他招供。我一想起就气得发抖。人们总是有了某种感应，阴暗的情绪才会笼罩他的心灵；一两句空洞的话是不能给我这样大的震动的。呸！摸鼻子，咬耳朵，吮嘴唇。会有这样的事吗？口供！——手帕！——啊，魔鬼！（晕倒。）

伊阿古　显出你的效力来吧，我的妙药，显出你的效力来吧！轻信的愚人是这样落进了圈套；许多贞洁贤淑的娘儿们，都是这样蒙上了不白之冤。喂，主帅！主帅！奥瑟罗！

凯西奥上。

伊阿古　啊，凯西奥！

凯西奥　怎么一回事？

伊阿古　咱们大帅发起癫痫来了。这是他第二次发作；昨天他也发过一次。

凯西奥　在他太阳穴上摩擦摩擦。

伊阿古　不，不行；他这种昏迷状态，必须保持安静；要不然的话，他就要嘴里冒出白沫，慢慢地会发起疯狂来的。瞧！他在动了。你暂时走开一下，他就会恢复原状的。等他走了以后，我还有要紧的话跟你说。（凯西奥下）怎么啦，主帅？您没有摔痛您的头吧？

奥瑟罗　你在讥笑我吗？

伊阿古　我讥笑您！不，没有这样的事！我愿您像一个大丈夫似的忍受命运的播弄。

奥瑟罗　顶上了绿头巾，还算一个人吗？

伊阿古　在一座热闹的城市里，这种不算人的人多着呢。

奥瑟罗　他自己公然承认了吗？

伊阿古　主帅，您看破一点吧；您只要想一想，哪一个有家室的须眉男子，没有遭到跟您同样命运的可能；世上不知有多少男人，他们的卧榻上容留过无数素昧平生的人，他们自己还满以为这是一块私人的禁地哩；您的情形还不算顶坏。啊！这是最刻毒的恶作剧，魔鬼的最大的玩笑，让一个男人安安心心地搂着枕边的荡妇亲嘴，还以为她是一个三贞九烈的女人！不，我要睁开眼来，先看清自己成了个什么东西，我也就看准了该拿她怎么办。

奥瑟罗　啊！你是个聪明人；你说得一点不错。

伊阿古　现在请您暂时站在一旁，竭力耐住您的怒气。刚才您恼得昏过去的时候——大人物怎么能这样感情冲动啊——凯西奥曾经到这儿来过；我推说您不省人事是因为一时不舒服，把他打发走了，叫他过一会儿再来跟我谈谈；他已经答应我了。您只要找一处所在躲一躲，就可以看见他满脸得意忘形，冷嘲热讽的神气；因为我要叫他从头叙述他历次跟尊夫人相会的情形，还要问他重温好梦的时间和地点。您留心看看他那副表情吧。可是不要气恼；否则我就要说您一味意气用事，一点没有大丈夫的气概啦。

奥瑟罗　告诉你吧，伊阿古，我会很巧妙地不动声色；可是，你听着，我也会包藏一颗最可怕的杀心。

伊阿古　那很好，可是什么事都要看准时机。您走远一步吧。（奥瑟罗退后）现在我要向凯西奥谈起比恩卡，一个靠着出卖风情维持生活的雌儿；她热恋着凯西奥；这也是娼妓们的报应，往往她们迷惑了多少的男子，结果却被一个男人迷昏了心。他一听见她的名字，就会忍不住捧腹大笑。他来了。

凯西奥重上。

伊阿古　他一笑起来，奥瑟罗就会发疯；可怜的凯西奥的嬉笑的神情和轻狂的举止，在他那充满着无知的嫉妒的心头，一定可以引起严重的误会。——您好，副将？

凯西奥　我因为丢掉了这个头衔，正在懊恼得要死，你却还要这样称呼我。

伊阿古　在苔丝狄蒙娜跟前多说几句央求的话，包你原官起用。（低声）要是这件事情换在比恩卡手里，早就不成问题了。

凯西奥　唉，可怜虫！

奥瑟罗　（旁白）瞧！他已经在笑起来啦！

伊阿古　我从来不知道一个女人会这样爱一个男人。

凯西奥　唉，小东西！我看她倒是真的爱我。

奥瑟罗　（旁白）现在他在含糊否认，想把这事情用一笑搪塞过去。

伊阿古　你听见吗，凯西奥？

奥瑟罗　（旁白）现在他缠住他要他讲一讲经过情形啦。说下去；很好，很好。

伊阿古　她向人家说你将要跟她结婚；你有这个意思吗？

凯西奥　哈哈哈！

奥瑟罗　（旁白）你这样得意吗，好家伙？你这样得意吗？

凯西奥　我跟她结婚！什么？一个卖淫妇？对不起，你不要这样看轻我，我还不至于糊涂到这等地步哩。哈哈哈！

奥瑟罗　（旁白）好，好，好，好。得胜的人才会笑逐颜开。

伊阿古　不骗你，人家都在说你将要跟她结婚。

凯西奥　对不起，别说笑话啦。

伊阿古　我要是骗了你，我就是个大大的混蛋。

奥瑟罗　（旁白）你这算是一报还一报吗？好。

凯西奥　一派胡说！她自己一厢情愿，相信我会跟她结婚；我可没有答应她。

奥瑟罗　（旁白）伊阿古在向我打招呼；现在他开始讲他的故事啦。

凯西奥　她刚才还在这儿；她到处缠着我。前天我正在海边跟几个威尼斯人谈话，那傻东西就来啦；不瞒你说，她这样攀住我的颈项——

奥瑟罗　（旁白）叫一声“啊，亲爱的凯西奥！”我可以从他的表情之间猜得出来。

凯西奥　她这样拉住我的衣服，靠在我的怀里，哭个不了，还这样把我拖来拖去，哈哈哈！

奥瑟罗　（旁白）现在他在讲她怎样把他拖到我的寝室里去啦。啊！我看见你的鼻子，可是不知道应该把它丢给哪一条狗吃。

凯西奥　好，我只好离开她。

伊阿古　啊！瞧，她来了。

凯西奥　好一头抹香粉的臭猫！

比恩卡上。

凯西奥　你这样到处盯着我不放，是什么意思呀？

比恩卡　让魔鬼跟他的老娘盯着你吧！你刚才给我的那方手帕算是什么意思？我是个大傻瓜，才会把它受了下来。叫我描下那花样！好看的花手帕可真多哪，居然让你在你的寝室里找到它，却不知道谁把它丢在那边！这一定是哪一个贱丫头送给你的东西，却叫我描下它的花样来！拿去，还给你那个相好吧；随你从什么地方得到这方手帕，我可不高兴描下它的花样。

凯西奥　怎么，我的亲爱的比恩卡！怎么！怎么！

奥瑟罗　（旁白）天哪，那该是我的手帕哩！

比恩卡　今天晚上你要是愿意来吃饭，尽管来吧；要是不愿意来，等你下回有兴致的时候再来吧。（下。）

伊阿古　追上去，追上去。

凯西奥　真的，我必须追上去，否则她会沿街谩骂的。

伊阿古　你预备到她家里去吃饭吗？

凯西奥　是的，我想去。

伊阿古　好，也许我会再碰见你；因为我很想跟你谈谈。

凯西奥　请你一定来吧。

伊阿古　得啦，别多说啦。（凯西奥下。）

奥瑟罗　（趋前）伊阿古，我应该怎样杀死他？

伊阿古　您看见他一听到人家提起他的丑事，就笑得多么高兴吗？

奥瑟罗　啊，伊阿古！

伊阿古　您还看见那方手帕吗？

奥瑟罗　那就是我的吗？

伊阿古　我可以举手起誓，那是您的。瞧他多么看得起您那位痴心的太太！她把手帕送给他，他却拿去给了他的娼妇。

奥瑟罗　我要用九年的时间慢慢地磨死她。一个高雅的女人！一个美貌的女人！一个温柔的女人！

伊阿古　不，您必须忘掉那些。

奥瑟罗　嗯，让她今夜腐烂、死亡、堕入地狱吧，因为她不能再活在世上。不，我的心已经变成铁石了；我打它，反而打痛了我的手。啊！世上没有一个比她更可爱的东西；她可以睡在一个皇帝的身边，命令他干无论什么事。

伊阿古　您素来不是这个样子的。

奥瑟罗　让她死吧！我不过说她是怎么样的一个人。她的针线活儿是这样精妙！一个出色的音乐家！啊，她唱起歌来，可以驯服一头野熊的心！她的心思才智，又是这样敏慧多能！

伊阿古　惟其这样多才多艺，干出这种丑事来，才格外叫人气恼。

奥瑟罗　啊！一千倍、一千倍的可恼！而且她的性格又是这样温柔！

伊阿古　嗯，太温柔了。

奥瑟罗　对啦，一点不错。可是，伊阿古，可惜！啊！伊阿古！伊阿古！太可惜啦！

伊阿古　要是您对于一个失节之妇，还是这样恋恋不舍，那么索性采取放任吧；因为既然您自己也不以为意，当然更不干别人的事。

奥瑟罗　我要把她剁成一堆肉酱。叫我当一个王八！

伊阿古　啊，她太不顾羞耻啦！

奥瑟罗　跟我的部将通奸！

伊阿古　那尤其可恶。

奥瑟罗　给我弄些毒药来，伊阿古；今天晚上。我不想跟她多费唇舌，免得她的肉体和美貌再打动了我的心。今天晚上，伊阿古。

伊阿古　不要用毒药，在她床上扼死她，就在那被她玷污了的床上。

奥瑟罗　好，好；那是一个大快人心的处置，很好。

伊阿古　至于凯西奥，让我去取他的命吧；您在午夜前后，一定可以听到消息。

奥瑟罗　好极了。（内喇叭声）那是什么喇叭的声音？

伊阿古　一定是从威尼斯来了什么人。——是罗多维科奉公爵之命到这儿来了；瞧，您那位太太也跟他在一起。

罗多维科、苔丝狄蒙娜及侍从等上。

罗多维科　上帝保佑您，尊贵的将军！

奥瑟罗　祝福您，大人。

罗多维科　公爵和威尼斯的元老们问候您安好。（以信交奥瑟罗。）

奥瑟罗　我敬吻他们的恩命。（拆信阅读。）

苔丝狄蒙娜　罗多维科大哥，威尼斯有什么消息？

伊阿古　我很高兴看见您，大人；欢迎您到塞浦路斯来！

罗多维科　谢谢。凯西奥副将好吗？

伊阿古　他还健在，大人。

苔丝狄蒙娜　大哥，他跟我的丈夫闹了点儿别扭；可是您可以使他们言归于好。

奥瑟罗　你有把握吗？

苔丝狄蒙娜　您怎么说，我的主？

奥瑟罗　（读信）“务必照办为要，不得有误——”

罗多维科　他没有回答；他正在忙着读信。将军跟凯西奥果然有了意见吗？

苔丝狄蒙娜　有了很不幸的意见；为了我对凯西奥所抱的好感，我很愿意尽力调解他们。

奥瑟罗　该死！

苔丝狄蒙娜　您怎么说，我的主？

奥瑟罗　你聪明吗？

苔丝狄蒙娜　什么！他生气了吗？

罗多维科　也许这封信激动了他；因为照我猜想起来，他们是要召他回国，叫凯西奥代理他的职务。

苔丝狄蒙娜　真的吗？那好极了。

奥瑟罗　当真！

苔丝狄蒙娜　您怎么说，我的主？

奥瑟罗　你要是发了疯，我才高兴。

苔丝狄蒙娜　为什么，亲爱的奥瑟罗？

奥瑟罗　魔鬼！（击苔丝狄蒙娜。）

苔丝狄蒙娜　我没有错处，您不该这样对待我。

罗多维科　将军，我要是把这回事情告诉威尼斯人，即使发誓说我亲眼看见，他们也一定不会相信我。这太过分了；向她赔罪吧，她在哭了。

奥瑟罗　啊，魔鬼！魔鬼！要是妇人的眼泪有孳生化育的力量，她的每一滴泪，掉在地上，都会变成一条鳄鱼。走开，不要让我看见你！

苔丝狄蒙娜　我不愿留在这儿害您生气。（欲去。）

罗多维科　真是一位顺从的夫人。将军，请您叫她回来吧。

奥瑟罗　夫人！

苔丝狄蒙娜　我的主？

奥瑟罗　大人，您要跟她说些什么话？

罗多维科　谁？我吗，将军？

奥瑟罗　嗯，您要我叫她转来，现在她转过来了。她会转来转去，走一步路回一个身；她还会哭，大人，她还会哭；她是非常顺从的，正像您所说，非常顺从。尽管流你的眼泪吧。大人，这信上的意思——好一股装腔作势的劲儿！——是要叫我回去——你去吧，等会儿我再叫人来唤你——大人，我服从他们的命令，不日就可以束装上路，回到威尼斯去——去！滚开！（苔丝狄蒙娜下）凯西奥可以接替我的位置。今天晚上，大人，我还要请您赏光便饭。欢迎您到塞浦路斯来！——山羊和猴子！（下。）

罗多维科　这就是为我们整个元老院所同声赞叹、称为全才全德的那位英勇的摩尔人吗？这就是那喜怒之情不能把它震撼的高贵的天性吗？那命运的箭矢不能把它擦伤穿破的坚定的德操吗？

伊阿古　他已经大大变了样子啦。

罗多维科　他的头脑没有毛病吗？他的神经是不是有点错乱？

伊阿古　他就是他那个样子；我实在不敢说他还会变成怎么一个样子；如果他不是像他所应该的那样，那么但愿他也不至于这个样子！

罗多维科　什么！打他的妻子！

伊阿古　真的，那可不大好！可是我但愿知道他对她没有比这更暴虐的行为！

罗多维科　他一向都是这样的吗？还是因为信上的话激怒了他，才会有这种以前所没有的过失？

伊阿古　唉！唉！按着我的地位，我实在不便把我所看见所知道的一切说出口来。您不妨留心注意他，他自己的行动就可以说明一切，用不着我多说了。请您跟上去，看他还会做出什么花样来。

罗多维科　他竟是这样一个人，真使我大失所望啊。（同下。）

第二场　城堡中一室

奥瑟罗及爱米利娅上。

奥瑟罗　那么你没有看见什么吗？

爱米利娅　没有看见，没有听见，也没有疑心到。

奥瑟罗　你不是看见凯西奥跟她在一起吗？

爱米利娅　可是我不知道那有什么不对。而且我听见他们两人所说的每一个字。

奥瑟罗　什么！他们从来不曾低声耳语吗！

爱米利娅　从来没有，将军。

奥瑟罗　也不曾打发你走开吗？

爱米利娅　没有。

奥瑟罗　没有叫你去替她拿扇子、手套、脸罩，或是什么东西吗？

爱米利娅　没有，将军。

奥瑟罗　那可奇怪了。

爱米利娅　将军，我敢用我的灵魂打赌她是贞洁的。要是您疑心她有非礼的行为，赶快除掉这种思想吧，因为那是您心理上的一个污点。要是哪一个混蛋把这种思想放进您的脑袋里，让上天罚他变成一条蛇，受永远的诅咒！假如她不是贞洁、贤淑和忠诚的，那么世上没有一个幸福的男人了；最纯洁的妻子，也会变成最丑恶的淫妇。

奥瑟罗　叫她到这儿来；去。（爱米利娅下）她的话说得很动听；可是这种拉惯皮条的人，都是天生的利嘴。这是一个狡猾的淫妇，一肚子千刁万恶，当着人却会跪下来向天祈祷；我看见过她这一种手段。

爱米利娅偕苔丝狄蒙娜上。

苔丝狄蒙娜　我的主，您有什么吩咐？

奥瑟罗　过来，乖乖。

苔丝狄蒙娜　您要我怎么样？

奥瑟罗　让我看看你的眼睛；瞧着我的脸。

苔丝狄蒙娜　这是什么古怪的念头？

奥瑟罗　（向爱米利娅）你去留心你的事吧，奶奶；把门关了，让我们两人在这儿谈谈心。要是有人来了，你就在门口咳嗽一声。干你的贵营生去吧，快，快！（爱米利娅下。）

苔丝狄蒙娜　我跪在您的面前，请您告诉我您这些话是什么意思？我知道您在生气，可是我不懂您的话。

奥瑟罗　嘿，你是什么人？

苔丝狄蒙娜　我的主，我是您的妻子，您的忠贞不贰的妻子。

奥瑟罗　来，发一个誓，让你自己死后下地狱吧；因为你的外表太像一个天使了，倘不是在不贞之上，再加一重伪誓的罪名，也许魔鬼们会不敢抓你下去的；所以发誓说你是贞洁的吧。

苔丝狄蒙娜　天知道我是贞洁的。

奥瑟罗　天知道你是像地狱一样淫邪的。

苔丝狄蒙娜　我的主，我对谁干了欺心的事？我跟哪一个人有不端的行为？我怎么是淫邪的？

奥瑟罗　啊，苔丝狄蒙娜！去！去！去！

苔丝狄蒙娜　唉，不幸的日子！——您为什么哭？您的眼泪是为我而流的吗，我的主？要是您疑心这次奉召回国，是我父亲的主意，请您不要怪我；您固然失去他的好感，我也已经失去他的慈爱了。

奥瑟罗　要是上天的意思，要让我受尽种种的磨折；要是他用诸般的痛苦和耻辱降在我的毫无防卫的头上，把我浸没在贫困的泥沼里，剥夺我的一切自由和希望，我也可以在我的灵魂的一隅之中，找到一滴忍耐的甘露。可是唉！在这尖酸刻薄的世上，做一个被人戟指笑骂的目标！就连这个，我也完全可以容忍；可是我的心灵失去了归宿，我的生命失去了寄托，我的活力的源泉枯竭了，变成了蛤蟆繁育生息的污池！忍耐，你朱唇韶颜的天婴啊，转变你的脸色，让它化成地狱般的狰狞吧！

苔丝狄蒙娜　我希望我在我的尊贵的夫主眼中，是一个贤良贞洁的妻子。

奥瑟罗　啊，是的，就像夏天肉铺里的苍蝇一样贞洁——一边撒它的卵子，一边就在受孕。你这野草闲花啊！你的颜色是这样娇美，你的香气是这样芬芳，人家看见你嗅到你就会心疼；但愿世上从来不曾有过你！

苔丝狄蒙娜　唉！我究竟犯了什么连我自己也不知道的罪恶呢？

奥瑟罗　这一张皎洁的白纸，这一本美丽的书册，是要让人家写上“娼妓”两个字的吗？犯了什么罪恶！啊，你这人尽可夫的娼妇！我只要一说起你所干的事，我的两颊就会变成两座熔炉，把“廉耻”烧为灰烬。犯了什么罪恶！天神见了它要掩鼻而过；月亮看见了要羞得闭上眼睛；碰见什么都要亲吻的淫荡的风，也静悄悄地躲在岩窟里面，不愿听见人家提起它的名字。犯了什么罪恶！不要脸的娼妇！

苔丝狄蒙娜　天啊，您不该这样侮辱我！

奥瑟罗　你不是一个娼妇吗？

苔丝狄蒙娜　不，我发誓我不是，否则我就不是一个基督徒。要是为我的主保持这一个清白的身子，不让淫邪的手把它污毁，要是这样的行为可以使我免去娼妇的恶名，那么我就不是娼妇。

奥瑟罗　什么！你不是一个娼妇吗？

苔丝狄蒙娜　不，否则我死后没有得救的希望。

奥瑟罗　真的吗？

苔丝狄蒙娜　啊！上天饶恕我们！

奥瑟罗　那么我真是多多冒昧了；我还以为你就是那个嫁给奥瑟罗的威尼斯的狡猾的娼妇哩。——喂，你这位刚刚和圣彼得干着相反的差使的，看守地狱门户的奶奶！

爱米利娅重上。

奥瑟罗　你，你，对了，你！我们已经完事了。这几个钱是给你作为酬劳的；请你开了门上的锁，不要泄漏我们的秘密。（下。）

爱米利娅　唉！这位老爷究竟在转些什么念头呀？您怎么啦，夫人？您怎么啦，我的好夫人？

苔丝狄蒙娜　我是在半醒半睡之中。

爱米利娅　好夫人，我的主到底有些什么心事？

苔丝狄蒙娜　谁？

爱米利娅　我的主呀，夫人。

苔丝狄蒙娜　谁是你的主？

爱米利娅　我的主就是你的丈夫，好夫人。

苔丝狄蒙娜　我没有丈夫。不要对我说话，爱米利娅；我不能哭，我没有话可以回答你，除了我的眼泪。请你今夜把我结婚的被褥铺在我的床上，记好了；再去替我叫你的丈夫来。

爱米利娅　真是变了，变了！（下。）

苔丝狄蒙娜　我应该受到这样的待遇，全然是应该的。我究竟有些什么不检的行为——哪怕只是一丁点儿的错误，才会引起他的猜疑呢？

爱米利娅率伊阿古重上。

伊阿古　夫人，您有什么吩咐？您怎么啦？

苔丝狄蒙娜　我不知道。小孩子做了错事，做父母的总是用温和的态度，轻微的责罚教训他们；他也可以这样责备我，因为我是一个该受管教的孩子。

伊阿古　怎么一回事，夫人？

爱米利娅　唉！伊阿古，将军口口声声骂她娼妇，用那样难堪的名字加在她的身上，稍有人心的人，谁听见了都不能忍受。

苔丝狄蒙娜　我应该得到那样一个称呼吗，伊阿古？

伊阿古　什么称呼，好夫人？

苔丝狄蒙娜　就像她说我的主称呼我的那种名字。

爱米利娅　他叫她娼妇；一个喝醉了酒的叫花子，也不会把这种名字加在他的姘妇身上。

伊阿古　为什么他要这样？

苔丝狄蒙娜　我不知道；我相信我不是那样的女人。

伊阿古　不要哭，不要哭。唉！

爱米利娅　多少名门贵族向她求婚，她都拒绝了；她抛下了老父，离乡背井，远别亲友，结果却只讨他骂一声娼妇吗？这还不叫人伤心吗？

苔丝狄蒙娜　都是我自己命薄。

伊阿古　他太岂有此理了！他怎么会起这种心思的？

苔丝狄蒙娜　天才知道。

爱米利娅　我可以打赌，一定有一个万劫不复的恶人，一个爱管闲事、鬼讨好的家伙，一个说假话骗人的奴才，因为要想钻求差使，造出这样的谣言来；要是我的话说得不对，我愿意让人家把我吊死。

伊阿古　呸！哪里有这样的人？一定不会的。

苔丝狄蒙娜　要是果然有这样的人，愿上天宽恕他！

爱米利娅　宽恕他！一条绳子箍住他的颈项，地狱里的恶鬼咬碎他的骨头！他为什么叫她娼妇？谁跟她在一起？什么所在？什么时候？什么方式？什么根据？这摩尔人一定是上了不知哪一个千刁万恶坏人的当，一个下流的大混蛋，一个卑鄙的家伙；天啊！愿你揭破这种家伙的嘴脸，让每一个老实人的手里都拿一根鞭子，把这些混蛋们脱光了衣服抽一顿，从东方一直抽到西方！

伊阿古　别嚷得给外边都听见了。

爱米利娅　哼，可恶的东西！前回弄昏了你的头，使你疑心我跟这摩尔人有暧昧的，也就是这种家伙。

伊阿古　好了，好了；你是个傻瓜。

苔丝狄蒙娜　好伊阿古啊，我应当怎样重新取得我的丈夫的欢心呢？好朋友，替我向他解释解释，因为凭着天上的太阳起誓，我实在不知道我怎么会失去他的宠爱。我对天下跪，要是在思想上、行动上，我曾经有意背弃他的爱情；要是我的眼睛、我的耳朵或是我的任何感觉，曾经对别人发生爱悦；要是我在过去、现在和将来，不是那样始终深深地爱着他，即使他把我弃如敝屣，也不因此而改变我对他的忠诚；要是我果然有那样的过失，愿我终身不能享受快乐的日子！无情可以给人重大的打击；他的无情也许会摧残我的生命，可是永不能毁坏我的爱情。我不愿提起“娼妇”两个字，一说到它就会使我心生憎恶，更不用说亲自去干那博得这种丑名的勾当了；整个世界的荣华也不能诱动我。

伊阿古　请您宽心，这不过是他一时的心绪恶劣，在国家大事方面受了点刺激，所以跟您呕起气来啦。

苔丝狄蒙娜　要是没有别的原因——

伊阿古　只是为了这个原因，我可以保证。（喇叭声）听！喇叭在吹晚餐的信号了；威尼斯的使者在等候进餐。进去，不要哭；一切都会圆满解决的。（苔丝狄蒙娜、爱米利娅下。）

罗德利哥上。

伊阿古　啊，罗德利哥！

罗德利哥　我看你全然在欺骗我。

伊阿古　我怎么欺骗你？

罗德利哥　伊阿古，你每天在我面前要手段，把我支吾过去；照我现在看来，你非但不给我开一线方便之门，反而使我的希望一天小似一天。我实在再也忍不住了。为了自己的愚蠢，我已经吃了不少的苦头，这一笔账我也不能就此善罢甘休。

伊阿古　你愿意听我说吗，罗德利哥？

罗德利哥　哼，我已经听得太多了；你的话和行动是不相符合的。

伊阿古　你太冤枉人啦。

罗德利哥　我一点没有冤枉你。我的钱都花光啦。你从我手里拿去送给苔丝狄蒙娜的珠宝，即使一个圣徒也会被它诱惑的；你对我说她已经收下了，告诉我不久就可以听到喜讯，可是到现在还不见一点动静。

伊阿古　好，算了；很好。

罗德利哥　很好！算了！我不能就此算了，朋友；这事情也不很好。我举手起誓，这种手段太卑鄙了；我开始觉得我自己受了骗了。

伊阿古　很好。

罗德利哥　我告诉你这事情不很好。我要亲自去见苔丝狄蒙娜，要是她肯把我的珠宝还我，我愿意死了这片心，忏悔我这种非礼的追求；要不然的话，你留心点儿吧，我一定要跟你算账。

伊阿古　你现在话说完了吧？

罗德利哥　嗯，我的话都是说过就做的。

伊阿古　好，现在我才知道你是一个有骨气的人；从这一刻起，你已经使我比从前加倍看重你了。把你的手给我，罗德利哥。你责备我的话，都非常有理；可是我还要声明一句，我替你干这件事情，的的确确是尽忠竭力，不敢昧一分良心的。

罗德利哥　那还没有事实的证明。

伊阿古　我承认还没有事实的证明，你的疑心不是没有理由的。可是，罗德利哥，要是你果然有决心，有勇气，有胆量——我现在相信你一定有的——今晚你就可以表现出来；要是明天夜里你不能享用苔丝狄蒙娜，你可以用无论什么恶毒的手段、什么阴险的计谋，取去我的生命。

罗德利哥　好，你要我怎么干？是说得通做得到的事吗？

伊阿古　老兄，威尼斯已经派了专使来，叫凯西奥代替奥瑟罗的职位。

罗德利哥　真的吗？那么奥瑟罗和苔丝狄蒙娜都要回到威尼斯去了。

伊阿古　啊，不，他要到毛里塔尼亚去，把那美丽的苔丝狄蒙娜一起带走，除非这儿出了什么事，使他耽搁下来。最好的办法是把凯西奥除掉。

罗德利哥　你说把他除掉是什么意思？

伊阿古　砸碎他的脑袋，让他不能担任奥瑟罗的职位。

罗德利哥　那就是你要我去干的事吗？

伊阿古　嗯，要是你敢做一件对你自己有利益的事。他今晚在一个妓女家里吃饭，我也要到那儿去见他。现在他还没有知道他自己的命运。我可以设法让他在十二点钟到一点钟之间从那儿出来，你只要留心在门口守候，就可以照你的意思把他处置；就在附近接应你，他在我们两人之间一定逃不了。来，不要发呆，跟我去；以告诉你为什么他的死是必要的，你听了就会知道这是你的一件无可推辞的行动。现在正是晚餐的时候，夜过去得很快，准备起来吧。

罗德利哥　我还要听一听你要教我这样做的理由。

伊阿古　我一定可以向你解释明白。（同下。）

第三场　城堡中另一室

奥瑟罗、罗多维科，苔丝狄蒙娜、爱米利娅及侍从等上。

罗多维科　将军请留步吧。

奥瑟罗　啊，没有关系；散散步对我也是很有好处的。

罗多维科　夫人，晚安；谢谢您的盛情。

苔丝狄蒙娜　大驾光临，我们是十分欢迎的。

奥瑟罗　请吧，大人。啊！苔丝狄蒙娜——

苔丝狄蒙娜　我的主？

奥瑟罗　你快进去睡吧；我马上就回来的。把你的侍女们打发开了，不要忘记。

苔丝狄蒙娜　是，我的主。（奥瑟罗、罗多维科及侍从等下。）

爱米利娅　怎么？他现在的脸色温和多啦。

苔丝狄蒙娜　他说他就会回来的；他叫我去睡，还叫我把你遣开。

爱米利娅　把我遣开！

苔丝狄蒙娜　这是他的吩咐；所以，好爱米利娅，把我的睡衣给我，你去吧，我们现在不能再惹他生气了。

爱米利娅　我希望您当初并不和他相识！

苔丝狄蒙娜　我却不希望这样；我是那么喜欢他，即使他的固执、他的呵斥、他的怒容——请你替我取下衣上的扣针——在我看来也是可爱的。

爱米利娅　我已经照您的吩咐，把那些被褥铺好了。

苔丝狄蒙娜　很好。天哪！我们的思想是多么傻！要是我比你先死，请你就把那些被褥做我的殓衾。

爱米利娅　得啦得啦，您在说呆话。

苔丝狄蒙娜　我的母亲有一个侍女名叫巴巴拉，她跟人家有了恋爱；她的情人发了疯，把她丢了。她有一支《杨柳歌》，那是一支古老的曲调，可是正好说中了她的命运；她到死的时候，嘴里还在唱着它。那支歌今天晚上老是萦回在我的脑际；我的烦乱的心绪，使我禁不住侧下我的头，学着可怜的巴巴拉的样子把它歌唱。请你赶快点儿。

爱米利娅　我要不要就去把您的睡衣拿来？

苔丝狄蒙娜　不，先替我取下这儿的扣针。这个罗多维科是一个俊美的男子。

爱米利娅　一个很漂亮的人。

苔丝狄蒙娜　他的谈吐很高雅。

爱米利娅　我知道威尼斯有一个女郎，愿意赤了脚步行到巴勒斯坦，为了希望碰一碰他的下唇。

苔丝狄蒙娜　（唱）

可怜的她坐在枫树下啜泣，
歌唱那青青杨柳；
她手抚着胸膛，她低头靠膝，
唱杨柳，杨柳，杨柳。
清澈的流水吐出她的呻吟，
唱杨柳，杨柳，杨柳。
她的热泪溶化了顽石的心——

把这些放在一旁。——（唱）

唱杨柳，杨柳，杨柳。

快一点，他就要来了。——（唱）

青青的柳枝编成一个翠环；

不要怪他，我甘心受他笑骂——

不，下面一句不是这样的。听！谁在打门？

爱米利娅　是风哩。

苔丝狄蒙娜　（唱）

我叫情哥负心郎，他又怎讲？

唱杨柳，杨柳，杨柳。

我见异思迁，由你另换情郎。

你去吧；晚安。我的眼睛在跳，那是哭泣的预兆吗？

爱米利娅　没有这样的事。

苔丝狄蒙娜　我听见人家这样说。啊，这些男人！这些男人！凭你的良心说，爱米利娅，你想世上有没有背着丈夫干这种坏事的女人？

爱米利娅　怎么没有？

苔丝狄蒙娜　你愿意为了整个世界的财富而干这种事吗？

爱米利娅　难道您不愿意吗？

苔丝狄蒙娜　不，我对着明月起誓！

爱米利娅　不，对着光天化日，我也不干这种事；要干也得暗地里干。

苔丝狄蒙娜　难道你愿意为了整个的世界而干这种事吗？

爱米利娅　世界是一个大东西；用一件小小的坏事换得这样大的代价是值得的。

苔丝狄蒙娜　真的，我想你不会。

爱米利娅　真的，我想我应该干的；等干好之后，再想法补救。当然，为了一枚对合的戒指、几丈细麻布或是几件衣服、几件裙子、一两顶帽子，以及诸如此类的小玩意儿而叫我干这种事，我当然不愿意；可是为了整个的世界，谁不愿意出卖自己的贞操，让她的丈夫做一个皇帝呢？我就是因此而下炼狱，也是甘心的。

苔丝狄蒙娜　我要是为了整个的世界，会干出这种丧心病狂的事来，一定不得好死。

爱米利娅　世间的是非本来没有定准；您因为干了一件错事而得到整个的世界，在您自己的世界里，您还不能把是非颠倒过来吗？

苔丝狄蒙娜　我想世上不会有那样的女人的。

爱米利娅　这样的女人不是几个，可多着呢，足够把她们用小小的坏事换来的世界塞满了。照我想来，妻子的堕落总是丈夫的过失；要是他们疏忽了自己的责任，把我们所珍爱的东西浪掷在外人的怀里，或是无缘无故吃起醋来，约束我们行动的自由，或是殴打我们，削减我们的花粉钱，我们也是有脾气的，虽然生就温柔的天性，到了一个时候也是会复仇的。让做丈夫的人们知道，他们的妻子也和他们有同样的感觉：她们的眼睛也能辨别美恶，她们的鼻子也能辨别香臭，她们的舌头也能辨别甜酸，正像她们的丈夫们一样。他们厌弃了我们，另寻新欢，是为了什么缘故呢？是逢场作戏吗？我想是的。是因为爱情的驱使吗？我想也是的。还是因为喜新厌旧的人之常情呢？那也是一个理由。那么难道我们就不会对别人发生爱情，难道我们就没有逢场作戏的欲望，难道我们就不会喜新厌旧，跟男人们一样吗？所以让他们好好地对待我们吧；否则我们要让他们知道，我们所干的坏事都是出于他们的指教。

苔丝狄蒙娜　晚安，晚安！愿上天监视我们的言行；我不愿以恶为师，我只愿鉴非自警！（各下。）

第五幕

第一场　塞浦路斯。街道

伊阿古及罗德利哥上。

伊阿古　来，站在这堵披屋后面；他就会来的。把你的宝剑拔出鞘来，看准要害刺过去。快，快；不要怕；我就在你旁边。成功失败，在此一举，你得下定决心。

罗德利哥　不要走开，也许我会失手。

伊阿古　我就在这儿，你的近旁。胆子放大些，站定了。（退后。）

罗德利哥　我对于这件事情不是顶热心；可是他讲的理由十分充足。反正不过去掉一个人。出来，我的剑；他必须死！

伊阿古　我已经激动这小脓包的心，他居然动起怒来了。不管是他杀死凯西奥，还是凯西奥杀死他；或者两败俱伤，对于我都是有好处的。要是罗德利哥活在世上，他总有一天要问我讨还那许多我从他手里干没下来、说是送给苔丝狄蒙娜的金银珠宝；这可断断不能。要是凯西奥活在世上，他那种翩翩风度，叫我每天都要在他的旁边相形见绌；而且那摩尔人万一向他当面质问起来，我的阴谋就会暴露，那时候我的地位就非常危险了。不，他非死不可。就这样吧。我听见他来了。

凯西奥上。

罗德利哥　我认识他的走路的姿势，正是他。——恶人，你给我死吧！

（挺剑刺凯西奥。）

凯西奥　幸亏我穿着一身好甲，否则那一剑一定会致我的死命。让我也来试一试你的甲牢不牢吧。（拔剑刺伤罗德利哥。）

罗德利哥　啊，我死了！（伊阿古自后刺伤凯西奥腿，下。）

凯西奥　我从此终身残废了！救命啊！杀了人啦！杀了人啦！（倒地。）

奥瑟罗自远处上。

奥瑟罗　凯西奥的声音。伊阿古果然没有失信。

罗德利哥　啊，我真是个恶人！

奥瑟罗　一点不错。

凯西奥　啊，救命哪！拿火来！找一个医生！

奥瑟罗　正是他。勇敢正直的伊阿古呀，你这样奋不顾身，为你的朋友复仇雪耻，真是难得！你给我一个教训了。贱人，你心爱的人已经死在这儿，你的末日就在眼前；娼妇，我来了！从我的心头抹去你的媚眼的魔力；让淫邪的血溅洒你那被淫邪玷污了的枕席。（下。）

罗多维科及葛莱西安诺自远处上。

凯西奥　喂！怎么！没有巡夜的逻卒？没有过路的行人？杀了人啦！杀了人啦！

葛莱西安诺　出了什么乱子啦？这叫声很是凄惨。

凯西奥　救命啊！

罗多维科　听！

罗德利哥　啊，该死的恶人！

罗多维科　两三个人在那儿呻吟。这是一个很阴沉的黑夜；也许他们是故意假装出来的，我们人手孤单，冒冒失失过去，恐怕不大安全。

罗德利哥　没有人来吗？那么我要流血而死了！

罗多维科　听！

伊阿古　持火炬重上。

葛莱西安诺　有一个人穿着衬衫、一手拿火、一手举着武器来了。

伊阿古　那边是谁？什么人在那儿喊杀人？

罗多维科　我们不知道。

伊阿古　你们听见一个呼声吗？

凯西奥　这儿，这儿！看在上天的面上，救救我！

伊阿古　怎么一回事？

葛莱西安诺　这个人好像是奥瑟罗麾下的旗官。

罗多维科　正是；一个很勇敢的汉子。

伊阿古　你是什么人，在这儿叫喊得这样凄惨？

凯西奥　伊阿古吗？啊，我被恶人算计，害得我不能做人啦！救救我！

伊阿古　嗳哟，副将！这是什么恶人干的事？

凯西奥　我想有一个暴徒还在这儿，他逃不了。

伊阿古　啊，可恶的奸贼！（向罗多维科、葛莱西安诺）你们是什么人？过来帮帮忙。

罗德利哥　啊，救救我！我在这儿。

凯西奥　他就是恶党中的一人。

伊阿古　好一个杀人的凶徒！啊，恶人！（刺罗德利哥。）

罗德利哥　啊，万恶的伊阿古！没有人心的狗！

伊阿古　在暗地里杀人！这些凶恶的贼党都在哪儿？这地方多么寂静！喂！杀了人啦！杀了人啦！你们是什么人？是好人还是坏人？

罗多维科　请你自己判断我们吧。

伊阿古　罗多维科大人吗？

罗多维科　正是，老总。

伊阿古　恕我失礼了。这儿是凯西奥，被恶人们刺伤，倒在地上。

葛莱西安诺　凯西奥！

伊阿古　怎么样，兄弟？

凯西奥　我的腿断了。

伊阿古　嗳哟，罪过罪过！两位先生，请替我照着亮儿；我要用我的衫子把它包扎起来。

比恩卡上。

比恩卡　喂，什么事？谁在这儿叫喊？

伊阿古　谁在这儿叫喊！

比恩卡　嗳哟，我的亲爱的凯西奥！我的温柔的凯西奥！啊，凯西奥！凯西奥！凯西奥！

伊阿古　哼，你这声名狼藉的娼妇！凯西奥，照你猜想起来，向你下这样毒手的大概是些什么人？

凯西奥　我不知道。

葛莱西安诺　我正要来找你，谁料你会遭逢这样的祸事，真是恼人！

伊阿古　借给我一条吊袜带。好。啊，要是有一张椅子，让他舒舒服服躺在上面，把他抬去才好！

比恩卡　嗳哟，他晕过去了！啊；凯西奥！凯西奥！凯西奥！

伊阿古　两位先生，我很疑心这个贱人也是那些凶徒们的同党。——忍耐点儿，好凯西奥。——来，来，借我一个火。我们认不认识这一张面孔？嗳哟！是我的同国好友罗德利哥吗？不。唉，果然是他！天哪！罗德利哥！

葛莱西安诺　什么！威尼斯的罗德利哥吗？

伊阿古　正是他，先生。你认识他吗？

葛莱西安诺　认识他！我怎么不认识他？

伊阿古　葛莱西安诺先生吗？请您原谅，这些流血的惨剧，使我礼貌不周，失敬得很。

葛莱西安诺　哪儿的话；我很高兴看见您。

伊阿古　你怎么啦，凯西奥？啊，来一张椅子！来一张椅子！

葛莱西安诺　罗德利哥！

伊阿古　他，他，正是他。（众人携椅上）啊！很好；椅子。几个人把他小心抬走；我就去找军医官来。（向比恩卡）你，奶奶，你也不用装腔作势啦。——凯西奥，死在这儿的这个人是我的好朋友。你们两人有什么仇恨？

凯西奥　一点没有；我根本不认识这个人。

伊阿古　（向比恩卡）什么！你脸色变白了吗？——啊！把他抬进屋子里去。（众人舁凯西奥、罗德利哥二人下）等一等，两位先生。奶奶，你脸色变白了吗？你们看见她眼睛里这一股惊慌的神气吗？哼，要是你这样睁大了眼睛，我们还要等着听一些新鲜的话哩。留心瞧着她；你们瞧；你们看见了吗，两位先生？哼，犯了罪的人，即使舌头僵住了，也会不打自招的。

爱米利娅上。

爱米利娅　唉！出了什么事啦？出了什么事啦，丈夫？

伊阿古　凯西奥在这儿黑暗之中，被罗德利哥和几个在逃的同党袭击；他几乎送了性命，罗德利哥已经死了。

爱米利娅　嗳哟，好一位绅士！嗳哟，好凯西奥！

伊阿古　这是他爱嫖的结果。爱米利娅，你去问问凯西奥，他今天晚上在什么地方吃饭的。——什么！你听了这句话就发抖吗？

比恩卡　他在我家里吃饭；可我并不是因为这个而发抖。

伊阿古　噢，他在你家里吃饭？你跟我走！

爱米利娅　呸，呸，你这不要脸的娼妇！

比恩卡　我不是娼妇；我跟你一样清白。

爱米利娅　跟我一样清白！呸！不要脸！

伊阿古　两位好先生，让我们去帮助帮助可怜的凯西奥，替他把伤口扎好。来，奶奶，你必须对我们讲老实话。爱米利娅，你快奔到城堡里去，告诉将军和夫人这儿发生了什么事。你们先请吧。（旁白）今夜是我的命运所寄，倘不能青云直上，就要一败涂地。（同下。）

第二场　城堡中的卧室

苔丝狄蒙娜睡床上，一灯照耀室内；奥瑟罗上。

奥瑟罗　只是为了这一个原因，只是为了这一个原因，我的灵魂！纯洁的星星啊，不要让我向你们说出它的名字！只是为了这一个原因……可是我不愿溅她的血，也不愿毁伤她那比白雪更皎洁、比石膏更腻滑的肌肤。可是她不能不死，否则她将要陷害更多的男子。让我熄灭了这一盏灯，然后我就熄灭你的生命的火焰。融融的灯光啊，我把你吹熄以后，要是我心生后悔，仍旧可以把你重新点亮；可是你，造化最精美的形象啊，你的火焰一旦熄灭，我不知道什么地方有那天上的神火，能够燃起你的原来的光彩！我摘下了蔷薇，就不能再给它已失的生机，只好让它枯萎雕谢；当它还在枝头的时候，我要嗅一嗅它的芳香。（吻苔丝狄蒙娜）啊，甘美的气息！你几乎诱动公道的心，使她折断她的利剑了！再一个吻，再一个吻。愿你到死都是这样；我要杀死你，然后再爱你。再一个吻，这是最后的一吻了；这样销魂，却又是这样无比的惨痛！我必须哭泣，然而这些是无情的眼泪。这一阵阵悲伤是神圣的，因为它要惩罚的正是它最疼爱的。她醒来了。

苔丝狄蒙娜　谁？奥瑟罗吗？

奥瑟罗　嗯，苔丝狄蒙娜。

苔丝狄蒙娜　您要睡了吗，我的主？

奥瑟罗　你今晚有没有祈祷过，苔丝狄蒙娜？

苔丝狄蒙娜　祈祷过了，我的主。

奥瑟罗　要是你想到在你的一生之中，还有什么罪恶不曾为上帝所宽宥，赶快恳求他的恩赦吧。

苔丝狄蒙娜　嗳哟！我的主，您这句话是什么意思？

奥瑟罗　嘿，祈祷吧，干脆点儿；我就在一旁等着你。我不愿杀害你的没有准备的灵魂；不，上天禁止这种罪行！我不愿杀害你的灵魂。

苔丝狄蒙娜　您在说杀人的话吗？

奥瑟罗　嗯，是的。

苔丝狄蒙娜　那么愿上天垂怜于我！

奥瑟罗　阿门，但愿如此！

苔丝狄蒙娜　要是您这样说，我希望您不至于把我杀死。

奥瑟罗　哼！

苔丝狄蒙娜　可是我怕您；因为您的眼珠这样滚转的时候，您已经动了杀机。我不知道我为什么害怕，因为我不知道我有什么罪；可是我觉得害怕。

奥瑟罗　想想你的罪恶吧。

苔丝狄蒙娜　除非我对您的爱是罪恶，我不知道我有什么罪恶。

奥瑟罗　好，你必须因此而死。

苔丝狄蒙娜　为了爱而被杀，那样的死是违反人情的。唉！您为什么这样咬着您的下唇呢？一种饮血的欲念震撼您的全身，这便是它的征兆；可是我希望，我希望您的怒气不是对我而发。

奥瑟罗　闭嘴，不要作声！

苔丝狄蒙娜　是；可是请您告诉我究竟为了什么事？

奥瑟罗　你把我给你的那条我的心爱的手帕送给凯西奥。

苔丝狄蒙娜　不，凭着我的生命和灵魂起誓！您叫他来问好了。

奥瑟罗　好人儿，留心不要发伪誓；你的死已在眼前了。

苔丝狄蒙娜　不，我现在还不能死。

奥瑟罗　你必须立刻死，所以赶快坦白招认你的罪恶吧；即使你发誓否认每一件事实，也不能除去那使我痛心的坚强的确信。你必须死。

苔丝狄蒙娜　那么愿上帝垂怜于我！

奥瑟罗　阿门。

苔丝狄蒙娜　愿您也大发慈悲！我生平从不曾得罪过您，也从不曾用上天所不容的非分的爱情滥施在凯西奥的身上；我没有给过他什么东西。

奥瑟罗　苍天在上，我亲眼看见我的手帕在他的手里。欺罔神明的妇人！你使我的心变成坚硬；我本来想把你作为献祭的牺牲，现在却被你激起我的屠夫的恶念来了。我明明看见那手帕的。

苔丝狄蒙娜　那么是他在什么地方拾到的；我没有给他。叫他到这儿来，让他供认事实的真相。

奥瑟罗　他已经承认了。

苔丝狄蒙娜　承认什么，我的主？

奥瑟罗　承认他已经和你发生关系。

苔丝狄蒙娜　怎么？非法的关系吗？

奥瑟罗　嗯。

苔丝狄蒙娜　他不会这样说的。

奥瑟罗　是的，他的嘴已经闭住，正直的伊阿古已经把他解决了。

苔丝狄蒙娜　啊，我的恐惧叫我明白过来了！什么！他死了吗？

奥瑟罗　即使他每一根头发里都有生命，我的复仇的怒火也会把它们一起吞下。

苔丝狄蒙娜　唉！他被人陷害，我的一生也从此断送了！

奥瑟罗　不要脸的娼妇！你当着我的面为他哭泣吗？

苔丝狄蒙娜　啊，我的主，把我放逐，可是不要杀我！

奥瑟罗　倒下，娼妇！

苔丝狄蒙娜　明天杀我，让我活过今天！

奥瑟罗　不，要是你想挣扎——

苔丝狄蒙娜　给我半点钟的时间！

奥瑟罗　已经决定了，没有挽回的余地。

苔丝狄蒙娜　可是让我作一次祷告吧！

奥瑟罗　太迟了。（扼苔丝狄蒙娜咽喉。）

爱米利娅　（在内）将军，将军！喂！将军，将军！

奥瑟罗　这是什么声音？没有死吗？还没有完全死去吗？我虽然狠心，却还有几分慈悲；我不愿你多挨受一刻痛苦。好，好。（刺苔丝狄蒙娜。）

爱米利娅　（在内）喂！将军，将军！

奥瑟罗　哪一个？

爱米利娅　（在内）啊，将军！我要跟您说句话儿。

奥瑟罗　是的，这是爱米利娅。——等一等。——她死了。她多半要来说起凯西奥的死。外边已经听得见嘈杂的声音。嘿！一动也不动了吗？像坟墓一样沉寂。要不要让她进来？妥当不妥当？我想她又在动了，不，怎么办呢？要是她进来，她一定要跟我的妻子说话。我的妻子！我的妻子！什么妻子？我没有妻子。啊，难堪！啊，不幸的时辰！我想现在日月应该晦暗不明，受惊的地球看见这种非常的灾变，也要吓得目瞪口呆。

爱米利娅　（在内）啊，好将军！请您让我进来对您说句话儿。

奥瑟罗　我忘记了。啊，进来，爱米利娅。慢点儿，等一等。让我把帐幕拉下来。你在哪儿？（启锁开门。）

爱米利娅上。

奥瑟罗　什么事？

爱米利娅　啊，好将军！那边出了杀人命案啦！

奥瑟罗　什么！现在？

爱米利娅　就是刚才，将军。

奥瑟罗　那都是因为月亮走错了轨道，比平常更近地球，所以人们都发起疯来了。

爱米利娅　将军，凯西奥杀死了一个名叫罗德利哥的威尼斯青年。

奥瑟罗　罗德利哥被杀了！凯西奥也被杀了吗？

爱米利娅　不，凯西奥没有死。

奥瑟罗　凯西奥没有死！那么杀人认错了对象，痛快的复仇又有了变卦啦。

苔丝狄蒙娜　啊，死得好冤枉呀！

爱米利娅　嗳哟！那是什么呼声？

奥瑟罗　那！什么？

爱米利娅　嗳哟！那是夫人的声音。救命！救命啊！救命！啊，夫人，再说一声话儿！亲爱的苔丝狄蒙娜！啊，亲爱的夫人，说呀！

苔丝狄蒙娜　我是无罪而死的。

爱米利娅　啊！这是谁干的事？

苔丝狄蒙娜　谁也没有干；是我自己。再会吧；替我向我的仁慈的夫君致意。啊，再会吧！（死。）

奥瑟罗　啊！她怎么会被人杀死的？

爱米利娅　唉！谁知道？

奥瑟罗　你听见她说是她自己，我没有杀死她。

爱米利娅　她是这样说；我只好按照事实去报告。

奥瑟罗　她到地狱的火焰里去，还不愿说一句真话。杀死她的是我。

爱米利娅　啊，那么她尤其是一个天使，你尤其是一个黑心的魔鬼了！

奥瑟罗　她干了无耻的事，她是个淫妇。

爱米利娅　你冤枉她，你是个魔鬼。

奥瑟罗　她像水一样轻浮。

爱米利娅　你说她轻浮，你自己才像火一样粗暴。啊，她是圣洁而忠贞的！

奥瑟罗　凯西奥和她通奸，不信你去问你的丈夫吧。啊，要是我采取这种极端的手段，并没有正当的理由，死后就要永远堕入地狱的底层！你的丈夫一切全都知道。

爱米利娅　我的丈夫！

奥瑟罗　你的丈夫。

爱米利娅　他知道她不守贞节吗？

奥瑟罗　嗯，他知道她跟凯西奥有暧昧。嘿，要是她是个贞洁的妇人，即使上帝为我用一颗完整的宝石另外造一个世界，我也不愿用她去交换。

爱米利娅　我的丈夫！

奥瑟罗　嗯，他最初告诉我这件事。他是个正人君子，他痛恨卑鄙龌龊的行为。

爱米利娅　我的丈夫！

奥瑟罗　妇人，为什么把这句话说了又说呢？我是说你的丈夫。

爱米利娅　啊，夫人！你因为多情，受了奸人的愚弄了！我的丈夫说她不贞！

奥瑟罗　正是他，妇人；我说你的丈夫；你懂得这句话吗？我的朋友，你的丈夫，正直的、正直的伊阿古。

爱米利娅　要是他果然说了这样的话，愿他恶毒的灵魂每天一分一寸地糜烂！他全然胡说；她对于她的最卑鄙的男人是太痴心了。

奥瑟罗　嘿！

爱米利娅　随你把我怎么样吧。你配不上这样的好妻子，你这种行为是上天所不容的。

奥瑟罗　还不闭嘴！

爱米利娅　你没有半分力量可以伤害我；我的心碎了，还怕你什么！啊，笨伯！傻瓜！泥土一样蠢的家伙！你已经做了一件大大不该的事——我不怕你的剑；我要宣布你的罪恶，即使我将要因此而丧失二十条生命。救命！救命啊！救命！摩尔人杀死了夫人啦！杀了人啦！杀了人啦！

蒙太诺、葛莱西安诺、伊阿古及余人等上。

蒙太诺　什么事？怎么，将军！

爱米利娅　啊！你来了吗，伊阿古？你做得好事，人家都把杀人的罪名架在你头上啦！

葛莱西安诺　什么事？

爱米利娅　你倘是个汉子，赶快否认这恶人所说的话吧；他说你告诉他他的妻子不贞。我知道你不会说这种话，你还不会是这样一个恶人。说吧，我的心都要胀破了。

伊阿古　我不过把我自己的意思告诉他；我对他所说的话，已经由他自己证实了。

爱米利娅　可是你有没有对他说她是不贞的？

伊阿古　我对他说过。

爱米利娅　你说谎，一个可憎的、万恶不赦的谎！凭着我的灵魂起誓，一个谎，一个罪恶的谎！她跟凯西奥私通！你说她跟凯西奥私通吗？

伊阿古　跟凯西奥私通，太太。好了好了，收住你的舌头吧。

爱米利娅　我不愿收住我的舌头；我必须说话。夫人在这儿床上给人谋杀了。

众　人　啊，哪会有这样的事！

爱米利娅　都是你造的谣言，引起这场血案。

奥瑟罗　各位不必惊慌；这事情是真的。

葛莱西安诺　真有这样的事，那可奇了！

蒙太诺　啊，骇人的行为！

爱米利娅　诡计！诡计！诡计！我现在想起来了；啊，诡计！那时候我就有些怀疑；我要伤心死了！啊，诡计！诡计！

伊阿古　什么！你疯了吗？快给我回家去！

爱米利娅　各位先生，让我有一个说话的机会。照理我应该服从他，可是现在却不能服从他。也许，伊阿古，我永远不再回家了。

奥瑟罗　啊！啊！啊！（扑卧床上。）

爱米利娅　哼，你躺下来哭叫吧；因为你已经杀死一个世间最温柔纯洁的人。

奥瑟罗　啊，她是淫污！我简直不认识您啦，叔父。那边躺着您的侄女，她的呼吸刚才被我这双手扼断；我知道这件行为在世人眼中看起来是惊人而惨酷的。

葛莱西安诺　可怜的苔丝狄蒙娜！幸亏你父亲已经死了；你的婚事是他的致死的原因，悲伤摧断了他的衰老的生命。要是他现在还活着，看见这种惨状，一定会干出一些疯狂的事情来的；他会咒天骂地，赶走了身边的守护神，毁灭了自己的灵魂。

奥瑟罗　这诚然是一件伤心的事；可是伊阿古知道她曾经跟凯西奥干过许

多回无耻的勾当，凯西奥自己也承认了。她还把我的定情礼物送给凯西奥，作为他殷勤献媚的酬劳。我看见它在他的手里；那是一方手帕，我的父亲给我母亲的一件古老的纪念品。

爱米利娅　天啊！天上的神明啊！

伊阿古　算了，闭住你的嘴！

爱米利娅　事情总会暴露的，事情总会暴露的。闭住我的嘴？不，不，我要像北风一样自由地说话；让天神、世人和魔鬼全都把我嘲骂羞辱，我也要说我的话。

伊阿古　放明白一些，回家去吧。

爱米利娅　我不愿回家。（伊阿古拔剑欲刺爱米利娅。）

葛莱西安诺　呸！你向一个妇人动武吗？

爱米利娅　你这愚笨的摩尔人啊！你所说起的那方手帕，是我偶然拾到，把它给了我的丈夫的；虽然那只是一件小小的东西，他却几次三番恳求我替他偷出来。

伊阿古　长舌的淫妇！

爱米利娅　她送给凯西奥！唉！不，是我拾到了，把它交给我的丈夫的。

伊阿古　贱人，你说谎！

爱米利娅　苍天在上，我没有说谎；我没有说谎，各位先生。杀人的傻瓜啊！像你这样一个蠢材，怎么配得上这样好的一位妻子呢？

奥瑟罗　天上没有石块，可以像雷霆一样打下来吗？好一个奸贼！（向伊阿古扑奔；伊阿古刺爱米利娅逃下。）

葛莱西安诺　这妇人倒下来了；他把他的妻子杀死了。

爱米利娅　是，是；啊！把我放在夫人的身旁吧！

葛莱西安诺　他走了，他的妻子给他杀了。

蒙太诺　这是一个罪大恶极的凶徒。你拿着我从这摩尔人手里夺下来的剑。来，在门外看守好了，别让他出去；他要是想逃走，尽管把他杀死。我要去追那恶人，那是一个不可宽恕的家伙。（蒙太诺、葛莱西安诺下。）

奥瑟罗　我的勇气也离我而去了，每一个孱弱的懦夫都可以夺下我的剑来。可是奸恶既然战胜了正直，哪里还会有荣誉存在呢？让一切都归于幻灭吧！

爱米利娅　你的歌儿是一个谶兆吗，夫人？听，你听没听见我的声音？我要像天鹅一般在歌声中死去[1]。（唱）

杨柳，杨柳，杨柳……

摩尔人，她是贞洁的；她爱你，狠心的摩尔人。我说的是真话，愿我的灵魂享受天福；我的话是跟我的思想一致的。我死了，我死了。（死。）

奥瑟罗　我还有一柄剑在这屋子里，那是一柄用冰泉的水所浸炼的西班牙宝剑。啊，在这儿！叔父，我一定要出来。

葛莱西安诺　（在内）你要是敢试一试，就得付重大的代价；你没有武器，只好屈服。

奥瑟罗　那么进来瞧瞧我吧，我有话对你说；否则我虽然没有武器，也只好不顾一切跟你拼一下了。

葛莱西安诺重上。

葛莱西安诺　什么事？

奥瑟罗　瞧！我有一柄剑；从来没有一个战士佩带过比这更好的剑；凭着这一条小小的胳臂和这一柄利剑，我曾经冲破二十倍于你们这样人数的包围；可是，无聊的夸口啊！谁能主宰他自己的命运呢？现在我已经没有那样的本领了。虽然你看我拿着武器，可是不用害怕，这儿是我的旅途的终点，我的航程的最后的目标。你吓得退走了吗？这是不必要的惊恐；谁只要拿一根灯草向奥瑟罗的胸前刺去，他也会向后退缩的。奥瑟罗应该到什么地方去呢？——啊，让我再看看你的脸吧，薄命的女郎！像你的衬衣一样惨白！我们在天庭对簿的时候，你这一副脸色就可以把我的灵魂赶下天堂，让魔鬼把它抓去。你的全身冰冷，我的恋人！正像你的贞洁一样凛若寒霜。啊，该死的、该死的奴才！魔鬼啊，把我从这天仙一样美人的面前鞭逐出去吧！让狂风把我吹卷、硫黄把我熏烤、沸汤的深渊把我沉浸吧！啊，苔丝狄蒙娜！苔丝狄蒙娜！死了！啊！啊！啊！

---

① 据说天鹅在临终时为自己唱起挽歌。

罗多维科、蒙太诺、二侍从以卧椅抬凯西奥及吏役等押伊阿古同上。

罗多维科　这卤莽而不幸的人在哪儿？

奥瑟罗　那就是从前的奥瑟罗；我在这儿。

罗多维科　那条毒蛇呢？把这恶人带上来。

奥瑟罗　据说魔鬼的脚是分趾的，让我看看他的脚是不是这样。要是你真的是一个魔鬼，我也不能杀死你。（刺伤伊阿古。）

罗多维科　把他手里的剑夺下来。

伊阿古　我不过流了点儿血，还没有给他杀死。

奥瑟罗　那也好，我要你留着活命；因为在我看来，死倒是一桩幸福。

罗多维科　啊，奥瑟罗！你本来是一个很好的汉子，却会中一个万恶的奸人的诡计，我们该说你什么呢？

奥瑟罗　随便你们怎么说吧；要是你们愿意，不妨说我是一个正直的凶手，因为我所干的事，都是出于荣誉的观念，不是出于猜嫌的私恨。

罗多维科　这恶人已经承认了一部分他的奸谋；杀死凯西奥是你跟他同谋的吗？

奥瑟罗　是的。

凯西奥　主帅，我从来不曾得罪过您。

奥瑟罗　我相信你的话；愿你原谅我吧。你们问一问那个顶着人头的恶魔，为什么他要这样陷害我的灵魂和肉体？

伊阿古　什么也不要问我；你们所知道的，你们已经知道了；从这一刻起，我不再说一句话。

罗多维科　什么！你也不要祈祷吗？

葛莱西安诺　酷刑可以逼你开口。

奥瑟罗　嘿，你这是最好的办法。

罗多维科　将军，一切经过，你将会明白的，我相信你现在还一点也不知道。这是从已死的罗德利哥衣袋里搜到的一封信；这儿还有一封；其中一封信里说到杀死凯西奥的事情由罗德利哥动手执行。

奥瑟罗　啊，奸贼！

凯西奥　野蛮残忍的阴谋！

罗多维科　这儿还有从他的衣袋里找到的一封充满怨言的信，看来好像是罗德利哥预备寄给这个万恶的奸人的；可是信还没有寄出，伊阿古就给了他回答了。

奥瑟罗　啊，恶毒的奸贼！凯西奥，我的妻子的手帕怎么会到你手里的？

凯西奥　我在我的房间里找到它；他刚才已经亲口承认是他有意把它丢在那里的，借此可以达到他自己的图谋。

奥瑟罗　啊，傻瓜！傻瓜！傻瓜！

凯西奥　在罗德利哥的信里，他又埋怨伊阿古不该撺掇他在我值夜的时候向我寻事；我就是为了那一回事情而去职的。就在刚才，他从长时间的昏迷中醒了过来，还说起他一切都受伊阿古的指使，结果却是伊阿古伤了他的生命。

罗多维科　你必须离开这所屋子，跟我们去；你的军队和兵权必须全部交卸，让凯西奥主持塞浦路斯的军政重务。对于这一个家伙，我们将要用一切巧妙的酷刑加在他的身上，使他遍受种种的痛苦，而不至于立刻死去。我们还要把你严密监禁，等候威尼斯政府判决你的罪状。来，把他带下去。

奥瑟罗　且慢，在你们未走以前，再听我说一两句话。我对于国家曾经立过相当的功劳，这是执政诸公所知道的；那些话现在也不用说了。当你们把这种不幸的事实报告他们的时候，请你们在公文上老老实实照我本来的样子叙述，不要徇情回护，也不要恶意构陷；你们应当说我是一个在恋爱上不智而过于深情的人；一个不容易发生嫉妒的人，可是一旦被人煽动以后，就会糊涂到极点；一个像印度人一样糊涂的人，会把一颗比他整个部落所有的财产更贵重的珍珠随手抛弃；一个不惯于流妇人之泪的人，可是当他被感情征服的时候，也会像涌流着胶液的阿拉伯胶树一般两眼泛滥。请你们把这些话记下，再补充一句说：在阿勒坡地方，曾经有一个裹着头巾的敌意的土耳其人殴打一个威尼斯人，诽谤我们的国家，那时候我就一把抓住这受割礼的狗子的咽喉，就这样把他杀了。（以剑自刎。）

罗多维科　啊，残酷的结局！

葛莱西安诺　一切说过的话，现在又要颠倒过来了。

奥瑟罗　我在杀死你以前，曾经用一吻和你诀别；现在我自己的生命也在一吻里终结。(倒扑在苔丝狄蒙娜身上，死。)

凯西奥　我早就担心会有这样的事发生，可是我还以为他没有武器；他的心地是光明正大的。

罗多维科　(向伊阿古)你这比痛苦、饥饿和大海更凶暴的猛犬啊！瞧瞧这床上一双浴血的尸身吧；这是你干的好事。这样伤心惨目的景象，赶快把它遮盖起来吧。葛莱西安诺，请您接收这一座屋子；这摩尔人的全部家产，都应该归您继承。总督大人，怎样处置这一个恶魔般的奸徒，什么时候，什么地点，用怎样的刑法，都要请您全权办理，千万不要宽纵他！我现在就要上船回去禀明政府，用一颗悲哀的心报告这一段悲哀的事故。(同下。)

李尔王

剧中人物

李　尔　不列颠国王

法兰西国王

勃艮第公爵

康华尔公爵

奥本尼公爵

肯特伯爵

葛罗斯特伯爵

爱德伽　葛罗斯特之子

爱德蒙　葛罗斯特之庶子

克　伦　朝　士

奥斯华德　高纳里尔的管家

老　人　葛罗斯特的佃户

医　生

弄　人

爱德蒙属下一军官

考狄利娅一侍臣

传令官

康华尔的众仆

高纳里尔、里根、考狄利娅　李尔之女

扈从李尔之骑士、军官、使者、兵士及侍从等

地　点

不列颠

第一幕

第一场　李尔王宫中大厅

肯特、葛罗斯特及爱德蒙上。

肯　特　我想王上对于奥本尼公爵，比对于康华尔公爵更有好感。

葛罗斯特　我们一向都觉得是这样；可是这次划分国土的时候，却看不出来他对这两位公爵有什么偏心；因为他分配得那么平均，无论他们怎样斤斤较量，都不能说对方比自己占了便宜。

肯　特　大人，这位是您的令郎吗？

葛罗斯特　他是在我手里长大的；我常常不好意思承认他，可是现在惯了，也就不以为意啦。

肯　特　我不懂您的意思。

葛罗斯特　伯爵，这个小子的母亲可心里明白，因此，不瞒您说，她还没有嫁人就大了肚子生下儿子来。您想这应该不应该？

肯　特　能够生下这样一个好儿子来，即使一时错误，也是可以原谅的。

葛罗斯特　我还有一个合法的儿子，年纪比他大一岁，然而我还是喜欢他。这畜生虽然不等我的召唤，就自己莽莽撞撞来到这世上，可是他的母亲是个迷人的东西，我们在制造他的时候，曾经有过一场销魂的游戏，这孽种我不能不承认他。爱德蒙，你认识这位贵人吗？

爱德蒙　不认识，父亲。

葛罗斯特　肯特伯爵；从此以后，你该记着他是我的尊贵的朋友。

爱德蒙　大人，我愿意为您效劳。

肯　特　我一定喜欢你，希望我们以后能够常常见面。

爱德蒙　大人，我一定尽力报答您的垂爱。

葛罗斯特　他已经在国外九年，不久还是要出去的。王上来了。

喇叭奏花腔。李尔、康华尔、奥本尼、高纳里尔、里根、考狄利娅及侍从等上。

李　尔　葛罗斯特，你去招待招待法兰西国王和勃艮第公爵。

葛罗斯特　是，陛下。（葛罗斯特、爱德蒙同下。）

李　尔　现在我要向你们说明我的心事。把那地图给我。告诉你们吧，我已经把我的国土划成三部；我因为自己年纪老了，决心摆脱一切事物的牵萦，把责任交卸给年轻力壮之人，让自己松一松肩，好安安心心地等死。康华尔贤婿，还有同样是我心爱的奥本尼贤婿，为了预防他日的争执，我想还是趁现在把我的几个女儿的嫁奁当众分配清楚。法兰西和勃艮第两位君主正在竞争我的小女儿的爱情，他们为了求婚而住在我们宫廷里，也已经有好多时候了，现在他们就可以得到答复。孩子们，在我还没有把我的政权、领土和国事的重任全部放弃以前，告诉我，你们中间哪一个人最爱我？我要看看谁最有孝心，最有贤德，我就给她最大的恩惠。高纳里尔，我的大女儿，你先说。

高纳里尔　父亲，我对您的爱，不是言语所能表达的；我爱您胜过自己的眼睛、整个的空间和广大的自由；超越一切可以估价的贵重稀有的事物；不亚于赋有淑德、健康、美貌和荣誉的生命；不曾有一个儿女这样爱过他的父亲，也不曾有一个父亲这样被他的儿女所爱；这一种爱可以使唇舌无能为力，辩才失去效用；我爱您是不可以数量计算的。

考狄利娅　（旁白）考狄利娅应该怎么好呢？默默地爱着吧。

李　尔　在这些疆界以内，从这一条界线起，直到这一条界线为止，所有一切浓密的森林、膏腴的平原、富庶的河流、广大的牧场，都要奉你为它们的女主人；这一块土地永远为你和奥本尼的子孙所保有。我的二女儿，最亲爱的里根，康华尔的夫人，你怎么说？

里　根　我跟姊姊具有同样的品质，您凭着她就可以判断我。在我的真心之中，我觉得她刚才所说的话，正是我爱您的实际的情形，可是她还不能充分说明我的心理；我厌弃一切凡是敏锐的知觉所能感受到的快乐，只有爱您才是我的无上的幸福。

考狄利娅　（旁白）那么，考狄利娅，你只好自安于贫穷了！可是我并不贫穷，因为我深信我的爱心比我的口才更富有。

李　尔　这一块从我们这美好的王国中划分出来的三分之一的沃壤，是你和你的子孙永远世袭的产业，和高纳里尔所得到的一份同样广大、同样富庶，也同样佳美。现在，我的宝贝，虽然是最后的一个，却并非最不在我的心头；法兰西的葡萄和勃艮第的乳酪都在竞争你的青春之爱；你有些什么话，可以换到一份比你的两个姊姊更富庶的土地？说吧。

考狄利娅　父亲，我没有话说。

李　尔　没有？

考狄利娅　没有。

李　尔　没有只能换到没有；重新说过。

考狄利娅　我是个笨拙的人，不会把我的心涌上我的嘴里；我爱您只是按照我的名分，一分不多，一分不少。

李　尔　怎么，考狄利娅！把你的话修正修正，否则你要毁坏你自己的命运了。

考狄利娅　父亲，您生下我来，把我教养成人，爱惜我、厚待我；我受到您这样的恩德，只有恪尽我的责任，服从您、爱您、敬重您。我的姊姊们要是用她们整个的心来爱您，那么她们为什么要嫁人呢？要是我有一天出嫁了，那接受我的忠诚的誓约的丈夫，将要得到我的一半的爱、我的一半的关心和责任；假如我只爱我的父亲，我一定不会像我的两个姊姊一样再去嫁人的。

李　尔　你这些话果然是从心里说出来的吗？

考狄利娅　是的，父亲。

李　尔　年纪这样小，却这样没有良心吗？

考狄利娅　父亲，我年纪虽小，我的心却是忠实的。

李　尔　好，那么让你的忠实做你的嫁奁吧。凭着太阳神圣的光辉，凭着黑夜的神秘，凭着主宰人类生死的星球的运行，我发誓从现在起，永远和你断绝一切父女之情和血缘亲属的关系，把你当作一个路人看待。啖食自己儿女的生番，比起你，我的旧日的女儿来，也不会更令我憎恨。

肯　特　陛下——

李　尔　闭嘴，肯特！不要来批怒龙的逆鳞。她是我最爱的一个，我本来想要在她的殷勤看护之下，终养我的天年。去，不要让我看见你的脸！让坟墓做我安息的眠床吧，我从此割断对她的天伦的慈爱了！叫法兰西王来！都是死人吗？叫勃艮第来！康华尔，奥本尼，你们已经分到我的两个女儿的嫁奁，现在把我第三个女儿那一份也拿去分了吧；让骄傲——她自己所称为坦白的——替她找一个丈夫。我把我的威力、特权和一切君主的尊荣一起给了你们。我自己只保留一百名骑士，在你们两人的地方按月轮流居住，由你们负责供养。除了国王的名义和尊号以外，所有行政的大权、国库的收入和大小事务的处理，完全交在你们手里；为了证实我的话，两位贤婿，我赐给你们这一顶宝冠，归你们两人共同保有。

肯　特　尊严的李尔，我一向敬重您像敬重我的君王，爱您像爱我的父亲，跟随您像跟随我的主人，在我的祈祷之中，我总把您当作我的伟大的恩主——

李　尔　弓已经弯好拉满，你留心躲开箭锋吧。

肯　特　让它落下来吧，即使箭镞会刺进我的心里。李尔发了疯，肯特也只好不顾礼貌了。你究竟要怎样，老头儿？你以为有权有位的人向谄媚者低头，尽忠守职的臣僚就不敢说话了吗？君主不顾自己的尊严，干下了愚蠢的事情，在朝的端人正士只好直言极谏。保留你的权力，仔细考虑一下你的举措，收回这种卤莽灭裂的成命。你的小女儿并不是最不孝顺你；有人不会口若悬河，说得天花乱坠，可并不就是无情无义。我的判断要是有错，你尽管取我的命。

李　尔　肯特，你要是想活命，赶快闭住你的嘴。

肯　特　我的生命本来是预备向你的仇敌抛掷的；为了你的安全，我也不怕把它失去。

李　尔　走开，不要让我看见你！

肯　特　瞧明白一些，李尔；还是让我像箭垛上的红心一般永远站在你的眼前吧。

李　尔　凭着阿波罗起誓——

肯　特　凭着阿波罗，老王，你向神明发誓也是没用的。

李　尔　啊，可恶的奴才！（以手按剑。）

奥本尼
康华尔　陛下请息怒。

肯　特　好，杀了你的医生，把你的恶病养得一天比一天厉害吧。赶快撤销你的分土授国的原议；否则只要我的喉舌尚在，我就要大声疾呼，告诉你你做了错事啦。

李　尔　听着，逆贼！你给我按照做臣子的道理，好生听着！你想要煽动我毁弃我的不容更改的誓言，凭着你的不法的跋扈，对我的命令和权力妄加阻挠，这一种目无君上的态度，使我忍无可忍；为了维持王命的尊严，不能不给你应得的处分。我现在宽容你五天的时间，让你预备些应用的衣服食物，免得受饥寒的痛苦；在第六天上，你那可憎的身体必须离开我的国境；要是在此后十天之内，我们的领土上再发现了你的踪迹，那时候就要把你当场处死。去！凭着朱庇特发誓，这一个判决是无可改移的。

肯　特　再会，国王；你既不知悔改，

囚笼里也没有自由存在。（向考狄利娅）

姑娘，自有神明为你照应：

你心地纯洁，说话真诚！（向里根、高纳里尔）

愿你们的夸口变成实事，

假树上会结下真的果子。
各位王子，肯特从此远去；
到新的国土走他的旧路。（下。）

喇叭奏花腔。葛罗斯特偕法兰西王、勃艮第及侍从等重上。

葛罗斯特　陛下，法兰西国王和勃艮第公爵来了。

李　尔　勃艮第公爵，您跟这位国王都是来向我的女儿求婚的，现在我先问您：您希望她至少要有多少陪嫁的奁资，否则宁愿放弃对她的追求？

勃艮第　陛下，照着您所已经答应的数目，我就很满足了；想来您也不会再吝惜的。

李　尔　尊贵的勃艮第，当她为我所宠爱的时候，我是把她看得非常珍重的，可是现在她的价格已经跌落了。公爵，您瞧她站在那儿，一个小小的东西，要是除了我的憎恨以外，我什么都不给她，而您仍然觉得她有使您喜欢的地方，或者您觉得她整个儿都能使您满意，那么她就在那儿，您把她带去好了。

勃艮第　我不知道怎样回答。

李　尔　像她这样一个一无可取的女孩子，没有亲友的照顾，新近遭到我的憎恨，诅咒是她的嫁奁，我已经立誓和她断绝关系了，您还是愿意娶她呢，还是愿意把她放弃？

勃艮第　恕我，陛下；在这种条件之下，决定取舍是一件很为难的事。

李　尔　那么放弃她吧，公爵；凭着赋予我生命的神明起誓，我已经告诉您她的全部价值了。（向法兰西王）至于您，伟大的国王，为了重视你、我的友谊，我断不愿把一个我所憎恶的人匹配给您；所以请您还是丢开了这一个为天地所不容的贱人，另外去找寻佳偶吧。

法兰西王　这太奇怪了，她刚才还是您的眼中的珍宝、您的赞美的题目、您的老年的安慰、您的最好、最心爱的人儿，怎么一转瞬间，就会干下这么一件罪大恶极的行为，丧失了您的深恩厚爱！她的罪恶倘不是超乎寻常，您的爱心决不会变得这样厉害；可是除非那是一桩奇迹，我无论如何不相信她会干那样的事。

考狄利娅　陛下，我只是因为缺少娓娓动人的口才，不会讲一些违心的言语，凡是我心里想到的事情，我总不愿在没有把它实行以前就放在嘴里宣扬；要是您因此而恼我，我必须请求您让世人知道，我所以失去您的欢心的原因，并不是什么丑恶的污点、淫邪的行动，或是不名誉的举止；只是因为我缺少像人家那样的一双献媚求恩的眼睛，一条我所认为可耻的关于逢迎的舌头，虽然没有了这些使我不能再受您的宠爱，可是惟其如此，却使我格外尊重我自己的人格。

李　尔　像你这样不能在我面前曲意承欢，还不如当初没有生下你来得好。

法兰西王　只是为了这一个原因吗？为了生性不肯有话便说，不肯把心里想做到的出之于口？勃艮第公爵，您对于这位公主意下如何？爱情里面要是搀杂了和它本身无关的算计，那就不是真的爱情。您愿不愿意娶她？她自己就是一注无价的嫁奁。

勃艮第　尊严的李尔，只要把您原来已经允许过的那一份嫁奁给我，我现在就可以使考狄利娅成为勃艮第公爵的夫人。

李　尔　我什么都不给；我已经发过誓，再也不能挽回了。

勃艮第　那么抱歉得很，您已经失去一个父亲，现在必须再失去一个丈夫了。

考狄利娅　愿勃艮第平安！他所爱的既然只是财产，我也不愿做他的妻子。

法兰西王　最美丽的考狄利娅！你因为贫穷，所以是最富有的；你因为被遗弃，所以是最可宝贵的；你因为遭人轻视，所以最蒙我的怜爱。我现在把你和你的美德一起攫在我的手里；人弃我取是法理上所许可的。天啊天！想不到他们的冷酷的蔑视，却会激起我热烈的敬爱。陛下，您的没有嫁奁的女儿被抛在一边，正好成全我的良缘；她现在是我的分享荣华的王后，法兰西全国的女主人了，沼泽之邦的勃艮第所有的公爵，都不能从我手里买去这一个无价之宝的女郎。考狄利娅，向他们告别吧，虽然他们是这样冷酷无情；你抛弃了故国，将要得到一个更好的家乡。

李　尔　你带了她去吧，法兰西王；她是你的，我没有这样的女儿，也再不要看见她的脸，去吧，你们不要想得到我的恩宠和祝福。来，尊贵的勃艮第公爵。（喇叭奏花腔。李尔、勃艮第、康华尔、奥本尼、葛罗斯特及侍从等同下。）

法兰西王　向你的两位姊姊告别吧。

考狄利娅　父亲眼中的两颗宝玉，考狄利娅用泪洗过的眼睛向你们告别。我知道你们是怎样的人；因为碍着姊妹的情分，我不愿直言指斥你们的错处。好好对待父亲；你们自己说是孝敬他的，我把他托付给你们了。可是，唉！要是我没有失去他的欢心，我一定不让他依赖你们的照顾。再会了，两位姊姊。

里　根　我们用不着你教训。

高纳里尔　你还是去小心侍候你的丈夫吧，命运的慈悲把你交在他的手里；你自己忤逆不孝，今天空手跟了汉子去也是活该。

考狄利娅　总有一天，深藏的奸诈会渐渐显出它的原形；罪恶虽然可以掩饰一时，免不了最后出乖露丑。愿你们幸福！

法兰西王　来，我美丽的考狄利娅。（法兰西王，考狄利娅同下。）

高纳里尔　妹妹，我有许多对我们两人有切身关系的话必须跟你谈谈。我想我们的父亲今晚就要离开此地。

里　根　那是十分确定的事，他要住到你们那儿去；下个月他就要跟我们住在一起了。

高纳里尔　你瞧他现在年纪老了，他的脾气多么变化不定；我们已经屡次注意到他的行为的乖僻了。他一向都是最爱我们妹妹的，现在他凭着一时的气恼就把她撵走，这就可以见得他是多么糊涂。

里　根　这是他老年的昏悖；可是他向来就是这样喜怒无常的。

高纳里尔　他年轻的时候性子就很暴躁，现在他任性惯了，再加上老年人刚愎自用的怪脾气，看来我们只好准备受他的气了。

里　根　他把肯特也放逐了；谁知道他心里一不高兴起来，不会用同样的手段对付我们？

高纳里尔　法兰西王辞行回国，跟他还有一番礼仪上的应酬。让我们同心合力，决定一个方策；要是我们的父亲顺着他这种脾气滥施威权起来，这一次的让国对于我们未必有什么好处。

里　根　我们还要仔细考虑一下。

高纳里尔　我们必须趁早想个办法。（同下。）

第二场　葛罗斯特伯爵城堡中的厅堂

爱德蒙持信上。

爱德蒙　大自然，你是我的女神，我愿意在你的法律之前俯首听命。为什么我要受世俗的排挤，让世人的歧视剥夺我的应享的权利，只因为我比一个哥哥迟生了一年或是十四个月？为什么他们要叫我私生子？为什么我比人家卑贱？我的壮健的体格、我的慷慨的精神、我的端正的容貌，哪一点比不上正经女人生下的儿子？为什么他们要给我加上庶出、贱种、私生子的恶名？贱种，贱种；贱种？难道在热烈兴奋的奸情里，得天地精华、父母元气而生下的孩子，倒不及拥着一个毫无欢趣的老婆，在半睡半醒之间制造出来的那一批蠢货？好，合法的爱德伽，我一定要得到你的土地；我们的父亲喜欢他的私生子爱德蒙，正像他喜欢他的合法的嫡子一样。好听的名词，“合法”！好，我的合法的哥哥，要是这封信发生效力，我的计策能够成功，瞧着吧，庶出的爱德蒙将要把合法的嫡子压在他的下面——那时候我可要扬眉吐气啦。神啊，帮助帮助私生子吧！

葛罗斯特上。

葛罗斯特　肯特就这样放逐了！法兰西王盛怒而去；王上昨晚又走了！他的权力全部交出，依靠他的女儿过活！这些事情都在匆促中决定，不曾经过丝毫的考虑！爱德蒙，怎么！有什么消息？

爱德蒙　禀父亲，没有什么消息。（藏信。）

葛罗斯特　你为什么急急忙忙地把那封信藏起来？

爱德蒙　我不知道有什么消息，父亲。

葛罗斯特　你读的是什么信？

爱德蒙　没有什么，父亲。

葛罗斯特　没有什么？那么你为什么慌慌张张地把它塞进你的衣袋里去？既然没有什么，何必藏起来？来，给我看；要是那上面没有什么话，我也可以不用戴眼镜。

爱德蒙　父亲，请您原谅我；这是我哥哥写给我的一封信，我还没有把它读完，照我所已经读到的一部分看起来，我想还是不要让您看见的好。

葛罗斯特　把信给我。

爱德蒙　不给您看您要恼我，给您看了您又要动怒。哥哥真不应该写出这种话来。

葛罗斯特　给我看，给我看。

爱德蒙　我希望哥哥写这封信是有他的理由的，他不过要试试我的德性。

葛罗斯特　（读信）"这一种尊敬老年人的政策，使我们在年轻时候不能享受生命的欢乐；我们的财产不能由我们自己处分，等到年纪老了，这些财产对我们也失去了用处。我开始觉得老年人的专制，实在是一种荒谬愚蠢的束缚；他们没有权力压迫我们，是我们自己容忍他们的压迫。来跟我讨论讨论这一个问题吧。要是我们的父亲在我把他惊醒之前，一直好好睡着，你就可以永远享受他的一半的收入，并且将要为你的哥哥所喜爱。爱德伽。"——哼！阴谋！"要是我们的父亲在我把他惊醒之前，一直好好睡着，你就可以永远享受他的一半的收入。"我的儿子爱德伽！他会有这样的心思？他能写得出这样一封信吗？这封信是什么时候到你手里的？谁把它送给你的？

爱德蒙　它不是什么人送给我的，父亲；这正是他狡猾的地方；我看见它塞在我的房间的窗眼里。

葛罗斯特　你认识这笔迹是你哥哥的吗？

爱德蒙　父亲，要是这信里所写的都是很好的话，我敢发誓这是他的笔迹；可是那上面写的既然是这种话，我但愿不是他写的。

葛罗斯特　这是他的笔迹。

爱德蒙　笔迹确是他的，父亲；可是我希望这种话不是出于他的真心。

葛罗斯特　他以前有没有用这一类话试探过你？

爱德蒙　没有，父亲；可是我常常听见他说，儿子成年以后，父亲要是已经衰老，他应该受儿子的监护，把他的财产交给他的儿子掌管。

葛罗斯特　啊，混蛋！混蛋！正是他在这信里所表示的意思！可恶的混蛋！不孝的、没有心肝的畜生！禽兽不如的东西！去，把他找来，我要依法惩办他。可恶的混蛋！他在哪儿？

爱德蒙　我不大知道，父亲。照我的意思，您在没有得到可靠的证据，证明哥哥确有这种意思以前，最好暂时耐一耐您的怒气；因为要是您立刻就对他采取激烈的手段，万一事情出于误会，那不但大大妨害了您的尊严，而且他对于您的孝心，也要从此动摇了！我敢拿我的生命为他作保，他写这封信的用意，不过是试探试探我对您的孝心，并没有其他危险的目的。

葛罗斯特　你以为是这样的吗？

爱德蒙　您要是认为可以的话，让我把您安置在一个隐僻的地方，从那个地方您可以听到我们两人谈论这件事情，用您自己的耳朵得到一个真凭实据；事不宜迟，今天晚上就可以一试。

葛罗斯特　他不会是这样一个大逆不道的禽兽——

爱德蒙　他断不会是这样的人。

葛罗斯特　天地良心！我做父亲的从来没有亏待过他，他却这样对待我。爱德蒙，找他出来；探探他究竟居心何在；你尽管照你自己的意思随机应付。我愿意放弃我的地位和财产，把这一件事情调查明白。

爱德蒙　父亲，我立刻就去找他，用最适当的方法探明这回事情，然后再来告诉您知道。

葛罗斯特　最近这一些日食月食果然不是好兆；虽然人们凭着天赋的智

慧，可以对它们作种种合理的解释，可是接踵而来的天灾人祸，却不能否认是上天对人们所施的惩罚。亲爱的人互相疏远，朋友变为陌路，兄弟化成仇雠；城市里有暴动，国家发生内乱，宫廷之内潜藏着逆谋；父不父，子不子，纲常伦纪完全破灭。我这畜生也是上应天数；有他这样逆亲犯上的儿子，也就有像我们王上一样不慈不爱的父亲。我们最好的日子已经过去；现在只有一些阴谋、欺诈、叛逆、纷乱，追随在我们的背后，把我们赶下坟墓里去。爱德蒙，去把这畜生侦查个明白；那对你不会有什么妨害的；你只要自己留心一点就是了。——忠心的肯特又放逐了！他的罪名是正直！怪事，怪事！（下。）

爱德蒙　人们最爱用这一种糊涂思想来欺骗自己；往往当我们因为自己行为不慎而遭逢不幸的时候，我们就会把我们的灾祸归怨于日月星辰，好像我们做恶人也是命运注定，做傻瓜也是出于上天的旨意，做无赖、做盗贼、做叛徒，都是受到天体运行的影响，酗酒、造谣、奸淫，都有一颗什么星在那儿主持操纵，我们无论干什么罪恶的行为，全都是因为有一种超自然的力量在冥冥之中驱策着我们。明明自己跟人家通奸，却把他的好色的天性归咎到一颗星的身上，真是绝妙的推诿！我的父亲跟我的母亲在巨龙星的尾巴底下交媾，我又是在大熊星底下出世，所以我就是个粗暴而好色的家伙。嘿！即使当我的父母苟合成奸的时候，有一颗最贞洁的处女星在天空睐眼睛，我也绝不会换个样子的。爱德伽——

爱德伽上。

爱德蒙　一说起他，他就来了，正像旧式喜剧里的大团圆一样；我现在必须装出一副忧愁煞人的样子，像疯子一般长吁短叹。唉！这些日食月食果然预兆着人世的纷争！法——索——拉——咪。

爱德伽　啊，爱德蒙兄弟！你在沉思些什么？

爱德蒙　哥哥，我正在想起前天读到的一篇预言，说是在这些日食月食之后，将要发生些什么事情。

爱德伽　你让这些东西烦扰你的精神吗？

爱德蒙　告诉你吧，他所预言的事情，果然不幸被他说中了；什么父子的乖离、死亡、饥荒、友谊的毁灭、国家的分裂、对于国王和贵族的恫吓和诅咒、无谓的猜疑，朋友的放逐、军队的瓦解、婚姻的破坏，还有许许多多我所不知道的事情。

爱德伽　你什么时候相信起星象之学来？

爱德蒙　来，来；你最近一次看见父亲在什么时候？

爱德伽　昨天晚上。

爱德蒙　你跟他说过话没有？

爱德伽　嗯，我们谈了两个钟头。

爱德蒙　你们分别的时候，没有闹什么意见吗？你在他的辞色之间，不觉得他对你有点恼怒吗？

爱德伽　一点没有。

爱德蒙　想想看你在什么地方得罪了他；听我的劝告，暂时避开一下，等他的怒气平息下来再说，现在他正在大发雷霆，恨不得一口咬下你的肉来呢。

爱德伽　一定有哪一个坏东西在搬弄是非。

爱德蒙　我也怕有什么人在暗中离间。请你千万忍耐忍耐，不要碰在他的火性上；现在你还是跟我到我的地方去，我可以想法让你躲起来听听他老人家怎么说。请你去吧；这是我的钥匙。你要是在外面走动的话，最好身边带些武器。

爱德伽　带些武器，弟弟！

爱德蒙　哥哥，我这样劝告你都是为了你的好处；带些武器在身边吧；要是没有人在暗算你，就算我不是个好人。我已经把我所看到、听到的事情都告诉你了；可还只是轻描淡写，实际的情形，却比我的话更要严重可怕得多哩。请你赶快去吧。

爱德伽　我不久就可以听到你的消息吗？

爱德蒙　我在这一件事情上总是竭力帮你的忙就是了。（爱德伽下）一个轻信的父亲，一个忠厚的哥哥，他自己从不会算计别人，所以也不疑心别人算计他；对付他们这样老实的傻瓜，我的奸计是绰绰有余的。该怎么下手，我已经想好了。既然凭我的身分，产业到不了我的手，那就只好用我的智谋；不管什么手段只要使得上，对我说来，就是正当。（下。）

第三场　奥本尼公爵府中一室

高纳里尔及其管家奥斯华德上。

高纳里尔　我的父亲因为我的侍卫骂了他的弄人，所以动手打他吗？

奥斯华德　是，夫人。

高纳里尔　他一天到晚欺侮我，每一点钟他都要借端寻事，把我们这儿吵得鸡犬不宁。我不能再忍受下去了。他的骑士们一天一天横行不法起来，他自己又在每一件小事上都要责骂我们。等他打猎回来的时候，我不高兴见他说话；你就对他说我病了。你也不必像从前那样殷勤侍候他；他要是见怪，都在我身上。

奥斯华德　他来了，夫人；我听见他的声音。（内号角声。）

高纳里尔　你跟你手下的人尽管对他装出一副不理不睬的态度；我要看看他有些什么话说。要是他恼了，那么让他到我妹妹那儿去吧，我知道我的妹妹的心思，她也跟我一样不能受人压制的。这老废物已经放弃了他的权力，还想管这个管那个！凭着我的生命发誓，年老的傻瓜正像小孩子一样，一味的姑息会纵容坏了他的脾气，不对他凶一点是不行的，记住我的话。

奥斯华德　是，夫人。

高纳里尔　让他的骑士们也受到你们的冷眼；无论发生什么事情，你们都不用管；你去这样通知你手下的人吧。我要造成一些借口，和他当面说个明白。我还要立刻写信给我的妹妹，叫她采取一致的行动。吩咐他们备饭。（各下。）

第四场　奥本尼公爵府中厅堂

肯特化装上。

肯　特　我已经完全隐去我的本来面目，要是我能够把我的语音也完全改变过来，那么我的一片苦心，也许可以达到目的。被放逐的肯特啊，要是你顶着一身罪名，还依然能够尽你的忠心，那么总有一天，对你所爱戴的主人会大有用处的。

内号角声。李尔、众骑士及侍从等上。

李　尔　我一刻也不能等待，快去叫他们拿出饭来。（一侍从下）啊！你是什么？

肯　特　我是一个人，大爷。

李　尔　你是干什么的？你来见我有什么事？

肯　特　您瞧我像干什么的，我就是干什么的；谁要是信任我，我愿意尽忠服侍他，谁要是居心正直，我愿意爱他；谁要是聪明而不爱多说话，我愿意跟他来往；我害怕法官；逼不得已的时候，我也会跟人家打架；我不吃鱼①。

李　尔　你究竟是什么人？

肯　特　一个心肠非常正直的汉子，而且像国王一样穷。

李　尔　要是你这做臣民的，也像那个做国王的一样穷，那么你也可以算得真穷了。你要什么？

肯　特　我要讨一个差使。

李　尔　你想替谁做事？

肯　特　替您。

李　尔　你认识我吗？

肯　特　不，大爷；可是在您的神气之间，有一种什么力量，使我愿意叫

① 意即不是天主教徒。天主教徒逢星期五按例吃鱼。

您做我的主人。

李　尔　是什么力量?

肯　特　一种天生的威严。

李　尔　你会做些什么事?

肯　特　我会保守秘密，我会骑马，我会跑路，我会把一个复杂的故事讲得索然无味，我会老老实实传一个简单的口信；凡是普通人能够做的事情，我都可以做，我的最大的好处是勤劳。

李　尔　你年纪多大了?

肯　特　大爷，说我年轻，我也不算年轻，我不会为了一个女人会唱几句歌而害相思；说我年老，我也不算年老，我不会糊里糊涂地溺爱一个女人；我已经活过四十八个年头了。

李　尔　跟着我吧；你可以替我做事。要是我在吃过晚饭以后，还是这样欢喜你，那么我还不会就把你撵走。喂！饭呢？拿饭来！我的孩子呢？我的傻瓜呢？你去叫我的傻瓜来。（一侍从下。）

奥斯华德上。

李　尔　喂，喂，我的女儿呢?

奥斯华德　对不起——（下。）

李　尔　这家伙怎么说？叫那蠢东西回来。（一骑士下）喂，我的傻瓜呢？全都睡着了吗？怎么！那狗头呢?

骑士重上。

骑　士　陛下，他说公主有病。

李　尔　我叫他回来，那奴才为什么不回来?

骑　士　陛下，他非常放肆，回答我说他不高兴回来。

李　尔　他不高兴回来!

骑　士　陛下，我也不知道为了什么缘故，可是照我看起来，他们对待您的礼貌，已经不像往日那样殷勤了；不但一般下人从仆，就是公爵和公主也对您冷淡得多了。

李　尔　嘿！你这样说吗?

骑　士　陛下，要是我说错了话，请您原谅我；可是当我觉得您受人欺侮的时候，责任所在，我不能闭口不言。

李　尔　你不过向我提起一件我自己已经感觉到的事；我近来也觉得他们对我的态度有点儿冷淡，可是我总以为那是我自己多心，不愿断定是他们有意怠慢。我还要仔细观察观察他们的举止。可是我的傻瓜呢？我这两天没有看见他。

骑　士　陛下，自从小公主到法国去了以后，这傻瓜老是郁郁不乐。

李　尔　别再提那句话了；我也注意到他这种情形。——你去对我的女儿说，我要跟她说话。（一侍从下）你去叫我的傻瓜来。（另一侍从下。）

奥斯华德重上。

李　尔　啊！你，大爷，你过来，大爷。你不知道我是什么人吗，大爷？

奥斯华德　我们夫人的父亲。

李　尔　“我们夫人的父亲”！我们大爷的奴才！好大胆的狗！你这奴才！你这狗东西！

奥斯华德　对不起，我不是狗。

李　尔　你敢跟我当面顶嘴瞪眼吗，你这混蛋？（打奥斯华德。）

奥斯华德　您不能打我。

肯　特　我也不能踢你吗，你这踢皮球的下贱东西[1]？（自后踢奥斯华德倒地。）

李　尔　谢谢你，好家伙；你帮了我，我喜欢你。

肯　特　来，朋友，站起来，给我滚吧！我要教训教训你，让你知道尊卑上下的分别。去！去！你还想用你蠢笨的身体在地上打滚，丈量土地吗？滚！你难道不懂得厉害吗？去。（将奥斯华德推出。）

李　尔　我的好小子，谢谢你；这是你替我做事的定钱。（以钱给肯特。）

弄人上。

弄　人　让我也把他雇下来；这儿是我的鸡头帽。（脱帽授肯特。）

李　尔　啊，我的乖乖！你好？

弄　人　喂，你还是戴了我的鸡头帽吧。

---

① 踢皮球在当时只是下层市民的娱乐。

肯　特　傻瓜，为什么？

弄　人　为什么？因为你帮了一个失势的人。要是你不会看准风向把你的笑脸迎上去，你就会吞下一口冷气的。来，把我的鸡头帽拿去。嘿，这家伙撵走了两个女儿，他的第三个女儿倒很受他的好处，虽然也不是出于他的本意；要是你跟了他，你必须戴上我的鸡头帽。啊，老伯伯！但愿我有两顶鸡头帽，再有两个女儿！

李　尔　为什么，我的孩子？

弄　人　要是我把我的家私一起给了她们，我自己还可以存下两顶鸡头帽。我这儿有一顶；再去向你的女儿们讨一顶戴戴吧。

李　尔　嘿，你留心着鞭子。

弄　人　真理是一条贱狗，它只好躲在狗洞里；当猎狗太太站在火边撒尿的时候，它必须一顿鞭子被人赶出去。

李　尔　简直是揭我的疮疤！

弄　人　（向肯特）喂，让我教你一段话。

李　尔　你说吧。

弄　人　听着，老伯伯；——

多积财，少摆阔；
耳多听，话少说；
少放款，多借债；
走路不如骑马快；
三言之中信一语，
多掷骰子少下注；
莫饮酒，莫嫖妓；
待在家中把门闭；
会打算的占便宜，
不会打算叹口气。

肯　特　傻瓜，这些话一点意思也没有。

弄　人　那么正像拿不到讼费的律师一样，我的话都白说了。老伯伯，你不能从没有意思的中间，探求出一点意思来吗？

李　尔　啊，不，孩子；垃圾里是淘不出金子来的。

弄　人　（向肯特）请你告诉他，他有那么多的土地，也就成为一堆垃圾了；他不肯相信一个傻瓜嘴里的话。

李　尔　好尖酸的傻瓜！

弄　人　我的孩子，你知道傻瓜是有酸有甜的吗？

李　尔　不，孩子；告诉我。

弄　人　听了他人话，
土地全丧失；
我傻你更傻，
两傻相并立；
一个傻瓜甜，
一个傻瓜酸；
一个穿花衣，
一个戴王冠。

李　尔　你叫我傻瓜吗，孩子？

弄　人　你把你所有的尊号都送了别人；只有这一个名字是你娘胎里带来的。

肯　特　陛下，他倒不全然是个傻瓜哩。

弄　人　不，那些老爷大人们都不肯答应我的；要是我取得了傻瓜的专利权，他们一定要来夺我一份去，就是太太小姐们也不会放过我的；他们不肯让我一个人做傻瓜。老伯伯，给我一个蛋，我给你两顶冠。

李　尔　两顶什么冠？

弄　人　我把蛋从中间切开，吃完了蛋黄、蛋白，就用蛋壳给你做两顶冠。你想你自已好端端有了一顶王冠，却把它从中间剖成两半，把两半全都送给人家，这不是背了驴子过泥潭吗？你这光秃秃的头顶连里面也是光秃秃的没有一点脑子，所以才会把一顶金冠送了人。我说了我要说的话，谁说这种话是傻话，让他挨一顿鞭子。——

这年头傻瓜供过于求，

聪明人个个变了糊涂，

顶着个没有思想的头，

只会跟着人依样葫芦。

李　尔　你几时学会了这许多歌儿？

弄　人　老伯伯，自从你把你的女儿当作了你的母亲以后，我就常常唱起歌儿来了；因为当你把棒儿给了她们，拉下你自己的裤子的时候，——

她们高兴得眼泪盈眶，

我只好唱歌自遣哀愁，

可怜你堂堂一国之王，

却跟傻瓜们作伴嬉游。

老伯伯，你去请一位先生来，教教你的傻瓜怎样说谎吧；我很想学学说谎。

李　尔　要是你说了谎，小子，我就用鞭子抽你。

弄　人　我不知道你跟你的女儿们究竟是什么亲戚：她们因为我说了真话，要用鞭子抽我，你因为我说谎，又要用鞭子抽我；有时候我话也不说，你们也要用鞭子抽我。我宁可做一个无论什么东西，也不要做个傻瓜；可是我宁可做个傻瓜，也不愿意做你，老伯伯；你把你的聪明从两边削掉了，削得中间不剩一点东西。瞧，那削下的一块来了。

高纳里尔上。

李　尔　啊，女儿！为什么你的脸上罩满了怒气？我看你近来老是皱着眉头。

弄　人　从前你用不着看她的脸，随她皱不皱眉头都不与你相干，那时候你也算得了一个好汉子；可是现在你却变成一个孤零零的圆圈圈儿了。你还比不上我；我是个傻瓜，你简直不是个东西。（向高纳里尔）好，好，我闭嘴就是啦；虽然你没有说话，我从你的脸色知道你的意思。

闭嘴，闭嘴；

你不知道积谷防饥，

活该啃不到面包皮。

他是一个剥空了的豌豆荚。（指李尔。）

高纳里尔　父亲，您这一个肆无忌惮的傻瓜不用说了，还有您那些蛮横的卫士，也都在时时刻刻寻事骂人，种种不法的暴行，实在叫人忍无可忍。父亲，我本来还以为要是让您知道了这种情形，您一定会戒饬他们的行动；可是照您最近所说的话和所做的事看来，我不能不疑心您有意纵容他们，他们才会这样有恃无恐。要是果然出于您的授意，为了维持法纪的尊严，我们也不能默尔而息，不采取断然的处置，虽然也许在您的脸上不大好看；本来，这是说不过去的，可是眼前这样的步骤，在事实上却是必要的。

弄　人　你看，老伯伯——

那篱雀养大了杜鹃鸟，

自己的头也给它吃掉。

蜡烛熄了，我们眼前只有一片黑暗。

李　尔　你是我的女儿吗？

高纳里尔　算了吧，老人家，您不是一个不懂道理的人，我希望您想明白一些；近来您动不动就动气，实在太有失一个做长辈的体统啦。

弄　人　马儿颠倒过来给车子拖着走，就是一头蠢驴不也看得清楚吗？“呼，玖格！我爱你。”

李　尔　这儿有谁认识我吗？这不是李尔。是李尔在走路吗？在说话吗？他的眼睛呢？他的知觉迷乱了吗？他的神志麻木了吗？嘿！他醒着吗？没有的事。谁能够告诉我我是什么人？

弄　人　李尔的影子。

李　尔　我要弄明白我是谁；因为我的君权、知识和理智都在哄我，要我相信我是个有女儿的人。

弄　人　那些女儿们是会叫你做一个孝顺的父亲的。

李　尔　太太，请教您的芳名？

高纳里尔　父亲，您何必这样假痴假呆，近来您就爱开这么一类的玩笑。您是一个有年纪的老人家，应该懂事一些。请您明白我的意思；您在这儿养了一百个骑士，全是些胡闹放荡、胆大妄为的家伙，我们好好的宫廷给他们骚扰得像一个喧嚣的客店；他们成天吃、喝、玩女人，简直把这儿当作了酒馆妓院，哪里还是一座庄严的御邸。这一种可耻的现象，必须立刻设法纠正；所以请您依了我的要求，酌量减少您的扈从的人数，只留下一些适合于您的年龄、知道您的地位、也明白他们自己身分的人跟随您；要是您不答应，那么我没有法子，只好勉强执行了。

李　尔　地狱里的魔鬼！备起我的马来；召集我的侍从。没有良心的贱人！我不要麻烦你，我还有一个女儿哩。

高纳里尔　你打我的佣人，你那一班捣乱的流氓也不想想自己是什么东西，胆敢把他们上面的人像奴仆一样呼来叱去。

奥本尼上。

李　尔　唉！现在懊悔也来不及了。（向奥本尼）啊！你也来了吗？这是不是你的意思？你说。——替我备马。丑恶的海怪也比不上忘恩的儿女那样可怕。

奥本尼　陛下，请您不要生气。

李　尔　（向高纳里尔）枭獍不如的东西！你说谎！我的卫士都是最有品行的人，他们懂得一切的礼仪，他们的一举一动，都不愧骑士之名。啊！考狄利娅不过犯了一点小小的错误，怎么在我的眼睛里却会变得这样丑恶！它像一座酷虐的刑具，扭曲了我的天性，抽干了我心里的慈爱，把苦味的怨恨灌了进去。啊，李尔！李尔！李尔！对准这一扇装进你的愚蠢、放出你的智慧的门，着力痛打吧！（自击其头）去，去，我的人。

奥本尼　陛下，我没有得罪您，我也不知道您为什么生气。

李　尔　也许不是你的错，公爵。——听着，造化的女神，听我的吁诉！

要是你想使这畜生生男育女，请你改变你的意旨吧！取消她的生殖的能力，干涸她的产育的器官，让她的下贱的肉体里永远生不出一个子女来抬高她的身价！要是她必须生产，请你让她生下一个忤逆狂悖的孩子，使她终身受苦！让她年轻的额角上很早就刻了皱纹；眼泪流下她的面颊，磨成一道道的沟渠；她的鞠育的辛劳，只换到一声冷笑和一个白眼；让她也感觉到一个负心的孩子，比毒蛇的牙齿还要多么使人痛入骨髓！去，去！（下。）

奥本尼　凭着我们敬奉的神明，告诉我这是怎么一回事？

高纳里尔　你不用知道为了什么原因；他老糊涂了，让他去发他的火吧。

李尔重上。

李　尔　什么！我在这儿不过住了半个月，就把我的卫士一下子裁撤了五十名吗？

奥本尼　什么事，陛下？

李　尔　等一等告诉你。（向高纳里尔）吸血的魔鬼！我真惭愧，你有这本事叫我在你的面前失去了大丈夫的气概，让我的热泪为了一个下贱的婢子而滚滚流出。愿毒风吹着你，恶雾罩着你！愿一个父亲的诅咒刺透你的五官百窍，留下永远不能平复的疮痍！痴愚的老眼，要是你再为此而流泪，我要把你挖出来，丢在你所流的泪水里，和泥土拌在一起！哼！竟有这等事吗？好，我还有一个女儿，我相信她是孝顺我的，她听见你这样对待我，一定会用指爪抓破你的豺狼一样的脸。你以为我一辈子也不能恢复我的原来的威风了吗？好，你瞧着吧。（李尔、肯特及侍从等下。）

高纳里尔　你听见没有？

奥本尼　高纳里尔，虽然我十分爱你，可是我不能这样偏心——

高纳里尔　你不用管我。喂，奥斯华德！（向弄人）你这七分奸刁三分傻的东西，跟你的主人去吧。

弄　人　李尔老伯伯，李尔老伯伯！等一等，带傻瓜一块儿去。

捉狐狸，杀狐狸，

谁家女儿是狐狸？

可惜我这顶帽子，

换不到一条绳子；

追上去，你这傻子。（下。）

高纳里尔　不知道是什么人替他出的好主意。一百个骑士！让他随身带着一百个全副武装的卫士，真是万全之计；只要他做了一个梦，听了一句谣言，转了一个念头，或者心里有什么不高兴不舒服，就可以任着性子，用他们的力量危害我们的生命。喂，奥斯华德！

奥本尼　也许你太过虑了。

高纳里尔　过虑总比大意好些。与其时时刻刻提心吊胆，害怕人家的暗算，宁可爽爽快快除去一切可能的威胁。我知道他的心理。他所说的话，我已经写信去告诉我的妹妹了；她要是不听我的劝告，仍旧容留他带着他的一百个骑士——

奥斯华德重上。

高纳里尔　啊，奥斯华德！什么！我叫你写给我妹妹的信，你写好了没有？

奥斯华德　写好了，夫人。

高纳里尔　带几个人跟着你，赶快上马出发；把我所担心的情形明白告诉她，再加上一些你所想到的理由，让它格外动听一些。去吧，早点回来。（奥斯华德下）不，不，我的爷，你做人太仁善厚道了，虽然我不怪你，可是恕我说一句话，只有人批评你糊涂，却没有什么人称赞你一声好。

奥本尼　我不知道你的眼光能够看到多远；可是过分操切也会误事的。

高纳里尔　咦，那么——

奥本尼　好，好，但看结果如何。（同下。）

第五场　奥本尼公爵府外院

李尔、肯特及弄人上。

李　尔　你带着这封信，先到葛罗斯特去。我的女儿看了我的信，倘然有什么话问你，你就照你所知道的回答她，此外可不要多说什么。要是你在路上偷懒耽搁时间，也许我会比你先到的。

肯　特　陛下，我在没有把您的信送到以前，绝不打一次盹。（下。）

弄　人　要是一个人的脑筋生在脚跟上，它会不会长起脓疱来呢？

李　尔　嗯，不会的，孩子。

弄　人　那么，你放心吧；反正你的脑筋不用穿了拖鞋走路。

李　尔　哈哈哈！

弄　人　你到了你那另外一个女儿的地方，就可以知道她会待你多么好；因为虽然她跟这一个就像野苹果跟家苹果一样相像，可是我可以告诉你我所知道的事情。

李　尔　你可以告诉我什么，孩子？

弄　人　你一尝到她的滋味，就会知道她跟这一个完全相同，正像两只野苹果一般没有分别。你能够告诉我为什么一个人的鼻子生在脸中间吗？

李　尔　不能。

弄　人　因为中间放了鼻子，两旁就可以安放眼睛；鼻子嗅不出来的，眼睛可以看个仔细。

李　尔　我对不起她——

弄　人　你知道牡蛎怎样造它的壳吗？

李　尔　不知道。

弄　人　我也不知道；可是我知道蜗牛为什么背着一个屋子。

李　尔　为什么？

弄　人　因为可以把它的头放在里面；它不会把它的屋子送给它的女儿，害得它的角也没有地方安顿。

李　尔　我也顾不得什么天性之情了。我这做父亲的有什么地方亏待了她！我的马儿都已经预备好了吗？

弄　人　你的驴子们正在那儿给你预备呢。北斗七星为什么只有七颗星，其中有一个绝妙的理由。

李　尔　因为它们没有第八颗吗？

弄　人　正是，一点不错；你可以做一个很好的傻瓜。

李　尔　用武力夺回来！忘恩负义的畜生！

弄　人　假如你是我的傻瓜，老伯伯，我就要打你，因为你不到时候就老了。

李　尔　那是什么意思？

弄　人　你应该懂得些世故再老呀。

李　尔　啊！不要让我发疯！天哪，抑制住我的怒气，不要让我发疯！我不想发疯！

侍臣上。

李　尔　怎么！马预备好了吗？

侍　臣　预备好了，陛下。

李　尔　来，孩子。

弄　人　哪一个姑娘笑我走这一遭，
她的贞操眼看就要保不牢。（同下。）

第二幕

第一场　葛罗斯特伯爵城堡庭院

爱德蒙及克伦自相对方向上。

爱德蒙　您好，克伦？

克　伦　您好，公子。我刚才见过令尊，通知他康华尔公爵跟他的夫人里根公主今天晚上要到这儿来拜访他。

爱德蒙　他们怎么要到这儿来？

克　伦　我也不知道。您有没有听见外边的消息？我的意思是说，人们交头接耳，在暗中互相传说的那些消息。

爱德蒙　我没有听见；请教是些什么消息？

克　伦　您没有听见说起康华尔公爵也许会跟奥本尼公爵开战吗？

爱德蒙　一点没有听见。

克　伦　那么您也许慢慢会听到的。再会，公子。（下。）

爱德蒙　公爵今天晚上到这儿来！那也好！再好没有了！我正好利用这个机会。我的父亲已经叫人四处把守，要捉我的哥哥；我还有一件不大好办的事情，必须赶快动手做起来。这事情要做得敏捷迅速，但愿命运帮助我！——哥哥，跟你说一句话；下来，哥哥！

爱德伽上。

爱德蒙　父亲在那儿守着你。啊，哥哥！离开这个地方吧；有人已经告诉他你躲在什么所在；趁着现在天黑，你快逃吧。你有没有说过什么反对康华尔公爵的话？他也就要到这儿来了，在这样的夜里，急急忙忙的。里根也跟着他来；你有没有站在他这一边，说过奥本尼公爵什么话吗？想一想看。

爱德伽　我真的一句话也没有说过。

爱德蒙　我听见父亲来了；原谅我；我必须假装对你动武的样子；拔出剑来，就像你在防御你自己一般；好好地应付一下吧。（高声）放下你的剑；见我的父亲去！喂，拿火来！这儿！——逃吧，哥哥。（高声）火把！火把！——再会。（爱德伽下）身上沾几点血，可以使他相信我真的作过一番凶猛的争斗。（以剑刺伤手臂）我曾经看见有些醉汉为了开玩笑的缘故，往往不顾死活地割破他自己的皮肉。（高声）父亲！父亲！住手！住手！没有人来帮我吗？

葛罗斯特率众仆持火炬上。

葛罗斯特　爱德蒙，那畜生呢？

爱德蒙　他站在这儿黑暗之中，拔出他的锋利的剑，嘴里念念有辞，见神见鬼地请月亮帮他的忙。

葛罗斯特　可是他在什么地方？

爱德蒙　瞧，父亲，我流着血呢。

葛罗斯特　爱德蒙，那畜生呢？

爱德蒙　往这边逃去了，父亲。他看见他没有法子——

葛罗斯特　喂，你们追上去！（若干仆人下）"没有法子"什么？

爱德蒙　没有法子劝我跟他同谋把您杀死；我对他说，疾恶如仇的神明看见弑父的逆子，是要用天雷把他殛死的；我告诉他儿子对于父亲的关系是多么深切而不可摧毁；总而言之一句话，他看见我这样憎恶他的荒谬的图谋，他就恼羞成怒，拔出他的早就预备好的剑，气势汹汹地向我毫无防卫的身上挺了过来，把我的手臂刺破了；那时候我也发起怒来，自恃理直气壮，跟他奋力对抗，他倒胆怯起来，也许因为听见我喊叫的声音，就飞也似的逃走了。

葛罗斯特　让他逃得远远的吧；除非逃到国外去，我们总有捉到他的一天；看他给我们捉住了还活得成活不成。公爵殿下，我的高贵的恩主，今晚要到这儿来啦，我要请他发出一道命令，谁要是能够把这杀人的懦夫捉住，交给我们绑在木桩上烧死，我们将要重重酬谢他；谁要是把他藏匿起来，一经发觉，就要把他处死。

爱德蒙　当他不听我的劝告，决意实行他的企图的时候，我就严辞恫吓他，对他说我要宣布他的秘密；可是他却回答我说，"你这个没份儿继承遗产的私生子！你以为要是我们两人立在敌对的地位，人家会相信你的道德品质，因而相信你所说的话吗？哼！我可以绝口否认——我自然要否认，即使你拿出我亲手写下的笔迹，我还可以反咬你一口，说这全是你的阴谋恶计；人们不是傻瓜，他们当然会相信你因为觊觎我死后的利益，所以才会起这样的毒心，想要害我的命。"

葛罗斯特　好狠心的畜生！他赖得掉他的信吗？他不是我生出来的。（内喇叭奏花腔）听！公爵的喇叭。我不知道他来有什么事。我要把所有的城门关起来，看这畜生逃到哪儿去；公爵必须答应我这一个要求；而且我还要把他的小像各处传送，让全国的人都可以注意他。我的孝顺的孩子，你不学你哥哥的坏样，我一定想法子使你能够承继我的土地。

康华尔、里根及侍从等上。

康华尔　您好，我的尊贵的朋友！我还不过刚到这儿，就已经听见了奇怪的消息。

里　根　要是真有那样的事，那罪人真是万死不足蔽辜了。是怎么一回事，伯爵？

葛罗斯特　啊！夫人，我这颗老心已经碎了，已经碎了！

里　根　什么！我父亲的义子要谋害您的性命吗？就是我父亲替他取名字的，您的爱德伽吗？

葛罗斯特　啊！夫人，夫人，发生了这种事情，真是说来叫人丢脸。

里　根　他不是常常跟我父亲身边的那些横行不法的骑士们在一起吗？

葛罗斯特　我不知道，夫人。太可恶了！太可恶了！

爱德蒙　是的，夫人，他正是常跟这些人在一起的。

里　根　无怪他会变得这样坏；一定是他们撺掇他谋害了老头子，好把他的财产拿出来给大家挥霍。今天傍晚的时候，我接到我姊姊的一封信，她告诉我他们种种不法的情形，并且警告我要是他们想要住到我的家里来，我千万不要招待他们。

康华尔　相信我，里根，我也绝不会去招待他们。爱德蒙，我听说你对你的父亲很尽孝道。

爱德蒙　那是做儿子的本分，殿下。

葛罗斯特　他揭发了他哥哥的阴谋；您看他身上的这一处伤就是因为他奋

不顾身，想要捉住那畜生而受到的。

康华尔　那凶徒逃走了，有没有人追上去？

葛罗斯特　有的，殿下。

康华尔　要是他给我们捉住了，我们一定不让他再为非作恶；你只要决定一个办法，在我的权力范围以内，我都可以替你办到。爱德蒙，你这一回所表现的深明大义的孝心，使我们十分赞美；像你这样不负托付的人，正是我们所需要的，我们将要大大地重用你。

爱德蒙　殿下，我愿意为您尽忠效命。

葛罗斯特　殿下这样看得起他，使我感激万分。

康华尔　你还不知道我们现在所以要来看你的原因——

里　根　尊贵的葛罗斯特，我们这样在黑暗的夜色之中，一路摸索前来，实在是因为有一些相当重要的事情，必须请教请教您的高见。我们的父亲和姊姊都有信来，说他们两人之间发生了一些冲突；我想最好不要在我们自己的家里答复他们；两方面的使者都在这儿等候我打发。我们的善良的老朋友，您不要气恼，替我们赶快出个主意吧。

葛罗斯特　夫人但有所命，我总是愿意贡献我的一得之愚的。殿下和夫人光临蓬荜，欢迎得很！（同下。）

第二场　葛罗斯特城堡之前

肯特及奥斯华德各上。

奥斯华德　早安，朋友；你是这屋子里的人吗？

肯　特　嗯。

奥斯华德　什么地方可以让我们拴马？

肯　特　烂泥地里。

奥斯华德　对不起，大家是好朋友，告诉我吧。

肯　特　谁是你的好朋友？

奥斯华德　好，那么我也不理你。

肯　特　要是我把你一口咬住，看你理不理我。

奥斯华德　你为什么对我这样？我又不认识你。

肯　特　家伙，我认识你。

奥斯华德　你认识我是谁？

肯　特　一个无赖；一个恶棍；一个吃剩饭的家伙；一个下贱的、骄傲的、浅薄的、叫花子一样的、只有三身衣服、全部家私算起来不过一百镑的、卑鄙龌龊的、穿毛绒袜子的奴才；一个没有胆量的、靠着官府势力压人的奴才；一个婊子生的、顾影自怜的、奴颜婢膝的、涂脂抹粉的混账东西；全部家私都在一只箱子里的下流胚，一个天生的王八胚子；又是奴才，又是叫花子，又是懦夫，又是王八，又是一条杂种老母狗的儿子；要是你不承认你这些头衔，我要把你打得放声大哭。

奥斯华德　咦，奇怪，你是个什么东西，你也不认识我，我也不认识你，怎么开口骂人？

肯　特　你还说不认识我，你这厚脸皮的奴才！两天以前，我不是把你踢倒在地上，还在王上的面前打过你吗？拔出剑来，你这混蛋；虽然是夜里，月亮照着呢；我要在月光底下把你剁得稀烂。（拔剑）拔出剑来，你这婊子生的、臭打扮的下流东西，拔出剑来！

奥斯华德　去！我不跟你胡闹。

肯　特　拔出剑来，你这恶棍！谁叫你做人家的傀儡，替一个女儿寄信攻击她的父王，还自鸣得意呢？拔出剑来，你这混蛋，否则我要砍下你的胫骨。拔出剑来，恶棍；来来来！

奥斯华德　喂！救命哪！要杀人啦！救命哪！

肯　特　来，你这奴才；站住，混蛋，别跑；你这漂亮的奴才，你不会还手吗？（打奥斯华德。）

奥斯华德　救命啊！要杀人啦！要杀人啦！

爱德蒙拔剑上。

爱德蒙　怎么！什么事？（分开二人。）

肯　特　好小子，你也要寻事吗？来，我们试一下吧；来，小哥儿。

康华尔、里根、葛罗斯特及众仆上。

葛罗斯特　动刀动剑的，什么事呀？

康华尔　大家不要闹；谁再动手，就叫他死。怎么一回事？

里　根　一个是我姊姊的使者，一个是国王的使者。

康华尔　你们为什么争吵？说。

奥斯华德　殿下，我给他缠得气都喘不过来啦。

肯　特　怪不得你，你把全身勇气都提起来了。你这怯懦的恶棍，造化不承认他曾经造下你这个人；你是一个裁缝手里做出来的。

康华尔　你是一个奇怪的家伙；一个裁缝会做出一个人来吗？

肯　特　嗯，一个裁缝；石匠或者油漆匠都不会把他做得这样坏，即使他们学会这行手艺才不过两个钟头。

康华尔　说，你们怎么会吵起来的？

奥斯华德　这个老不讲理的家伙，殿下，倘不是我看在他的花白胡子分上，早就要他的命了——

肯　特　你这婊子养的、不中用的废物！殿下，要是您允许我的话，我要把这不成东西的流氓踏成一堆替人家涂刷茅厕的泥浆。看在我的花白胡子分上？你这摇尾乞怜的狗！

康华尔　住口！畜生，你规矩也不懂吗？

肯　特　是，殿下；可是我实在气愤不过，也就顾不得了。

康华尔　你为什么气愤？

肯　特　我气愤的是像这样一个奸诈的奴才，居然也让他佩起剑来。都是这种笑脸的小人，像老鼠一样咬破了神圣的伦常纲纪；他们的主上起了一个恶念，他们便竭力逢迎，不是火上浇油，就是雪上添霜；他们最擅长的是随风转舵，他们的主人说一声是，他们也跟着说是，说一声不，他们也跟着说不，就像狗一样什么都不知道，只知道跟着主人跑。恶疮烂掉了你的抽搐的面孔！你笑我所说的话，你以为我是个傻瓜吗？呆鹅，要是我在旷野里碰见了你，看我不把你打得嘎嘎乱叫，一路赶回你的老家去！

康华尔　什么！你疯了吗，老头儿？

葛罗斯特　说，你们究竟是怎么吵起来的？

肯　特　我跟这混蛋是势不两立的。

康华尔　你为什么叫他混蛋？他做错了什么事？

肯　特　我不喜欢他的面孔。

康华尔　也许你也不喜欢我的面孔、他的面孔，还有她的面孔。

肯　特　殿下，我是说惯老实话的；我曾经见过一些面孔，比现在站在我面前的这些面孔好得多啦。

康华尔　这个人正是那种因为有人称赞了他的言辞率直，就此装出一副粗鲁的，目中无人的样子，一味矫揉造作，仿佛他生来就是这样一个家伙。他不会谄媚，他有一颗正直坦白的心，他必须说老实话；是人家愿意接受他的意见，很好；不然的话，他是个老实人。我知道这种家伙，他们用坦白的外表，包藏着极大的奸谋祸心，比二十个胁肩谄笑、小心翼翼的愚蠢的谄媚者更要不怀好意。

肯　特　殿下，您的伟大的明鉴，就像福玻斯神光煜煜的额上的烨耀的火轮，请您照临我的善意的忠诚，恳切的虔心——

康华尔　这是什么意思？

肯　特　因为您不喜欢我的话，所以我改变了一个样子。我知道我不是一个谄媚之徒；也不愿做一个故意用率直的言语诱惑人家听信的奸诈小人；即使您请求我做这样的人，我也不怕得罪您，绝不从命。

康华尔　（向奥斯华德）你在什么地方冒犯了他？

奥斯华德　我从来没有冒犯过他。最近王上因为对我有了点误会，把我殴打；他便助主为虐，闪在我的背后把我踢倒地上，侮辱谩骂，无所不至，装出一副非常勇敢的神气；他的王上看见他这样，把他称赞了两句，我又极力克制自己，他便得意忘形，以为我不是他的对手，所以一看见我，又拔剑跟我闹起来了。

肯　特　和这些流氓和懦夫相比，埃阿斯只能当他们的傻子①。

康华尔　拿足枷来！你这口出狂言的倔强的老贼，我们要教训你一下。

肯　特　殿下，我已经太老，不能受您的教训了；您不能用足枷枷我。我是王上的人，奉他的命令前来；您要是把他的使者枷起来，那未免对我的主上太失敬、太放肆无礼了。

康华尔　拿足枷来！凭着我的生命和荣誉起誓，他必须锁在足枷里直到中午为止。

里　根　到中午为止！到晚上，殿下；把他整整枷上一夜再说。

肯　特　啊，夫人，假如我是您父亲的狗，您也不该这样对待我。

里　根　因为你是他的奴才，所以我要这样对待你。

康华尔　这正是我们的姊姊说起的那个家伙。来，拿足枷来。（从仆取出足枷。）

葛罗斯特　殿下，请您不要这样。他的过失诚然很大，王上知道了一定会

---

① 意即好出大言的埃阿斯也比不上他们善于吹牛。

责罚他的；您所决定的这一种羞辱的刑罚，只能惩戒那些犯偷窃之类普通小罪的下贱的囚徒；他是王上差来的人，要是您给他这样的处分，王上一定要认为您轻蔑了他的来使而心中不快。

康华尔　那我可以负责。

里　根　我的姊姊要是知道她的使者因为奉行她的命令而被人这样侮辱殴打，她的心里还要不高兴哩。把他的腿放进去。（从仆将肯特套入足枷）来，殿下，我们走吧。（除葛罗斯特、肯特外均下。）

葛罗斯特　朋友，我很为你抱憾；这是公爵的意思，全世界都知道他的脾气非常固执，不肯接受人家的劝阻。我还要替你向他求情。

肯　特　请您不必多此一举，大人。我走了许多路，还没有睡过觉；一部分的时间将在瞌睡中过去，醒着的时候我可以吹吹口哨。好人上足枷，因此就走好运也说不定呢。再会！

葛罗斯特　这是公爵的不是；王上一定会见怪的。（下。）

肯　特　好王上，你正像俗语说的，抛下天堂的幸福，来受赤日的煎熬了。来吧，你这照耀下土的炬火，让我借着你的温柔的光辉，可以读一读这封信。只有倒楣的人才会遇见奇迹；我知道这是考狄利娅寄来的，我的改头换面的行踪，已经侥幸给她知道了；她一定会找到一个机会，纠正这种反常的情形。疲倦得很；闭上了吧，沉重的眼睛，免得看见你自己的耻辱。晚安，命运，求你转过你的轮子来，再向我们微笑吧。（睡。）

第三场　荒野的一部

爱德伽上。

爱德伽　听说他们已经发出告示捉我；幸亏我躲在一株空心的树干里，没有给他们找到。没有一处城门可以出入无阻；没有一个地方不是警卫森严，准备把我捉住！我总得设法逃过人家的耳目，保全自己的生命；我想还不如改扮做一个最卑贱穷苦、最为世人所轻视、和禽兽相去无几的家伙；我要用污泥涂在脸上，一块毡布裹住我的腰，把满头的头发打了许多乱结，赤身裸体，抵抗着风雨的侵凌。这地方本来有许多疯丐，他们高声叫喊，用针哪、木锥哪、钉子哪、迷迭香的树枝哪，刺在他们麻木而僵硬的手臂上；用这种可怕的形状，到那些穷苦的农场、乡村、羊棚和磨坊里去，有时候发出一些疯狂的诅咒，有时候向人哀求祈祷，乞讨一些布施。我现在学着他们的样子，一定不会引起人家的疑心。可怜的疯叫花！可怜的汤姆！倒有几分像；我现在不再是爱德伽了。（下。）

第四场　葛罗斯特城堡前

肯特系足枷中。李尔、弄人及侍臣上。

李　尔　真奇怪，他们不在家里，又不打发我的使者回去。

侍　臣　我听说他们在前一个晚上还不曾有走动的意思。

肯　特　祝福您，尊贵的主人！

李　尔　嘿！你把这样的羞辱作为消遣吗？

肯　特　不，陛下。

弄　人　哈哈！他吊着一副多么难受的袜带！缚马缚在头上，缚狗缚熊缚在脖子上，缚猴子缚在腰上，缚人缚在腿上；一个人的腿儿太会活动了，就要叫他穿木袜子。

李　尔　谁认错了人，把你锁在这儿？

肯　特　是那一对男女——您的女婿和女儿。

李　尔　不。

肯　特　是的。

李　尔　我说不。

肯　特　我说是的。

李　尔　不，不，他们不会干这样的事。

肯　特　他们干也干了。

李　尔　凭着朱庇特起誓，没有这样的事。

肯　特　凭着朱诺起誓，有这样的事。

李　尔　他们不敢做这样的事，他们不能，也不会做这样的事；要是他们有意作出这种重大的暴行来，那简直比杀人更不可恕了。赶快告诉我，你究竟犯了什么罪，他们才会用这种刑罚来对待一个国王的使者。

肯　特　陛下，我带了您的信到了他们家里，当我跪在地上把信交上去，还没有立起身来的时候，又有一个使者汗流满面，气喘吁吁，急急忙忙地奔了进来，代他的女主人高纳里尔向他们请安，随后把一封书信递上去，打断了我的公事；他们看见她也有信来，就来不及理睬我，先读她的信；读罢了信，他们立刻召集仆从，上马出发，叫我跟到这儿来，等候他们的答复；对待我十分冷淡。一到这儿，我又碰见了那个使者，他也就是最近对您非常无礼的那个家伙，我知道他们对我这样冷淡，都是因为他来了的缘故，一时激于气愤，不加考虑地向他动起武来；他看见我这样，就高声发出怯懦的叫喊，惊动了全宅子的人。您的女婿女儿认为我犯了这样的罪，应该把我羞辱一下，所以就把我枷起来了。

弄　人　冬天还没有过去，要是野雁尽往那个方向飞。

老父衣百结，
儿女不相识；
老父满囊金，
儿女尽孝心。
命运如娼妓，
贫贱遭遗弃。

虽然这样说，你的女儿们还要孝敬你数不清的烦恼哩。

李　尔　啊！我这一肚子的气都涌上我的心头来了！你这一股无名的气恼，快给我平下去吧！我这女儿呢？

肯　特　在里边，陛下；跟伯爵在一起。

李　尔　不要跟我；在这儿等着。（下。）

侍　臣　除了你刚才所说的以外，你没有犯其他的过失吗？

肯　特　没有。王上怎么不多带几个人来？

弄　人　你会发出这么一个问题，活该给人用足枷枷起来。

肯　特　为什么，傻瓜？

弄　人　你应该拜蚂蚁做老师，让它教训你冬天是不能工作的。谁都长着眼睛，除非瞎子，每个人都看得清自己该朝哪一边走；就算眼睛瞎了，二十个鼻子里也没有一个鼻子嗅不出来他身上发霉的味道。一个大车轮滚下山坡的时候，你千万不要抓住它，免得跟它一起滚下去，跌断了你的头颈；可是你要是看见它上山去，那么让它拖着你一起上去吧。倘然有什么聪明人给你更好的教训，请你把这番话还我；一个傻瓜的教训，只配让一个混蛋去遵从。

他为了自己的利益，
向你屈节卑躬，
天色一变就要告别，
留下你在雨中。
聪明的人全都飞散，
只剩傻瓜一个；
傻瓜逃走变成混蛋，
那混蛋不是我。

肯　特　傻瓜，你从什么地方学会这支歌儿？

弄　人　不是在足枷里，傻瓜。

李尔偕葛罗斯特重上。

李　尔　拒绝跟我说话！他们有病！他们疲倦了，他们昨天晚上走路辛苦！都是些鬼话，明明是要背叛我的意思。给我再去向他们要一个好一点的答复来。

葛罗斯特　陛下，您知道公爵的火性，他决定了怎样就是怎样，再也没有更改的。

李　尔　报应哪！疫疠！死亡！祸乱！火性！什么火性？嘿，葛罗斯特，葛罗斯特，我要跟康华尔公爵和他的妻子说话。

葛罗斯特　呃，陛下，我已经对他们说过了。

李　尔　对他们说过了！你懂得我的意思吗？

葛罗斯特　是，陛下。

李　尔　国王要跟康华尔说话；亲爱的父亲要跟他的女儿说话，叫她出来见我：你有没有这样告诉他们？我这口气，我这一腔血！哼，火性！火性子的公爵！对那性如烈火的公爵说——不，且慢，也许他真的不大舒服；一个人为了疾病往往疏忽了他原来健康时的责任，是应当加以原谅的；我们身体上有了病痛，精神上总是连带觉得烦躁郁闷，那时候就不由我们自己作主了。我且忍耐一下，不要太卤莽了，对一个有病的人作过分求全的责备。该死！（视肯特）为什么把他枷在这儿？这一种举动使我相信公爵和她对我回避，完全是一种预定的计谋。把我的仆人放出来还我。去，对公爵和他的妻子说，我现在立刻就要跟他们说话；叫他们赶快出来见我，否则我要在他们的寝室门前擂起鼓来，搅得他们不能安睡。

葛罗斯特　我但愿你们大家和和好好的。（下。）

李　尔　啊！我的心！我的怒气直冲的心！把怒气退下去吧！

弄　人　你向它吆喝吧，老伯伯，就像厨娘把活鳗鱼放进面糊里的时候那样；她拿起手里的棍子，在它们的头上敲了几下，喊道。“下去，坏东西，下去！”也就像她的兄弟，为了爱他的马儿，替它在草料上涂了牛油。

康华尔、里根、葛罗斯特及众仆上。

李　尔　你们两位早安！

康华尔　祝福陛下！（众人释肯特。）

里　根　我很高兴看见陛下。

李　尔　里根，我想你一定高兴看见我的；我知道我为什么要这样想；要是你不高兴看见我，我就要跟你已故的母亲离婚，把她的坟墓当作一座淫妇的丘陇。（向肯特）啊！你放出来了吗？等会儿再谈吧。亲爱的里根，你的姊姊太不孝啦。啊，里根！她的无情的凶恶像饿鹰的利喙一样猛啄我的心。（以手按于心口）我简直不能告诉你；你不会相信她忍心害理到什么地步——啊，里根！

里　根　父亲，请您不要恼怒。我想她不会对您有失敬礼，恐怕还是您不能谅解她的苦心哩。

李　尔　啊，这是什么意思？

里　根　我想我的姊姊绝不会有什么地方不尽孝道；要是，父亲，她约束了您那班随从的放荡的行为，那当然有充分的理由和正大的目的，绝对不能怪她的。

李　尔　我的诅咒降在她的头上！

里　根　啊，父亲！您年纪老了，已经快到了生命的尽头；应该让一个比您自己更明白您的地位的人管教管教您；所以我劝您还是回到姊姊的地方去，对她赔一个不是。

李　尔　请求她的饶恕吗？你看这样像不像个样子：“好女儿，我承认我年纪老，不中用啦，让我跪在地上，（跪下）请求您赏给我几件衣服穿，赏给我一张床睡，赏给我一些东西吃吧。”

里　根　父亲，别这样子；这算个什么，简直是胡闹！回到我姊姊那儿去吧。

李　尔　（起立）再也不回去了，里根。她裁撤了我一半的侍从；不给我好脸看；用她的毒蛇一样的舌头打击我的心。但愿上天蓄积的愤怒一起降在她的无情无义的头上！但愿恶风吹打她的腹中的胎儿，让它生下地来就是个瘸子！

康华尔　嘿！这是什么话！

李　尔　迅疾的闪电啊，把你的炫目的火焰，射进她的傲慢的眼睛里去吧！在烈日的熏灼下蒸发起来的沼地的瘴气啊，损坏她的美貌，毁灭她的骄傲吧！

里　根　天上的神明啊！您要是对我发起怒来，也会这样咒我的。

李　尔　不，里根，你永远不会受我的诅咒；你的温柔的天性绝不会使你干出冷酷残忍的行为来。她的眼睛里有一股凶光，可是你的眼睛却是温存而和蔼的。你绝不会吝惜我的享受，裁撤我的侍从，用不逊之言向我顶嘴，削减我的费用，甚至于把我关在门外不让我进来；你是懂得天伦的义务、儿女的责任、孝敬的礼貌和受恩的感激的；你总还没有忘记我曾经赐给你一半的国土。

里　根　父亲，不要把话说远了。

李　尔　谁把我的人枷起来？（内喇叭奏花腔。）

康华尔　那是什么喇叭声音？

里　根　我知道，是我的姊姊来了；她信上说就要到这儿来的。

奥斯华德上。

里　根　夫人来了吗？

李　尔　这是一个靠着主妇暂时的恩宠、狐假虎威、倚势凌人的奴才。滚开，贱奴，不要让我看见你！

康华尔　陛下，这是什么意思？

李　尔　谁把我的仆人枷起来？里根，我希望你并不知道这件事。谁来啦？

高纳里尔上。

李　尔　天啊，要是你爱老人，要是凭着你统治人间的仁爱，你认为子女应该孝顺他们的父母，要是你自己也是老人，那么不要漠然无动于衷，降下你的愤怒来，帮我伸雪我的怨恨吧！（向高纳里尔）你看见我这一把胡须，不觉得惭愧吗？啊，里根，你愿意跟她握手吗？

高纳里尔　为什么她不能跟我握手呢！我干了什么错事？难道凭着一张糊涂昏悖的嘴里的胡言乱语，就可以成立我的罪案吗？

李　尔　啊，我的胸膛！你还没有胀破吗？我的人怎么给你们枷了起来？

康华尔　陛下，是我把他枷在那儿的；照他狂妄的行为，这样的惩戒还太轻呢。

李　尔　你！是你干的事吗？

里　根　父亲，您该明白您是一个衰弱的老人，一切只好将就点儿。要是您现在仍旧回去跟姊姊住在一起，裁撤了您的一半的侍从，那么等住满了一个月，再到我这儿来吧。我现在不在自己家里，要供养您也有许多不便。

李　尔　回到她那儿去？裁撤五十名侍从！不，我宁愿什么屋子也不要住，过着风餐露宿的生活，和无情的大自然抗争，和豺狼鸱鸮做伴侣，忍受一切饥寒的痛苦！回去跟她住在一起？嘿，我宁愿到那娶了我的没有嫁奁的小女儿去的热情的法兰西国王的座前匍匐膝行，像一个臣仆一样向他讨一份微薄的恩俸，苟延残喘下去。回去跟她住在一起！你还是劝我在这可恶的仆人手下当奴才、当牛马吧。（指奥斯华德。）

高纳里尔　随你的便。

李　尔　女儿，请你不要使我发疯；我也不愿再来打扰你了，我的孩子。再会吧；我们从此不再相见。可是你是我的肉、我的血、我的女儿；或者还不如说是我身体上的一个恶瘤，我不能不承认你是我的；你是我的腐败的血液里的一个疖子、一个瘀块、一个肿毒的疔疮。可是我不愿责骂你；让羞辱自己降临你的身上吧，我没有呼召它；我不要求天雷把你殛死，我也不把你的忤逆向垂察善恶的天神控诉，你回去仔细想一想，趁早痛改前非，还来得及。我可以忍耐；我可以带着我的一百个骑士，跟里根住在一起。

里　根　那绝对不行；现在还轮不到我，我也没有预备好招待您的礼数。父亲，听我姊姊的话吧；人家冷眼看着您这种愤怒的神气，他们心里都要说您因为老了，所以——可是姊姊是知道她自己该怎样做的。

李　尔　这是你的好意的劝告吗？

里　根　是的，父亲，这是我的真诚的意见。什么！五十个卫士？这不是很好吗？再多一些有什么用处？就是这么许多人，数目也不少了，别说供养他们不起，而且让他们成群结党，也是一件危险的事。一间屋子里养了这许多人，受着两个主人支配，怎么不会发生争闹？简直不成话。

高纳里尔　父亲，您为什么不让我们的仆人侍候您呢？

里　根　对了，父亲，那不是很好吗？要是他们怠慢了您，我们也可以训斥他们。您下回到我这儿来的时候，请您只带二十五个人来，因为现在我已经看到了一个危险；超过这个数目，我是恕不招待的。

李　尔　我把一切都给了你们——

里　根　您幸好及时给了我们。

李　尔　叫你们做我的代理人、保管者，我的唯一的条件，只是让我保留这么多的侍从。什么！我只能带二十五个人，到你这儿来吗？里根，你是不是这样说？

里　根　父亲，我可以再说一遍，我只允许您带这么几个人来。

李　尔　恶人的脸相虽然狰狞可怖，要是与比他更恶的人相比，就会显得和蔼可亲；不是绝顶的凶恶，总还有几分可取。（向高纳里尔）我愿意跟你去；你的五十个人还比她的二十五个人多上一倍，你的孝心也比她大一倍。

高纳里尔　父亲，我们家里难道没有两倍这么多的仆人可以侍候您？依我说，不但用不着二十五个人，就是十个五个也是多余的。

里　根　依我看来，一个也不需要。

李　尔　啊！不要跟我说什么需要不需要；最卑贱的乞丐，也有他的不值钱的身外之物；人生除了天然的需要以外，要是没有其他的享受，那和畜类的生活有什么分别。你是一位夫人；你穿着这样华丽的衣服，如果你的目的只是为了保持温暖，那就根本不合你的需要，因为这种盛装艳饰并不能使你温暖。可是，讲到真的需要，那么天啊，给我忍耐吧，我需要忍耐！神啊，你们看见我在这儿，一个可怜的老头子，被忧伤和老迈折磨得好苦！假如是你们鼓动这两个女儿的心，使她们忤逆她们的父亲，那么请你们不要尽是愚弄我，叫我默然忍受吧；让我的心里激起了刚强的怒火，别让妇人所恃为武器的泪点玷污我的男子汉的面颊！不，你们这两个不孝的妖妇，我要向你们复仇，我要做出一些使全世界惊怖的事情来，虽然我现在还不知道我要怎么做。你们以为我将要哭泣；不，我不愿哭泣，我虽然有充分的哭泣的理由，可是我宁愿让这颗心碎成万片，也不愿流下一滴泪来。啊，傻瓜！我要发疯了！（李尔、葛罗斯特、肯特及弄人同下。）

康华尔　我们进去吧；一场暴风雨将要来了。（远处暴风雨声。）

里　根　这座房屋太小了，这老头儿带着他那班人来是容纳不下的。

高纳里尔　是他自己不好，放着安逸的日子不过，一定要吃些苦，才知道自己的蠢。

里　根　单是他一个人，我倒也很愿意收留他，可是他的那班跟随的人，我可一个也不能容纳。

高纳里尔　我也是这个意思。葛罗斯特伯爵呢？

康华尔　跟老头子出去了。他回来了。

葛罗斯特重上。

葛罗斯特　王上正在盛怒之中。

康华尔　他要到哪儿去？

葛罗斯特　他叫人备马；可是不让我知道他要到什么地方去。

康华尔　还是不要管他，随他自己的意思吧。

高纳里尔　伯爵，您千万不要留他。

葛罗斯特　唉！天色暗起来了，田野里都在刮着狂风，附近许多哩之内，简直连一株小小的树木都没有。

里　根　啊！伯爵，对于刚愎自用的人，只好让他们自己招致的灾祸教训他们。关上您的门；他有一班亡命之徒跟随在身边，他自己又是这样容易受人愚弄，谁也不知道他们会煽动他干出些什么事来。我们还是小心点儿好。

康华尔　关上您的门，伯爵；这是一个狂暴的晚上。我的里根说得一点不错。暴风雨来了，我们进去吧。（同下。）

第三幕

第一场　荒野

暴风雨，雷电。肯特及一侍臣上，相遇。

肯　特　除了恶劣的天气以外，还有谁在这儿？

侍　臣　一个心绪像这天气一样不安静的人。

肯　特　我认识你。王上呢？

侍　臣　正在跟暴怒的大自然竞争；他叫狂风把大地吹下海里，叫泛滥的波涛吞没了陆地，使万物都变了样子或归于毁灭；拉下他的一根根的白发，让挟着盲目的愤怒的暴风把它们卷得不知去向；在他渺小的一身之内，正在进行着一场比暴风雨的冲突更剧烈的斗争。这样的晚上，被小熊吸干了乳汁的母熊，也躲着不敢出来，狮子和饿狼都不愿沾湿它们的毛皮。他却光秃着头在风雨中狂奔，把一切付托给不可知的力量。

肯　特　可是谁和他在一起？

侍　臣　只有那傻瓜一路跟着他，竭力用些笑话替他排解他的中心的伤痛。

肯　特　我知道你是什么人，我敢凭着我的观察所及，告诉你一件重要的消息。在奥本尼和康华尔两人之间，虽然表面上彼此掩饰得毫无痕迹，可是暗中却已经发生了冲突；正像一般身居高位的人一样，在他们手下都有一些名为仆人、实际上却是向法国密报我们国内情形的探子，凡是这两个公爵的明争暗斗，他们两人对于善良的老王的冷酷的待遇，以及在这种种表象底下，其他更秘密的一切动静，全都传到了法国的耳中；现在已经有一支军队从法国开到我们这一个分裂的国土上来，乘着我们疏忽无备，在我们几处最好的港口秘密登陆，不久就要揭开他们鲜明的旗帜了。现在，你要是能够信任我的话，请你赶快到多佛去一趟，那边你可以碰见有人在欢迎你，你可以把被逼疯了的王上所受种种无理的屈辱向他作一个确实的报告，他一定会感激你的好意。我是一个有地位有身价的绅士，因为知道你的为人可靠，所以把这件差使交给你。

侍　臣　我还要跟您谈谈。

肯　特　不，不必。为了向你证明我并不是像我的外表那样的一个微贱之人，你可以打开这一个钱囊，把里面的东西拿去。你一到多佛，一定可以见到考狄利娅；只要把这戒指给她看了，她就可以告诉你，你现在所不认识的同伴是个什么人。好可恶的暴风雨！我要找王上去。

侍　臣　把您的手给我。您没有别的话了吗？

肯　特　还有一句话，可比什么都重要；就是：我们现在先去找王上；你往那边去，我往这边去，谁先找到他，就打一个招呼。（各下。）

第二场　荒野的另一部分

暴风雨继续未止。李尔及弄人上。

李　尔　吹吧，风啊！胀破了你的脸颊，猛烈地吹吧！你，瀑布一样的倾盆大雨，尽管倒泻下来，浸没了我们的尖塔，淹沉了屋顶上的风标吧！你，思想一样迅速的硫黄的电火，劈碎橡树的巨雷的先驱，烧焦了我的白发的头颅吧！你，震撼一切的霹雳啊，把这生殖繁密的、饱满的地球击平了吧！打碎造物的模型，不要让一颗忘恩负义的人类的种子遗留在世上！

弄　人　啊，老伯伯，在一间干燥的屋子里说几句好话，不比在这没有遮蔽的旷野里淋雨好得多吗？老伯伯，回到那所房子里去，向你的女儿们请求祝福吧；这样的夜无论对于聪明人或是傻瓜，都是不发一点慈悲的。

李　尔　尽管轰着吧！尽管吐你的火舌，尽管喷你的雨水吧！雨，风、雷、电，都不是我的女儿，我不责怪你们的无情；我不曾给你们国土，不曾称你们为我的孩子，你们没有顺从我的义务；所以，随你们的高兴，降下你们可怕的威力来吧，我站在这儿，只是你们的奴隶，一个可怜的、衰弱的、无力的、遭人贱视的老头子。可是我仍然要骂你们是卑劣的帮凶，因为你们滥用上天的威力，帮同两个万恶的女儿来跟我这个白发的老翁作对。啊！啊！这太卑劣了！

弄　人　谁头上顶着个好头脑，就不愁没有屋顶来遮他的头。

脑袋还没找到屋子，
话儿倒先有安乐窝；
脑袋和他都生虱子，
就这么叫花娶老婆。
有人只爱他的脚尖，
不把心儿放在心上，
那鸡眼使他真可怜，
在床上翻身又叫嚷。

从来没有一个美女不是对着镜子做她的鬼脸。

肯特上。

李　尔　不，我要忍受众人所不能忍受的痛苦；我要闭口无言。

肯　特　谁在那边？

弄　人　一个是陛下，一个是弄人；这两人一个聪明一个傻。

肯　特　唉！陛下，你在这儿吗？喜爱黑夜的东西，不会喜爱这样的黑夜；狂怒的天色吓怕了黑暗中的漫游者，使它们躲在洞里不敢出来。自从有生以来，我从没有看见过这样的闪电，听见过这样可怕的雷声，这样惊人的风雨的咆哮；人类的精神是禁受不起这样的磨折和恐怖的。

李　尔　伟大的神灵在我们头顶掀起这场可怕的骚动。让他们现在找到他们的敌人吧。战栗吧，你尚未被人发觉、逍遥法外的罪人！躲起来吧，你杀人的凶手，你用伪誓欺人的骗子，你道貌岸然的逆伦禽兽！魂飞魄散吧，你用正直的外表遮掩杀人阴谋的大奸巨恶！撕下你们包藏祸心的伪装，显露你们罪恶的原形，向这些可怕的天吏哀号乞命吧！我是个并没有犯多大的罪、却受了很大的冤屈的人。

肯　特　唉！您头上没有一点遮盖的东西！陛下，这儿附近有一间茅屋，可以替您挡挡风雨。我刚才曾经到那所冷酷的屋子里——那比它墙上的石块更冷酷无情的屋子——探问您的行踪，可是他们关上了门不让我进去；现在您且暂时躲一躲雨，我还要回去，非要他们讲一点人情不可。

李　尔　我的头脑开始昏乱起来了。来，我的孩子。你怎么啦，我的孩子？你冷吗？我自己也冷呢。我的朋友，这间茅屋在什么地方？一个人到了困穷无告的时候，微贱的东西竟也会变成无价之宝。来，带我到你那间茅屋里去。可怜的傻小子，我心里还留着一块地方为你悲伤哩。

弄　人

只怪自己糊涂自己蠢，
嗨呵，一阵风来一阵雨，
背时倒运莫把天公恨，
管它朝朝雨雨又风风。

李　尔　不错，我的好孩子。来，领我们到这茅屋里去。（李尔、肯特下。）

弄　人　今天晚上可太凉快了，叫婊子都热不起劲儿来。待我在临走之前，讲几句预言吧：

传道的嘴上一味说得好；
酿酒的酒里掺水真不少；
有钱的大爷教裁缝做活；
不烧异教徒；嫖客害流火①；
若是件件官司都问得清；
跟班不欠钱，骑士债还清；
世上的是非不出自嘴里；
扒儿手看见人堆就躲避；
放债的肯让金银露了眼；
老鸨和婊子把教堂修建；
到那时候，英国这个国家，
准会乱得无法收拾一下；
那时活着的都可以看到：

① 流火，指花柳病而言。

那走路的把脚步抬得高。

其实这番预言该让梅林[①]在将来说，因为我出生在他之前。（下。）

第三场　葛罗斯特城堡中的一室

葛罗斯特及爱德蒙上。

葛罗斯特　唉，唉！爱德蒙，我不赞成这种不近人情的行为。当我请求他们允许我给他一点援助的时候，他们竟会剥夺我使用自己的房屋的权利，不许我提起他的名字，不许我替他说一句恳求的话，也不许我给他任何的救济，要是违背了他们的命令，我就要永远失去他们的欢心。

爱德蒙　太野蛮、太不近人情了！

葛罗斯特　算了，你不要多说什么。两个公爵现在已经有了意见，而且还有一件比这更严重的事情。今天晚上我接到一封信，里面的话说出来也是很危险的；我已经把这信锁在壁橱里了。王上受到这样的凌虐，总有人会来替他报复的；已经有一支军队在路上了；我们必须站在王上的一边。我就要找他去，暗地里救济救济他；你去陪公爵谈谈，免得被他觉察了我的行动。要是他问起我，你就回他说我身子不好，已经睡了。大不了是一个死——他们的确拿死来威吓——王上是我的老主人，我不能坐视不救。出人意料之外的事情快要发生了，爱德蒙，你必须小心点儿。（下。）

爱德蒙　你违背了命令去献这种殷勤，我立刻就要去告诉公爵知道；还有那封信我也要告诉他。这是我献功邀赏的好机会，我的父亲将要因此而丧失他所有的一切，也许他的全部家产都要落到我的手里；老的一代没落了，年轻的一代才会兴起。（下。）

---

① 梅林，是亚瑟王故事中的术士和预言家，时代后于传说中的李尔王许多年，这里是作者故意说的笑话。

第四场　荒野。茅屋之前

李尔、肯特及弄人上。

肯　特　就是这地方，陛下，进去吧。在这样毫无掩庇的黑夜里，像这样的狂风暴雨，谁也受不了的。（暴风雨继续不止。）

李　尔　不要缠着我。

肯　特　陛下，进去吧。

李　尔　你要碎裂我的心吗？

肯　特　我宁愿碎裂我自己的心。陛下，进去吧。

李　尔　你以为让这样的狂风暴雨侵袭我们的肌肤，是一件了不得的苦事；在你看来是这样的；可是一个人要是身染重病，他就不会感觉到小小的痛楚。你见了一头熊就要转身逃走；可是假如你的背后是汹涌的大海，你就只好硬着头皮向那头熊迎面走去了。当我们心绪宁静的时候，我们的肉体才是敏感的；我的心灵中的暴风雨已经取去我一切其他的感觉，只剩下心头的热血在那儿搏动。儿女的忘恩！这不就像这一只手把食物送进这一张嘴里，这一张嘴却把这一只手咬了下来吗？可是我要重重惩罚她们。不，我不愿再哭泣了。在这样的夜里，把我关在门外！尽管倒下来吧，什么大雨我都可以忍受。在这样的一个夜里！啊，里根，高纳里尔！你们年老仁慈的父亲一片诚心，把一切都给了你们——啊！那样想下去是要发疯的；我不要想起那些；别再提起那些话了。

肯　特　陛下，进去吧。

李　尔　请你自己进去，找一个躲身的地方吧。这暴风雨不肯让我仔细思想种种的事情；那些事情我越想下去，越会增加我的痛苦。可是我要进去。（向弄人）进去，孩子，你先走。你们这些无家可归的人——你进去吧。我要祈祷，然后我要睡一会儿。（弄人入内）衣不蔽体的不幸的人们，无论你们在什么地方，都得忍受着这样无情的暴风雨的袭击，你们的头上没有片瓦遮身，你们的腹中饥肠雷动，你们的衣服千疮百孔，怎么抵挡得了这样的气候呢？啊！我一向太没有想到这种事情了。安享荣华的人们啊，睁开你们的眼睛来，到外面来体味一下穷人所忍受的苦，分一些你们享用不了的福泽给他们，让上天知道你们不是全无心肝的人吧！

爱德伽　（在内）九英尺深，九英尺深！可怜的汤姆！（弄人自屋内奔出。）

弄　人　老伯伯，不要进去；里面有一个鬼。救命！救命！

肯　特　让我搀着你，谁在里边？

弄　人　一个鬼，一个鬼；他说他的名字叫做可怜的汤姆。

肯　特　你是什么人，在这茅屋里大呼小叫的？出来。

爱德伽乔装疯人上。

爱德伽　走开！恶魔跟在我的背后！“风儿吹过山楂林。”哼！到你冷冰冰的床上暖一暖你的身体吧。

李　尔　你把你所有的一切都给了你的两个女儿，所以才到今天这地步吗？

爱德伽　谁把什么东西给可怜的汤姆？恶魔带着他穿过大火，穿过烈焰，穿过水道和漩涡，穿过沼地和泥泞；把刀子放在他的枕头底下，把绳子放在他的凳子底下，把毒药放在他的粥里；使他心中骄傲，骑了一匹栗色的奔马，从四英寸阔的桥梁上过去，把他自己的影子当作了一个叛徒，紧紧追逐不舍。祝福你的五种才智！汤姆冷着呢。啊！哆啼哆啼哆啼。愿旋风不吹你，星星不把毒箭射你，瘟疫不到你身上！做做好事，救救那给恶魔害得好苦的可怜的汤姆吧！他现在就在那儿，在那儿，又到那儿去了，在那儿。（暴风雨继续不止。）

李　尔　什么！他的女儿害得他变成这个样子吗？你不能留下一些什么来吗？你一起都给了她们了吗？

弄　人　不，他还留着一方毡毯，否则我们大家都要不好意思了。

李　尔　愿那弥漫在天空之中的惩罚恶人的瘟疫一起降临在你的女儿身上！

肯　特　陛下，他没有女儿哩。

李　尔　该死的奸贼！他没有不孝的女儿，怎么会流落到这等不堪的地步？难道被弃的父亲，都是这样一点不爱惜他们自己的身体的吗？适当的处罚！谁叫他们的身体产下那些枭獍般的女儿来？

爱德伽　“小雄鸡坐在高墩上，”呵罗，呵罗，罗，罗！

弄　人　这一个寒冷的夜晚将要使我们大家变成傻瓜和疯子。

爱德伽　当心恶魔。孝顺你的爷娘；说过的话不要反悔；不要赌咒；不要奸淫有夫之妇；不要把你的情人打扮得太漂亮。汤姆冷着呢。

李　尔　你本来是干什么的？

爱德伽　一个心性高傲的仆人，头发卷得曲曲的，帽子上佩着情人的手套，惯会讨妇女的欢心，干些不可告人的勾当；开口发誓，闭口赌咒，当着上天的面前把它们一个个毁弃；睡梦里都在转奸淫的念头，一醒来便把它实行。我贪酒，我爱赌，我比土耳其人更好色；一颗奸诈的心，一对轻信的耳朵，一双不怕血腥气的手；猪一般懒惰，狐狸一般狡诡，狼一般贪狠，狗一般疯狂，狮子一般凶恶。不要让女人的脚步声和窸窣窸窣的绸衣裳的声音摄去了你的魂魄，不要把你的脚踏进窑子里去；不要把你的手伸进裙子里去；不要把你的笔碰到放债人的账簿上；抵抗恶魔的引诱吧。"冷风还是打山楂树里吹过去"；听它怎么说，吁——吁——呜——呜——哈——哈——。道芬我的孩子，我的孩子；叱嚓！让他奔过去。（暴风雨继续不止。）

李　尔　唉，你这样赤身裸体，受风雨的吹淋，还是死了的好。难道人不过是这样一个东西吗？想一想他吧。你也不向蚕身上借一根丝，也不向野兽身上借一张皮，也不向羊身上借一片毛，也不向麝猫身上借一块香料。嘿！我们这三个人都已经失掉了本来的面目，只有你才保全着天赋的原形；人类在草昧的时代，不过是像你这样的一个寒碜的赤裸的两脚动物。脱下来，脱下来，你们这些身外之物！来，松开你的钮扣。（扯去衣服。）

弄　人　老伯伯，请你安静点儿；这样危险的夜里是不能游泳的。旷野里一点小小的火光，正像一个好色的老头儿的心，只有这么一星星的热，他的全身都是冰冷的。瞧！一团火走来了。

葛罗斯特持火炬上。

爱德伽　这就是那个叫做"弗力勃铁捷贝特"的恶魔；他在黄昏的时候出现，一直到第一声鸡啼方才隐去；他叫人眼睛里长白膜，叫好眼变成斜眼；他叫人嘴唇上起裂缝；他还会叫面粉发霉，寻穷人们的开心。

圣维都尔①三次经过山岗，
遇见魇魔和她九个儿郎；

① 圣维都尔（St. Withold），传说中安眠的保护神。

他说妖精快下马，①

发过誓儿快逃吧；

去你的，妖精，去你的！

肯　特　陛下，您怎么啦？

李　尔　他是谁？

肯　特　那儿什么人？你找谁？

葛罗斯特　你们是些什么人？你们叫什么名字？

爱德伽　可怜的汤姆，他吃的是泅水的青蛙、蛤蟆、蝌蚪、壁虎和水蜥；恶魔在他心里捣乱的时候，他发起狂来，就会把牛粪当做一盆美味的生菜；他吞的是老鼠和死狗，喝的是一潭死水上面绿色的浮渣；他到处给人家鞭打，锁在枷里，关在牢里；他从前有三身外衣、六件衬衫，跨着一匹马，带着一口剑；

可是在这整整七年时光，

耗子是汤姆惟一的食粮。

留心那跟在我背后的鬼。不要闹，史墨金！不要闹，你这恶魔！

葛罗斯特　什么！陛下竟会跟这种人作起伴来了吗？

爱德伽　地狱里的魔王是一个绅士；他的名字叫作摩陀，又叫作玛呼。

葛罗斯特　陛下，我们亲生的骨肉都变得那样坏，把自己生身之人当作了仇敌。

爱德伽　可怜的汤姆冷着呢。

葛罗斯特　跟我回去吧。我的良心不允许我全然服从您的女儿的无情的命令；虽然他们叫我关上了门，把您丢下在这狂暴的黑夜之中，可是我还是大胆出来找您；把您带到有火炉、有食物的地方去。

李　尔　让我先跟这位哲学家谈谈。天上打雷是什么缘故？

肯　特　陛下，接受他的好意；跟他回去吧。

李　尔　我还要跟这位学者说一句话。您研究的是哪一门学问？

爱德伽　抵御恶魔的战略和消灭毒虫的方法。

李　尔　让我私下里问您一句话。

肯　特　大人，请您再催催他吧；他的神经有点儿错乱起来了。

葛罗斯特　你能怪他吗？（暴风雨继续不止）他的女儿要他死哩。唉！那善良

---

① 据说魇魔作祟，骑在熟睡者的胸口。下文“发过誓儿”即要魇魔赌咒不再骑在人身上。

的肯特，他早就说过会有这么一天的，可怜的被放逐的人！你说王上要疯了；告诉你吧，朋友，我自己也差不多疯了。我有一个儿子，现在我已经跟他断绝关系了；他要谋害我的生命，这还是最近的事；我爱他，朋友，没有一个父亲比我更爱他的儿子；不瞒你说，（暴风雨继续不止）我的头脑都气昏了。这是一个什么晚上！陛下，求求您——

李　尔　啊！请您原谅，先生。高贵的哲学家，请了。

爱德伽　汤姆冷着呢。

葛罗斯特　进去，家伙，到这茅屋里去暖一暖吧。

李　尔　来，我们大家进去。

肯　特　陛下，这边走。

李　尔　带着他，我要跟我这位哲学家在一起。

肯　特　大人，顺顺他的意思吧；让他把这家伙带去。

葛罗斯特　您带着他来吧。

肯　特　小子，来；跟我们一块儿去。

李　尔　来，好雅典人[①]。

葛罗斯特　嘘！不要说话，不要说话。

爱德伽　罗兰骑士[②]来到黑沉沉的古堡前，他说了一遍又一遍。“呸，嘿，哼！”我闻到了一股不列颠人的血腥。（同下。）

第五场　葛罗斯特城堡中一室

康华尔及爱德蒙上。

康华尔　我在离开他的屋子以前，一定要把他惩治一下。

爱德蒙　殿下，我为了尽忠的缘故，不顾父子之情，一想到人家不知将要怎样批评我，心里很有点儿惴惴不安哩。

康华尔　我现在才知道你的哥哥想要谋害他的生命，并不完全出于恶毒的本性；多半是他自己咎有应得，才会引起他的杀心的。

① 李尔王把爱德伽比作古希腊哲学家。

② 罗兰骑士，欧洲中世纪骑士文学中的著名英雄。

爱德蒙　我的命运多么颠倒，虽然做了正义的事情，却必须抱恨终身！这就是他说起的那封信，它可以证实他私通法国的罪状。天啊！为什么他要干这种叛逆的行为，为什么偏偏又在我手里发觉了呢？

康华尔　跟我见公爵夫人去。

爱德蒙　这信上所说的事情倘然属实，那您就要有一番重大的行动了。

康华尔　不管它是真是假，它已经使你成为葛罗斯特伯爵了。你去找找你父亲在什么地方，让我们可以把他逮捕起来。

爱德蒙　（旁白）要是我看见他正在援助那老王，他的嫌疑就格外加重了。——虽然忠心和孝道在我的灵魂里发生剧烈的争战，可是大义所在，只好把私恩抛弃不顾。

康华尔　我完全信任你；你在我的恩宠之中，将要得到一个更慈爱的父亲。（各下。）

第六场　邻接城堡的农舍一室

葛罗斯特、李尔、肯特、弄人及爱德伽上。

葛罗斯特　这儿比露天好一些，不要嫌它寒伧，将就住下来吧。我再去找找有些什么吃的用的东西；我去去就来。

肯　特　他的智力已经在他的盛怒之中完全消失了。神明报答您的好心！（葛罗斯特下。）

爱德伽　弗拉特累多[①]在叫我，他告诉我尼禄王在冥湖里钓鱼。喂，傻瓜，你要祷告，要留心恶魔啊。

弄　人　老伯伯，告诉我，一个疯子是绅士呢还是平民？

李　尔　是个国王，是个国王！

弄　人　不，他是一个平民，他的儿子却挣了一个绅士头衔；他眼看他儿子做了绅士，他就成为一个气疯了的平民。

李　尔　一千条血红的火舌吱啦吱啦卷到她们的身上——

爱德伽　恶魔在咬我的背。

弄　人　谁要是相信豺狼的驯良、马儿的健康、孩子的爱情或是娼妓的盟

① 弗拉特累多，小魔鬼的名字。

誓，他就是个疯子。

李　尔　一定要办她们一办，我现在就要审问她们。（向爱德伽）来，最有学问的法官，你坐在这儿，（向弄人）你，贤明的官长，坐在这儿。——来，你们这两头雌狐！

爱德伽　瞧，他站在那儿，眼睛睁得大大的！太太，你在审判的时候，要不要有人瞧着你？渡过河来会我，蓓西——

弄　人　她的小船儿漏了，
她不能让你知道，
为什么她不敢见你。

爱德伽　恶魔借着夜莺的喉咙，向可怜的汤姆作祟了。霍普丹斯在汤姆的肚子里嚷着要两条新鲜的鲱鱼。别吵，魔鬼；我没有东西给你吃。

肯　特　陛下，您怎么啦！不要这样呆呆地站着。您愿意躺下来，在这褥垫上面休息休息吗？

李　尔　我要先看她们受了审判再说。把她们的证人带上来。（向爱德伽）你这披着法衣的审判官，请坐；（向弄人）你，他的执法的同僚，坐在他的旁边。（向肯特）你是陪审官，你也坐下。

爱德伽　让我们秉公裁判。
你睡着还是醒着，牧羊人？
你的羊儿在田里跑；
你的小嘴唇只要吹一声，
羊儿就不伤一根毛。
呼噜呼噜；这是一只灰色的猫儿。

李　尔　先控诉她；她是高纳里尔。我当着尊严的堂上起誓，她曾经踢她的可怜的父王。

弄　人　过来，奶奶。你的名字叫高纳里尔吗？

李　尔　她不能抵赖。

弄　人　对不起，我还以为您是一张折凳哩。

李　尔　这儿还有一个，你们瞧她满脸的横肉，就可以知道她的心肠是怎么样的。拦住她！举起你们的兵器，拔出你们的剑，点起火把来！营私舞弊的法庭！枉法的贪官，你为什么放她逃走？

爱德伽　天保佑你的神志吧！

肯　特　嗳哟！陛下，您不是常常说您没有失去忍耐吗？现在您的忍耐呢？

爱德伽　（旁白）我的滚滚的热泪忍不住为他流下，怕要给他们瞧破我的假装了。

李　尔　这些小狗：脱雷、勃尔趋、史威塔，瞧，它们都在向我狂吠。

爱德伽　让汤姆掉过脸来把它们吓走。滚开，你们这些恶狗！

黑嘴巴，白嘴巴，
疯狗咬人磨毒牙，
猛犬猎犬杂种犬，
叭儿小犬团团转，
青屁股，卷尾毛，
汤姆一只也不饶；
只要我掉过脸来，
大狗小狗逃得快。

哆啼哆啼。吡嚓！来，我们赶庙会，上市集去。可怜的汤姆，你的牛角里干得挤不出一滴水来啦[1]。

李　尔　叫他们剖开里根的身体来，看看她心里有些什么东西。究竟为了什么天然的原因，她们的心才会变得这样硬？（向爱德伽）我把你收留下来，叫你做我一百名侍卫中间的一个，只是我不喜欢你的衣服的式样；你也许要对我说，这是最漂亮的波斯装；可是我看还是请你换一换吧。

肯　特　陛下，您还是躺下来休息休息吧。

李　尔　不要吵，不要吵；放下帐子，好，好，好。我们到早上再去吃晚饭吧；好，好，好。

弄　人　我一到中午可要睡觉哩。

葛罗斯特重上。

葛罗斯特　过来，朋友；王上呢？

肯　特　在这儿，大人；可是不要打扰他，他的神经已经错乱了。

葛罗斯特　好朋友，请你把他抱起来。我已经听到了一个谋害他生命的阴谋。马车套好在外边，你快把他放进去，驾着它到多佛，那边有人会欢迎你，并且会保障你的安全。抱起你的主人来；要是你耽误了

---

① 当时疯叫花子行乞，用挂于颈间的大牛角盛乞得的剩菜残羹。

半点钟的时间，他的性命、你的性命以及一切出力救护他的人的性命，都要保不住了。抱起来，抱起来；跟我来，让我设法把你们赶快送到一处可以安身的地方。

肯 特 受尽折磨的身心，现在安然入睡了；安息也许可以镇定镇定他的破碎的神经，但愿上天行个方便，不要让它破碎得不可收拾才好。（向弄人）来，帮我抬起你的主人来；你也不能留在这儿。

葛罗斯特 来，来，去吧。（除爱德伽外，肯特、葛罗斯特及弄人舁李尔下。）

爱德伽 做君王的不免如此下场，
使我忘却了自己的忧伤。
最大的不幸是独抱牢愁，
任何的欢娱兜不上心头；
倘有了同病相怜的侣伴，
天大痛苦也会解去一半。
国王有的是不孝的逆女，
我自己遭逢无情的严父，
他与我两个人一般遭际！
去吧，汤姆，忍住你的怨气，
你现在蒙着无辜的污名，
总有日回复你清白之身。

不管今夜里还会发生些什么事情，但愿王上能安然出险！我还是躲起来吧。（下。）

第七场 葛罗斯特城堡中一室

康华尔、里根、高纳里尔、爱德蒙及众仆上。

康华尔 夫人，请您赶快到尊夫的地方去，把这封信交给他；法国军队已经登陆了。——来人，替我去搜寻那反贼葛罗斯特的踪迹。（若干仆人下。）

里 根 把他捉到了立刻吊死。

高纳里尔 把他的眼珠挖出来。

康华尔 我自有处置他的办法。爱德蒙，我们不应该让你看见你的谋叛的父亲受到怎样的刑罚，所以请你现在护送我们的姊姊回去，替我向奥本尼公爵致意，叫他赶快准备；我们这儿也要采取同样的行动。我们两地之间，必须随时用飞骑传报消息。再会，亲爱的姊姊；再会，葛罗斯特伯爵。

奥斯华德上。

康华尔　怎么啦？那国王呢？

奥斯华德　葛罗斯特伯爵已经把他载送出去了；有三十五六个追寻他的骑士在城门口和他会合，还有几个伯爵手下的人也在一起，一同向多佛进发，据说那边有他们武装的友人在等候他们。

康华尔　替你家夫人备马。

高纳里尔　再会，殿下再会，妹妹。

康华尔　再会，爱德蒙。（高纳里尔、爱德蒙及奥斯华德下）再去几个人把那反贼葛罗斯特捉来，像偷儿一样把他绑来见我。（若干仆人下）虽然在没有经过正式的审判手续以前，我们不能就把他判处死刑，可是为了发泄我们的愤怒，却只好不顾人们的指摘，凭着我们的权力独断独行了。那边是什么人？是那反贼吗？

众仆押葛罗斯特重上。

里　根　没有良心的狐狸！正是他。

康华尔　把他枯瘪的手臂牢牢绑起来。

葛罗斯特　两位殿下，这是什么意思？我的好朋友们，你们是我的客人；不要用这种无礼的手段对待我。

康华尔　捆住他。（众仆绑葛罗斯特。）

里　根　绑紧些，绑紧些。啊，可恶的反贼！

葛罗斯特　你是一个没有心肝的女人，我却不是反贼。

康华尔　把他绑在这张椅子上。奸贼，我要让你知道——（里根扯葛罗斯特须。）

葛罗斯特　天神在上，这还成什么话，你扯起我的胡子来啦！

里　根　胡子这么白，想不到却是一个反贼！

葛罗斯特　恶妇，你从我的腮上扯下这些胡子来，它们将要像活人一样控诉你的罪恶。我是这里的主人，你不该用你强盗的手，这样报答我的好客的殷勤。你究竟要怎么样？

康华尔　说，你最近从法国得到什么书信？

里　根　老实说出来，我们已经什么都知道了。

康华尔　你跟那些最近踏我们国境来的叛徒们有些什么来往？

里　根　你把那发疯的老王送到什么人手里去了？说。

葛罗斯特　我只收到过一封信，里面都不过是些猜测之谈，寄信的是一个没有偏见的人，并不是一个敌人。

康华尔　好狡猾的推托！

里　根　一派鬼话！

康华尔　你把国王送到什么地方去了？

葛罗斯特　送到多佛。

里　根　为什么送到多佛？我们不是早就警告你——

康华尔　为什么送到多佛？让他回答这个问题。

葛罗斯特　罢了，我现在身陷虎穴，只好拼着这条老命了。

里　根　为什么送到多佛？

葛罗斯特　因为我不愿意看见你的凶恶的指爪挖出他的可怜的老眼；因为我不愿意看见你的残暴的姊姊用她野猪般的利齿咬进他的神圣的肉体。他的赤裸的头顶在地狱一般黑暗的夜里冲风冒雨；受到那样狂风暴雨的震荡的海水，也要把它的怒潮喷向天空，熄灭了星星的火焰；但是他，可怜的老翁，却还要把他的热泪帮助天空浇洒。要是在那样怕人的晚上，豺狼在你的门前悲鸣，你也要说，“善良的看门人，开了门放它进来吧，”而不计较它一切的罪恶。可是我总有一天见到上天的报应降临在这种儿女的身上。

康华尔　你再也不会见到那样一天。来，按住这椅子。我要把你这一双眼睛放在我的脚底下践踏。

葛罗斯特　谁要是希望他自己平安活到老年的，帮帮我吧！啊，好惨！天啊！（葛罗斯特一眼被挖出。）

里　根　还有那一颗眼珠也去掉了吧，免得它嘲笑没有眼珠的一面。

康华尔　要是你看见什么报应——

仆　甲　住手，殿下；我从小为您效劳，但是只有我现在叫您住手这件事才算是最好的效劳。

里　根　怎么，你这狗东西！

仆　甲　要是你的腮上长起了胡子，我现在也要把它扯下来。

康华尔　混账奴才，你反了吗？（拔剑。）

仆　甲　好，那么来，我们拼一个你死我活。（拔剑。二人决斗。康华尔受伤。）

里　根　把你的剑给我。一个奴才也会撒野到这等地步！（取剑自后刺仆甲。）

仆　甲　啊！我死了。大人，您还剩着一只眼睛，看见他受到一点小小的报应。啊！（死。）

康华尔　哼，看他再瞧得见一些什么报应！出来，可恶的浆块！现在你还会发光吗？（葛罗斯特另一眼被挖出。）

葛罗斯特　一切都是黑暗和痛苦。我的儿子爱德蒙呢？爱德蒙，燃起你天性中的怒火，替我报复这一场暗无天日的暴行吧！

里　根　哼，万恶的奸贼！你在呼唤一个憎恨你的人；你对我们反叛的阴谋，就是他出首告发的，他是一个深明大义的人，绝不会对你发一点怜悯。

葛罗斯特　啊，我是个蠢材！那么爱德伽是冤枉的了。仁慈的神明啊，赦免我的错误，保佑他有福吧！

里　根　把他推出门外，让他一路摸索到多佛去。（一仆率葛罗斯特下）怎么，殿下？您的脸色怎么变啦？

康华尔　我受了伤啦。跟我来，夫人。把那瞎眼的奸贼撵出去；把这奴才丢在粪堆里。里根，我的血尽在流着；这真是无妄之灾。用你的胳臂搀着我。（里根扶康华尔同下。）

仆　乙　要是这家伙会有好收场，我什么坏事都可以去做了。

仆　丙　要是她会寿终正寝，所有的女人都要变成恶鬼了。

仆　乙　让我们跟在那老伯爵的后面，叫那疯丐把他领到他所要去的地方；反正那个游荡的疯子什么地方都去。

仆　丙　你先去吧；我还要去拿些麻布和蛋白来，替他贴在他的流血的脸上。但愿上天保佑他！（各下。）

第四幕

第一场　荒野

爱德伽上。

爱德伽　与其被人在表面上恭维而背地里鄙弃，那么还是像这样自己知道为举世所不容的好。一个最困苦、最微贱、最为命运所屈辱的人，可以永远抱着希冀而无所恐惧；从最高的地位上跌下来，那变化是可悲的，对于穷困的人，命运的转机却能使他欢笑！那么欢迎你——跟我拥抱的空虚的气流；被你刮得狼狈不堪的可怜虫并不少欠你丝毫情分。可是谁来啦？

一老人率葛罗斯特上。

爱德伽　我的父亲，让一个穷苦的老头儿领着他吗？啊，世界，世界，世界！倘不是你的变幻无常，使我们对你心存怨恨，哪一个人是甘愿老去的？

老　人　啊，我的好老爷！我在老太爷手里就做您府上的佃户，一直做到您老爷手里，已经有八十年了。

葛罗斯特　去吧，好朋友，你快去吧；你的安慰对我一点没有用处，他们也许反会害你的。

老　人　您眼睛看不见，怎么走路呢？

葛罗斯特　我没有路，所以不需要眼睛；当我能够看见的时候，我也会失足颠仆。我们往往因为有所自恃而失之于大意，反不如缺陷却能对我们有益。啊！爱德伽，好儿子，你的父亲受人之愚，错恨了你，要是我能在未死以前，摸到你的身体，我就要说，我又有了眼睛啦。

老　人　啊！那边是什么人？

爱德伽　（旁白）神啊！谁能够说“我现在是最不幸”？我现在比从前才更不幸得多啦。

老　人　那是可怜的发疯的汤姆。

爱德伽　（旁白）也许我还要碰到更不幸的命运；当我们能够说“这是最不幸的事”的时候，那还不是最不幸的。

老　人　汉子，你到哪儿去？

葛罗斯特　是一个叫花子吗？

老　人　是个疯叫花子。

葛罗斯特　他的理智还没有完全丧失，否则他不会向人乞讨。在昨晚的暴风雨里，我也看见这样一个家伙，他使我想起一个人不过等于一条虫；那时候我的儿子的影像就闪进了我的心里，可是当时我正在恨他，不愿想起他；后来我才听到一些其他的话。天神掌握着我们的命运，正像顽童捉到飞虫一样，为了戏弄的缘故而把我们杀害。

爱德伽　（旁白）怎么会有这样的事？在一个伤心人的面前装傻，对自己、对别人，都是一件不愉快的行为。（向葛罗斯特）

祝福你，先生！

葛罗斯特　他就是那个不穿衣服的家伙吗？

老　人　正是，老爷。

葛罗斯特　那么你去吧。我要请他领我到多佛去，要是你看在我的分上，愿意回去拿一点衣服来替他遮盖遮盖身体，那就再好没有了；我们不会走远，从这儿到多佛的路上一二哩之内，你一定可以追上我们。

老　人　唉，老爷！他是个疯子哩。

葛罗斯特　疯子带着瞎子走路，本来是这时代的一般病态。照我的话，或者就照你自己的意思做吧；第一件事情是请你快去。

老　人　我要把我的最好的衣服拿来给他，不管它会引起怎样的后果。（下。）

葛罗斯特　喂，不穿衣服的家伙——

爱德伽　可怜的汤姆冷着呢。（旁白）我不能再假装下去了。

葛罗斯特　过来，汉子。

爱德伽　（旁白）可是我不能不假装下去。——祝福您的可爱的眼睛，它们在流血哩。

葛罗斯特　你认识到多佛去的路吗？

爱德伽　一处处关口城门、一条条马路人行道，我全认识。可怜的汤姆被他们吓迷了心窍；祝福你，好人的儿子，愿恶魔不来缠绕你！五个魔鬼一齐作弄着可怜的汤姆：一个是色魔奥别狄克特；一个是哑鬼霍别狄丹斯；一个是偷东西的玛呼；一个是杀人的摩陀；一个是扮鬼脸的弗力勃铁捷贝特，他后来常常附在丫头、使女的身上。好，祝福您，先生！

葛罗斯特　来，你这受尽上天凌虐的人，把这钱囊拿去；我的不幸却是你的运气。天道啊，愿你常常如此！让那穷奢极欲、把你的法律当作满足他自己享受的工具、因为知觉麻木而沉迷不悟的人，赶快感到你的威力吧；从享用过度的人手里夺下一点来分给穷人，让每一个人都得到他所应得的一份吧。你认识多佛吗？

爱德伽　认识，先生。

葛罗斯特　那边有一座悬崖，它的峭拔的绝顶俯瞰着幽深的海水；你只要领我到那悬崖的边上，我就给你一些我随身携带的贵重的东西，你拿了去可以过些舒服的日子；我也不用再烦你带路了。

爱德伽　把您的胳臂给我；让可怜的汤姆领着你走。（同下。）

第二场　奥本尼公爵府前

高纳里尔及爱德蒙上。

高纳里尔　欢迎，伯爵；我不知道我那位温和的丈夫为什么不来迎接我们。

奥斯华德上。

高纳里尔　主人呢？

奥斯华德　夫人，他在里边；可是已经大大变了一个人啦。我告诉他法国军队登陆的消息，他听了只是微笑；我告诉他说您来了，他的回答却是，“还是不来的好”；我告诉他葛罗斯特怎样谋反、他的儿子怎样尽忠的时候，他骂我蠢东西，说我颠倒是非。凡是他所应该痛恨的事情，他听了都觉得很得意；他所应该欣慰的事情，反而使他恼怒。

高纳里尔　（向爱德蒙）那么你止步吧。这是他懦怯畏缩的天性，使他不敢担当大事；他宁愿忍受侮辱，不肯挺身而起。我们在路上谈起的那个愿望，也许可以实现。爱德蒙，你且回到我的妹夫那儿去；催促他赶紧调齐人马，交给你统率；我这儿只好由我自己出马，把家务托付我的丈夫照管了。这个可靠的仆人可以替我们传达消息；要是你有胆量为了你自己的好处而行事，那么不久大概就会听到你的女主人的命令。把这东西拿去带在身边；不要多说什么；（以饰物赠爱德蒙）低下你的头来：这一个吻要是能够替我说话，它会叫你的灵魂儿飞上天空的。你要明白我的心；再会吧。

爱德蒙　我愿意为您赴汤蹈火。

高纳里尔　我的最亲爱的葛罗斯特！（爱德蒙下）唉！都是男人，却有这样的不同！哪一个女人不愿意为你贡献她的一切，我却让一个傻瓜侵占了我的眠床。

奥斯华德　夫人，殿下来了。（下。）

奥本尼上。

高纳里尔　你太瞧不起人啦。

奥本尼　啊，高纳里尔！你的价值还比不上那狂风吹在你脸上的尘土。我替你这种脾气担着心事；一个人要是看轻了自己的根本，难免做出一些越限逾分的事来；枝叶脱离了树干，跟着也要萎谢，到后来只好让人当作枯柴而付之一炬。

高纳里尔　得啦得啦；全是些傻话。

奥本尼　智慧和仁义在恶人眼中看来都是恶的；下流的人只喜欢下流的事。你们干下了些什么事情？你们是猛虎，不是女儿，你们干了些什么事啦？这样一位父亲，这样一位仁慈的老人家，一头野熊见了他也会俯首贴耳，你们这些蛮横下贱的女儿，却把他激成了疯狂！难道我那位贤襟兄竟会让你们这样胡闹吗？他也是个堂堂汉子，一邦的君主，又受过他这样的深恩厚德！要是上天不立刻降下一些明显的灾祸来，惩罚这种万恶的行为，那么人类快要像深海的怪物一样自相吞食了。

高纳里尔　不中用的懦夫！你让人家打肿你的脸，把侮辱加在你的头上，还以为是一件体面的事，因为你的额头上还没长着眼睛；正像那些不明是非的傻瓜，人家存心害你，幸亏发觉得早，他们在未下毒手以前就受到惩罚，你却还要可怜他们。你的鼓呢？法国的旌旗已经展开在我们安静的国境上了，你的敌人顶着羽毛飘扬的战盔，已经开始威胁你的生命。你这迂腐的傻子却坐着一动不动，只会说，“唉！他为什么要这样呢？”

奥本尼　瞧瞧你自己吧，魔鬼！恶魔的丑恶的嘴脸，还不及一个恶魔般的女人那样丑恶万分。

高纳里尔　嗳哟，你这没有头脑的蠢货！

奥本尼　你这变化做女人的形状、掩蔽你的蛇蝎般的真相的魔鬼，不要露出你的狰狞的面目来吧！要是我可以允许这双手服从我的怒气，它们一定会把你的肉一块块撕下来，把你的骨头一根根折断；可是你虽然是一个魔鬼，你的形状却还是一个女人，我不能伤害你。

高纳里尔　哼，这就是你的男子汉的气概。——呸！

一使者上。

奥本尼　有什么消息？

使　者　啊！殿下，康华尔公爵死了；他正要挖去葛罗斯特第二只眼睛的时候，他的一个仆人把他杀死了。

奥本尼　葛罗斯特的眼睛！

使　者　他所蓄养的一个仆人因为激于义愤，反对他这一种行动，就拔出剑来向他的主人行刺；他的主人大怒，和他奋力猛斗，结果把那仆人砍死了，可是自己也受了重伤，终于不治身亡。

奥本尼　啊，天道究竟还是有的，人世的罪恶这样快就受到了诛谴！但是啊，可怜的葛罗斯特！他失去了他的第二只眼睛吗？

使　者　殿下，他两只眼睛全都给挖去了。夫人，这一封信是您的妹妹写来的，请您立刻给她一个回音。

高纳里尔　（旁白）从一方面说来，这是一个好消息；可是她做了寡妇，我的葛罗斯特又跟她在一起，也许我的一切美满的愿望，都要从我这可憎的生命中消灭了；不然的话，这消息还不算顶坏。（向使者）我读过以后再写回信吧。（下。）

奥本尼　他们挖去他的眼睛的时候，他的儿子在什么地方？

使　者　他是跟夫人一起到这儿来的。

奥本尼　他不在这儿。

使　者　是的，殿下，我在路上碰见他回去了。

奥本尼　他知道这种罪恶的事情吗？

使　者　是，殿下；就是他出首告发他的，他故意离开那座房屋，为的是让他们行事方便一些。

奥本尼　葛罗斯特，我永远感激你对王上所表示的好意，一定替你报复你的挖目之仇。过来，朋友，详细告诉我一些你所知道的其他的消息。（同下。）

第三场　多佛附近法军营地

肯特及一侍臣上。

肯　特　为什么法兰西王突然回去，您知道他的理由吗？

侍　臣　他在国内还有一点未了的要事，直到离国以后，方才想起；因为那件事情有关国家的安全，所以他不能不亲自回去料理。

肯　特　他去了以后，委托什么人代他主持军务？

侍　臣　拉·发元帅。

肯　特　王后看了您的信，有没有什么悲哀的表示？

侍　臣　是的，先生；她拿了信，当着我的面前读下去，一颗颗饱满的泪珠淌下她的娇嫩的颊上；可是她仍然保持着一个王后的尊严，虽然她的情感像叛徒一样想要把她压服，她还是竭力把它克制下去。

肯　特　啊！那么她是受到感动的了。

侍　臣　她并不痛哭流涕；"忍耐"和"悲哀"互相竞争着谁能把她表现得更美。您曾经看见过阳光和雨点同时出现；她的微笑和眼泪也正是这样，只是更要动人得多；那些荡漾在她的红润的嘴唇上的小小的微笑，似乎不知道她的眼睛里有些什么客人，他们从她钻石一样晶莹的眼球里滚出来，正像一颗颗浑圆的珍珠。简单一句话，要是所有的悲哀都是这样美，那么悲哀将要成为最受世人喜爱的珍奇了。

肯　特　她没有说过什么话吗？

侍　臣　一两次她的嘴里迸出了"父亲"两个字，好像它们重压着她的心一般；她哀呼着，"姊姊！姊姊！女人的耻辱！姊姊！肯特！父亲！姊姊！什么，在风雨里吗？在黑夜里吗？不要相信世上还有怜悯吧！"于是她挥去了她的天仙一般的眼睛里的神圣的水珠，让眼泪淹没了她的沉痛的悲号，移步他往，和哀愁独自作伴去了。

肯　特　那是天上的星辰，天上的星辰主宰着我们的命运；否则同一个父母怎么会生出这样不同的儿女来。您后来没有跟她说过话吗？

侍　臣　没有。

肯　特　这是在法兰西王回国以前的事吗？

侍　臣　不，这是他去后的事。

肯　特　好，告诉您吧，可怜的受难的李尔已经到了此地，他在比较清醒的时候，知道我们来干什么事，一定不肯见他的女儿。

侍　臣　为什么呢，好先生？

肯　特　羞耻之心掣住了他；他自己的忍心剥夺了她的应得的慈爱，使她远适异国，听任天命的安排，把她的权利分给那两个犬狼之心的女儿——这种种的回忆像毒刺一样螫着他的心，使他充满了火烧一样的惭愧，阻止他和考狄利娅相见。

侍　臣　唉！可怜的人！

肯　特　关于奥本尼和康华尔的军队，您听见什么消息没有？

侍　臣　是的，他们已经出动了。

肯　特　好，先生，我要带您去见见我们的王上，请您替我照料照料他。我因为有某种重要的理由，必须暂时隐藏我的真相；当您知道我是什么人以后，您绝不会后悔跟我结识的。请您跟我走吧。（同下。）

第四场　同前。帐幕

旗鼓前导，考狄利娅、医生及兵士等上。

考狄利娅　唉！正是他。刚才还有人看见他，疯狂得像被飓风激动的怒海，高声歌唱，头上插满了恶臭的地烟草、牛蒡，毒芹、荨麻、杜鹃花和各种蔓生在田亩间的野草。派一百个兵士到繁茂的田野里各处搜寻，把他领来见我。（一军官下）人们的智慧能不能恢复他的丧失的心神？谁要是能够医治他，我愿意把我的身外的富贵一起送给他。

医　生　娘娘，法子是有的；休息是滋养疲乏的精神的保姆，他现在就是缺少休息；只要给他服一些药草，就可以阖上他的痛苦的眼睛。

考狄利娅　一切神圣的秘密、一切地下潜伏的灵奇，随着我的眼泪一起奔涌出来吧！帮助解除我的善良的父亲的痛苦！快去找他，快去找他，我只怕他在不可控制的疯狂之中会消灭了他的失去主宰的生命。

一使者上。

使　者　报告娘娘，英国军队向这儿开过来了。

考狄利娅　我们早已知道；一切都预备好了，只等他们到来。亲爱的父亲啊！我这次掀动干戈，完全是为了你的缘故；伟大的法兰西王被我的悲哀和恳求的眼泪所感动。我们出师，并非怀着什么非分的野心，只是一片真情，热烈的真情，要替我们的老父主持正义。但愿我不久就可以听见看见他！（同下。）

第五场　葛罗斯特城堡中一室

里根及奥斯华德上。

里　根　可是我的姊夫的军队已经出发了吗？

奥斯华德　出发了，夫人。

里　根　他亲自率领吗？

奥斯华德　夫人，好容易才把他催上了马；还是您的姊姊是个更好的军人哩。

里　根　爱德蒙伯爵到了你们家里，有没有跟你家主人谈过话？

奥斯华德　没有，夫人。

里　根　我的姊姊给他的信里有些什么话？

奥斯华德　我不知道，夫人。

里　根　告诉你吧，他有重要的事情，已经离开此地了。葛罗斯特挖去了眼睛以后，仍旧放他活命，实在是一个极大的失策；因为他每到一个地方，都会激起众人对我们的反感。我想爱德蒙因为怜悯他的苦难，是要去替他解脱他的暗无天日的生涯的；而且他还负有探察敌人实力的使命。

奥斯华德　夫人，我必须追上去把我的信送给他。

里　根　我们的军队明天就要出发；你暂时耽搁在我们这儿吧，路上很危险呢。

奥斯华德　我不能，夫人；我家夫人曾经吩咐我不准误事的。

里　根　为什么她要写信给爱德蒙呢？难道你不能替她口头传达她的意思吗？看来恐怕有点儿——我也说不出来。让我拆开这封信来，我会十分喜欢你的。

奥斯华德　夫人，那我可——

里　根　我知道你家夫人不爱她的丈夫；这一点我是可以确定的。她最近在这儿的时候，常常对高贵的爱德蒙抛掷含情的媚眼。我知道你是她的心腹之人。

奥斯华德　我，夫人！

里　根　我的话不是随便说说的，我知道你是她的心腹；所以你且听我说，我的丈夫已经死了，爱德蒙跟我曾经谈起过，他向我求爱总比向你家夫人求爱来得方便些。其余的你自己去意会吧。要是你找到了他，请你替我把这个交给他；你把我的话对你家夫人说了以后，再请她仔细想个明白。好，再会。假如你听见人家说起那瞎眼的老贼在什么地方，能够把他除掉，一定可以得到重赏。

奥斯华德　但愿他能够碰在我的手里，夫人；我一定可以向您表明我是哪一方面的人。

里　根　再会。（各下。）

第六场　多佛附近的乡间

葛罗斯特及爱德伽作农民装束同上。

葛罗斯特　什么时候我才能够登上山顶？

爱德伽　您现在正在一步步上去；瞧这路多么难走。

葛罗斯特　我觉得这地面是很平的。

爱德伽　陡峭得可怕呢，听！那不是海水的声音吗？

葛罗斯特　不，我真的听不见。

爱德伽　嗳哟，那么大概因为您的眼睛痛得厉害，所以别的知觉也连带模糊起来啦。

葛罗斯特　那倒也许是真的。我觉得你的声音也变了样啦，你讲的话不像原来那样粗鲁、那样疯疯癫癫啦。

爱德伽　您错啦；除了我的衣服以外，我什么都没有变样。

葛罗斯特　我觉得你的话像样得多啦。

爱德伽　来，先生；我们已经到了，您站好。把眼睛一直望到这么低的地方，真是惊心炫目！在半空盘旋的乌鸦，瞧上去还没有甲虫那么大；山腰中间悬着一个采金花草的人，可怕的工作！我看他的全身简直抵不上一个人头的大小。在海滩上走路的渔夫就像小鼠一般，那艘停泊在岸旁的高大的帆船小得像它的划艇，它的划艇小得像一个浮标，几乎看不出来。澎湃的波涛在海滨无数的石子上冲击的声音，也不能传到这样高的所在。我不愿再看下去了，恐怕我的头脑要昏眩起来，眼睛一花，就要一个筋直跌下去。

葛罗斯特　带我到你所立的地方。

爱德伽　把您的手给我；您现在已经离开悬崖的边上只有一英尺了；谁要是把天下所有的一切都给了我，我也不愿意跳下去。

葛罗斯特　放开我的手。朋友，这儿又是一个钱囊，里面有一颗宝石，一个穷人得到了它，可以终身温饱；愿天神们保佑你因此而得福吧！你再走远一点；向我告别一声，让我听见你走过去。

爱德伽　再会吧，好先生。

葛罗斯特　再会。

爱德伽　（旁白）我这样戏弄他的目的，是要把他从绝望的境界中解救出来。

葛罗斯特　威严的神明啊！我现在脱离这一个世界，当着你们的面，摆脱我的残酷的痛苦了；要是我能够再忍受下去，而不怨尤你们不可反抗的伟大意志，我这可厌的生命的余烬不久也会燃尽的。要是爱德伽尚在人世，神啊，请你们祝福他！现在，朋友，我们再会了！（向前仆地。）

爱德伽　我去了，先生；再会。（旁白）可是我不知道当一个人愿意受他自己的幻想的欺骗，相信他已经死去的时候，那一种幻想会不会真的偷去了他的生命的至宝；要是他果然在他所想象的那一个地方，现在他早已没有思想了。活着还是死了？（向葛罗斯特）喂，你这位先生！朋友！你听见吗，先生？说呀！也许他真的死了；可是他醒过来啦。你是什么人，先生？

葛罗斯特　去，让我死。

爱德伽　倘使你不是一根蛛丝、一根羽毛、一阵空气，从这样千仞的悬崖上跌落下来，早就像鸡蛋一样跌成粉碎了；可是你还在呼吸，你的身体还是好好的，不流一滴血，还会说话，简直一点损伤也没有。十根桅杆连接起来，也不及你所跌下来的地方那么高；你的生命是一个奇迹。再对我说两句话吧。

葛罗斯特　可是我有没有跌下来？

爱德伽　你就是从这可怕的悬崖绝顶上面跌下来的。抬起头来看一看吧；鸣声嘹亮的云雀飞到了那样高的所在，我们不但看不见它的形状，也听不见它的声音；你看。

葛罗斯特　唉！我没有眼睛哩。难道一个苦命的人，连寻死的权利都要被剥夺去吗？一个苦恼到极点的人假使还有办法对付那暴君的狂怒，挫败他的骄傲的意志，那么他多少还有一点可以自慰。

爱德伽　把你的胳臂给我；起来，好，怎样？站得稳吗？你站住了。

葛罗斯特　很稳，很稳。

爱德伽　这真太不可思议了。刚才在那悬崖的顶上，从你身边走开的是什么东西？

葛罗斯特　一个可怜的叫花子。

爱德伽　我站在下面望着他，仿佛看见他的眼睛像两轮满月；他有一千个鼻子，满头都是像波浪一样高低不齐的犄角；一定是个什么恶魔。所以，你幸运的老人家，你应该想这是无所不能的神明在暗中默佑你，否则绝不会有这样的奇事。

葛罗斯特　我现在记起来了；从此以后，我要耐心忍受痛苦，直等它有一天自己喊了出来，"够啦，够啦，"那时候再撒手死去。你所说起的这一个东西，我还以为是个人；它老是嚷着"恶魔，恶魔"的；就是他把我领到了那个地方。

爱德伽　不要胡思乱想，安心忍耐。可是谁来啦？

李尔以鲜花杂乱饰身上。

爱德伽　不是疯狂的人，绝不会把他自己打扮成这一个样子。

李　尔　不，他们不能判我私造货币的罪名；我是国王哩。

爱德伽　啊，伤心的景象！

李　尔　在那一点上，天然是胜过人工的。这是征募你们当兵的饷银。那家伙弯弓的姿势，活像一个稻草人；给我射一支一码长的箭试试看。瞧，瞧！一只小老鼠！别闹，别闹！这一块烘乳酪可以捉住它。这是我的铁手套；尽管他是一个巨人，我也要跟他一决胜负。带那些戟手上来。啊！飞得好，鸟儿；刚刚中在靶子心里，咻！口令！

爱德伽　茉荞兰。

李　尔　过去。

葛罗斯特　我认识那个声音。

李　尔　嘿！高纳里尔，长着一把白胡须！她们像狗一样向我献媚。说我在没有出黑须以前，就已经有了白须。① 我说一声"是"，她们就应一声"是"；我说一声"不"，她们就应一声"不"！当雨点淋湿了我，风吹得我牙齿打战，当雷声不肯听我的话平静下来的时候，我才发现

① 意即具有老人的智慧。

了她们，嗅出了她们。算了，她们不是心口如一的人；她们把我恭维得天花乱坠；全然是个谎，一发起烧来我就没有办法。

葛罗斯特　这一种说话的声调我记得很清楚；他不是我们的君王吗？

李　尔　嗯，从头到脚都是君王；我只要一瞪眼睛，我的臣子就要吓得发抖。我赦免那个人的死罪。你犯的是什么案子？奸淫吗？你不用死；为了奸淫而犯死罪！不，小鸟儿都在干那把戏，金苍蝇当着我的面也会公然交合哩。让通奸的人多子多孙吧；因为葛罗斯特的私生的儿子，也比我的合法的女儿更孝顺他的父亲。淫风越盛越好，我巴不得他们替我多制造几个兵士出来。瞧那个脸上堆着假笑的妇人，她装出一副守身如玉的神气，做作得那么端庄贞静，一听见人家谈起调情的话儿就要摇头；其实她自己干起那回事来，比臭猫和骚马还要浪得多哩。她们的上半身虽然是女人，下半身却是淫荡的妖怪；腰带以上是属于天神的，腰带以下全是属于魔鬼的。那儿是地狱，那儿是黑暗，那儿是火坑，吐着熊熊的烈焰，发出熏人的恶臭，把一切烧成了灰。啐！啐！啐！呸！呸！好掌柜，给我称一两麝香，让我解解我的想像中的臭气；钱在这儿。

葛罗斯特　啊！让我吻一吻那只手！

李　尔　让我先把它揩干净；它上面有一股热烘烘的人气。

葛罗斯特　啊，毁灭了的生命！这一个广大的世界有一天也会像这样零落得只剩一堆残迹。你认识我吗？

李　尔　我很记得你这双眼睛。你在向我瞟吗？不，盲目的丘匹德，随你使出什么手段来，我是再也不会恋爱的。这是一封挑战书，你拿去读吧，瞧瞧它是怎么写的。

葛罗斯特　即使每一个字都是一个太阳，我也瞧不见。

爱德伽　（旁白）要是人家告诉我这样的事，我一定不会相信；可是这样的事是真的，我的心要碎了。

李　尔　读呀。

葛罗斯特　什么！用眼眶子读吗？

李　尔　啊哈！你原来是这个意思吗？你的头上也没有眼睛，你的袋里也没有银钱吗？你的眼眶子真深，你的钱袋真轻。可是你却看见这世界的丑恶。

葛罗斯特　我只能捉摸到它的丑恶。

李　尔　什么！你疯了吗？一个人就是没有眼睛，也可以看见这世界的丑恶。用你的耳朵瞧着吧：你没看见那法官怎样痛骂那个卑贱的偷儿吗？侧过你的耳朵来，听我告诉你：让他们两人换了地位，谁还认得出哪个是法官，哪个是偷儿？你见过农夫的一条狗向一个乞丐乱吠吗？

葛罗斯特　嗯，陛下。

李　尔　你还看见那家伙怎样给那条狗赶走吗？从这一件事情上面，你就可以看到威权的伟大的影子；一条得势的狗，也可以使人家惟命是从。你这可恶的教吏，停住你的残忍的手！为什么你要鞭打那个妓女？向你自己的背上着力抽下去吧；你自己心里和她犯奸淫，却因为她跟人家犯奸淫而鞭打她。那放高利贷的家伙却把那骗子判了死刑。褴褛的衣衫遮不住小小的过失；披上锦袍裘服，便可以隐匿一切。罪恶镀了金，公道的坚强的枪刺戳在上面也会折断；把它用破烂的布条裹起来，一根侏儒的稻草就可以戳破它。没有一个人是犯罪的，我说，没有一个人；我愿意为他们担保；相信我吧，我的朋友，我有权力封住控诉者的嘴唇。你还是去装上一副玻璃眼睛，像一个卑鄙的阴谋家似的，假装能够看见你所看不见的事情吧。来，来，来，来，替我把靴子脱下来；用力一点，用力一点；好。

爱德伽　（旁白）啊！疯话和正经话夹杂在一起；虽然他发了疯，他说出来的话却不是全无意义的。

李　尔　要是你愿意为我的命运痛哭，那么把我的眼睛拿了去吧。我知道你是什么人；你的名字是葛罗斯特。你必须忍耐；你知道我们来到这世上，第一次嗅到了空气，就哇呀哇呀地哭起来。让我讲一番道理给你听；你听着。

葛罗斯特　唉！唉！

李　尔　当我们生下地来的时候，我们因为来到了这个全是些傻瓜的广大的舞台之上，所以禁不住放声大哭。这顶帽子的式样很不错！用毡呢钉在一队马儿的蹄上，倒是一个妙计；我要把它实行一下，悄悄地偷进我那两个女婿的营里，然后我就杀呀，杀呀，杀呀，杀呀，杀呀，杀呀！①

---

① 李尔王在这里效仿军队冲锋时的呐喊声。

侍臣率侍从数人上。

侍　臣　啊！他在这儿；抓住他。陛下，您的最亲爱的女儿——

李　尔　没有人救我吗？什么！我变成一个囚犯了吗？我是天生下来被命运愚弄的。不要虐待我；有人会拿钱来赎我的。替我请几个外科医生来，我的头脑受了伤啦。

侍　臣　您将会得到您所需要的一切。

李　尔　一个伙伴也没有？只有我一个人吗？嗳哟，这样会叫一个人变成了个泪人儿，用他的眼睛充作灌园的水壶，去浇洒秋天的泥土。

侍　臣　陛下——

李　尔　我要像一个新郎似的勇敢地死去。嘿！我要高高兴兴的。来，来，我是一个国王，你们知道吗？

侍　臣　您是一位尊严的王上，我们服从您的旨意。

李　尔　那么还有几分希望。要去快去。唦唦唦唦。（下。侍从等随下。）

侍　臣　最微贱的平民到了这样一个地步，也会叫人看了伤心，何况是一个国王！你那两个不孝的女儿，已经使天道人伦受到诅咒，可是你还有一个女儿，却已经把天道人伦从这样的诅咒中间拯救出来了。

爱德伽　祝福，先生。

侍　臣　足下有什么见教？

爱德伽　您有没有听见什么关于将要发生一场战事的消息？

侍　臣　这已经是一件千真万确、谁都知道的事了；每一个耳朵能够辨别声音的人都听到过那样的消息。

爱德伽　可是借问一声，您知道对方的军队离这儿还有多少路？

侍　臣　很近了，他们一路来得很快；他们的主力部队每一点钟都有到来的可能。

爱德伽　谢谢您，先生；这是我所要知道的一切。

侍　臣　王后虽然有特别的原因还在这儿，她的军队已经开上去了。

爱德伽　谢谢您，先生。（侍臣下。）

葛罗斯特　永远仁慈的神明，请停止我的呼吸吧；不要在你没有要我离开人世之前，再让我的罪恶的灵魂引诱我结束我自己的生命！

爱德伽　您祷告得很好，老人家。

葛罗斯特　好先生，您是什么人？

爱德伽　一个非常穷苦的人，受惯命运的打击；因为自己是从忧患中间过来的，所以对于不幸的人很容易抱同情。把您的手给我，让我把您领到一处可以栖身的地方去。

葛罗斯特　多谢多谢；愿上天大大赐福给您！

奥斯华德上。

奥斯华德　明令缉拿的要犯！好极了，居然碰在我的手里！你那颗瞎眼的头颅，却是我的进身的阶梯。你这倒楣的老奸贼，赶快忏悔你的罪恶；剑已经拔出了，你今天难逃一死。

葛罗斯特　但愿你这慈悲的手多用一些气力，帮助我早早脱离苦痛。（爱德伽劝阻奥斯华德。）

奥斯华德　大胆的村夫，你怎么敢袒护一个明令缉拿的叛徒？滚开，免得你也遭到和他同样的命运。放开他的胳臂。

爱德伽　先生，你不向我说明理由，我是不放的。

奥斯华德　放开，奴才，否则我叫你死。

爱德伽　好先生，你走你的路，让穷人们过去吧。要是这种吓人的话也能把我吓倒，那么我早在半个月之前，就给人吓死了。不，不要走近这个老头儿；我关照你，走远一点儿；要不然的话，我要试一试究竟还是你的头硬还是我的棍子硬。我可不知道什么客气不客气。

奥斯华德　走开，混账东西！

爱德伽　我要拔掉你的牙齿，先生。来，尽管刺过来吧。（二人决斗，爱德伽击奥斯华德倒地。）

奥斯华德　奴才，你打死我了。把我的钱囊拿了去吧。要是你希望将来有好日子过，请你把我的尸体掘一个坑埋了；我身边还有一封信，请你替我送给葛罗斯特伯爵爱德蒙大爷，他在英国军队里，你可以找到他。啊！想不到我死于非命！（死。）

爱德伽　我认识你；你是一个惯会讨主上欢心的奴才；你的女主人无论有什么万恶的命令，你总是奉命惟谨。

葛罗斯特　什么！他死了吗？

爱德伽　坐下来，老人家；您休息一会儿吧。让我们搜一搜他的衣袋——他说起的这一封信，也许可以对我有一点用处。他死了；我只可惜他不是死在刽子手的手里。让我们看：对不起，好蜡，我要把你拆开来了；恕我无礼，为了要知道我们敌人的居心，就是他们的心肝也要剖出来，拆阅他们的信件不算是违法的事。“不要忘记我们彼此间的誓约。你有许多机会可以除去他；只要你有决心，一切都是不成问题的。要是他得胜归来，那就什么都完了；我将要成为一个囚人，他的眠床就是我的牢狱。把我从他可憎的怀抱中拯救出来吧，他的地位你可以取而代之，这也是你应得的酬劳。你的恋慕的奴婢——但愿我能换上妻子两个字——高纳里尔。”啊，不可测度的女人的心！谋害她的善良的丈夫，叫我的兄弟代替他的位置！在这砂土之内，我要把你掩埋起来，你这杀人的淫妇的使者。在一个适当的时间，我要让那被人阴谋弑害的公爵见到这一封卑劣的信。我能够把你的死讯和你的使命告诉他，对于他是一件幸运的事。

葛罗斯特　王上疯了；我的万恶的知觉却是倔强得很，我一站起身来，无限的悲痛就涌上我的心头！还是疯了的好；那样我可以不再想到我的不幸，让一切痛苦在昏乱的幻想之中忘记了它们本身的存在。（远处鼓声。）

爱德伽　把您的手给我；好像我听见远远有打鼓的声音。来，老人家，让我把您安顿在一个朋友的地方。（同下。）

第七场　法军营帐

考狄利娅、肯特、医生及侍臣上。

考狄利娅　好肯特啊！我怎么能够报答你这一番苦心好意呢！就是粉身碎骨，也不能抵偿你的大德。

肯　特　娘娘，只要自己的苦心被人了解，那就是莫大的报酬了。我所讲的话，句句都是事实，没有一分增减。

考狄利娅　去换一身好一点的衣服吧；您身上的衣服是那一段悲惨的时光中的纪念品，请你脱下来吧。

肯　特　恕我，娘娘；我现在还不能回复我的本来面目，因为那会妨碍我的预定的计划。请您准许我这一个要求，在我自己认为还没有到适当的时间以前，您必须把我当作一个不相识的人。

考狄利娅　那么就照你的意思吧，伯爵。（向医生）王上怎样？

医　生　娘娘，他仍旧睡着。

考狄利娅　慈悲的神明啊，医治他的被凌辱的心灵中的重大的裂痕！保佑这一个被不孝的女儿所反噬的老父，让他错乱昏迷的神智回复健全吧！

医　生　请问娘娘，我们现在可不可以叫王上醒来？他已经睡得很久了。

考狄利娅　照你的意见，应该怎么办就怎么办吧。他有没有穿着好？

李尔卧椅内，众仆舁上。

侍　臣　是，娘娘；我们乘着他熟睡的时候，已经替他把新衣服穿上去了。

医　生　娘娘，请您不要走开，等我们叫他醒来；我相信他的神经已经安定下来了。

考狄利娅　很好。（乐声。）

医　生　请您走近一步。音乐还要响一点儿。

考狄利娅　啊，我的亲爱的父亲！但愿我的嘴唇上有治愈疯狂的灵药，让这一吻抹去了我那两个姊姊加在你身上的无情的伤害吧！

肯　特　善良的好公主！

考狄利娅　假如你不是她们的父亲，这满头的白雪也该引起她们的怜悯。这样一张面庞是受得起激战的狂风吹打的吗？它能够抵御可怕的雷霆吗？在最惊人的闪电的光辉之下，你，可怜的无援的兵士！戴着这一顶薄薄的戎盔，苦苦地守住你的哨岗吗？我的敌人的狗，即使它曾经咬过我，在那样的夜里，我也要让它躺在我的火炉之前。但是你，可怜的父亲，却甘心钻在污秽霉烂的稻草里，和猪狗、和流浪的乞儿做伴吗？唉！唉！你的生命不和你的智慧同归于尽，才是一件怪事。他醒来了；对他说些什么话吧。

医　生　娘娘，应该您去跟他说说。

考狄利娅　父王陛下，您好吗？

李　尔　你们不应该把我从坟墓中间拖了出来。你是一个有福的灵魂；我却缚在一个烈火的车轮上，我自己的眼泪也像熔铅一样灼痛我的脸。

考狄利娅　父亲，您认识我吗？

李　尔　你是一个灵魂，我知道；你在什么时候死的？

考狄利娅　还是疯疯癫癫的。

医　生　他还没有完全清醒过来；暂时不要惊扰他。

李　尔　我到过些什么地方？现在我在什么地方？明亮的白昼吗？我大大受了骗啦。我如果看见别人落到这一个地步，我也要为他心碎而死。我不知道应该怎么说。我不愿发誓这一双是我的手；让我试试看，这针刺上去是觉得痛的。但愿我能够知道我自己的实在情形！

考狄利娅　啊！瞧着我，父亲，把您的手按在我的头上为我祝福吧。不，父亲，您千万不能跪下。

李　尔　请不要取笑我；我是一个非常愚蠢的傻老头子，活了八十多岁了；不瞒您说，我怕我的头脑有点儿不大健全。我想我应该认识您，也该认识这个人；可是我不敢确定；因为我全然不知道这是什么地方，而且凭着我所有的能力，我也记不起来什么时候穿上这身衣服；我也不知道昨天晚上我在什么所在过夜。不要笑我；我想这位夫人是我的孩子考狄利娅。

考狄利娅　正是，正是。

李　尔　你在流着眼泪吗？当真。请你不要哭啦；要是你有毒药为我预备着，我愿意喝下去。我知道你不爱我；因为我记得你的两个姊姊都虐待我；你虐待我还有几分理由，她们却没有理由虐待我。

考狄利娅　谁都没有这理由。

李　尔　我是在法国吗？

肯　特　在您自己的国土之内，陛下。

李　尔　不要骗我。

医　生　请宽心一点，娘娘；您看他的疯狂已经平静下去了；可是再向他提起他经历的事情，却是非常危险的。不要多烦扰他，让他的神经完全安定下来。

考狄利娅　请陛下到里边去安息安息吧。

李　尔　你必须原谅我。请你不咎既往，宽赦我的过失；我是个年老糊涂的人。（李尔、考狄利娅、医生及侍从等同下。）

侍　臣　先生，康华尔公爵被刺的消息是真的吗？

肯　特　完全真确。

侍　臣　他的军队归什么人带领？

肯　特　据说是葛罗斯特的庶子。

侍　臣　他们说他的放逐在外的儿子爱德伽现在跟肯特伯爵都在德国。

肯　特　消息常常变化不定。现在是应该戒备的时候了，英国军队已在迅速逼近。

侍　臣　一场血战是免不了的。再会，先生。（下。）

肯　特　我的目的能不能顺利达到，要看这一场战事的结果方才分晓。（下。）

第五幕

第一场　多佛附近英军营地

旗鼓前导，爱德蒙、里根、军官、兵士及侍从等上。

爱德蒙　（向一军官）你去问一声公爵，他是不是仍旧保持着原来的决心，还是因为有了其他的理由，已经改变了方针；他这个人摇摆不定，畏首畏尾；我要知道他究竟抱着怎样的主张。（军官下。）

里　根　我那姊姊差来的人一定在路上出了事啦。

爱德蒙　那可说不定，夫人。

里　根　好爵爷，我对你的一片好心，你不会不知道的；现在请你告诉我，老老实实地告诉我，你不爱我的姊姊吗？

爱德蒙　我只是按照我的名分敬爱她。

里　根　可是你从来没有深入我的姊夫的禁地吗？

爱德蒙　这样的思想是有失您自己的体统的。

里　根　我怕你们已经打成一片，她心坎儿里只有你一个人哩。

爱德蒙　凭着我的名誉起誓，夫人，没有这样的事。

里　根　我决不答应她；我的亲爱的爵爷，不要跟她亲热。

爱德蒙　您放心吧。——她跟她的公爵丈夫来啦！

旗鼓前导，奥本尼、高纳里尔及兵士等上。

高纳里尔　（旁白）我宁愿这一次战争失败，也不让我那个妹子把他从我手里夺了去。

奥本尼　贤妹久违了。伯爵，我听说王上已经带了一班受不住我国的苛政、高呼不平的人们，到他女儿的地方去了。要是我们所兴的是一场不义之师，我是再也提不起我的勇气来的；可是现在的问题，并不是我们的王上和他手下的一群人在法国的煽动之下，用堂堂正正的理由向我们兴师问罪，而是法国举兵侵犯我们的领土，这是我们所不能容忍的。

爱德蒙　您说得有理，佩服，佩服。

里　根　这种话讲它做什么呢？

高纳里尔　我们只需同心合力，打退敌人；这些内部的纠纷，不是现在所要讨论的问题。

奥本尼　那么让我们跟那些久历戎行的战士们讨论讨论我们所应该采取的战略吧。

爱德蒙　很好，我就到您的帐里来叨陪末议。

里　根　姊姊，您也跟我们一块儿去吗？

高纳里尔　不。

里　根　您怎么可以不去？来，请吧。

高纳里尔　（旁白）哼！我明白你的意思。（高声）好，我就去。

爱德伽乔装上。

爱德伽　殿下要是不嫌我微贱，请听我说一句话。

奥本尼　你们先请一步，我就来。——说。（爱德蒙、里根、高纳里尔、军官、兵士及侍从等同下。）

爱德伽　在您没有开始作战以前，先把这封信拆开来看一看。要是您得到胜利，可以吹喇叭为信号，叫我出来；虽然您看我是这样一个下贱的人，我可以请出一个证人来，证明这信上所写的事。要是您失败了，那么您在这世上的使命已经完毕，一切阴谋也都无能为力了。愿命运眷顾您！

奥本尼　等我读了信你再去。

爱德伽　我不能。时候一到，您只要叫传令官传唤一声，我就会出来的。

奥本尼　那么再见，你的信我拿回去看吧。（爱德伽下。）

爱德蒙重上。

爱德蒙　敌人已经望得见了；快把您的军队集合起来。这儿记载着根据精密侦查所得的敌方军力的估计；可是现在您必须快点儿了。

奥本尼　好，我们准备迎敌就是了。（下。）

爱德蒙　我对这两个姊妹都已经立下爱情的盟誓；她们彼此互怀嫉妒，就像被蛇咬过的人见不得蛇的影子一样。我应该选择哪一个呢？两个都要？只要一个？还是一个也不要？要是两个全都留在世上，我就一个也不能到手；娶了那寡妇，一定会激怒她的姊姊高纳里尔；可是她的丈夫一天不死，我又怎么能跟她成双配对？现在我们还是要借他做号召军心的幌子；等到战事结束以后，她要是想除去他，让她自己设法结果他的性命吧。照他的意思，李尔和考狄利娅两人被我们捉到以后，是不能加害的；可是假如他们果然落在我们手里，我们可绝不让他们得到他的赦免；因为我保全自己的地位要紧，什么天理良心只好一概不论。（下。）

第二场　两军营地之间的原野

内号角声。旗鼓前导，李尔及考狄利娅率军队上；同下。爱德伽及葛罗斯特上。

爱德伽　来，老人家，在这树荫底下坐坐吧；但愿正义得到胜利！要是我还能够回来见您，我一定会给您好消息的。

葛罗斯特　上帝照顾您，先生！（爱德伽下。）

号角声；有顷，内吹退军号。爱德伽重上。

爱德伽　去吧，老人家！把您的手给我；去吧！李尔王已经失败，他跟他的女儿都被他们捉去了。把您的手给我；来。

葛罗斯特　不，先生，我不想再到什么地方去了；让我就在这儿等死吧。

爱德伽　怎么！您又转起那种坏念头来了吗？人们的生死都不是可以勉强求到的，你应该耐心忍受天命的安排。来。

葛罗斯特　那也说得有理。（同下。）

第三场　多佛附近英军营地

旗鼓前导，爱德蒙凯旋上；李尔、考狄利娅被俘随上；军官、兵士等同上。

爱德蒙　来人，把他们押下去，好生看守，等上面发落下来，再作道理。

考狄利娅　存心良善的反而得到恶报，这样的前例是很多的。我只是为了你，被迫害的国王，才感到悲伤；否则尽管欺人的命运向我横眉怒目，我也不把她的凌辱放在心上。我们要不要去见见这两个女儿和这两个姊姊？

李　尔　不，不，不，不！来，让我们到监牢里去。我们两人将要像笼中之鸟一般唱歌；当你求我为你祝福的时候，我要跪下来求你饶恕；我们就这样生活着，祈祷，唱歌，说些古老的故事，嘲笑那班像金翅蝴蝶般的廷臣，听听那些可怜的人们讲些宫廷里的消息；我们也要跟他们在一起谈话，谁失败，谁胜利，谁在朝，谁在野，用我们的意见解释各种事情的奥秘，就像我们是上帝的耳目一样；在囚牢的四壁之内，我们将要冷眼看那些朋比为奸的党徒随着月亮的圆缺而升沉。

爱德蒙　把他们带下去。

李　尔　对于这样的祭物，我的考狄利娅，天神也要焚香致敬的。我果然把你捉住了吗？谁要是想分开我们，必须从天上取下一把火炬来像驱逐狐狸一样把我们赶散。揩干你的眼睛，让恶疮烂掉他们的全身，他们也不能使我们流泪，我们要看他们活活饿死。来。（兵士押李尔、考狄利娅下。）

爱德蒙　过来，队长。听着，把这一通密令拿去；（以一纸授军官）跟着他们到监牢里去。我已经把你提升了一级，要是你能够照这密令上所说的执行，一定大有好处。你要知道，识时务的才是好汉；心肠太软的人不配佩带刀剑。我吩咐你去干这件重要的差使，你可不必多问，愿意就做，不愿意就另谋出路吧。

军　官　我愿意，大人。

爱德蒙　那么去吧；你立了这一个功劳，你就是一个幸运的人。听着，事不宜迟，必须照我所写的办法赶快办好。

军　官　我不会拖车子，也不会吃干麦；只要是男子汉干的事，我就会干。（下。）

喇叭奏花腔，奥本尼、高纳里尔、里根、军官及侍从等上。

奥本尼　伯爵，你今天果然表明了你是一个将门之子；命运眷顾着你，使你克奏肤功，跟我们敌对的人都已经束手就擒。请你把你的俘虏交给我们，让我们一方面按照他们的身分，一方面顾到我们自身的安全，决定一个适当的处置。

爱德蒙　殿下，我已经把那不幸的老王拘禁起来，并且派兵严密监视了；

我认为应该这样办；他的高龄和尊号都有一种莫大的魔力，可以吸引人心归附他，要是不加防范，恐怕我们的部下都要受他的煽惑而对我们反戈相向。那王后我为了同样的理由，也把她一起下了监；他们明天或者迟一两天就可以受你们的审判。现在弟兄们刚刚流过血汗，丧折了不少的朋友亲人，他们感受战争的残酷，未免心中愤激，这场争端无论理由怎样正大，在他们看来也就成为是可诅咒的了；所以审问考狄利娅和她的父亲这一件事，必须在一个更适当的时候举行。

奥本尼　伯爵，说一句不怕你见怪的话，你不过是一个随征的将领，我并没有把你当作一个同等地位的人。

里　根　假如我愿意，为什么他不能和你分庭抗礼呢？我想你在说这样的话以前，应该先问问我的意思才是。他带领我们的军队，受到我的全权委任，凭着这一层亲密的关系，也够资格和你称兄道弟了。

高纳里尔　少亲热点儿吧；他的地位是他靠着自己的才能造成的，并不是你给他的恩典。

里　根　我把我的权力托付给他，他就能和最尊贵的人匹敌。

高纳里尔　要是他做了你的丈夫，至多也不过如此吧。

里　根　笑话往往会变成预言。

高纳里尔　呵呵！看你挤眉弄眼的，果然有点儿邪气。

里　根　太太，我现在身子不大舒服，懒得跟你斗口了。将军，请你接受我的军队、俘虏和财产；这一切连我自己都由你支配；我是你的献城降服的臣仆；让全世界为我证明，我现在把你立为我的丈夫和君主。

高纳里尔　你想要受用他吗？

奥本尼　那不是你所能阻止的。

爱德蒙　也不是你所能阻止的。

奥本尼　杂种，我可以阻止你们。

里　根　（向爱德蒙）叫鼓手打起鼓来，和他决斗，证明我已经把尊位给了你。

奥本尼　等一等，我还有话说。爱德蒙，你犯有叛逆重罪，我逮捕你；同时我还要逮捕这一条金鳞的毒蛇。（指高纳里尔）贤妹，为了我的妻子的缘故，我必须要求您放弃您的权利；她已经跟这位勋爵有约在先，所以我，她的丈夫，不得不对你们的婚姻表示异议。要是您想结婚的话，还是把您的爱情用在我的身上吧，我的妻子已经另有所属了。

高纳里尔　这一段穿插真有趣！

奥本尼　葛罗斯特，你现在甲胄在身；让喇叭吹起来，要是没有人出来证明你所犯的无数凶残罪恶，众目昭彰的叛逆重罪，这儿是我的信物；（掷下手套）在我没有剖开你的胸口，证明我此刻所宣布的一切以前，我绝不让一些食物接触我的嘴唇。

里　根　嗳哟！我病了！我病了！

高纳里尔　（旁白）要是你不病，我也从此不相信毒药了。

爱德蒙　这儿是我给你的交换品；（掷下手套）谁骂我是叛徒的，他就是个说谎的恶人。叫你的喇叭吹起来吧；谁有胆量，出来，我可以向他、向你、向每一个人证明我的不可动摇的忠心和荣誉。

奥本尼　来，传令官！

爱德蒙　传令官！传令官！

奥本尼　信赖你个人的勇气吧；因为你的军队都是用我的名义征集的，我已经用我的名义把他们遣散了。

里　根　我的病越来越厉害啦！

奥本尼　她身体不舒服，把她扶到我的帐里去。（侍从扶里根下）过来，传令官。

传令官上。

奥本尼　叫喇叭吹起来。宣读这一道命令。

军　官　吹喇叭！（喇叭吹响。）

传令官　（宣读）“在本军之中，如有身份高贵的将校官佐，愿意证明爱德蒙——名分未定的葛罗斯特伯爵，是一个罪恶多端的叛徒，让他在第三次喇叭声中出来。该爱德蒙坚决自卫。”

爱德蒙　吹！（喇叭初响。）

传令官　再吹！（喇叭再响。）

传令官　再吹！（喇叭三响。内喇叭声相应。）

喇叭手前导，爱德伽武装上。

奥本尼　问明他的来意，为什么他听了喇叭的呼召到这儿来。

传令官　你是什么人？你叫什么名字？在军中是什么官级？为什么你要应召而来？

爱德伽　我的名字已经被阴谋的毒齿咬啮蛀蚀了；可是我的出身正像我现

在所要来面对的敌手同样高贵。

奥本尼　谁是你的敌手？

爱德伽　代表葛罗斯特伯爵爱德蒙的是什么人？

爱德蒙　他自己；你对他有什么话说？

爱德伽　拔出你的剑来，要是我的话激怒了一颗正直的心，你的兵器可以为你辩护；这儿是我的剑。听着，虽然你有的是胆量、勇气、权位和尊荣，虽然你挥着胜利的宝剑，夺到了新的幸运，可是凭着我的荣誉、我的誓言和我的骑士的身分所给我的特权，我当众宣布你是一个叛徒，不忠于你的神明、你的兄长和你的父亲，阴谋倾覆这一位崇高卓越的君王，从你的头顶直到你的足下的尘土，彻头彻尾是一个最可憎的逆贼。要是你说一声"不"，这一柄剑、这一只胳臂和我的全身的勇气，都要向你的心口证明你说谎。

爱德蒙　照理我应该问你的名字；可是你的外表既然这样英勇，你的出言吐语，也可以表明你不是一个卑微的人，虽然按照骑士的规则，我可以拒绝你的挑战，我却不惜唾弃这些规则，把你所说的那种罪名仍旧丢回到你的头上，让那像地狱一般可憎的谎话吞没你的心；凭着这一柄剑，我要在你的心头挖破一个窟窿，把你的罪恶一起塞进去。吹起来，喇叭！（号角声。二人决斗。爱德蒙倒地。）

奥本尼　留他活命，留他活命！

高纳里尔　这是诡计，葛罗斯特；按照决斗的法律，你尽可以不接受一个不知名的对手的挑战；你不是被人打败，你是中了人家的计了。

奥本尼　闭住你的嘴，妇人，否则我要用这一张纸塞住它了。且慢，骑士。你这比一切恶名更恶的恶人，读读你自己的罪恶吧。不要撕，太太；我看你也认识这一封信的。（以信授爱德蒙。）

高纳里尔　即使我认识这一封信，又有什么关系！法律在我手中，不在你手中；谁可以控诉我？（下。）

奥本尼　岂有此理！你知道这封信吗？

爱德蒙　不要问我知道不知道。

奥本尼　追上她去；她现在情急了，什么事都干得出来；留心看着她。（一军官下。）

爱德蒙　你所指斥我的罪状，我全都承认；而且我所干的事，着实不止这一些呢，总有一天会全部暴露的。现在这些事已成过去，我也要永辞人世了。——可是你是什么人，我会失败在你的手里？假如你是一个贵族，我愿意对你不记仇恨。

爱德伽　让我们互相宽恕吧。在血统上我并不比你低微，爱德蒙；要是我的出身比你更高贵，你尤其不该那样陷害我。我的名字是爱德伽，你的父亲的儿子。公正的天神使我们的风流罪过成为惩罚我们的工具；他在黑暗淫邪的地方生下了你，结果使他丧失了他的眼睛。

爱德蒙　你说得不错；天道的车轮已经循环过来了。

奥本尼　我一看见你的举止行动，就觉得你不是一个凡俗之人。我必须拥抱你；让悔恨碎裂了我的心，要是我曾经憎恨过你和你的父亲。

爱德伽　殿下，我一向知道您的仁慈。

奥本尼　你把自己藏匿在什么地方？你怎么知道你的父亲的灾难？

爱德伽　殿下，我知道他的灾难，因为我就在他的身边照料他，听我讲一段简短的故事；当我说完以后，啊，但愿我的心爆裂了吧！贪生怕死，是我们人类的常情，我们宁愿每小时忍受着死亡的惨痛，也不愿一下子结束自己的生命；我为了逃避那紧迫着我的、残酷的宣判，不得不披上一身疯人的褴褛衣服，改扮成一副连狗儿们也要看不起的样子。在这样的乔装之中，我碰见了我的父亲，他的两个眼眶里淋着血，那宝贵的眼珠已经失去了；我替他做向导，带着他走路，为他向人求乞，把他从绝望之中拯救出来；啊！千不该、万不该，我不该向他瞒住我自己的真相！直到约摸半小时以前，我已经披上甲胄，虽说希望天从人愿，却不知道此行究竟结果如何，便请他为我祝福，才把我的全部经历从头到尾告诉他知道；可是唉！他的破碎的心太脆弱了，载不起这样重大的喜悦和悲伤，在这两种极端的情绪猛烈的冲突之下，他含着微笑死了。

爱德蒙　你这番话很使我感动，说不定对我有好处；可是说下去吧，看上去你还有一些话要说。

奥本尼　要是还有比这更伤心的事，请不要说下去了吧；因为我听了这样的话，已经忍不住热泪盈眶了。

爱德伽　对于不喜欢悲哀的人，这似乎已经是悲哀的顶点；可是在极度的悲哀之上，却还有更大的悲哀。当我正在放声大哭的时候，来了一个人，他认识我就是他所见过的那个疯丐，不敢接近我；可是后来他知道了我究竟是什么人，遭遇到什么样不幸，他就抱住我的头颈，大放悲声，好像要把天空都震碎一般；他俯伏在我的父亲的尸体上；讲出了关于李尔和他两个人的一段最凄惨的故事；他越讲越伤心，他的生命之弦都要开始颤断了；那时候喇叭的声音已经响过二次，我只好抛下他一个人在那如痴如醉的状态之中。

奥本尼　可是这是什么人？

爱德伽　肯特，殿下，被放逐的肯特；他一路上乔装改貌，跟随那把他视同仇敌的国王，替他躬操奴隶不如的贱役。

一侍臣持一流血之刀上。

侍　臣　救命！救命！救命啊！

爱德伽　救什么命！

奥本尼　说呀，什么事？

爱德伽　那柄血淋淋的刀是什么意思？

侍　臣　它还热腾腾地冒着气呢；它是从她的心窝里拔出来的，——啊！她死了！

奥本尼　谁死了？说呀。

侍　臣　您的夫人，殿下，您的夫人；她的妹妹也给她毒死了，她自己承认的。

爱德蒙　我跟她们两人都有婚姻之约，现在我们三个人可以在一块儿做夫妻了。

爱德伽　肯特来了。

奥本尼　把她们的尸体抬出来，不管她们有没有死。这一个上天的判决使我们战栗，却不能引起我们的怜悯。（侍臣下。）

肯特上。

奥本尼　啊！这就是他吗？当前的变故使我不能对他尽我应尽的敬礼。

肯　特　我要来向我的王上道一声永久的晚安，他不在这儿吗？

奥本尼　我们把一件重要的事情忘了！爱德蒙，王上呢？考狄利娅呢？肯特，你看见这一种情景吗？（侍从抬高纳里尔、里根二尸体上。）

肯　特　嗳哟！这是为了什么？

爱德蒙　爱德蒙还是有人爱的；这一个为了我的缘故毒死了那一个，跟着她也自杀了。

奥本尼　正是这样。把她们的脸遮起来。

爱德蒙　我快要断气了，倒想做一件违反我的本性的好事。赶快差人到城堡里去，因为我已经下令，要把李尔和考狄利娅处死。不要多说废话，迟一点就来不及啦。

奥本尼　跑！跑！跑呀！

爱德伽　跑去找谁呀，殿下？——谁奉命干这件事的？你得给我一件什么东西，作为赦免的凭证。

爱德蒙　想得不错；把我的剑拿去给那队长。

奥本尼　快去，快去。（爱德伽下。）

爱德蒙　他从我的妻子跟我两人的手里得到密令，要把考狄利娅在狱中缢死，对外面说是她自己在绝望中自杀的。

奥本尼　神明保佑她！把他暂时抬出去。（侍从抬爱德蒙下。）

李尔抱考狄利娅尸体、爱德伽、军官及余人等同上。

李　尔　哀号吧，哀号吧，哀号吧，哀号吧！啊！你们都是些石头一样的人；要是我有了你们的那些舌头和眼睛，我要用我的眼泪和哭声震撼穹苍。她是一去不回的了。一个人死了还是活着，我是知道的；她已经像泥土一样死去。借一面镜子给我；要是她的气息还能够在镜面上呵起一层薄雾，那么她还没有死。

肯　特　这就是世界最后的结局吗？

爱德伽　还是末日恐怖的预兆？

奥本尼　天倒下来了，一切都要归于毁灭吗？

李　尔　这一根羽毛在动；她没有死！要是她还有活命，那么我的一切悲哀都可以消释了。

肯　特　（跪）啊，我的好主人！

李　尔　走开！

爱德伽　这是尊贵的肯特，您的朋友。

李　尔　一场瘟疫降落在你们身上，全是些凶手，奸贼！我本来可以把她救活的；现在她再也回不转来了！考狄利娅，考狄利娅！等一等。嘿！你说什么？她的声音总是那么柔软温和，女儿家是应该这样的。我亲手杀死了那把你缢死的奴才。

军　官　殿下，他真的把他杀死了。

李　尔　我不是把他杀死了吗，汉子？从前我一举起我的宝刀，就可以叫他们吓得抱头鼠窜；现在年纪老啦，受到这许多磨难，一天比一天不中用啦。你是谁？等会儿我就可以说出来了；我的眼睛可不大好。

肯 特 要是命运女神向人夸口，说起有两个曾经一度被她宠爱、后来却为她厌弃的人，那么在我们的眼前就各站着其中的一个。

李 尔 我的眼睛太糊涂啦。你不是肯特吗?

肯 特 正是，您的仆人肯特。您的仆人卡厄斯呢?

李 尔 他是一个好人，我可以告诉你；他一动起火来就会打人。他现在已经死得骨头都腐烂了。

肯 特 不，陛下；我就是那个人——

李 尔 我马上能认出来你是不是。

肯 特 自从您开始遭遇变故以来，一直跟随着您的不幸的足迹。

李 尔 欢迎，欢迎。

肯 特 不，一切都是凄惨的、黑暗的、阴郁的；您的两个大女儿已经在绝望中自杀了。

李 尔 嗯，我也想是这样的。

奥本尼 他不知道他自己在说些什么话，我们谒见他也是徒然的。

爱德伽 全然是徒劳。

一军官上。

军 官 启禀殿下，爱德蒙死了。

奥本尼 他的死在现在不过是一件无足轻重的小事。各位勋爵和尊贵的朋友，听我向你们宣示我的旨意：对于这一位老病衰弱的君王，我们将要尽我们的力量给他可能的安慰；当他在世的时候，我仍旧把最高的权力归还给他。（向爱德伽、肯特）你们两位仍旧恢复原来的爵位，我还要加赉你们额外的尊荣，褒扬你们过人的节行。一切朋友都要得到他们忠贞的报酬，一切仇敌都要尝到他们罪恶的苦杯。——啊！瞧，瞧！

李 尔 我的可怜的傻瓜给他们缢死了！不，不，没有命了！为什么一条狗、一匹马，一只耗子，都有它们的生命，你却没有一丝呼吸？你是永不回来的了，永不，永不，永不，永不，永不！请你替我解开这个钮扣；谢谢你，先生。你看见吗？瞧着她，瞧，她的嘴唇，瞧那边，瞧那边！（死。）

爱德伽 他晕过去了！——陛下，陛下！

肯 特 碎吧，心啊！碎吧！

爱德伽 抬起头来，陛下。

肯　特　不要烦扰他的灵魂。啊！让他安然死去吧；他将要痛恨那想要使他在这无情的人世多受一刻酷刑的人。

爱德伽　他真的去了。

肯　特　他居然忍受了这么久的时候，才是一件奇事；他的生命不是他自己的。

奥本尼　把他们抬出去。我们现在要传令全国举哀。（向肯特、爱德伽）

两位朋友，帮我主持大政，
培养这已经斲伤的国本。

肯　特　不日间我就要登程上道；
我已经听见主上的呼召。

奥本尼　不幸的重担不能不肩负；
感情是我们惟一的言语。
年老的人已经忍受一切，
后人只有抚陈迹而叹息。（同下。奏丧礼进行曲。）